D1856658

R&B

E. F. Benson

QUEEN LUCIA auf dem Lande

Aus dem Englischen von
Werner Richter

Rogner & Bernhard bei Zweitausendeins

Eva Schneider

Titel der Originalausgabe: QUEEN LUCIA.
© by The Executors of the Estate of K. S. P. McDowall.
Erstmals erschienen by Hutchinson & Co. 1920.

© 1988 by Rogner & Bernhard GmbH & Co. Verlags KG, Hamburg.
ISBN 3 8077 0228 8

Alle Rechte vorbehalten, insbesondere das Recht des Nachdrucks in Zeitschriften oder Zeitungen, des öffentlichen Vortrags, der Verfilmung oder Dramatisierung, der Übertragung durch Rundfunk, Fernsehen oder Video, auch einzelner Textteile.
Der gewerbliche Weiterverkauf von Platten, Büchern oder anderen Sachen aus der Zweitausendeins-Produktion bedarf in jedem Fall der schriftlichen Genehmigung durch die Geschäftsleitung vom Zweitausendeins Versand in Frankfurt.

Umschlaggestaltung: Lutz Siebert.
Herstellung: Dieter Kohler & Bernd Leberfinger, Nördlingen.
Satz: Max Vornehm, München.
Druck: Gutmann + Co GmbH, Heilbronn.
Einband: G. Lachenmaier, Reutlingen.
Printed in Germany.

Dieses Buch gibt es nur bei Zweitausendeins im Versand (Postfach, D-6000 Frankfurt am Main 61) oder in den Zweitausendeins-Läden in Berlin, Essen, Frankfurt, Freiburg, Hamburg, Köln, München, Saarbrücken.

In der Schweiz über buch 2000, Postfach 89, CH-8910 Affoltern a. A.
In Österreich über den VKA-Buchladen und Versand, Barnabitengasse 14, Postfach 76, A-1061 Wien.

Erstes Kapitel

Trotz der Hitze an diesem sonnigen Julimittag zog es Mrs. Lucas vor, die halbe Meile zwischen dem Bahnhof und ihrem Haus zu Fuß zurückzulegen, und schickte daher in dem Einspänner, mit dem ihr Mann sie hatte abholen lassen, nur das Dienstmädchen mit dem Gepäck voraus. Nach der vierstündigen Zugfahrt würde ein kleiner Spaziergang ihr gut tun; allerdings war ihr Entschluß, wenn dies ihrem Bewußtsein auch verborgen sein mochte, noch von einem weiteren, unbewußt gehegten Beweggrund bestimmt: Natürlich würden all ihre Bekannten in Riseholme darüber im Bilde sein, daß sie heute mit dem Zug um 12.26 ankam, und sich um diese Stunde auf der Hauptstraße drängeln und den Einspänner mit ihrem Gepäck am Tor von »The Hurst« vorfahren sehen, doch dem würde nur das Dienstmädchen entsteigen.

Das wäre gewiß von höchstem Interesse: Es würde einen jener kleinen Schauer von freudiger Erregung und Rätselraten auslösen, der den Riseholmiten das emotionale täglich Brot lieferte. Alle würden sich fragen, was wohl mit ihr geschehen sei, ob sie vielleicht im letzten Augenblick vor der Abfahrt krank geworden sei und mit ihrer wohlbekannten Seelenstärke und Anteilnahme an den Gefühlen anderer das Dienstmädchen vorausgesandt habe, das ihrem Gatten versichern solle, er möge sich keine Sorgen machen. So würde jedenfalls Mrs. Quantock mutmaßen, denn deren Gedanken, die sich nunmehr gänzlich dem Studium der Christlichen Wissenschaft widmeten, kreisten grundsätzlich um die düstersten Vorstellungen, wenn es um den Zustand von Bekannten ging, und vermuteten bereits beim leisesten Anlaß, daß diese, arme blinde Dinger, die sie waren, unter irgendwelchen »Irrtümern des sterblichen Gemüts« litten. Da die Kutsche inzwischen schon bei »The Hurst« eingetroffen sein und Daisy Quantock ihre Ankunft entweder gesehen oder mitgeteilt bekommen haben dürfte, bestanden sogar Chancen, daß die Gute ihr längst eine Fernbehandlung angedeihen ließ. Ganz sicher hatte auch Georgie Pillson die antiklimaktische Ankunft des Einspänners beobachtet, er aber würde eine weitaus wahrscheinlichere, wenn auch ebenso unzutreffende Erklärung für ihre Abwesenheit finden. Er würde gewiß annehmen, sie habe ihr Dienstmädchen mit dem Gepäck bereits zum Bahnhof geschickt, um gute Plätze freihalten zu lassen, während sie selbst, jeglichen Zeitgefühls entrückt, die letzte halbe Stunde vor der Abfahrt mit dem Bewundern der alten Italiener in der National Gallery oder der griechischen Bronzestatuen im British Museum verbrachte. Bei den Modernen in der Royal Academy wäre sie bestimmt nicht gewesen, denn der Kultursinn von Riseholme, dessen Wortführerin sie war, verwarf alles künstlerische Streben nach dem Ableben von Sir Joshua Reynolds als wertlos, und dazu eine ganze Menge von dem, was vorher war... Ihr Gatte dagegen würde, mit seinem klaren Sinn für das Offensichtliche, enttäuschend rasch, noch bevor das Dienstmädchen seine Vermutung bestätigte, den Schluß ziehen können, daß sie sich ganz einfach zu Fuß vom Bahnhof auf den Weg gemacht hatte.

Zwar war also das Motiv, aus dem sie die Kutsche vorausgeschickt hatte, dem Unterbewußtsein entsprungen, doch durchdrang es bald ihr ganzes Denken, und all die Überlegungen, was die anderen wohl glauben mochten, wenn sie das Gefährt ohne sie ankommen sahen, rührten aus jenem Instinkt fürs Dramatische, der einen so großen Teil ihrer Weltanschauung bildete und sie immer, wie von Gottes Gnaden, die Hauptrollen in den bühnenkünstlerischen Lustbarkeiten ergreifen ließ, mit denen sich die Kulturbeflissenen von Riseholme die knappe Zeit, die man neben dem Studium der bildenden Kunst und der Literatur sowie gesellschaftlichen Verpflichtungen erübrigen konnte, angenehm oder auch ziemlich angestrengt vertrieben. Tatsächlich begnügte sie sich meist nicht nur mit der Hauptrolle, sondern spielte, wenn möglich, daneben noch eine zweite Figur, wobei sie zudem noch Regie führte und das Bühnenbild bearbeitete oder überhaupt gleich neu entwarf. Was sie auch tat (und das war eine Unzahl von Dingen), sie tat es mit all der Macht ihrer dramatischen Phantasie – ja sie legte einen solchen Ernst in ihr Tun, daß sie keinen Blick auf das Publikum verschwenden konnte; ihre Aufmerksamkeit war allein auf sich selbst und den eigenen Eifer gerichtet. Wenn sie Klavier spielte, was oftmals der Fall war, da sie sich eine Stunde pro Tag zum Üben Zeit nahm, so gab sie keinen Deut darauf, was ein zufälliger Passant vor ihrem Hause wohl von den Läufen denken mochte, die aus ihrem Fenster perlten: Sie war ganz einfach Emmeline Lucas, verzückt von der Größe Bachs, der Anmut Scarlattis oder dem Adel Beethovens. Letzterer war nahezu ihr Lieblingskomponist; nicht selten sah man des Abends bei gelöschtem

Licht, nur im milden Schein des Mondes, der durch die unverhangenen Fenster hereinströmte, ihr Profil wie eine Kamee, oder vielleicht mehr noch wie ein gekröntes Haupt auf einer Briefmarke, vor den dunklen Eichenpaneelen des Musikzimmers, wo sie sich selbst und, falls jemand zum Abendessen eingeladen war, ihre Zuhörer mit dem ausgesuchten Pathos des ersten Satzes der »Mondscheinsonate« verzauberte. So groß jedoch ihre Verehrung für den Meister, dessen Porträt über dem Steinway-Flügel hing, auch sein mochte, wollte sie dennoch einfach nicht glauben, daß die beiden folgenden Sätze auf demselben staunenerregenden Niveau seien wie der erste, außerdem »gingen« sie auch viel schneller. Aber sie hatte während der Zugfahrt heute, auf der sie ihre nächsten Aktivitäten im Ort plante, ernsthaft überlegt, ob sie nicht versuchen sollte, auch diese so zu meistern, daß sie mit hinreichender Präzision über die kniffligen Stellen käme. Bis dahin aber würde sie bei solchen Mondschein-Séancen weiterhin selbstbewußt am Ende des ersten Satzes aufhören und den Zuhörern versichern, die nächsten zwei paßten eher zum Morgen und zum Nachmittag. Mit einem Seufzer würde sie dann den Klavierdeckel schließen, sich vielleicht ein wenig echte Nässe aus den Augen wischen, das elektrische Licht einschalten und vom Tisch ein Buch nehmen, in dem ein Brieföffner den Grad ihres Vordringens anzeigte, und dazu sagen: »Georgie, Sie müssen mir einfach versprechen, diese Biographie von Antonio Caporelli sofort zu lesen, wenn ich damit fertig bin. Sie hat mir die Augen über den Aufstieg der venezianischen Schule erst so richtig geöffnet. Man kann geradezu riechen, wie die salzige Flut über die Lagune schwappt, und man sieht den Campanile des schönen Torcello.«

Und Georgie würde seinen Stickrahmen beiseite legen, auf dem er am Muster der Nachbildung eines italienischen Chormantels arbeitete, und ebenfalls seufzen.

»Sie sind einfach wunderbar!« würde er sagen. »Wie finden Sie nur Zeit für all diese Dinge?«

Sie antwortete mit einem Sinnspruch, der am nächsten Tag in Riseholme die Runde machte:

»Nur die Fleißigen haben Zeit für alle Dinge, mein Lieber.«

Nun könnte man meinen, daß solche Geschäftigkeit ausreichen sollte, um jemanden dermaßen in Anspruch zu nehmen, daß ganz gewiß keinerlei Zeit für andere Dinge bliebe, doch war dies bei Mrs. Emmeline Lucas keineswegs der Fall. Ebenso wie der Maler Rubens sich den Spaß geleistet hatte, nebenbei den Botschafter am englischen Königshof zu spielen (für die meisten fleißigen Menschen an sich schon eine ausreichende Karriere), so machte sich Mrs. Lucas in den Pausen zwischen ihrem Streben nach der Kunst um der Kunst willen den Spaß, nicht nur eine Botschafterin, sondern eine Monarchin zu sein. Wohl mochte Riseholme, dem plumpen Materialismus der Landkarte zufolge, dem Königreich Großbritanniens angehören, doch in insgeheimer Wirklichkeit bildete es für sich ein ganz ureigenes Imperium, dessen Herrscherin zweifellos Mrs. Lucas war; sie regierte es in erfreulich unangefochtener Autokratie, und dies zu einer Zeit, da Throne stürzten und kaiserliche Kronen herumwirbelten wie fallende Blätter im Herbstwind. Die Regentin von Riseholme, weit glücklicher als ihr Widerpart in Rußland, brauchte das zu Kopfe steigende Gift des Bolschewismus nicht zu fürchten, denn in jenem Tiegel, in dem die Kultur so wohltuend brodelte, stieg kein einziges revolutionäres Bläschen empor. Hier gab es weder Armut noch Unzufriedenheit oder gemurrte Umsturzdrohungen. Fleißig, doch gelassen, arbeitete Mrs. Lucas schwerer als jeder ihrer Untertanen und übte eine Macht aus, die das Volkstümliche mit dem Selbstherrlichen verband.

Ihre souveräne Gewalt war ihr vage bewußt, als sie nun in der Hitze die letzte Biegung nahm und in Sichtweite der Hauptstraße kam, die ihr Königreich durchschnitt. Ja, tatsächlich, der ganze Ort gehörte ihr, so wie herrenlose Schatzfunde an die Krone fielen, denn sie hatte schließlich mit der Umwandlung dieses entlegenen elisabethanischen Dorfes in einen Hort der Kultur begonnen, der nun dort stand, wo noch zehn Jahre zuvor eine bäuerliche Bevölkerung in tristen Katen aus grauem Stein oder Ziegelfachwerk ihr schwerfälliges, unerleuchtetes Leben gefristet hatte. Während davor ihr Gatte ein sowohl von der Höhe wie von der Herkunft her respektables Vermögen als Anwalt anhäufte, hatte sie lediglich eine kleine, trübe Fackel der Kultur in Onslow Gardens hochgehalten. Doch ihr und sein Ehrgeiz war es gewesen, im gleißenden Licht der Kunst zu schwelgen und tätig zu sein, sobald die materiellen Bedürfnisse durch kluge Investitionen abgedeckt wären. Und als genug Tausende von Pfund Sterling in festverzinslichen Wertpapieren angelegt waren, hatte sie ihn unschwer dazu überreden können, drei dieser Katen, die einen niedrigen, zweigeschossigen Block bildeten, zu erwerben; durch umsichtiges Entfernen von Trennwänden hatte sie die Häuschen in ein außerordentlich gemütliches Anwesen verwandelt, wobei sie etwas später noch auf der Rückseite einen neuen Flügel im rechten Winkel hatte anbauen lassen, der, falls dies möglich war, noch um eine Nuance elisabethanischer wirkte als der Grundstock, dem er angefügt worden war, denn dort befand sich jener berühmte Rauchsalon mit Binsenmatten auf dem Boden, einer Kredenz, auf dem sich Zinnkrüge reihten, und bleigefaßten Gitterfenstern aus so antikem Glas, daß man praktisch gar nicht mehr hindurchsehen konnte. Er besaß einen riesigen offenen, von Eichenstämmen umrahmten Kamin mit Sitzgelegenheiten auf beiden Seiten der eisenbeschlagenen Sohle innerhalb des breiten Rauchfangs und einem eisernen Bratspieß über dem Feuer. Obwohl Mrs. Lucas im restlichen Haus der Bequemlichkeit halber der Installation von elektrischem Licht zugestimmt hatte, gab es hier keine derartigen Zugeständnisse, und in den Kerzenhaltern an den Wänden brannten trübe Eisenlampen, so daß nur die Scharfsichtigsten dabei lesen konnten. Selbst jenen aber wurde das Lesen schwer gemacht, enthielt doch das Büchergestell auf dem Tisch nichts als ein paar Bände in kaum lesbarer Frakturschrift, die mindestens aus dem frühen 17. Jahrhundert stammten, und man mußte schon in einer fanatisch elisabethanischen Verfassung sein, um sich dort wohlzufühlen. Doch Mrs. Lucas verbrachte dort gern ihre seltenen freien Augenblicke, spielte auf dem Virginal, das im Eckfenster stand, oder ließ sich im Qualm der brennenden Scheite räuchern, während sie mit tränenden Augen eine Elzevier-Ausgabe von Horaz entzifferte, zwar etwas spät erschienen, um zum Kanon gezählt zu werden, dafür seinerzeit aber ein äußerst günstiger Kauf.

Das Haus stand an dem Ende des Dorfes, das dem Bahnhof am nächsten lag; als sich das Panorama ihres Reiches vor ihr eröffnete, hatte sie daher nur noch wenige Schritte zu gehen. Eine Eibenhecke, die im Stück von einer benachbarten Farm gekauft und mitsamt den Erdklumpen und empörten Schnecken an den Wurzeln hierher verpflanzt worden war, trennte das kleine Oval des Gartens von der Straße, und die Formen, in die man sie geschnitten hatte, warfen monströse Schatten auf den winzigen Rasen. Wie es nur recht und billig war, fand sich darin keine Blume außer solchen, die in Shakespeares Stücken erwähnt wurden: tatsächlich wurde er Shakespeare-Garten genannt, und das Beet direkt unter den Fenstern des Speisezimmers war Ophelias Rabatte, denn es wuchsen dort ausschließlich Blumen, die jenes verwirrte Mädchen an seine Freundinnen verteilt, während es schon längst in einem Irrenhaus sein sollte. Mrs. Lucas dachte oft, wie gut es doch war, daß man solche Anstalten in Elisabeths Zeiten nicht gekannt hatte. Stiefmütterchen bildeten natürlich die Hauptdekoration (obschon es auch einige sehr gut entwickelte Gartenrauten gab), und wenn sie blühten, trug Mrs. Lucas stets ein Sträußchen am Busen, um sich davon inspirieren zu lassen, und sie fand sie wunderbar wirksam. Rings um die Sonnenuhr, die in der Mitte eines der Rasengevierte stand, zwischen denen ein Weg aus gebrochenen Pflastersteinen zur Eingangstür führte, lag ein kreisförmiges Beet, das jetzt, im Juli, triste Leere zeigte, denn es beherbergte nur die Frühlingsblumen, die Perdita im *Wintermärchen* aufzählt. Aber jedes Jahr war der Tag, an dem das Perdita-Beet die erste Blüte hervorbrachte, ein Freudenfest: die Nachricht davon verbreitete sich wie ein Lauffeuer durch Mrs. Lucas' Reich, und ihre Untertanen jubelten und kamen herbei, um dem Veilchen, der Narzisse oder welchem Gewächs auch immer die Ehre zu erweisen.

Die drei so geschickt zu dem Anwesen »The Hurst« umgestalteten Katen boten eine reizvoll unregelmäßige und malerische Fassade. Zwei von ihnen waren aus dem grauen Stein der Gegend gemauert, die mittlere dagegen, zu deren Tür der gepflasterte Weg führte, in Ziegel und Fachwerk gehalten. Gitterfenster mit mächtigen Mittelpfosten warfen Licht in die Innenräume, und diesen ursprünglichen Fenstern waren gewisse neue Durchbrüche hinzugefügt worden, die dem aufmerksamen Beobachter dadurch auffielen, daß ihre Rahmen deutlich älter als der Rest des Hauses erschienen. So wirkte auch die Eingangstür erstaunlich antik, was daher rührte, daß die Tür, die Mrs. Lucas dort vorgefunden hatte, schlicht zu verrottet gewesen war, um beim Abhalten von Wind und Wetter den geringsten Dienst zu leisten. Deshalb hatte sie eine noch ältere aus den Eichenbohlen einer abgerissenen Scheune herstellen und mit großen, vom Dorfschmied eigens antik gestalteten Eisennägeln spicken lassen. Einige davon waren ihm so gut gelungen, daß ihnen fast die Inschrift *A.D. 1603* hätte eingraviert werden können. Dort, wo über der Tür einst ein Wirtshausschild gehangen hatte, war nun eine Laterne befestigt, in der, dem Betrachter durch die Patina der Glasscheiben wohlverborgen, eine Glühbirne steckte. Dies war eines der notwendigen Zugeständnisse an moderne Annehmlichkeiten, denn keine ölgespeiste

Lampe hätte dieses wahrhaft undurchlässige Glas durchdringen und den Pfad zum Gartentor erhellen können. Lieber elektrisches Licht, als daß einem die Gäste kopfüber ins Perdita-Beet stürzten. Neben der festungsartigen Tür hing ein schwerer eiserner Glockenzug, dessen Griffende eine Meerjungfrau darstellte. Als Mrs. Lucas ihn damals anbringen ließ, war das ein Glokkenzug von jener Art gewesen, den nur ein außerordentlich athletischer Mann betätigen konnte, wenn er sich guten Stand verschaffte und beide Hände benutzte, woraufhin eine mächtige Bronzeglocke im Gesindegang ins Pendeln kam und irgendwann (falls der Athlet weiter zog) Laute von sich gab, und zwar mit derart sonoren Schwingungen, daß die Tünche von den Zimmerdecken bröckelte. Mrs. Lucas war daher der Untrainiertheit der heutigen Generation und dem Ärgernis, daß auf dem Weg zwischen Küche und Speisezimmer Kalk auf Salate und Kaltschalen rieselte, ein weiteres Stück entgegengekommen: jetzt befand sich ganz unten am Schwanz der Meerjungfrau ein kleiner Knopf aus Bein, schwarz eingefärbt und praktisch gar nicht zu sehen, und damit war aus dem Glockenzug ein elektrischer Klingelknopf geworden. So konnten Besucher ihr Kommen ohne übermäßige Strapazen ankündigen, es ging kein sichtbares Jota der elisabethanischen Meerjungfräulichkeit verloren, und Shakespeares Geist würde der Anachronismus beim Durchwandern seines Gartens sicher nicht auffallen.

Obgleich Mrs. Lucas' Eltern sie auf den Namen Emmeline getauft hatten, war es kaum verwunderlich, daß die vertrauteren ihrer Untertanen sie nur als Lucia kannten, natürlich italienisch ausgesprochen (*la Lucia*, die Frau des Lucas), und mit »*Lucia mia*« begrüßte sie nun auch ihr Mann, der sie am Eingang von »The Hurst« empfing.

Er hatte an den Fenstern des Salons auf ihr Kommen gewartet, während er an einem seiner kleinen Prosagedichte feilte, die einen so ergötzlichen Beitrag zur Kultur in Riseholme bildeten; denn obwohl er, wie bereits angedeutet, im praktischen Leben dem Offensichtlichen durchaus etwas abgewinnen konnte, gab es Fenster in seiner Seele, die vage und ätherische Ausblicke boten, welche in solcher Ferne vom Offensichtlichen standen, daß sie nur undeutlich wahrnehmbar waren. Der Form nach traten seine Oden in den freien Rhythmen eines Walt Whitman zutage, doch in ihrer geschliffenen Glätte und ihrem Inhalt hatten sie keinerlei Ähnlichkeit mit den Produkten dieses barbarischen Barden, sah doch in Walt Whitman niemand etwas anderes als einen derben, ungehobelten Amerikaner. Zwei Bändchen dieser Prosagedichte waren bereits erschienen, natürlich nicht bei einem der harten, geschäftsmäßigen Verlagshäuser Londons, sondern beim »Zeichen der Narcisse« auf dem Dorfanger, wo man die Lettern noch von Hand setzte und sehr wenig, allerdings nur vom Besten, in Druck gehen ließ. Zwar war die Druckerei erst vor kurzem auf Kosten von Mr. Lucas in Betrieb genommen worden, doch hatte sie, neben seinen eigenen Gedichten, schon eine Neuauflage von Shakespeares Sonetten herausgebracht. Man druckte in schlichten Buchstaben auf dickem, gelblichem Papier, dessen Ränder den Eindruck machten, als hätte sie der Zeigefinger eines ungeduldigen Lesers aufgerissen, so unregelmäßig und ausgefranst waren sie, und gebunden wurde in

Kalbspergament. Die Titel dieser beiden schmalen Blüten der Lyrik, *Treibgut* und *Strandgut*, prangten in Fraktur auf dem Einband, der außerdem mit einer Art Prägesiegel verziert war; überdies hatte jede Ausgabe antik wirkende Leinenbänder, so daß sich das Ganze mit zwei Schleifen verschließen ließ, wenn man vorerst genug von Mr. Lucas' *Treibgut* hatte und sich dem *Strandgut* zuwenden wollte.

Heute ging es mit dem Prosagedicht über die »Einsamkeit« nicht so recht weiter, daher war Philip Lucas froh, das Klappern des Gartentors zu hören, welches das einstweilige Ende *seiner* Einsamkeit anzeigte; im Aufblicken sah er die Gestalt seiner Frau, die sich ihm nur verschwommen durch das verzerrende, schlierige Fenster des Salonzimmers darbot, dessen Scheiben so mühsam aufzutreiben gewesen waren, jetzt aber über die gesamte Breite das einfache, ordinäre, brechungsfreie Zeug ersetzten, das vorher dort eingekittet war. Er sprang mit einer für eine so gewichtige und füllige Figur ganz beachtlichen Behendigkeit auf und hatte die nägelbeschlagene Eingangstür geöffnet, lange bevor Lucia den Weg über die gebrochenen Pflastersteine genommen hatte, denn sie war am Perdita-Beet ein Weilchen stehengeblieben.

»*Lucia mia!*« rief er aus. »*Ben arrivata!* Du bist also zu Fuß vom Bahnhof gekommen.«

»*Si, Peppino, mio caro*«, sagte sie. »*Stai bene?*«

Er gab ihr einen Kuß und fiel dann in die Sprache Shakespeares zurück, denn ihrer beider Italienischkenntnisse mochten perfekt und sicher sein, soweit sie eben reichten, doch reichten sie eben nicht allzu weit und taugten zum Zwecke der Unterhaltung rein gar nichts, außer man wollte sich nur begrüßen oder nach der Uhrzeit fragen. Aber es war interessant, italienisch zu sprechen, so wenig weit man auch damit kam.

»*Molto bene*«, gab er zurück. »Wie schön, daß du wieder da bist. Und wie war's in London?« fragte er, dies mit einem Tonfall, als erkundige er sich nach dem Zustand eines kranken Verwandten, bei dem kaum eine Besserung zu erwarten sei.

Sie lächelte recht freudlos.

»Fürchterlich hektisch wegen nichts«, sagte sie. »Während der ganzen zwei Wochen habe ich kaum einen Moment für mich gehabt. Mittagessen, Abendessen, Gesellschaften aller Art: nicht einmal die Hälfte der Einladungen konnte ich überhaupt wahrnehmen. Gutes altes South Kensington!«

»*Carissima*, wenn London dich schon einmal in seine Fänge bekommt, ist es doch kein Wunder, daß alle möglichst viel von dir haben wollen«, sagte er. »Daraus darfst du ihnen keinen Vorwurf machen.«

»Tu ich ja gar nicht, Liebling. Alle waren kolossal nett und gastfreundlich; sie haben sich wirklich bemüht. Wenn ich jemandem einen Vorwurf mache, dann mir. Aber ich glaube, dieses Leben in Riseholme mit all seinem Schliff und seiner Feinsinnigkeit verdirbt einen einfach für jeden anderen Ort. London ist wie ein Bahnknotenpunkt: es besitzt kein wahres eigenes Leben. Dort gibt es kein Zartgefühl, kein Verständnis für feine Nuancen. Individualismus kennt man nicht: alles schnattert durcheinander, schnattert und futtert. Geht man einmal zu jemandem zum Hauskonzert – und du kennst ja meine Ansichten über Musik und über die Unmöglichkeit, sie richtig zu genießen, wenn man in einer

Reihe von Leuten eingequetscht ist –, dann wird man zum Essen getrieben, kaum daß es vorbei ist. Immer gibt es Gedränge, immer gibt es etwas zu essen; nie ist man alleine; dabei kann man doch nur in der Einsamkeit, wie Goethe sagt, auf die Eingebung der Musen horchen. Niemand in London hat Zeit zum Zuhören: alle reden nur darüber, wer da ist und wer nicht da ist und was als nächstes kommt. Die erlesene Gegenwart, wie du es in einem deiner Gedichte genannt hast, findet dort nicht statt: immer zappeln sie der Zukunft entgegen.«

»Brillant ausgedrückt! Dieses Juwel hätte ich gern für mein armseliges Gedicht geraubt, wenn du früher damit fündig geworden wärst.«

Solchen Weihrauch war sie zu sehr gewöhnt, um ihn mehr als nur unbewußt zu schnuppern, und fuhr daher in ihrer groß angelegten Anklage fort.

»Nicht daß ich London derart schrecklich finde, weil es so fleißig ist«, sagte sie voll Unvoreingenommenheit, »denn wenn Fleißigsein ein Verbrechen wäre, könnten wohl eine ganze Reihe von uns dem Strick nicht entrinnen. Aber nehmen wir mein Leben hier, oder von mir aus auch deins – also nehmen wir meines. Wie oft bin ich vom Frühstück bis zum Mittagessen ganz allein, aber in diesen Stunden kann ich mehr wertvolle Dinge erledigen, als London in einem ganzen Tag und einer Nacht schafft. Ich genieße eine Stunde lang meine Musik, ohne mich dauernd umzusehen und darum zu kümmern, wer noch alles da ist, sondern ich lerne, übe, tauche ein in den göttlichen Klang. Dann habe ich Briefe zu schreiben, und du weißt ja, was das heißt, und immer noch bleibt mir eine Stunde zum Lesen, und wenn du mich dann zum Essen holst, entführst du mich aus

Rundgängen durch venezianische Kirchen oder aus einem Gespräch in jenem dunklen Zimmerchen in Weimar, oder war das in Leipzig? Wie wären diese Stunden wohl in London vergangen? Ich hätte wohl eine halbe Stunde mit der guten Aggie im Park gesessen, und sie hätte mir, halb krank vor Aufregung, irgendeinen bankrotten Adligen gezeigt, oder vielleicht eine Frau, die die Scheidung eingereicht hat. Dann hätte sie mich zu einer dieser Privat-Vernissagen geschleppt, wo auch wieder genau dieselben Leute zusammen geschnattert und gefuttert und sich dabei Bilder angesehen hätten, bei denen ich Ärmste erschaudert und erblichen wäre. Nein, ich bin dankbar, wieder in meinem süßen kleinen Riseholme zu sein. Hier kann ich arbeiten und denken.«

Sie blickte sich in der getäfelten Eingangshalle um und verstrahlte ein warmes Glühen der Zufriedenheit darüber, wieder zu Hause zu sein, von dem die körperliche Erhitzung des Spaziergangs vom Bahnhof gänzlich überdeckt wurde. Wohin sie ihren Blick auch lenkte – jene scharfen, dunklen Augen, die an mit glänzendem amerikanischen Tuch überzogene Knöpfe gemahnten –, sie sah nichts, das ihren Feinsinn beleidigte, wie so vieles in London. Auf dem Fensterbrett prangten schimmernde Messingkrüge, eine Schale mit Duftessenz stand auf dem schwarzen Tischchen in der Mitte des Zimmers, eine Eichenbank vor dem offenen Kamin, zwei persische Läufer lagen auf dem gebohnerten Boden. Es fehlte dem Raum auch nicht eine gewisse Wunderlichkeit, auf die sie in jenem denkwürdigen Vortrag über *Humor in der Einrichtung*, gehalten vor der Literarischen Gesellschaft von Riseholme, angespielt hatte: ein Messing-Milchkrug diente als Behälter für Schirme und Spazierstöcke. Ebenso wunderlich war der Teller mit hochgradig realistischem Obst aus Stein neben der Duftschale, oder die japanische Spinne aus Filz in ihrem Seidennetz über dem Fenster. Letztere war so erschreckend wirklichkeitsgetreu, daß Lucias neues Dienstmädchen eines Morgens ihre Pflichten vernachlässigt und den Gärtner herbeigeholt hatte, um das Ungeziefer zu töten. Der steinerne Obstteller hatte einen ähnlichen Erfolg erzielt, als sie einmal zu Georgie Pillson sagte: »Der Gärtner hat mir die ersten Äpfel und Birnen gebracht – wollen Sie sich nicht ein paar mitnehmen?« Erst als das Gewicht der Birne (er hatte sofort die größte gewählt) den Scherz verriet, bemerkte er, daß es keine echte war. Allerdings hatte Georgie sich bald gerächt, denn bei passender Gelegenheit hatte er eine echte Birne zwischen die steinernen Imitate plaziert, und als er wieder einmal bei Lucia vorbeischaute, hatte er sie sich ausgesucht, die Lippen geschürzt und mit aller Kraft hineingebissen. Im ersten Augenblick waren Lucia fast die Sinne geschwunden bei dem Gedanken an seine zersplitternden Zähne... Diese humoristischen Einlagen wurden von Zeit zu Zeit ausgetauscht; die Spinne zum Beispiel mochte abgenommen und durch einen Kanarienvogel aus Porzellan in einem Chippendale-Käfig ersetzt werden, und die Wahl der Eingangshalle für diese Einfälle war durchaus Absicht, denn so hatten Gäste beim Ablegen der Mäntel etwas zur Belustigung, und beim Betreten des Salons war für ein leichtes, amüsantes Gesprächsthema gesorgt. Auch der Gong wurde bisweilen durch einen Satz Klingeln ausgetauscht, der einst das Zaumzeug des Leitpferdes irgendeines flämischen Fuhrwerks geziert hatte; wenn Lucia zu Hause war, wurde oft für einige Tage ein neues wunderliches Element hinzugefügt, und sie beließ die Literarische Gesellschaft in der Hoffnung, sie würde eines Tages, wenn sie nicht so beschäftigt wäre, etwas Material für eine Fortsetzung ihres Vortrags zu Papier bringen oder gleich einen neuen schreiben, der das etwas weitgespanntere Feld der *Gesprächseröffnungen zum Thema Möbel* betraf.

Ein Stapel Briefe erwartete Mrs. Lucas auf dem Tisch, denn die Post vom Vortag war ihr in der Befürchtung, sie könnte sie verfehlen, nicht nachgesandt worden (die Londoner Briefträger waren bewiesenermaßen sehr gedankenlos und unzuverlässig), und sie stieß bei ihrem Anblick einen leisen Entsetzensschrei aus.

»Ich werde ganz unartig sein«, sagte sie, »und bis zum Mittagessen keinen aufmachen. Trag die Briefe fort, *caro*, schließ sie weg und versprich, sie mir nicht vorher zu geben, auch wenn ich noch so sehr bettle. Dann aber steige ich wieder in den Sattel, diesen guten alten Sattel, und nehme sie in Angriff. Bis zum Essensgong werde ich im Garten spazierengehen. Was sagte doch gleich Nietzsche über die Notwendigkeit, sich hin und wieder zu *mediterranisieren*? Ich für mein Teil muß mich *riseholmisieren*.«

Peppino erinnerte sich an das Zitat, das in der Besprechung irgendeines Werkes dieses gefeierten Autors gestanden hatte, wo es auch Lucia aufgefallen war, und kehrte, nunmehr bestärkt von der Kraft des Gegensatzes, zu seinem Prosagedicht über die »Einsamkeit« zurück, während seine Gattin durch den Rauchsalon in den Garten schritt, um dessen kultivierte Atmosphäre endlich wieder auf sich wirken zu lassen.

In diesem Garten hinter dem Haus gab es keine Bemühungen um shakespearische Beete, denn, wie sie so richtig zu bemerken pflegte, hätte Shakespeare, der doch Blumen so sehr liebte, ihr gewiß darin beigepflichtet, daß man alle erdenklichen Schätze der Gartenkunst genießen müsse. Die Ausgestaltung dagegen spielte hier eine bedeutende Rolle: Statuen, Sonnenuhren und Steinbänke standen beinahe überreichlich verstreut. Auch Sinnsprüche fanden sich in großer Zahl, und während eine Sonnenuhr daran erinnerte, daß *tempus fugit*, forderte ein lauschiger Ruhesitz mit »Bleib ein Weilchen« zum Gegenteil auf. Andererseits fand sich auf der Rückseite dieses schlichten Bänkchens unter dem Spalier aus verflochtenen Goldregensträuchern aber die Inschrift: »Weit bin ich gewandert im Reiche des Goldes«, so daß man beim Nachsinnen über Keats ruhig ein Weilchen bleiben konnte, ohne ein schlechtes Gewissen zu bekommen. In der Tat war die Fülle von bekannten und erbaulichen Zitaten derart groß, daß einer von Lucias Untertanen einmal gesagt hatte, ein Gang durch ihren Garten lohne nicht nur wegen der wunderschönen Blumen, sondern auch, weil man so gleichzeitig eine halbe Stunde mit den besten Schriftstellern zubringe.

Einen Taubenschlag gab es natürlich auch, doch da die Katzen die Tauben regelmäßig umbrachten, hatte Mrs. Lucas rings um den entweihten Schlag etliche Tauben aus Kopenhagener Porzellan aufgestellt, die sowohl unsterblich in Bezug auf Katzen waren als auch den Faden des Humors in der Einrichtung weiterspannen. Der Humor fand seinen trefflichen Höhepunkt, als Peppino dann noch eine mechanische Nachtigall im Gebüsch versteckte, die beim Ziehen einer Schnur ein äußerst realistisches »ziküth-ziküth« erklingen ließ. Der ziemlich kurzsichtige Georgie, dem die Porzellantauben noch nicht aufgefallen waren, hatte sie für echt gehalten. Dann, wie köstlich, hatte Peppino an der Schnur gezogen, und Georgie hatte recht lange verzückt dem melodischen Gesang gelauscht. Eine angemessene Vergeltung für seine »Falle« mit der echten Birne unter den steinernen Früchten. Denn trotz der vergeistigten und zivilisierten Atmosphäre in Riseholme wußte man dort ein wenig »Albernheit am rechten Platze« durchaus zu schätzen, und das anstrengende Kulturleben wurde oftmals von solch erfrischenden, subtilen Einfällen aufgelockert.

Rasch und entschlossen lief Mrs. Lucas die Wege auf und ab, während sie auf das Läuten zum Essen wartete; die geistige Aktivität erfaßte auch den Körper und verlieh ihm forsche Bewegungen. Zu beiden Seiten der Stirn fiel ihr festes Haar in regelmäßigen Wellen herab und verbarg einen Teil ihrer Ohren. Sie hatte ihren London-Hut abgelegt und trug ein *Contadina*-Schirmchen aus roter Baumwolle in der Hand, das einen rosigen Schimmer über ihr schmales ovales Gesicht und den farblosen Teint warf. Die Last von vierzig Lebensjahren war ihr schlechthin nicht anzusehen, und wäre da nicht die welke Haut an den Winkeln ihres schmalen, zusammengepreßten Mundes gewesen, sie hätte als eine viel jüngere Frau durchgehen können. Ansonsten sah man in ihrem Antlitz keine Falten, und es trug auch keine Spuren des Verschleißes einer emotionalen Lebensweise an sich, welche Gesichter ebenso weich wie alt werden läßt. Weiches gab es bestimmt nichts an ihr, auch wenige Anzeichen des Alters, und man konnte mit

Recht annehmen, daß sie auch in zwanzig Jahren nur wenig älter als jetzt aussehen würde. Die Emotionen, denen sie sich hingab, waren die sterilen, zeitlosen Ekstasen der Kunst; die Begierden, denen sie verfiel, hatten mit ihrem Ehrgeiz, nicht mit Herzensdingen zu tun. Einer Dynastie stand sie nicht vor, da sie kinderlos war, und so beschränkte sich ihr Ehrgeiz auf die dauerhafte und sichere Erhaltung ihres eigenen Thrones als Herrscherin Riseholmes. Sie erwartete im Grunde wirklich nicht mehr vom Leben als das Andauern solcher Erträge, wie sie sie in den vergangenen zehn Jahren immer wieder geerntet hatte. Solange sie das Leben in Riseholme beherrschte, in Kultur und Unterhaltung die Führungsrolle innehatte, den unstrittigen Quell aller Inspirationen dieses Ortes darstellte und von Zeit zu Zeit ihre Erinnerung an die unsägliche Inferiorität Londons auffrischte, verlangte sie gar nicht mehr. Doch sie wandte all ihre Ruhe, Freizeit und Geldmittel auf, um sich das zu sichern. Da sie praktisch nie müde wurde, machte ihr die Einbuße an Ruhe und Freizeit kaum etwas aus, und da sie in außerordentlich angenehmen Vermögensverhältnissen lebte, kümmerten sie Geldfragen schon gar nicht. Sie konnte ohne weiteres damit rechnen, noch lange das unverändert aktive Leben einer Dame mittleren Alters zu führen, während ringsherum Generationen der Jugend verblühten, und auch in noch so weiter Ferne stieg kein Stern auf, der ihren unüberbotenen Glanz zu trüben drohte. Zwar war sie im Grunde autokratisch, doch gestattete sie ihren Untertanen, ja sie ermutigte sie sogar, eigenen Gedanken auf eigenen Wegen nachzugehen, vorausgesetzt natürlich, daß diese Wege alle zu der Kreuzung führten, an der sie den Verkehr regelte. Was schließlich die Religion anging, so sollte kurz angemerkt sein, daß sie an Gott in ziemlich ähnlicher Weise wie an Australien glaubte; beider Existenz zog sie nicht im mindesten in Zweifel, und wenn sie sonntags zur Kirche ging, so tat sie es mit etwa demselben Gefühl, mit dem sie ein Känguruh im Zoo betrachten würde, denn Känguruhs kamen ja aus Australien.

Eine niedrige Mauer trennte das Ende ihres Gartens von der Wiese; dahinter kam der Bach, der in den Avon floß, und oftmals genoß sie den Gedanken, daß das Wasser, das sich dort entlangschlängelte, recht bald (falls es nicht irgendeine Kuh aufschlabberte) an jener Kirche in Stratford vorbeirauschen würde, in der Shakespeare begraben lag. Peppino war, nachdem sie ihm diesen Einfall großzügig vermacht hatte, ein sehr bewegendes kleines Prosagedicht darüber gelungen, in dem eine wunderhübsche Analogie anklang zwischen dem irdischen Tau, der die Blumen erfrischt und ins Feuer der Sonne emporsteigt, und dem Denken, dem geistigen Tau, der den Verstand erfrischt und danach – hier wurde es etwas vage – emporsteigt in die kugelrunde Seele der Welt ...

In diesem Moment gewahrte sie eine Erscheinung drüben auf der Straße, die direkt am jenseitigen Ufer dieses fröhlichen Bächleins auf seinem Weg zum Avon entlangführte. Unzweifelhaft handelte es sich bei dieser fülligen Figur mit ihren kurzen Trippelschritten und den ausladenden Gesten um Mrs. Quantock, aber warum in aller Wunder Namen wanderte die Jüngerin der Christlichen Wissenschaft neben der in Tuch und Turban gehüllten Gestalt eines Mannes mit tropischer Hautfarbe und schwarzem Bart einher? Seine safrangelbe Robe war mit einem grellgrünen Gürtel leicht hochgeschürzt, um das Gehen zu erleichtern, und sofern er nicht schokoladebraune Strümpfe trug, erblickte Mrs. Lucas dort Männerbeine desselben Farbtons. Kurz darauf war dieser fragliche Punkt geklärt, denn sie sah nun auch ein Paar kurze rosa Socken in roten Pantoffeln ... Noch während sie das Bild betrachtete, wurde sie von Mrs. Quantock (diese hatte dank der Christlichen Wissenschaft die scharfen Augen der Jugend zurückerlangt) bemerkt, die ihr sogleich zuwinkte, Kußhände hinwarf und offensichtlich auch ihren Begleiter auf sie aufmerksam machte, denn der machte ihr im nächsten Augenblick eine Ehrenbezeugung auf gravitätisch-orientalische Art. Einstweilen blieb ihr keine Wahl, als diese Grüße zu erwidern, da sie Mrs. Quantock schlecht insgeheim etwas zurufen konnte, etwa den Aufschrei: »Wer ist denn dieser Inder?«, denn wenn Mrs. Quantock es hörte, dann würde es auch dieser Inder hören; aber sobald sie konnte, lenkte sie ihre Schritte wieder nach Hause, und als erst die Fliederbüsche zwischen ihr und der Straße lagen, ging sie noch rascher als gewohnt, um ohne unnützen Zeitverlust von Peppino zu erfahren, wer dieser Neuzugang bei ihren Untertanen war. Sie wußte von einigen indischen Prinzen in London: vielleicht handelte es sich um einen davon, und in diesem Falle war es dringend nötig, sich unverzüglich aus der Encyclopaedia Britannica über Benares oder Delhi kundig zu machen.

Zweites Kapitel

Als sie den Rauchsalon durchquerte, klangen die fröhlichen Laute, die dereinst am Zaumzeug eines flämischen Zugpferdes gebimmelt hatten, durch das Haus, und im selben Moment roch sie, daß es *Macaroni au gratin* zum Essen geben würde, was sehr lieb und einfühlsam von Peppino war. Doch bevor sie die Gabel in den randvoll gefüllten Teller stieß, mußte sie ihn ausfragen, denn ihr geistiger Hunger nach Informationen war weitaus größer als ihr Appetit.

»*Caro*, was ist das für ein Inder«, fragte sie, »den ich soeben neben Daisy Quantock gesehen habe? Die beiden spazierten am anderen Ufer des *piccolo Avono* entlang.«

Peppino hatte bereits mit den Makkaroni angefangen und mußte innehalten, um sich die heraushängenden Nudeln in den Mund zu schaufeln. Doch die Hast, mit der er dies tat, war eine hinreichende Versicherung seines Eifers, ihr zu antworten, sobald ihm dies menschenmöglich wäre.

»Ein Inder, Liebling?« fragte er höchst interessiert.

»Ja. Mit Turban, Burnus, nackten Waden und Pantoffeln«, erwiderte sie etwas ungeduldig, denn wozu war Peppino in Riseholme geblieben, wenn er bei ihrer Rückkehr nicht mit präzisen, unzweideutigen Auskünften über die Entwicklungen im Ort aufwarten konnte? Seine Prosagedichte waren ja schön und gut, aber als Prinzgemahl hatte er doch auch andere Staatspflichten, die nicht der Kunst halber vernachlässigt werden durften.

Diese leichte Schroffheit ihrerseits schien seinen Verstand zu schärfen.

»Wirklich, so ganz genau weiß ich es nicht, Lucia«, sagte er, »denn gesehen habe ich ihn selbst noch nicht. Aber wenn ich zwei und zwei zusammenzähle, könnte ich eine Vermutung äußern.«

»Zwei und zwei sind vier«, sagte sie mit ihrer allseits berühmt-berüchtigten beißenden Ironie. »Nun zu deiner Vermutung: Hoffentlich ist sie ebenso zutreffend.«

»Also, wie ich dir in einem meiner Briefe ja berichtet habe«, begann er, »zeigte Mrs. Quantock Anzeichen eines leichten Überdrusses an der Christlichen Wissenschaft. Sie hatte eine Erkältung, und obgleich sie die ›Wissenschaftliche Erklärung des Seins‹ nicht seltener als sonst aufsagte, ging es ihr um keinen Deut besser. Als ich sie dann aber am letzten Dienstag wiedersah, oder war es am Mittwoch – nein, Mittwoch war es sicher nicht, also muß es am Dienstag gewesen sein –«

»Ist ja egal, wann es nun war«, unterband seine Frau brillant diese Unschlüssigkeit.

»Ja, egal, wann es nun war, ganz richtig, also neulich jedenfalls sprudelte Mrs. Quantock über von irgendeiner indischen Philosophie, die einen angeblich sofort gesund macht. Wie nannte sie das gleich? Yoga! Genau, so hieß es!«

»Und dann?« fragte Lucia.

»Nun, offenbar braucht man einen Lehrer für Yoga, andernfalls kann man sich dabei verletzen. Man muß tief einatmen und ›Om‹ sagen –«

»Was muß man sagen?«

»›Om.‹ Soweit ich gehört habe, stößt man den Laut ›Om‹ aus. Und ganz seltsame Körperübungen gibt es da: Man muß sich mit der einen Hand ans Ohr und mit der anderen an den Zehen fassen, aber man bekommt leicht eine Zerrung, wenn man es nicht richtig macht. Das schien mir das Wesentlichste zu sein.«

»Und kommen wir nun bald auf diesen Inder zu sprechen?« fragte Lucia.

»*Carissima*, wir sind schon längst dabei. Ich möchte annehmen, daß Mrs. Quantock einen Lehrer gesucht und auch gefunden hat. *Ecco!*«

Mrs. Lucas runzelte ob dieser Neuigkeit heftig die Stirn. Peppino hatte ein hervorragendes Gespür dafür, ungewöhnliche Vorkommnisse im Leben Riseholmes zu erklären, und seine Mutmaßungen trafen auch meist zu. Sollte er jedoch in diesem Falle recht behalten, dann kam es Lucia höchst ungebührlich vor, daß jemand einen mystischen Inder nach Riseholme importiert hatte, ohne dies zuvor mit ihr abzusprechen. Zwar war sie verreist gewesen, aber es gab ja schließlich die Post.

»Allerdings *ecco*!«, sagte sie. »Das bringt mich in eine äußerst unangenehme Situation, denn ich muß doch heute die Einladungen für mein Gartenfest versenden, und ich weiß nun überhaupt nicht, ob ich offiziell Kenntnis von der Existenz dieses Mannes haben sollte oder nicht. Ich kann ja schlecht an Daisy Quantock schreiben: ›Bring doch auch deinen schwarzen Freund Om mit‹, oder wie er heißen mag; wenn er andererseits zu den Persönlichkeiten gehört, die man sich nur schweren Herzens entgehen läßt, würde ich ihn ungern ignorieren.«

»Aber Liebling, schließlich bist du erst seit einer halben Stunde wieder in Riseholme«, gab ihr Mann zu bedenken. »Mrs. Quantock könnte dir schwerlich schon von ihm erzählt haben.«

Ihre Miene erhellte sich.

»Vielleicht hat mir Daisy ja von ihm geschrieben«, sagte sie. »Möglicherweise finde ich einen vollständigen Bericht über die Sache, wenn ich meine Post öffne.«

»Verlaß dich darauf. Sie wird es doch gewiß nicht derart an Ziemlichkeit fehlen lassen, dir das zu verschweigen. Außerdem ist ihr Gast wohl erst kürzlich eingetroffen, sonst hätte ich ihn sicherlich schon im Ort gesehen.«

Sie erhob sich.

»Na, wir werden ja sehen«, sagte sie. »Ich werde nun den ganzen Nachmittag über fleißig sein, aber zum Tee empfange ich gerne jeden, der zu Besuch kommt. Gib mir meine Briefe, *caro*, dann werde ich herausfinden, ob Daisy mir geschrieben hat.«

Auf dem Weg in ihr Zimmer ging sie die Post durch, und tatsächlich fand sich darunter ein dicker Umschlag mit Mrs. Quantocks ausladender krakeliger Handschrift, die auf den ersten Blick so groß und leserlich wirkte, bei näherem Hinsehen aber immer wieder Rätsel aufgab. Man mußte sie aus ziemlicher Ferne mustern, um irgend etwas darin erkennen zu können, und sie ähnlich abstrahiert und im Ganzen betrachten wie ein Bild. Bei dieser Sichtweise kamen dann plötzlich vereinzelte Worte zum Vorschein, und wenn man genug davon erhaschte, wie kurze Anblicke einer Landschaft im Licht von Blitzen, konnte man hoffen, allmählich zum Gesamteindruck vorzustoßen. Diese Technik brachte hervorragende Resultate, wenn Mrs. Lucas das

Papier auf Armeslänge vor sich hielt und ab und zu die Entfernung leicht änderte, um die Wirkung einer anderen Brennweite zu probieren. Das Wort »Benares« blitzte auf, und weiter unten »Brahmane«; außerdem »allerhöchste Kaste«, »von außerordentlicher Heiligkeit« und »Guru«. Und sobald die Bedeutung des letzteren Begriffs sich ihr aus dem Eintrag über »Yoga« in der Encyclopaedia erhellt hatte, war ein rasches Fortschreiten zum vollständigen Verstehen des Briefes gesichert.

Als die Puzzlestücke erst zusammengesetzt waren, fesselte der Inhalt unverzüglich ihre gesamte Aufmerksamkeit und ließ sie alle restliche Korrespondenz ungeöffnet vergessen, denn ein solcher Auftakt zum Abenteuer erklang selten in Riseholme. Wie Peppino schon beim Mittagessen verlautet hatte, war die Erkältung von Mrs. Quantock offenbar zu hartnäckig für jegliche Ratschläge der Christlichen Wissenschaft gewesen; auch ständig wiederholtes Aufsagen der »Erklärung des Seins« schien sie nur schlimmer zu machen, und als sie eines Tages ans Haus gefesselt war, hatte sie ein Buch (»gleich das erste beste«) aus den Regalen der Bibliothek genommen, dies, wie sie vermutete, unter dem Einfluß eines inneren Zwangs. Folglich war es eindeutig ein Fall von »Führung durch die Vorsehung«.

Nach diesen einleitenden Sätzen machte Mrs. Lucas eine kurze Pause. Sie glaubte sich zu erinnern, daß Mrs. Quantock zur Beschäftigung mit der Christlichen Wissenschaft eine ähnliche Führung erfahren hatte. Damals hatte sie der Anblick einer neuen Kirche in der Nähe der Sloane Street geleitet; Mrs. Quantock war eingetreten (sie wußte gar nicht, warum) und hatte sich mitten in einer Zeugnisversammlung wiedergefunden, wo immer neue Gläubige von wundersamen Heilungen berichteten, die ihnen widerfahren waren. Der eine hatte Husten, der andere Krebs, ein dritter einen Knochenbruch gehabt, doch alle waren sie geheilt worden von den seligmachenden Lehren, die das Evangelium nach Mrs. Mary Baker Eddy verkündete. Aber Lucias Erinnerungen zu diesem Thema waren jetzt nicht so wichtig: Sie brannte schon darauf, die Geschichte dieser neuen Führung zu hören.

Tja, das Buch, das Mrs. Quantock, jener Anleitung gehorchend, vom Regal genommen hatte, war ein kleines Handbuch über orientalische Philosophien gewesen, und es hatte sich ganz von selbst bei einem Kapitel über »Yoga« geöffnet. Als sei in ihrem Inneren ein Auge aufgegangen, hatte sie sofort begriffen, daß Yoga ihr ein dringliches Bedürfnis sei, und umgehend an den Verleger des Buches geschrieben, um weitere Hinweise zum Thema zu erhalten. In *Orientalische Philosophien* hatte sie gelesen, zum erfolgreichen Ausüben von Yoga sei ein Lehrer nötig; ob man ihr also einen Lehrer nennen wolle, der sie unterweisen könne? Diese Bitte bekam eine wundersame Antwort, als zwei Tage darauf das Dienstmädchen einen Herrn aus Indien meldete, der mit ihr zu sprechen wünsche. Er wurde hereingebeten und sagte in tiefster Untertänigkeit: »Verehrte Dame! Ich bin der Lehrer, nach dem es Euch verlangt hat; ich bin Euer Guru. Friede sei diesem Hause! Om!«

Inzwischen hatte Mrs. Lucas ihren Blick auf Mrs. Quantocks Brief genauestens eingepegelt und las weiter, ohne daß ihr ein Wort entging:

»Ist es nicht wunderbar, liebste Lucia«, stand dort, »daß mein Verlangen nach Erleuchtung so rasch beantwortet wurde! Allerdings sagt mein Guru, daß das immer so ist. Ich wurde zu ihm geschickt, und er zu mir, ganz einfach! Er hatte gerade einen Ruf erwartet, als mein Brief mit der Bitte um Unterweisung ankam, und er ist sofort abgereist, weil er wußte, daß er geschickt wurde. Stellen Sie sich das vor! Ich kenne nicht einmal seinen Namen, und seine Religion verbietet ihm, ihn mir zu sagen. Er ist einfach mein Guru, mein Lehrer, und er wird bei mir bleiben, solange er weiß, daß ich ihn brauche, um mir den Rechten Weg zu weisen. Er hat das Gästeschlafzimmer und den kleinen Raum daneben bekommen, wo er meditiert und Prana und Pranayama macht – das sind Atemübungen. Wenn man sie bei richtiger Anleitung regelmäßig ausführt, bleibt man bei hervorragender Gesundheit und jung, und meine Erkältung ist bereits vergangen. Er ist ein Brahmane der allerhöchsten Kaste; im Grunde bedeuten ihm Kasten gar nichts mehr, so wie ein Baronet und ein Viscount für den König wohl ungefähr das gleiche sein dürften. Er kommt aus Benares, wo er früher den ganzen Tag am Ganges meditiert hat, und ich merke es auch selbst, daß er ein Mensch von ganz außerordentlicher Heiligkeit ist. Aber auch in meinem kleinen Zimmerchen kann er gut meditieren, denn wie er sagt, war er noch nie in einem Haus mit so herrlicher Atmosphäre. Er besitzt keinerlei Geld, was ich wunderschön finde, und er hat eine so schmerzliche und enttäuschte Miene gemacht, als ich ihn fragte, ob er welches haben wolle. Er weiß nicht einmal, wie er von London hierher gekommen ist; er glaubt jedenfalls nicht, daß es mit dem Zug war; also ist er vielleicht irgendwie auf astrale Weise hergetragen worden. Auch war er ganz verwirrt, als ich das Wort ›Geld‹ aussprach, und mußte sichtlich nachdenken, was das überhaupt heißt, weil es schon so lange her ist, daß ihm das etwas bedeutet hat. Wenn er jetzt also etwas braucht, habe ich ihm gesagt, soll er in irgendeinen Laden gehen und es auf meinen Namen anschreiben lassen. Oft braucht er tagelang weder Essen noch Schlaf, wenn er meditiert. Denken Sie nur!

Soll ich ihn zu Ihnen mitbringen, oder wollen Sie einmal herkommen? Er möchte Sie kennenlernen, weil er spürt, daß Sie eine herrliche Seele haben und ihm vielleicht auf dem Rechten Weg helfen können, so wie er Ihnen helfen wird. Ich helfe ihm auch dabei, sagt er, was einfach so schön ist, daß ich es kaum glauben kann. Senden Sie mir ein paar Zeilen, sobald Sie wieder da sind. *Addio!*

Die Ihrige
DAISY.«

Die voluminösen Blätter, deren Lesen so lange gedauert hatte, raschelten beim Zusammenfalten. Mrs. Lucas spürte, daß sie eine rasche Entscheidung treffen sollte, für die es all ihre geistigen Kräfte aufzubieten galt. Einerseits war es »ihr gutes Recht«, eine unterkühlte Antwort zu schicken, in der sie, ohne ein Hehl aus ihrer Meinung zu machen, zu verstehen gab, daß sie kein Interesse an namenlosen Gurus hatte, die Brahmanen aus Benares oder wer weiß was sein mochten und sich vor der Tür der armen Daisy einfanden, mittellos und ohne klare Gewißheit, ob sie mit dem Zug gekommen waren oder nicht. Für solch zurückhaltende Maßnahmen sprach das wahrhaft athenische Wesen von Daisys Verstand, denn diese erforschte immer gerade »etwas ganz Neues«, das bei seiner Entdeckung jeweils alle Rätsel der Welt löste, dann jedoch bald auf dem Abfallhaufen endete. Gegen eine solche Verfahrensweise stand jedoch die unbestreitbare Tatsache, daß Daisy gelegentlich durchaus jemanden zu fassen bekam, der sich dann später als interessant erwies, und bis zum letzten Atemzug würde Lucia nie den Tag vergessen, als ein schäbiger schottischer Anwalt in Riseholme aufgetaucht war, den Daisy einfach wundervoll gefunden hatte. Lucia hatte sich damals geweigert, ihre königliche Gastfreundschaft auf ihn auszudehnen, ja seine Anwesenheit während der vierzehn Tage, die er bei Daisy blieb, überhaupt zur Kenntnis zu nehmen, daher war ihre Verstimmung natürlich groß, als er wenige Jahre danach eine wichtige Regierungsposition einnahm. Die Abfuhr war sogar derart deutlich ausgefallen, daß er bei späteren Besuchen ein Betreten ihres Hauses rundheraus ablehnte, obwohl er mehrmals Gast von Mrs. Quantock war und ihr dabei alle möglichen politischen Geheimnisse anvertraute (so sagte sie jedenfalls), die sie aber um nichts auf der Welt preisgeben wollte. Ein so fataler Irrtum durfte sich niemals wiederholen.

Noch etwas gab bei diesen schwierigen Erwägungen den Ausschlag: Sie benötigte an ihrem Hof ein frisches Element, an dem Riseholme merken konnte, daß sie wieder residierte. Bald würde der August mit seiner Trägheit und dem Mangel an Reizen kommen, und bei dem schwülen, windstillen Wetter würde es wirklich sehr schwer werden, die Flagge der Kultur kraftvoll vom Palast flattern zu lassen. Der Guru hatte bereits gesagt, er sei sicher, sie habe eine herrliche Seele, und... Die Umrisse eines Plans schälten sich heraus. Sie würde

Yoga-Sitzungen an den heißen Augustabenden abhalten, bei denen sich im Abklingen der Hitze des Tages graziöse Gruppen zwischen den Mottos im Garten versammeln und großartigen Reden über spirituelle Themen lauschen würden. Danach könnte man köstliche Mondschein-Dîners in der Pergola abhalten, oder falls der Mond unpäßlich war – man durfte von ihr nicht erwarten, neben den Angelegenheiten von Riseholme auch noch jene des Mondes zu regeln –, würde es eben Zusammenkünfte bei Kerzenlicht mit Sandwiches im Rauchsalon geben. Die humorvollen Einrichtungsgegenstände müßten wohl in den Schränken verstaut werden, und wenn man sich dann wieder in die Eingangshalle begäbe, während die Uhr eine unerwartet späte Stunde schlüge, wäre ein leise gerauntes »Wie wunderbar er heute war« zu hören, und es würde verträumte Blicke und Seufzer geben, und man würde sich die Titel von Büchern notieren, die dem Pilger auf dem Rechten Weg weiterhalfen. Wenn man sich langsam zum Gehen bereit machen würde, ließe sich vielleicht ein wenig Klaviermusik zur Abrundung des Abends vorschlagen, und sie stellte sich vor, wie sie, während die Gäste es sich bequem machten, das Dämpferpedal für den ersten Satz der »Mondscheinsonate« niederdrückte. Und dann, zum Schluß, würde alles still sein, und sie würde sich mit einem Seufzer erheben, und jemand würde sagen: »Lucia *mia!*«, und jemand anderer: »Himmlisch, diese Musik!«, und der Guru würde vielleicht sagen: »Verehrte Dame«, was er *anscheinend* bereits zu der armen Daisy Quantock gesagt hatte. Blumen, Musik, Ansprachen des Gurus, leiser Abschied, ein Gefühl der Erfrischung … Im Lichte der noch frischen Erinnerung an den schottischen Anwalt schien es eindeutig klüger, den Guru zu annektieren, als ihn zurückzuweisen.

Sie griff nach der Füllfeder und nahm von einem Stapel eine Postkarte, auf der ihr Name und ihre Anschrift aufgedruckt waren.

»Einfach wunderbar«, schrieb sie. »Bitte bringen Sie ihn doch mit zu meinem kleinen Gartenfest am Freitag. Ich erwarte nur wenige Gäste. Lassen Sie mich wissen, ob er ein ruhiges Zimmer bereitgestellt haben möchte.«

All dies hatte Zeit gekostet, und sie hatte erst ein Dutzend Postkarten mit der Einladung zum Gartenfest am Freitag an ihre Bekannten geschrieben, als man zum Tee rief. Die Einladungen trugen das mystische Wort »sublim« in der linken unteren Ecke, was dem eingeweihten Empfänger vermittelte, um welche Art Party es sich handelte, und die erwünschte Garderobe festlegte. Es war nämlich einer von Lucias witzigen Einfällen, bei der Kleiderordnung drei Klassen zu unterscheiden: »sublim«, »festiv« und »sportiv«. »Sublim« bedeutete das allerbeste Abendkleid, das eleganteste und neuste, was man hatte, und wenn »sublim« auf einer Einladung stand, so hieß dies, daß es sich um ein strahlendes Fest handeln sollte. In ähnlicher Weise deutete »festiv« eine mittelmäßig elegante Party an und informierte über die dafür angemessene Kleidung, während »sportiv« der entsprechende Hinweis bei Picknicks war. Diese Begriffe galten auch für die Anzüge der Herren: was Abendgesellschaften anging, so verlangte »sublim« weiße Krawatte und Frack, »festiv« dagegen schwarze Krawatte und Jackett, und ein »sportives« Dinner lediglich einen Straßenanzug.

Zusammen mit dem Tee wurde auch die Ankunft von Georgie Pillson gemeldet, ihrem Zeremonienmeister, Adjutanten und treuen Untergebenen. Um einer späteren Enttäuschung von vornherein vorzubeugen, soll hier gleich festgestellt sein, daß es niemals auch nur den geringsten Ansatz eines Flirts gegeben hatte, gab oder geben würde. Keiner von beiden, weder sie mit ihren ehrbaren vierzig Jahren noch er mit seinen untadeligen fünfundvierzig, hatte überhaupt je mit jemandem geflirtet. Doch es war eine der artigen, vergnüglichen Fiktionen von Riseholme, daß Georgie ihr leidenschaftlich zugetan sei, und daß er sich um ihretwillen damals vor nunmehr sieben Jahren in Riseholme niedergelassen habe, und daß er um ihretwillen immer noch unverheiratet sei. Um ihr nicht unrecht zu tun: sie hatte derlei Gerüchte niemals bestätigt, wohl aber bekam sie manchmal, wenn im Gespräch Georgies Name fiel, jenen entrückten Ausdruck in den Augen, den sonst nur Meisterwerke der Kunst bei ihr hervorrufen konnten, und dann seufzte sie immer leise: »Der gute Georgie!« und wechselte das Thema mit dem für sie charakteristischen Feingefühl. Tatsächlich gehörte die Beziehung zwischen ihnen zu den wunderbarsten Dingen in Riseholme, und kaum minder wunderbar war Peppinos Einstellung dazu. Dieser großherzige Mensch vertraute den beiden, und sein Vertrauen war nicht umsonst. Georgie ging zu jeder Tageszeit im Haus aus und ein – vor allem ein; aber nicht nur erhob der Skandal nie sein zischendes Haupt, er hatte vor allem weder ein Haupt zum Zischen noch eine Grundlage zum Stehen. Seinerseits hatte Georgie auch nie behauptet, daß er in sie verliebt sei (und es wäre ja auch gar nicht wahr gewesen), aber durch sein beharrliches Schweigen zu diesem Thema, gepaart mit seiner Treue, schien er dennoch das Körnchen Wahrheit in dieser blutleeren Idylle zu bestätigen. Sie unterhielten sich, machten Spaziergänge, lasen gemeinsam die Meisterwerke der Literatur und spielten Klavierduos. Zuweilen (da er die brillantere Technik hatte, obwohl er, wie er sagte, »fürchterlich faul im Üben« war, wofür sie ihn ausschalt) gab er ihr einen sanften Klaps auf den Handrücken, wenn sie einen falschen Ton spielte, und schimpfte: »Böse-böse!« Und sie antwortete dann in Babysprache: »Will danz brav sein! Sie auch böse-böse, arme tleine Lucia wehtan!« Auf solche Höhepunkte beschränkten sich ihre fleischlichen Vertraulichkeiten, und während ihre glänzenden Augen auf die Noten geheftet blieben, brachen die beiden in helles mädchenhaftes Gelächter aus, bis die Erhabenheit der Musik sie wieder ernüchterte.

Georgie (für ganz Riseholme hieß er Georgie oder Mr. Georgie, niemals Pillson) war nicht eben ein aufdringlich maskuliner Typ von Mensch. Die ihm eigene Männlichkeit war eher jungenhaft als erwachsen, und seine wichtigsten Wesenszüge hatten etwas Feminines. Wie jeder andere in Riseholme besaß er einen ausgeprägten Kunstsinn, und neben seinem Klavierspiel malte er reizende kleine Aquarellskizzen, von denen er viele auf eigene Kosten rahmen ließ und an Freunde verschenkte. Sie trugen leicht sentimentale Titel, die in ordentlichen Goldlettern auf dem Passepartout prangten. »Goldherbstliches Wunderland«, »Düsterer Dezember«, »Gelbe Narzissen« und »Sommerrosen« stellten seine womöglich beste Serie dar, und er hatte sie Lucia an vier aufeinanderfolgenden Geburtstagen verehrt. Er malte auch Porträts in Pastell, und zwar zwei verschiedene Sorten: ältliche Damen mit Spitzenhäubchen und Perlenketten, und Jungen in Sporthemden mit hochgerollten Ärmeln. Augen gelangen ihm nicht besonders, daher blickten seine sitzenden Figuren immer zu Boden, aber Lächeln bekam er sehr gut hin, also lächelten die alten Damen süß und geduldig, und die Jungen grinsten munter drein. Die größten Leistungen feierte er in der Handarbeit, und sein Haus war voll mit den Trophäen seines Könnens: wollgewirkte Vorhänge, Petitpoint-Sitzkissen und satinierte, gerahmte Seidenstickereien. Nach Lucia war er der fleißigste Bewohner Riseholmes, doch da er nicht die kräftige Konstitution der Königin besaß, mußte er häufig für einen kleinen Urlaub an die See verreisen. Eisenbahnfahrten waren ihm ein ziemlicher Greuel, weil er vielleicht keinen Eckplatz bekam, jemand mit einer Pfeife oder einem Kleinkind in sein Abteil kommen konnte oder der Träger womöglich zu unsanft mit seinem Gepäck war, deshalb nahm er für gewöhnlich den Wagen zu einem nahen Badeort, wo man ihn kannte. Dickie, sein hübscher junger Chauffeur, fuhr ihn dann, und neben Dickie saß Foljambe, sein äußerst attraktives Zimmermädchen, das ihm die Aufwartung machte. Wenn Dickie einmal falsch abbog, rief sein Herr »Böser Junge!« durch das Sprachrohr, und Foljambe lächelte respektvoll zurück. Im August kamen immer seine beiden stämmigen, wenig anziehenden Schwestern (zudem hießen sie noch Hermione und Ursula!) auf Besuch. Sie schwärmten für Schweine und Hunde, Otterjagd und Hammelkoteletts und brachten eine eher mißtönende Klangfarbe nach Riseholme mit. Aber Georgie besaß ein gutes Herz und überlegte sich nie auch nur, ob er Hermy und Ursy einladen sollte oder nicht, obgleich er immer ziemlich viel aufräumen mußte, wenn sie wieder abgereist waren.

Wenn einer der beiden eine Zeitlang aus Riseholme fortgewesen war, hatte ihr Wiedersehen immer etwas schelmisch Ausgelassenes, das die Tiefe von Georgies vermuteter Zuneigung sehr gewandt verschleierte, und als Lucia jetzt in den Garten hinauskam, wo ihr *cavaliere* und ihr Gatte mit dem Tee unter der Pergola warteten, sprang Georgie behende auf und machte einige schassierende Schritte auf sie zu, beide Hände zum Willkommensgruß ausgestreckt. Sie griff seinen Scherz sofort auf, machte einen Knicks, und schon tanzten die beiden ein kleines improvisiertes Menuett auf Zehenspitzen und mit hoch erhobenen Armen. Georgie hatte sehr kleine Füße, und auf Zehenspitzen wirkte er in seinen stoffbezogenen Stiefeln wirklich elegant. Er trug einen frischen weißen Flanellanzug, und über die Schultern hatte er in der Befürchtung, die Abendluft möge nach diesem heißen Tag ein wenig kühl sein, ein leichtes Cape in militärischem Schnitt geworfen, wie sie junge Damen im Varieté trugen, wenn sie einen Oberst spielten. Außerdem trug er einen Strohhut mit blauem Zierband, ein rosa Hemd und einen roten Schlips, beides sehr weit und luftig. Sein Gesicht war rosig und rund, mit blauen Augen, einer Stupsnase und tiefroten Lippen. Das fast völlige Fehlen von Augenbrauen wurde durch ein festes, sehr kurzgeschnittenes braunes Schnurrbärtchen ausgeglichen, das sich an den Enden nach oben ringelte. Wider alle Erwartung war Georgie recht groß, und seine Kleidung saß ihm wie angegossen.

Der Tanz fand sein Ende mit einem tiefen Knicks von

Lucia, einer Verbeugung mit gezogenem Hut von Georgie (diese Entblößung legte die Haarsträhnen frei, die von der einen Seite des Kopfes her glatt über den Scheitel gebürstet waren, um sich mit dem Haar der anderen Seite zu vereinen), und einem Händeklatschen von Peppino.

»*Bravo, bravo*«, rief er vom Tisch her. »Prächtig!«

Mrs. Lucas warf ihm als Dank für dieses Kompliment einen Kuß zu und lächelte dann ihren Partner an. »*Amico!*« sagte sie. »Schön, Sie wiederzusehen. Wie geht es Ihnen?«

»*Va bene*«, erwiderte Georgie, um zu zeigen, daß auch er italienisch konnte. »*Va* sogar sehr *bene* jetzt, wo Sie wieder zurück sind.«

»Also Georgie! Und jetzt erzählen Sie mir, was es Neues gibt. Machen wir einen netten kleinen Klatsch.«

Bei diesem Wort strahlte Georgie in »feierlichem Frohsinn«, wie ein Trunkenbold bei der Erwähnung von Brandy. »Also, womit fangen wir denn an?« sagte er. »So viel gibt es zu erzählen. Zuerst am besten die Riesen-Neuigkeit. Eine wirklich mysteriöse Sache.«

Lucia lachte in sich hinein. Sie war todsicher, die mysteriöse Neuigkeit nicht nur längst zu kennen, sondern auch weit mehr als Georgie darüber zu wissen. Diese Überlegenheit verbarg sie aber geschickt: Niemand hätte es je erraten.

»*Presto*«, drängte sie. »Sie machen es so spannend.«

»Gestern vormittag war ich im Laden von Rush«, begann Georgie, »weil ich etwas Pfefferminzlikör abholen wollte, der eigentlich am Vortag gekommen sein sollte – Rush ist zuweilen so schrecklich nachlässig –, und ich war eben dabei, ihm deswegen einen scharfen Verweis zu erteilen, als ich plötzlich bemerkte, daß mir Rush gar nicht zuhörte, sondern auf etwas hinter meinem Rükken starrte, also drehte ich mich um. Und jetzt raten Sie, was das war!«

»Spannen Sie mich nicht auf die Folter, *amico*«, sagte sie. »Wie soll ich das erraten? Ein rosa Elefant mit blauen Punkten!«

»Nein, raten Sie noch einmal!«

»Ein Indianer in voller Kriegsbemalung?«

»Ganz und gar nicht! Raten Sie nochmal«, sagte Georgie mit einem erleichterten Seufzer. (Es wäre furchtbar gewesen, wenn sie es erraten hätte.) Im selben Moment wurde Peppino klar, daß Lucia es tatsächlich erraten hatte und nun ein Spielchen spielte.

»Geben Sie mir Ihre Hand, Georgie«, sagte sie, »und sehen Sie mich an. Ich lese jetzt Ihre Gedanken. Denken Sie fest an das, was hinter Ihnen stand, als Sie sich umgedreht haben.« Sie nahm seine Hand und preßte sie sich gegen die Stirn, wobei sie die Augen schloß.

»Aber ja ... ich sehe einen Indi–«, begann sie. »Aha, kein Indianer, ein Inder. Und – und er trägt Pantoffeln und braune Strümpfe ... nein, nicht die Strümpfe sind braun: es sind seine Beine. Und er hat einen Bart und einen Turban.« Sie atmete tief aus.

»Weiter sehe ich nichts«, sagte sie.

»Meine Liebe, Sie sind wunderbar«, staunte er. »Sie haben vollkommen recht.«

Ein leises Glucksen entrang sich Peppino, und Georgie schöpfte nun doch Verdacht.

»Ich glaube, Sie haben ihn auch gesehen«, sagte er. »Wie ungezogen von Ihnen ...«

Nachdem die Runde herzlich gelacht und Lucia ihr

Ehrenwort gegeben hatte, sie habe ganz bestimmt, wirklich, keine Ahnung, was danach passiert sei, nahm Georgie den Bericht wieder auf.

»Da stand also der Inder, verbeugte sich und grüßte mit ausgesuchter Höflichkeit, und als Rush versprochen hatte, er werde mir den Pfefferminzlikör noch am Vormittag bringen lassen, blätterte ich ein Weilchen in einer Weinliste, während der Inder mit einer Menge weiterer Verbeugungen an den Ladentisch trat und sagte: ›Wenn Sie die große Güte haben wollen, mir eine kleine Flasche Brandy zu geben.‹ Also gab ihm Rush eine, aber anstatt dafür zu bezahlen, was, glauben Sie, hat er gesagt? Erraten Sie es?«

Mrs. Lucas erhob sich mit der Miene von Lady Macbeth und richtete den Finger auf Georgie.

»Er sagte: ›Setzen Sie es auf die Rechnung von Mrs. Quantock‹«, zischte sie.

Natürlich war es nun Zeit für eine Erklärung, und Lucia berichtete den beiden Männern von Mrs. Quantocks Brief. Damit lagen ihre Karten auf dem Tisch, und obgleich das mit dem Brahmanen aus Benares für Georgie noch neu war, hatte er noch viel Interessantes zu erzählen, denn sein Haus lag neben dem von Mrs. Quantock, und es gab eine Menge Dinge, die Mrs. Quantock in ihrem Brief nicht erwähnt hatte, folglich befand er sich bald wieder in der Rolle des Auskunftgebers. Seine Fenster gingen auf Mrs. Quantocks Garten, und da er ja nicht den ganzen Tag die Augen zukneifen konnte, wurden alle Geschehnisse darin zwangsläufig zum Gemeingut. Dies war durchaus eine Faustregel in Riseholme: jeder konnte zu seinem Nachbarn sagen: »Wirklich spannend, Ihre Partie Rasentennis vorhin!«, wenn er sie aus dem Schlafzimmerfenster mitverfolgt hatte. Darin lag ein Gutteil des Reizes; es schien, als wäre ganz Riseholme eine einzige glückliche Familie mit gemeinsamen Interessen und Unternehmungen, und man unterhielt sich mit den Nachbarn über den Gartenzaun hinweg. Was im Haus geschah, war schon eine intimere Angelegenheit, und Mrs. Quantock zum Beispiel würde niemals von der Anhöhe am Ende ihres Gartens in Georgies Eßzimmer hineinsehen, oder falls sie es doch täte, würde sie niemandem erzählen, wie viele Gedecke an jenem bestimmten Tag aufgelegt waren, als sie ihn gebeten hatte, sie zum Mittagessen einzuladen, und er ihr, unter größtem Bedauern, geantwortet hatte, seine Tafelrunde sei leider schon vollzählig. Doch keiner konnte etwas dafür, daß er aus den rückwärtigen Fenstern in fremde Gärten blickte: Die »Aussicht« gehörte jedermann.

Georgie hatte eine hervorragende Aussicht.

»Am selben Tag kurz nach dem Mittagessen«, fuhr er fort, »suchte ich gerade nach einem Brief, den ich im Schlafzimmer liegengelassen zu haben glaubte, und als ich zufällig aus dem Fenster blickte, sah ich den Inder unter Mrs. Quantocks Birnbaum sitzen. Er schwankte leicht vorwärts und wieder zurück.«

»Der Brandy!« warf Lucia aufgeregt ein. »Er verpflegt sich ja auf dem Zimmer.«

»Nein, *amica*, es war nicht der Brandy. Ich glaube nicht einmal, daß der Brandy schon in Mrs. Quantocks Haus war, denn er hatte ihn bei Rush gar nicht mitgenommen, sondern ihn schicken lassen –« Hier stockte er kurz – »Oder hat er ihn doch selbst eingesteckt? Ich gestehe, ich weiß es nicht mehr. Jedenfalls, als er so vor-

und zurückschwankte, war er nicht betrunken, wenn Sie das meinen. Gleich darauf stand er nämlich auf einem Bein, kreuzte das andere dahinter und blieb so mit erhobenen Händen, als ob er betete, ziemlich lange ruhig stehen, diesmal ohne zu schwanken. Daher kann er kaum einen Schwips gehabt haben. Und dann setzte er sich wieder hin, zog die Pantoffeln aus und hielt seine Zehen mit der rechten Hand fest, während er die Beine völlig geradestreckte, und mit der Linken griff er sich hinter dem Kopf herum ans rechte Ohr. Ich habe das selber auf dem Fußboden vom Schlafzimmer versucht, aber es ist mir nicht einmal annähernd gelungen... Dann erhob er sich wieder und rief: ›*Chela, Chela!*‹, worauf Mrs. Quantock herausgerannt kam.«

»Warum hat er denn *Chela* gerufen?« fragte Lucia.

»Das habe ich auch überlegt. Aber ich wußte genau, ich hatte das Wort schon einmal gehört, also bin ich ein paar Bücher von Rudyard Kipling durchgegangen und fand heraus, daß *Chela* die Bedeutung von ›Schüler‹ hat. Und wenn, wie Sie uns eben gesagt haben, *Guru* ›Lehrer‹ heißt, dann fügt sich das Ganze doch völlig erklärlich ineinander.«

»Und was tat Daisy dann?« fragte Lucia gespannt.

»Sie setzte sich ebenfalls hin, streckte die Beine gerade vor sich aus, wie der Guru, und versuchte, ihren Schuh mit den Fingern zu fassen, aber natürlich war sie meilenweit davon entfernt. Da bin ich noch näher herangekommen als sie. Und er sagte: ›Verehrte Dame, nicht allzu weit am Anfang.‹«

»Hören konnten Sie sie also auch?« sagte Lucia.

»Sicherlich, mein Fenster war ja geöffnet, und wie Sie wissen, steht Mrs. Quantocks Birnbaum recht dicht an meinem Haus. Und dann trug er ihr auf, sich ein Nasenloch mit dem Finger zuzuhalten, durch das andere einzuatmen und die Luft anzuhalten, während er bis sechs zählte. Dann atmete sie wieder aus und machte das gleiche auf der anderen Seite. Sie wiederholte das mehrere Male, und er war sehr zufrieden mit ihr. Dann sagte sie: ›Es ist ganz erstaunlich: Ich fühle mich so leicht und voller Tatendrang.‹«

»Es wäre allerdings ganz erstaunlich, wenn die gute Daisy sich leicht fühlte«, bemerkte Lucia. »Was geschah dann?«

»Dann setzten sie sich ins Gras und schwankten wieder vor und zurück, und dabei murmelten sie etwas, das wie ›Pomm‹ klang.«

»Das wird wohl ›Om‹ gewesen sein. Und weiter?«

»Ich konnte nicht mehr länger warten, weil ich einige Briefe zu schreiben hatte.«

Sie lächelte ihm zu.

»Ich werde Sie für den Bericht mit einer frischen Tasse Tee belohnen«, sagte sie. »Das war ja alles höchst interessant. Erzählen Sie das noch einmal, wie sie eingeatmet und dann die Luft angehalten haben.«

Georgie erzählte es und machte auch gleich vor, wie es ging. Im nächsten Augenblick ahmte Lucia ihn nach, und Peppino kam näher, um besser sehen zu können, wie Georgie es machte. Bald saßen sie alle auf dem Boden, sogen durch ein Nasenloch die Luft ein, hielten den Atem an und stießen ihn dann wieder aus.

»Sehr interessant«, sagte Lucia schließlich. »Ich muß sagen, es gibt einem wirklich ein Gefühl von Leichtigkeit und Tatendrang. Ich möchte wissen, ob da etwas dran ist.«

Drittes Kapitel

Obwohl »The Hurst« die am elisabethanischsten ausgestattete Heimstatt in ganz Riseholme war, wie es einer Schloßherrin ja auch anstand, blieben die übrigen Häuser des Dorfes, jedes in seiner Fasson, nur knapp diesseits der Perfektion. Riseholme besaß nur die eine, etwa eine halbe Meile lange Hauptstraße, doch diese Straße war ein Juwel spätmittelalterlicher Wohnarchitektur. Die alten Häuschen, die sie dicht nebeneinander säumten, waren – entweder einzeln oder gleich zwei oder drei zusammengefaßt – zu Wohnungen gemacht worden, wie man sie im zwanzigsten Jahrhundert verlangte, bewahrten jedoch äußerlich ein ehrwürdiges Aussehen, das zwar restauriert oder gar baulich verändert sein mochte, aber dennoch eine authentische elisabethanische Atmosphäre ausstrahlte. Natürlich waren Dinge hinzugefügt worden, etwa alte Gasthausschilder über den Eingängen und alte Klingelzüge an den Pfosten, doch die Türen waren einheitlich von unbequem niedriger Höhe, die Dächer waren mit Steinplatten oder alten Ziegeln gedeckt, in denen sich erstaunlich wachstumsfreudige Büsche von Löwenmaul und Steinkräutern festgesetzt hatten, und es gab kaum einen Garten ohne Weg aus alten Pflastersteinen, ohne Maulbeerbaum und etliche sauber gestutzte Eiben.

Nichts im Dorf verströmte stärker den Hauch des Mittelalters als der Dorfanger, den Georgie nach dem Ende der Unterredung mit seiner Königin trippelnden

Schrittes überquerte. Umringt wurde die Wiese von einem Kreis großer Ulmen, und in der Mitte lag der Eintunkteich, so genannt nach alter Tradition, wenn er in weniger klassischen Dörfern ohne weiteres auch als einfacher Ententeich durchgegangen wäre. In Riseholme aber hätte es als böse Ketzerei gegolten, auch in der schlimmsten Anwandlung von Pessimismus nur im Traum daran zu denken, ihn als etwas anderes als einen Eintunkteich zu betrachten. An seinen Ufern standen zwei alte Folterstöcke, über deren Echtheit kein Zweifel bestand, denn Mr. Lucas hatte sie in einem bilderstürmerischen Nachbarort aufgekauft, wo man sie gerade abreißen wollte, und nach gründlicher Renovierung dem Dorfanger gestiftet und neben dem Eintunkteich aufstellen lassen. Rings um den Anger waren, ein wenig abseits der Wohnstraße, die Läden des Dorfes angeordnet, und ganz am Ende stand jenes unzweifelhaft elisabethanische Gasthaus, das »Ambermere Arms«, dessen Inneres mit antiken Tischen und Bibelkassetten, Brennholzböcken, Ofenschirmen, Flaschen, Truhen und Sitzbänken angefüllt war. Diese Objekte wurden von den amerikanischen Touristen, die während der Sommermonate hineinströmten, in großen Mengen erstanden, was der geschäftstüchtigen Eigentümerin einen hübschen Profit brachte, die damit sogleich neue Antiquitäten anschaffte, um die verkauften zu ersetzen. Das »Ambermere Arms« war also der Antikmöbel-Handel des Dorfes und konnte sich reger Umsätze rühmen, war es doch weitaus interessanter, solche Gegenstände in einem alten elisabethanischen Wirtshaus als in einem Laden zu kaufen.

Georgie, der sein elegantes Uniformcape über den

Arm geworfen hatte, drückte im Gehen abwechselnd den Finger gegen das eine Nasenloch, während er durch das andere atmete, und setzte so die Übung fort, die er in Mrs. Quantocks Garten beobachtet hatte. Obwohl es ihn ein wenig schwindlig machte, brachte es fraglos eine gewisse Leichtheit mit sich, doch bald erinnerte er sich an Mrs. Quantocks Brief, aus dem die Königin die Warnung zitiert hatte, solche Übungen sollten nur unter Aufsicht durchgeführt werden, und er ließ davon ab. Er war auf dem Wege zu Mrs. Quantock, um das Antwortschreiben der Königin abzugeben, und da dies die Aussicht barg, den Guru zu sehen und ihm womöglich vorgestellt zu werden, sagte er nun statt der Atemübungen ständig »Guru, Guru, Guru« vor sich hin, um sich an die ungewohnte Silbenfolge zu gewöhnen.

Es wäre natürlich ein äußerst seltsames und unriseholmitisches Benehmen gewesen, sich bei einem Bekannten einzufinden, und sei es auch nur für einen so unpersönlichen Botendienst wie das Überbringen von Briefen eines Dritten, ohne sich beim Personal zu erkundigen, ob derjenige zu Hause sei, und wenn dies der Fall war, auch unverzüglich eingelassen zu werden; tatsächlich erhaschte Georgie, als auf sein Betätigen des Türklopfers geöffnet wurde (Mrs. Quantock besaß überhaupt keine Klingel), durch die offene Gartentür einen Blick der Hausherrin, die in der Mitte des Rasens auf einem Bein stand. Selbstverständlich strebte er deshalb ohne weitere Formalitäten direkt durch die Halle in den Garten hinaus. Sie erinnerte an einen kleinen, fetten, rundlichen Storch, dem zwar keine langen Beine gewachsen waren, der sich aber trotzdem die Stehgewohnheiten seiner Spezies bewahrte.

»Liebe Freundin, ich bringe Ihnen eine Nachricht«, sagte er. »Sie kommt von Lucia.«

Das erhobene Bein senkte sich, und sie wandte sich ihm mit jenem breiten, festgeschraubten Lächeln zu, das sie in den entschwundenen Tagen ihrer Beschäftigung mit der Christlichen Wissenschaft erlernt hatte.

»Om«, machte Mrs. Quantock und stieß damit den Rest ihrer Atemluft aus. »Vielen Dank, lieber Georgie. Es ist erstaunlich, wie gut mir Yoga nach so kurzer Zeit schon tut. Die Erkältung ist völlig weg. Wenn man sich einmal nicht auf der Höhe oder deprimiert oder verstimmt fühlt, läßt sich das damit sofort beheben. Ich habe übrigens einen Gast im Haus.«

»Ach, wirklich?« gab Georgie zurück, ohne eine Bemerkung über die spannenden Neuigkeiten zu verlieren, die einander so dicht auf den Fersen gefolgt waren, seitdem er am Morgen des Vortags den Guru im Laden von Rush getroffen hatte.

»Ja. Und da Sie soeben bei der guten Lucia waren, hat sie Ihnen vielleicht sogar schon von ihm erzählt. Ich habe ihn nämlich in meinem Brief an sie erwähnt. Es ist ein Guru von außerordentlicher Heiligkeit aus Benares, und er lehrt mich den Rechten Weg. Sie können ihn gern kennenlernen, falls er nicht gerade meditiert. Ich werde ihn rufen; wenn er meditiert, hört er mich ohnehin nicht, also können wir ihn gar nicht stören. Er würde nicht einmal ein Eisenbahnunglück hören, wenn er meditiert.«

Sie drehte sich zum Haus um und rief: »Guru, mein Bester!«

Nach einer kurzen Pause erschien das Gesicht des Inders am Fenster.

»Verehrte Dame!« sagte er.

»Lieber Guru, ich möchte Euch einen Freund vorstellen«, rief sie. »Das ist Mr. Pillson, und wenn Ihr ihn ein bißchen besser kennt, werdet Ihr ihn bald Georgie nennen.«

»Verehrte Dame, ich kenne ihn bereits sehr gut. Ich kann in seine reine weiße Seele blicken. Friede sei mit Euch, mein Freund.«

»Ist er nicht wunderbar! Was sagen Sie dazu?« raunte Mrs. Quantock.

Georgie lüpfte mit ausgesuchter Höflichkeit den Hut.

»Geht's gut?« fragte er. (Nach seinen vorherigen Sprechversuchen hätte er eigentlich ›Geht's gut, Guru?‹ sagen wollen, aber der Stabreim klang ihm so lächerlich, daß seine roten Lippen das Wort nicht über sich brachten.)

»Mir geht es immer gut«, sagte der Guru. »Ich fühle mich jung und gesund, denn ich folge dem Rechten Weg.«

»Mindestens sechzig, hat er mir gesagt«, flüsterte Mrs. Quantock zischend, was man sicherlich auch jenseits des Ärmelkanals noch hören konnte. »Sogar älter, glaubt er, aber die Jahre bedeuten ihm nicht viel. Er ist wie ein kleiner Junge. Sagen Sie ›Guru‹ zu ihm.«

»Guru –«, begann Georgie.

»Ja, mein Freund?«

»Es freut mich zu hören, daß es Euch gut geht«, sagte Georgie aufs Geratewohl. Er war tief beeindruckt, aber auch verlegen. Überdies war es nicht so einfach, halbwegs ungezwungen zu einem Fenster im ersten Stock hinaufzurufen, vor allem wenn der Gesprächspartner dort oben ein gänzlich Fremder von außerordentlicher Heiligkeit aus Benares war.

Mrs. Quantock half ihm aus der Verlegenheit.

»Lieber Guru, wollt Ihr nicht zu uns herabkommen?« fragte sie.

»Verehrte Dame, nein«, sagte die klare Stimme. »Es ist mir auferlegt, hier zu verweilen. Es ist die Zeit der Rast und des Gebets, in der man wohl daran tut, für sich zu sein. Ich werde herabkommen, wenn die Ratgeber es mir befehlen. Doch lehrt unseren lieben Freund, was ich Euch gelehrt habe. Gewiß ergreife ich recht bald seine irdische Hand, doch jetzt noch nicht. Friede! Friede und Erleuchtung!«

»Ratgeber haben Sie auch da oben?« fragte Georgie, als der Guru vom Fenster verschwand. »Und sind das auch Inder?«

»Ach, da meint er doch seine geistigen Ratgeber«, sagte Mrs. Quantock. »Er sieht sie und redet mit ihnen, aber sie existieren nicht in körperlicher Gestalt.«

Sie stieß einen seligen Seufzer aus. »So etwas habe ich noch nie gespürt«, sagte sie. »Er hat eine so starke Atmosphäre ins Haus gebracht, daß sogar Robert es empfindet und nichts dagegen hat, ihm sein Ankleidezimmer abzutreten. Sehen Sie nur, jetzt hat er das Fenster zugemacht. Ist das nicht alles ganz erstaunlich?«

Georgie hatte bis jetzt noch nichts besonders Erstaunliches gesehen, abgesehen vom Phänomen einer Mrs. Quantock, die auf einem Bein im Garten stand, doch vermutlich übertrug sich ihre Aufregung durch eine kaum merkliche geistige Infektion auf ihn.

»Was tut er denn eigentlich?« wollte er wissen.

»Mein Bester, es geht nicht darum, was er tut, sondern was er ist«, erwiderte sie. »Sehen Sie doch, selbst meine karge Beschreibung hat schon gereicht, daß Lucia ihn auf ihr Gartenfest einlädt. Selbstverständlich kann ich nicht sagen, ob er kommen wird oder nicht. Er ist – wie soll ich sagen? – er wirkt wie vom Himmel gesandt. Aber natürlich frage ich ihn, ob er mitkommen möchte. Den ganzen Tag in Trance und Meditation! Und dazwischen: welch ein heiteres und freundliches Wesen! Zum Beispiel wissen Sie doch, wie heikel Robert immer mit dem Essen ist. Naja, und gestern abend das Hammelfleisch, also ich muß zugeben, es war wirklich nicht ganz durchgebraten, und Robert fing an, es auf dem Teller herumzuschieben, wie er das immer tut. Da stand mein Guru plötzlich auf und sagte: ›Zeigt mir, wo Küche!‹ – er läßt manchmal kleine Wörtchen aus, weil sie keine Bedeutung haben – also brachte ich ihn hinunter, und er sagte nur: ›Friede!‹ Dann bat er mich, ihn allein zu lassen, und zehn Minuten später kam er zurück, mit einem Teller voll Curryreis und dem, was vorher mißratenes Hammelfleisch gewesen war: so etwas Gutes haben Sie noch nie gegessen! Das meiste hat sich Robert genommen, alles weggeputzt, den Rest bekam ich, und mein Guru war so froh, daß Robert froh war. Er hat gesagt, Robert habe eine reine weiße Seele, genau wie Sie, nur darf ich es ihm nicht sagen, weil ihm der Rechte Weg vorschreibt, daß er es selbst herausfinden muß. Und heute vor dem Mittagessen ist er wieder in die Küche hinuntergegangen, und die Köchin hat mir erzählt, er hat nichts als eine Prise Pfeffer, eine Tomate und ein bißchen Hammelschmalz, eine Sardine, ein Stück Käse, etwas Chutney und ein wenig Muskat genommen, und daraus ein Gericht gekocht, wie Sie es noch nie gekostet haben. Einfach köstlich! Ich würde mich überhaupt nicht wundern, wenn Robert bald mit Atemübungen anfinge. Das ist einmal etwas, was einen schlank und jung macht, und der Leber tut es auch gut.«

Das klang verführerisch.

»Können Sie mir das nicht beibringen?« fragte Georgie eindringlich. Seit einem Jahr war er ziemlich beunruhigt über seine zunehmende Rundlichkeit, und schon wesentlich länger war er es wegen seines zunehmenden Alters. Was die Leber anging, so mußte er da immer vorsichtig sein und war oft nach einer Feier ein wenig blaß.

Sie schüttelte den Kopf. »Das geht nur unter Aufsicht eines Experten.«

Georgie überlegte sich rasch die denkbaren Kommentare von Hermy und Ursy, wenn sie bei ihrer morgigen Ankunft entdeckten, daß er unter der Aufsicht eines Gurus Leibesübungen machte. Hermy konnte, wenn sie nicht gerade Otter jagte, äußerst sarkastisch sein, und er hatte einen geschlagenen Monat mit Hermy vor sich, ohne jegliche Otterjagd, da diese, so hatte sie ihn aufgeklärt, im August nicht möglich war. Das blieb für Georgie ein Rätsel, denn es war ja kaum wahrscheinlich, daß alle Otter im August umkamen oder sich in etwas anderes verwandelten, so wie Raupen. Wenn Hermy im Oktober auf Besuch kam, ging sie den ganzen Vormittag Otter jagen, schnarchte den ganzen Nachmittag durch und war dann bei hervorragender Laune, wohingegen sie bei August-Besuchen weitaus behutsamer zu behandeln war. Trotzdem war die Aussicht, schlank, jung und innerlich ausgeglichen zu sein, herrlich verlockend.

»Aber könnte er denn nicht auch mein Guru sein?« fragte er.

Urplötzlich, wie vom Teufel eingeflüstert, ergriff ein Wunsch, der zuvor nur gelegentlich in Mrs. Quantocks Bewußtsein emporgestiegen war, vollends Besitz von ihr: eine revolutionäre Rebellion pflanzte ihre roten Banner auf. Warum sollte statt Lucia nicht sie, mit Hilfe dieses enormen Schlagers in Form des Gurus, Führung und Herrschaft in Riseholme übernehmen können? Sie hatte sich schon oft gefragt, weshalb gerade die gute Lucia Königin von Riseholme sein mußte, und sich in momentanen Eingebungen vorgestellt, sie wäre, mit ähnlicher Macht ausgestattet, weitaus besser in der Lage, die Führerschaft zu übernehmen. Schließlich kannte jeder in Riseholme inzwischen Lucias alte Tricks, und insgeheim wußten auch alle ganz genau, daß sie den zweiten und dritten Satz der »Mondscheinsonate« nur deshalb ausließ, weil sie ihr zu schnell waren, soviel sie ihr Innehalten auch damit verschleiern mochte, diese Sätze seien eher etwas für elf Uhr morgens oder für drei Uhr nachmittags. Und Mrs. Quantock hatte zudem schon oft den Verdacht gehabt, daß sie nicht einmal ein Viertel der Bücher wirklich las, über die sie redete, und daß sie sich über Gesprächsthemen vorher aus der Enzyklopädie informierte, um später gut dazustehen und ihre fundamentale Unwissenheit zu überdecken. Gewiß wandte sie gewaltige Summen für Empfänge und Gesellschaften auf, aber immerhin hatte Robert kürzlich mit rumänischem Öl zwanzigmal soviel verdient, wie Lucia im ganzen Jahr ausgab. Und was ihr schauspielerisches Talent anging: Hatte sie nicht als Lady Macbeth mitten in der Schlafwandel-Szene völlig ihren Text vergessen?

Und nun war Lucia, wie aus ihrem Brief und dem

Entsenden ihres Adjutanten klar ersichtlich wurde, ganz versessen auf ihren Guru. Sie plante wohl, so vermutete Mrs. Quantock, den Guru auf ihren August-Gesellschaften zu präsentieren, und zwar als ihre eigene Entdeckung. Er wäre etwas ganz Neues, und es wäre dann Lucia, die Om-Parties und Atem-Parties und Auf-einem-Bein-Stehparties geben würde, zu denen sie selbst, Daisy Quantock, höchstens als gewöhnlicher Gast geladen würde, während Lucia den gesamten Ruhm einheimste und sie, die Entdeckerin, die Erfinderin des Gurus, höchstwahrscheinlich nur hin und wieder daran teilnehmen ließe. Mrs. Quantocks Guru würde zu Lucias Guru werden, und ganz Riseholme würde, begierig nach Erleuchtung und spiritueller Führung, zu »The Hurst« hinströmen. In aller Aufrichtigkeit hatte sie Lucia geschrieben, weil sie hoffte, sie möge die Gastfreundschaft ihres Gartenfestes auf den Guru ausdehnen, doch nun veranlaßte sie gerade die Herzlichkeit von Lucias Antwort, den Hintergedanken darin zu erahnen.

Sie hatte zu voreilig, zu rasch gehandelt, »zu unbesonnen und übereilt«, wie Lucia wohl sagen würde. Sie hätte wissen sollen, daß Lucia, die bereits ihre August-Gesellschaften planen mußte, sich auf einen Guru sofort stürzen werde. Aber sie würde ihn sich statt dessen für ihre eigenen Feste aufheben, um so Lucia den Wind aus ihren August-Segeln zu nehmen. Schon hatte Lucia Georgie dafür eingespannt, ihr diesen Brief zu bringen und den Guru abzuwerben. Mrs. Quantock begriff das alles jetzt deutlich, und das konnte sie natürlich nicht mit sich geschehen lassen. Bevor sie antwortete, stählte sie sich innerlich mit dem Triumph, den sie damals in der Sache mit dem schottischen Anwalt davongetragen hatte.

»Lieber Georgie«, sagte sie, »niemand wäre glücklicher als ich, wenn mein Guru sich bereit erklärte, Sie als Schüler aufzunehmen. Aber man weiß nie im voraus, was er tun wird; wie er, in Bezug auf mich selbst, heute sagte: ›Ich kann nur dann kommen, wenn ich gesandt werde.‹ War das nicht wunderbar? Er wußte sofort, daß er mir gesandt worden war.«

Mittlerweile war Georgie fest entschlossen, den Guru zu bekommen. Das Ausmaß seiner Entschlossenheit mochte daran ermessen werden, daß er Lucias Gartenfest schon völlig vergessen hatte.

»Aber er hat mich seinen Freund genannt«, wandte er ein. »Er hat mir gesagt, ich hätte eine reine weiße Seele.«

»Ja, aber das ist seine Einstellung zu jedermann«, sagte Mrs. Quantock. »Seine Religion gestattet ihm gar nicht, schlecht von jemandem zu denken.«

»Zu Rush hat er das aber nicht gesagt«, kreischte Georgie, »als er gestern bei ihm eine Flasche Brandy auf Ihre Rechnung setzen ließ.«

Mrs. Quantocks Gesichtsausdruck änderte sich für einen Moment, doch dieser Moment war zu kurz, als daß Georgie es bemerkt hätte. Gleich darauf war ihre Miene wieder gefaßt.

»Natürlich kann er solche Dinge nicht zu Hinz und Kunz sagen«, erklärte sie. »Einfache Leute – er gehört ja zur allerhöchsten Kaste – würden ihn gar nicht verstehen.«

Georgie machte einen direkten Vorstoß. »Bitte fragen Sie ihn doch, ob er mich auch unterrichten will.«

Einen Augenblick lang antwortete Mrs. Quantock nicht, sondern legte den Kopf schief, in die Richtung des Birnbaums, wo gerade eine Drossel sang. Sie flötete zweimal die gleiche Tonfolge und verstummte dann.

Mrs. Quantock atmete tief aus und lächelte dem Birnbaum zu.

»Danke, mein kleiner Bruder«, sagte sie.

Dann wandte sie sich wieder Georgie zu.

»Das ist eigentlich Franz von Assisi«, sagte sie, »aber Yoga umfaßt ja das Wahre aus allen Religionen. Tja, also ich frage meinen Guru gern, ob er Sie als Schüler aufnehmen möchte, aber ich kann Ihnen nicht im voraus die Antwort geben.«

»Was, äh – was verlangt er denn für seine Lektionen«, fragte Georgie.

Wieder erhellte das Christliche-Wissenschaft-Lächeln ihre Züge. »Das Wort ›Geld‹ kommt nie über seine Lippen. Ich glaube, er weiß gar nicht genau, was es bedeutet. Zuerst hat er vorgeschlagen, sich mit einer Bettlerschale auf den Dorfanger zu setzen, aber das habe ich natürlich nicht erlaubt; einstweilen gebe ich ihm einfach alles, was er will. Wenn er einmal fortgeht – was, wie ich hoffe, erst in vielen Wochen sein wird, obwohl man nie wissen kann, wann ihn wieder ein Ruf ereilt –, dann werde ich ihm zweifellos eine Gabe von angemessener Großzügigkeit in die Hand drücken, aber darüber denke ich jetzt gar nicht nach. Müssen Sie schon gehen? Gute Nacht, lieber Georgie! Friede! Om!«

Als er aus der Vordertür trat, zeigte ihm ein letzter Blick zurück, daß sie wieder auf einem Bein stand, so wie er sie beim Kommen gesehen hatte. Das Bild eines Fakirs aus Benares fiel ihm ein, der reglos in eben jener

Haltung stand; und wenn er sich den Bach, der in den Avon floß, als den Ganges vorstellte, und den Garten als Totenverbrennungsplatz an dessen Ufern, und das adrette Zimmermädchen, das ihn hinausführte, als Brahmanin, und den chinesischen Gong, dieses so auffällige Stück in der Eingangshalle, als Messingarbeit aus Benares, dann konnte er beinahe meinen, an den Wassern des heiligen Flusses zu stehen. Die Ringelblumen im Garten erforderten keine Transmutation ...

Georgie mußte sich ziemlich »zusammenreißen«, als er um Mrs. Quantocks Maulbeerbaum herumging, und zehn Schritte danach um seinen eigenen, ehe er die Stimmung wiederfinden konnte, die ihn für gewöhnlich erfaßte, wenn er allein zu Abend aß. Normalerweise waren solche Abende sehr angenehm und ausgefüllt, geschah dies doch nicht allzu häufig im Wirbel des Riseholmer Lebens: kaum öfter als einmal pro Woche verbrachte er einen Abend allein, und selbst dann konnte er, falls ihm die eigene Gesellschaft zu langweilig wurde, das Uniformcape überwerfen und sich in einem halben Dutzend Häuser, alle gleich in der Nähe, auf eine Stunde nach Tisch einladen. Doch wenn sich die Gelegenheit schon einmal ergab, hatte er meistens ohnehin zu Hause genug zu erledigen, staubte sein Porzellan ein wenig ab, ordnete die Nippesfiguren auf den Regalen neu, legte dann die Ringe und sein Einstecktüchlein in die Kerzenschale des Klaviers und verbrachte eine ernsthafte Stunde (bei getretenem Dämpferpedal, da er Robert nicht stören wollte) damit, seinen Anteil an den Duetten zu üben, bei denen er in den nächsten Tagen möglicherweise seine Königin zu begleiten hätte. Zwar konnte er weit besser als sie vom Blatt spielen, aber er pflegte dennoch seinen Part zunächst jeweils einmal allein »durchzugehen« und dabei so zu tun, als sähe er ihn zum ersten Mal. Allerdings war er überzeugt, daß sie es ganz genauso machte, also waren sie quitt. Solche Beschäftigungen ließen die Zeit aufs angenehmste verstreichen, bis es elf wurde, was seine Schlafenszeit war, und nur äußerst selten mußte er die Patiencekarten hervorholen, um sich über die schleppend verrinnenden Minuten hinwegzuhelfen.

Ab und zu jedoch gab es Abende – und der heutige war ein solcher –, an denen er auf keinen Fall zum Essen ausging, selbst wenn er darum gebeten wurde, weil er nämlich »im Haus zu tun« hatte. Etwa einmal im Monat gab es solche Abende, an denen er »im Haus zu tun« hatte, und auch eine Einladung seiner Königin würde ihn nicht davon abhalten. Ein leiser Verdacht, womit Georgie wohl »im Haus zu tun« haben mochte, war in Riseholme schon seit langem Allgemeingut, aber obwohl keiner von Georgies Bekannten etwas über die Natur seiner Beschäftigung weitererzählte, wußten es inzwischen alle. Sein Tun im Haus war daher im Grunde ein perfektes Geheimnis, einfach weil jedermann ganz genau wußte, worin es bestand.

Im Juni hatte Georgie viel zu tun gehabt, nicht »im Haus«, sondern mit anderen Dingen, und als er nun zum Schlafzimmer hinaufging, nachdem ihm Foljambe gesagt hatte, sein Friseur warte auf ihn, ja er warte schon »ganze zehn Minuten«, warf er einen Blick auf seine Frisur in dem großen Spiegel im Cromwell-Stil, der auf der Treppe hing, und wurde sich dabei deutlich bewußt, daß es hohe Zeit war, sich wieder einmal Mr. Holroyds flinken Händen zu unterwerfen. Ganz ohne

Zweifel wuchsen da graue Strähnen unter dem kastanienfarbenen Haar hervor, um die man sich schon mindestens vor zwei Wochen hätte kümmern müssen. Auch zeigten die Locken, die sich quer über seinen Scheitel legten, Anzeichen einer Tendenz zum Ausdünnen. Mr. Holroyd hatte bereits einmal darauf angespielt und auch eine gewisse Abhilfe vorgeschlagen, eine keineswegs lästige, es sei denn, Georgie habe womöglich vor, sich ohne Hut sportlich zu betätigen, und sogar dann nicht unbedingt. Da er aber nicht die Absicht zu sportlicher Betätigung hegte, weder mit noch ohne Hut, beschloß er beim Hinaufgehen, Mr. Holroyds Vorschlag anzunehmen. Zu Mr. Holroyds Prozedur, auch ohne diese zusätzliche Maßnahme, gehörte längeres Stillsitzen, »bis es trocknet«, danach würde er zu Abend essen, und dann würde Mr. Holroyd von neuem beginnen. Er war äußerst geschickt in Bezug auf Gesicht und Hände und Füße. Georgie war sich in letzter Zeit seines etwas lahmen Ganges bewußt geworden; noch bewußter war er sich der Notwendigkeit von feuchtheißen Handtüchern auf dem Gesicht und dem »Tapp-tapp« von Mr. Holroyds Fingern und dem zerrenden Druck von Mr. Holroyds Daumen auf die ziemlich schlaffen Flächen an Wange und Kinn. In der Pause zwischen Haaren und Gesicht sollte Mr. Holroyd unten mit Foljambe und der Köchin etwas Gutes zu essen bekommen. Und morgen früh, wenn Hermy und Ursy ankämen, wäre Georgie wieder wie aus dem Ei gepellt und jung wie ehedem, wenn nicht gar noch jünger.

Georgie (der glückliche Nichtsahnende!) bemerkte überhaupt nicht, wie ganz Riseholme darüber im Bilde war, daß die gepflegten kastanienbraunen Locken, die sein Haupt bedeckten, ebenso planmäßig ausgerichtet waren wie die Ranken einer Weinrebe am Spalier und wie ein Fluß über ein kahles Bett strömten; und als Mr. Holroyd ihm seinen Neuerungsvorschlag erläuterte, ein kleines *toupet* auf dem Scheitel, dessen Ränder auf höchst natürliche Weise in sein eigenes Haar übergehen sollten, nahm Georgie an, daß sicherlich niemand etwas merken werde. Zudem blieben ihm dann jene riskanten Gelegenheiten erspart, wenn er bei stürmischem Wetter vor Bekannten den Hut ziehen mußte, denn das brachte immer die Gefahr mit sich, daß sein Haar von der Mitte des Kopfes fortgeblasen wurde und ihm über die Schulter herabhing, wie die Zöpfe der Loreley. Daher bekam Mr. Holroyd den Auftrag, diese triviale Angelegenheit sofort in Angriff zu nehmen, und nachdem die grauen Stellen beseitigt waren, nahm Georgie beim Abendessen Platz, während »es« trocknete. Danach kamen die heißen Handtücher, das Trommeln auf seiner Gesichtshaut sowie weitere Behandlungen, und als er gegen halb elf wieder die Treppe herabkam, um schnell noch die Baßstimme von Beethovens Fünfter in einem biederen Klavier-Arrangement für vier Hände zu üben, blickte er mit aufrichtiger Befriedigung auf sein rosiges Gesicht in dem Cromwell-Spiegel, seine Schuhe fühlten sich wieder bequem an, die Fingernägel glänzten wie rosa Sternchen, als seine Hände in den lebhafteren Passagen wie wild über die Tasten huschten. Die ganze Zeit über spielte jedoch der Gedanke an den Guru im Nachbarhaus, unter dessen Anleitung er womöglich seine Jugend wiedergewinnen konnte, ohne auf so kostspielige Listen zurückzugreifen (der Preis für das unsichtbare Haarteil hatte ihn nämlich ziemlich schockiert), in seinem Kopf eine weitaus eindringlichere Melodie als Beethovens Komposition. Am liebsten hätte er es gehabt, wenn der Guru ganz allein ihm gehörte, so daß er für immer jung bleiben konnte, während der Rest von Riseholme (einschließlich Hermy und Ursy) allmählich alterte. Dann wäre er wohl unbestritten der König des Ortes, anstatt nur den Interessen seiner Königin zu dienen.

Er erhob sich mit einem leisen Seufzer, und nachdem er das Filzband über der Tastatur zurechtgeschoben hatte, schloß er den Deckel und ging dann eine Weile mit einem weichen Staubwedel über sein Schränkchen mit Nippes, an das nicht einmal Foljambe Hand anlegen durfte. Man nahm allgemein an, daß er diese Sachen geerbt hatte (obwohl die Erbschaft ihm größtenteils durch die Vermittlung von Antiquitätenläden zugefallen war), und es fanden sich darunter diverse Stücke von beträchtlichem Wert: eine goldene Louis-Seize-Schnupfdose, eine Miniatur von Karl Huth, ein silberner Puppenstuben-Suppennapf aus der Zeit von Queen Anne, eine Arbeit aus Bow-Porzellan und ein emailliertes Zigarettenetui von Fabergé. Heute abend jedoch behandelte er diese Schätze nicht so sanft und behutsam wie üblich, ja er ließ den Suppennapf beim Abstauben sogar zu Boden fallen, weil seine Gedanken immer noch beim Guru und dessen Übungen waren, die zur ewigen Jugend verhalfen.

Wie rasch ihn doch Lucia für ihr Gartenfest eingesackt hatte! Doch vielleicht würde sie ihn doch nicht bekommen, denn er könnte ja sagen, zu ihr sei er nicht gesandt. Bestimmt aber würde er zu Georgie gesandt, von dem er sofort, im selben Moment, da sein Blick auf ihn gefallen war, gewußt hatte, daß er eine reine weiße Seele besaß...

Die Uhr schlug elf, und wie immer an warmen Abenden öffnete Georgie die Glastür zum Garten und sog einen tiefen Zug der Nachtluft ein. Der Himmel war über und über besprenkelt mit hübschen Sternen, die Georgie nach seinem geschäftigen, interessanten Tag, gerne betrachtete, obwohl er sie, besäße er Macht über ihr Arrangement, zweifellos zu deutlicheren Formen angeordnet hätte. Dazwischen stand ein tiefroter Planet, und Georgie, dem hier seine klassische Bildung zugute kam, erinnerte sich sofort daran, daß Mars, der Gott des Krieges, am Himmel durch einen roten Stern symbolisiert wurde. Konnte dies von Bedeutung für das friedliche Riseholme sein? Waren Bürgerkrieg und revolutionäre Bewegungen in einer Atmosphäre von so ruhiger Gelassenheit überhaupt denkbar?

Viertes Kapitel

Der rotgesichtige, jähzornige Robert, der dazu neigte, sein Essen auf dem Teller herumzuschieben, wenn es ihm nicht zusagte, war am selben Abend nach dem Essen in außerordentlich guter Stimmung, denn der Guru hatte wiederum der Küche einen Besuch abgestattet, mit dem Ergebnis, daß nach der lauwarmen Suppe nicht eine Scheibe blasser, toter Kabeljau serviert wurde, sondern ein schmackhaftes Fisch-Curry-Gericht auf den Tisch kam. Der Guru war hier mit größtem Takt vorgegangen: ihm war der wachsende Unmut beim Schlürfen der kalten kraftlosen Brühe in Roberts Miene nicht entgangen, auch nicht der klatschend in den Suppenteller geworfene Löffel, und er hatte sich unter Verbeugungen und Lächeln rasch in die Küche entfernt, um der nächsten Gräßlichkeit zuvorzukommen. Als er dann mit dem schlichten Curry-Gericht wiederkehrte, erklärte er, es sei alles für Robert, da die Suchenden nach dem Rechten Weg sich jeder scharfen, pikanten Speise zu enthalten hätten, und so hatte Robert es bis auf den letzten Bissen allein verdrücken dürfen.

Als der Guru bald darauf einen ergebenen Diener machte und sagte, mit freundlicher Erlaubnis der verehrten Dame und des gütigen Herrn wolle er sich nun auf sein Zimmer zurückziehen, um zu meditieren, und in seinen roten Pantoffeln davonwatschelte, wurde die Diskussion über die Frage, die Robert mit seiner Gattin zu erörtern als notwendig erachtete, nämlich warum sie einen gänzlich fremden Inder auf unbegrenzte Zeit im Hause wohnen lassen wolle, folglich in wesentlich liebenswürdigerem Tonfall eröffnet, als dies nach einer Scheibe kaltem Kabeljau der Fall gewesen wäre.

»Also, wegen diesem Gulliwulli – haha – ich meine den Guru, Liebling«, begann er, »wie soll das jetzt weitergehen?«

Daisy Quantock zuckte bei dieser Respektlosigkeit zusammen und atmete tief durch, erinnerte sich jedoch sofort daran, daß sie stets Botschaften der Liebe in alle vier Himmelsrichtungen aussenden müsse. Eine ziemlich spitze davon sandte sie in Richtung ihres Mannes, der genau im Osten saß, so daß sie ihn vermutlich direkt erwischte, und dabei schenkte sie ihm jenes spezielle harte, verbissene Lächeln, das ein Vermächtnis ihrer vormaligen Lebensgrundsätze darstellte.

»Das weiß kein Mensch«, erwiderte sie gelassen. »Selbst die Ratgeber wissen nicht im voraus, wann und wohin ein Guru gerufen wird.«

»Du meinst also, er soll hier wohnen bleiben, bis er woanders hin gerufen wird?«

Sie lächelte immer noch. »Ich meine gar nichts«, sagte sie. »Es liegt nicht in meiner Hand.«

Unter dem besänftigenden Einfluß des Fisch-Curry-Mahls blieb Robert weiterhin gemütlich.

»Ein erstklassiger Koch ist er jedenfalls«, bemerkte er. »Kannst du ihn nicht dafür engagieren? So eine Art Ruf in die Küche, weißt du?«

»Aber Schatz!« sagte Mrs. Quantock und entsandte noch mehr Liebe. Doch sie besaß ein feuriges Temperament, und so entließ sie die beiden Botschaften gemeinsam, wie der heiße und der kalte Hahn über einer Badewanne. Der klare Strom der Liebe hielt dabei ihren Ärger halbwegs kühl.

»Na, frag ihn einfach mal«, schlug Mr. Quantock vor. »Wie du selbst sagst, weiß man nie, wohin ein Guru sich berufen fühlt. Biete ihm vierzig Pfund Jahresgehalt plus Geld für Bier –«

»Bier!« fuhr Mrs. Quantock auf, da erinnerte sie sich an Georgies Bemerkung über Rush und den Guru und die Flasche Brandy und verstummte.

»Ja, Liebling, ›Bier‹ sagte ich«, wiederholte Robert leicht gereizt. »Auf jeden Fall aber bestehe ich darauf, daß du die jetzige Köchin rauswirfst. Eingestellt hast du sie sowieso nur, weil sie auch von der Christlichen Wissenschaft war, und aus dieser Herde bist du ja inzwischen ausgeschert. Du hast immer von sterblichen Irrtümern geredet, wie ich mich entsinne. Na, und daß die eine Köchin sein soll, ist ja wohl ein geradezu tödlicher Irrtum. Eher würde ich es noch mit einem vagabundierenden Drehorgelspieler am Herd versuchen. Aber dieses Fisch-Curry heute und auch das Zeug von gestern abend, das nenne ich wirklich gutes Essen.«

Allein der Gedanke an gutes Essen besänftigte Roberts aufbrausendes Gemüt; er strich über es hinweg wie eine Brise über eine im Baum hängende Windharfe und entlockte ihm milde, harmonische Klänge.

»Liebling«, sagte er, »ich werde ganz bestimmt jeder annehmbaren Übereinkunft wegen deines Gurus zustimmen, aber es ist doch wirklich nicht völlig abwegig, wenn ich gerne wüßte, an welche Art von Übereinkunft du dabei denkst, oder? Ich habe überhaupt nichts gegen ihn einzuwenden, vor allem, wenn er sich in der Küche betätigt. Ich will ja nur wissen, ob er hier ein oder zwei

Nächte oder ein oder zwei Jahre verbringen soll. Sprich doch morgen früh mal mit ihm darüber, und grüß ihn schön von mir. Ob er wohl Geflügelcrèmesuppe machen kann?«

Daisy Quantock nahm eine größere Menge Stoff zum Nachdenken mit hinauf in ihr Schlafzimmer, wobei sie vor der Tür des Gurus kurz stehen blieb, durch die das Geräusch von dermaßen tiefen Atemzügen zu hören war, daß es schon beinahe wie Schnarchen klang, allerdings schien ihr ein leiser Anflug von Spiritualität darin mitzuschwingen, so daß sie überzeugt war, er befinde sich in Kommunion mit den Ratgebern. Um den Guru drehten sich auch ihre Gedanken: Er war der Baum, durch dessen Geäst sie zwitschernd flatterten.

Ihr hauptsächliches Interesse an ihm gründete sich auf schieren Guruismus, gehörte sie doch zu jenen leidenschaftlich glückseligen Menschen, deren Leben im ekstatischen Streben nach irgendeiner jeweils aktuellen Wahrheit bestand, die für all jene, die dieses Streben nicht teilten, eine Marotte war. Lebhaft erinnerte sich der arme Robert noch daran, wie sein Heim aus den Angeln gehoben worden war, als Daisy nach der Lektüre eines kleinen Pamphlets mit dem Titel »Der Harnsäure-Anzeiger«, das an einem Bücherstand ausgelegen hatte, zu dem folgenschweren Schluß gekommen war, ihre dralle Figur bestehe nahezu gänzlich aus Abfallstoffen, die es zu eliminieren gelte. Für einen genußsüchtigen Menschen wie ihn wurde die Situation sehr rasch unerträglich, denn wenn er seine gewohnte Speisefolge zu sich nahm (dies war vor der dreimal verfluchten Ankunft der Köchin mit dem Hang zur Christlichen Wissenschaft), so zeigte seine Frau ständig auf seinen reich beladenen Teller und klärte ihn auf, jedes Atom dieses Rinderbratens, Hammelfleisches und Kartoffelbreis verwandle sich im Moment des Hinunterschluckens unverzüglich in Chromagene und Toxine, und sein Appetit sei nichts weiter als das Ergebnis von Fermentierungsprozessen. Was sie anging, so war ihr Teller mit einem grauenerregenden Mischmasch aus Quark, Proteid-Pulver, Äpfeln und Salatöl gefüllt, während rings um sie, wie Petrischalen mit Saatproben, kleine Häufchen von Nüssen und Kürbiskernen aufgestellt waren, die Aufbaustoffe lieferten und die sie mit peinlicher Genauigkeit entsprechend den Vorschriften des »Harnsäure-Anzeigers« abwog. Tee und Kaffee waren tabu, da sie den Körper mit Giften überfluteten, und in der Küche pfiff Tag und Nacht der Kessel, um die Ströme von kochendem Wasser bereitzustellen, mit denen sie (schluckweise) ihren Organismus überschwemmte. Seltsame hagere Frauenzimmer kamen von London auf Besuch und brachten kleine Päckchen voll zäher Speisen mit, die nach Reisekoffern schmeckten und so viel Nährstoffe enthielten, daß schon wenige Pfund davon die Tagesration einer ganzen Armee decken konnten. Zum Glück hielt selbst Daisys eiserne Konstitution den Härten solch idealer Lebensführung nicht allzu lange stand, und schließlich drohte eine galoppierende Anämie ihre von den Direktiven zur perfekten Gesundheit ernsthaft beeinträchtigte Verfassung gänzlich zu unterminieren. Eine Mahlzeit aus Beefsteak und anderen gehaltvollen Fleischspeisen, die vor Harnsäure nur so strotzten, brachte ihr die verlorenen Kräfte dann bald zurück.

Derart gestärkt, stürzte sie sich mit der gleichen

Energie, die sie auf die Abwehr der Harnsäure verwendet hatte, in die Umarmung der Christlichen Wissenschaft. Die Inhumanität dieser Sekte, sowohl gegen sich selbst wie gegen andere, nahm voll Besitz von ihr, und als ihr Mann eines eisigen Januarmorgens klagte, in seinem Rauchzimmer sei es bitterkalt, weil das Dienstmädchen zu heizen vergessen hatte, empfand sie keinerlei Mitgefühl für ihn, weil sie wußte, daß es so etwas wie Kälte, Hitze oder Schmerz gar nicht gab und daß einem daher auch unmöglich kalt sein konnte. Immerhin durfte sie jetzt, da nach der neuen Lehre auch solche Dinge wie Harnsäure, Chromagene und Purine gar nicht existierten, ohne Gewissensbisse wieder anständiges Fleisch zu sich nehmen. Ihr leidgeprüfter Gatte zog daraus aber nicht allzu großen Gewinn, denn während er aß, gab sie ihm fröhlich allerlei Erläuterungen über den neuen Glauben und bat ihn überdies, gemeinsam mit ihr die »Erklärung des Seins« zu rezitieren. Der Gipfel von allem war jedoch, daß sie ihren hervorragenden Koch entlassen und statt dessen dieses böse Weib eingestellt hatte, unter dem er immer noch litt, obwohl inzwischen die Christliche Wissenschaft, die aus der Erkältung so lange einen Irrtum des sterblichen Gemüts gemacht hatte, längst der Harnsäure-Marotte in die Rumpelkammer der abgelegten Glaubensbekenntnisse gefolgt war.

Doch nun hatte sie wieder einmal zeitweilig das Geheimnis des Lebens entdeckt, diesmal in den Lehren ihres Gurus, und es war, wie schon gesagt, der schiere Guruismus, der für sie die Hauptanziehungskraft des neuen Glaubens darstellte. Da das also geklärt war, wandte sie ihr Denken gewissen Nebenaspekten zu, die für eine echte Riseholmitin von fesselndem Reiz waren. Sie hegte den starken Verdacht, daß Lucia sich mit der Absicht trug, ihren Guru völlig in Beschlag zu nehmen, sonst hätte sie wohl gewiß weder eine so enthusiastische Antwort auf ihren Brief gegeben noch Georgie beauftragt, ihr diese persönlich zu bringen und die gleiche heftige Anteilnahme an ihrem Guru an den Tag zu legen. Welches war demnach die angemessen diabolische Taktik, die es einzuschlagen galt? Sollte Daisy Quantock sich überhaupt weigern, ihn zu Mrs. Lucas mitzunehmen, mit einer Botschaft des Bedauerns, er fühle sich nicht gesandt? Falls sie dies tat, glaubte sie sich stark genug, den Fehdehandschuh (in Gestalt des Gurus) hinzuwerfen und, indem sie ihn als Attraktion einsetzte, Lucia zum Duell auf Leben und Tod zu fordern, um festzustellen, wer die Anführerin von allem Modernen und Kultivierten in der Riseholmer Gesellschaft sein sollte? Und wenn sie den Weg dieser Politik noch weiter beschritt – sollte sie Georgie durch Bestechung in ihr revolutionäres Lager herüberlocken, indem sie ihm Unterweisung durch den Guru anbot? Oder war eine weniger kühne Taktik angeraten: Sollte sie Lucia und Georgie in den Kreis der Erleuchteten aufnehmen, ihr gutes Recht als Finderin des Schatzes zwar behalten, ihn aber dennoch mit ihnen in einer Art innerem Zirkel teilen, ihnen also, wenn sie brav waren, vom Guru abgeben, natürlich nur portionsweise?

Mrs. Quantocks Denken ähnelte in seiner Arbeitsweise den Manövern einer Motte, die sich vom Glanz mehrerer greller Lichter verwirren läßt. Sie huschte auf eins davon zu, versengte sich leicht, vergaß dieses Erlebnis aber restlos und wandte ihre Aufmerksamkeit dem nächsten, dann dem dritten zu, wobei sie sich in jedes aufs neue kopfüber hineinstürzte, ohne sich je zu entscheiden, welche dieser Leuchtquellen, insgesamt gesehen, die verführerischste war. Um also die sprudelnde Hektik dieser kopflosen Ausflüge ein wenig im Zaum zu halten, nahm sie ein halbes Blatt Papier und schrieb darauf die Alternativen nieder, unter denen sie zu wählen hatte.

I. Soll ich ihn ganz für mich allein behalten?
II. Soll ich alles herausholen, was in ihm drin ist, und L. dabei ausschließen?
III. Soll ich G. auf meine Seite ziehen?
IV. Soll ich L. und G. Stückchen davon abgeben?

Sie hielt einen Moment lang inne, da ihr eingefallen war, wie er am Vormittag ganz aus freien Stücken ihrem ausnehmend hübschen Dienstmädchen geholfen hatte, die Betten zu machen, wobei er gesagt hatte, seine Aufgabe sei (wie die des Prinzen von Wales) das Dienen, und fügte hinzu:

V. Soll ich ihn bitten, mein Koch zu werden?

Für einige Sekunden trübte sich die Klarheit ihres lebhaften Interesses, als in ihr der unwürdige Verdacht aufstieg, die Anmut ihres Dienstmädchens habe etwas mit seiner Eilfertigkeit im Schlafzimmer zu tun, doch sie verwarf ihn rasch. Natürlich, da war auch noch die Flasche Brandy, die er sich bei Rush geholt hatte – als sie ihn gebeten hatte, alles zu kaufen, was er wolle, und es auf ihre Rechnung anschreiben zu lassen, hatte sie dabei eigentlich nicht an Brandy gedacht... Dann aber erinnerte sie sich an eine der wichtigsten Vorbedingungen für Fortschritte im Yoga, nämlich daß der Schüler immer volles Vertrauen in den Guru haben muß, und sie verscheuchte auch diesen Gedanken. Trotzdem konnte sie, auch als nun alle Varianten möglicher Strategien zu Papier gebracht waren, keine Entscheidung darunter treffen, und so legte sie das Blatt neben sich auf den Nachttisch und beschloß, es zu überschlafen. Vom Nachbarzimmer drangen stetig die rhythmischen Geräusche des geheiligten Schlafes herüber, und sie murmelte »Om, om« im Takt mit ihnen.

Die morgendlichen Stunden zwischen Frühstück und Mittagessen wurden von den Einwohnern Riseholmes vornehmlich dazu verwendet, einander nachzuspionieren. Man ging von Laden zu Laden seinen Haushaltsgeschäften nach, kaufte auch hie und da etwas, das man dann in kleinen eingewickelten Päckchen an praktischen Schnurschleifchen mit sich trug, doch der wahre Zweck dieser Einkäufe war es, zu sehen, was die anderen taten, und zu erfahren, welche neuen Interessen über Nacht wie Pilze aufgekommen waren. Georgie stand, wie so oft, beim Tuchhändler und wählte passende Seidenstoffe aus, und verständlicherweise nahm er die Muster aus dem Dunkeln des Ladeninneren zur Tür hinaus, um bei den Farbnuancen sicher zu sein und einen Blick auf die Geschehnisse auf der Straße zu haben, und verständlicherweise kam Mr. Lucas auf dem Weg zur Handelsgärtnerei, wo er nachfragen wollte, ob die Zwiebeln aus Holland schon angekommen seien, zu ihm herüber und erzählte ihm, Lucia habe das Piano-Arrangement des Mozart-Trios bekommen. Georgie seinerseits erwähnte, daß er am Abend Hermy und Ursy erwarte, worauf Peppino, solcherart an Informationen bereichert, »sich trollte«, wie er dies gern ausdrückte, um den nächsten Spion zu treffen und mit ihm Geheimnisse auszutauschen. Nebenbei hatte er bemerkt, daß Georgie eine kleine, rechteckige Schachtel mit harten Ecken bei sich trug, in der er, völlig korrekt, Zigaretten für Hermy und Ursy vermutete, da Georgie nie rauchte.

»Na, ich werde mich dann trollen«, sagte er, nachdem er die Zigarettenschachtel identifiziert und sich ein wenig über eine Ausbeulung in Georgies Tasche gewundert hatte. »Sie werden ja vielleicht heute vormittag noch bei uns hereinschauen!«

Georgie war nicht ganz sicher gewesen, ob er dies täte (er hatte nämlich viel zu tun, einerseits wegen der Ankunft seiner Schwestern, andererseits wegen der Notwendigkeit eines Besuchs bei Mr. Holroyd, damit dieser Künstler seine Haarfarbe im Hinblick auf das teure *toupet* genauestens bestimmen konnte), doch die Erwähnung des angelangten Mozart-Trios gab den Ausschlag. Er hatte ohnehin vor, auf dem Nachhauseweg zum Mittagessen an »The Hurst« vorbeizuspazieren, weil er – um eine gemischte Metapher zu verwenden – nachsehen wollte, ob aus dem Haus nicht etwas zu hören sei, nämlich der Klang von fleißigem Üben jenes klassischen Meisterwerks. Wahrscheinlich wäre das Dämpferpedal getreten, aber er besaß erstaunlich gute Ohren, und er wäre doch sehr überrascht, wenn er die vertrauten Akkorde nicht erlauschen würde, und noch überraschter wäre er, wenn Lucia, sobald es zum gemeinsamen Einstudieren des Stückes käme, ihm nicht zu verstehen gäbe, daß sie es zum ersten Mal vor sich hätte. Er selbst hatte sich schon ein Exemplar besorgt und seinen Part am Vorabend geübt, allerdings befand er sich in überlegener Position, da er keinen Ehegatten besaß, der ihn versehentlich »verraten« konnte. Einstweilen aber war es vordringlich, diese ganz bestimmte Schattierung Lila auszusuchen, die nichts von diesem »greulichen« Fuchsrot an sich hatte. Noch vordringlicher war es auch, die Vorgänge in Riseholme zu beobachten.

Direkt gegenüber lag der Dorfanger, und da niemand in der Nähe war, setzte Georgie rasch seine schmale Drahtbrille auf, die er blitzschnell wieder verschwinden lassen konnte. Sie war es gewesen, welche die Beule in seiner Tasche verursacht hatte, die Peppino aufgefallen war, aber die Tatsache, daß er überhaupt eine Brille benutzte, war ein Geheimnis, das es noch einige Jahre lang strengstens zu hüten galt. Da aber momentan kein Mensch etwas merken konnte, schob er sie verstohlen auf seiner kleinen, spitzen Nase zurecht. Offenbar war der Morgenzug aus der Stadt angekommen, denn vor der Tür des »Ambermere Arms« gab es ein reges Treiben von Kutschen, und was ihn bis ins Allerinnerste erregte, war die Tatsache, daß sich darunter, ganz ohne Zweifel, auch das Automobil von Lady Ambermere befand. Dies konnte nichts anderes bedeuten, als daß die Lady selbst anwesend war, denn wenn die arme, schmächtige Miss Lyall, ihre Gefährtin, in Riseholme war, um einzukaufen oder Erledigungen zu tätigen, wie sie das majestätische Leben auf »The Hall« erforderte, kam sie immer zu Fuß oder, bei wirklich ungnädigem Wetter, in einem kleinen zweirädrigen Karren, der an eine Sitzbadewanne erinnerte. Noch war Georgie in seine Mutmaßungen vertieft, da erschien im selben Augenblick, mit steif aufrechtem Gang und hoch in die

Luft erhobener Nase, als argwöhnte sie einen leicht unangenehmen Geruch, wolle dies aber lieber nicht näher nachprüfen, niemand anderer als Lady Ambermere selbst, und zwar aus der Richtung von »The Hurst«... Sicherlich war sie dort nach Peppinos Fortgehen eingetroffen, sonst hätte er gewiß erwähnt, daß Lady Ambermere in »The Hurst« sei, *wenn* sie in »The Hurst« gewesen war. Tatsächlich kam sie ja nur aus der Richtung von »The Hurst«, doch Georgie wandte, ohne sich dessen bewußt zu sein, Darwins Theorie an, nach der man, um brauchbare Beobachtungen zu machen, zunächst eine Theorie für sie haben muß. Georgies Theorie war, daß Lady Ambermere nur für einige Minuten in »The Hurst« gewesen sei, und er schob rasch seine Brille in die Tasche zurück. Mit der Präzision des trainierten Denkers bildete er außerdem die Theorie, daß Lady Ambermere wegen irgendeiner Erledigung nach Riseholme gekommen sei und ihre Anwesenheit wahrscheinlich dafür genützt habe, eine mündliche Erwiderung auf Lucias Einladung zu deren Gartenfest abzugeben, die sie heute mit der ersten Post erhalten haben dürfte. Er war durchaus bereit, seine Theorien praktisch zu überprüfen, als Lady Ambermere nahe genug herangekommen war, daß er sie statthafterweise bemerken und seinen Hut vor ihr ziehen konnte. Sie behandelte ihn immer wie einen kleinen Jungen, was ihm gefiel.

»Ich weiß gar nicht, wo meine Leute sind«, sagte Lady Ambermere majestätisch. »Haben Sie mein Automobil gesehen?«

»Ja, Mylady. Es steht, so ganz und gar nicht mobil«, sagte Georgie fröhlich, »dort drüben, vor Ihrer anderen Immobilie.«

Wenn Lady Ambermere überhaupt mit jemandem warm wurde, dann mit Georgie. Er war aus recht guter Familie, da seine Mutter eine Bartlett und Cousine zweiten Grades ihres verstorbenen Gatten gewesen war. Manchmal benutzte sie im Gespräch mit Georgie das Wörtchen »wir«, womit sie seine Verwandtschaft mit der Aristokratie andeutete; dies erfreute Georgie beinahe ebenso sehr wie die Tatsache, daß sie ihn als kleinen Jungen behandelte. Wie einem kleinen Jungen antwortete sie ihm auch jetzt.

»Sie kleiner Schelm, dann sollte sich dieses immobile Mobil aber schleunigst zu mir herübermobilisieren«, sagte sie mit der Schlagfertigkeit, für die sie in ganz Riseholme berühmt war. »So etwas, daß Sie meinen Wagen auf diese Entfernung überhaupt erkannt haben. Tja, danken Sie Ihren jungen Augen!«

In Wirklichkeit war der neuen Brille zu danken, aber Georgie überging ihren Irrtum. Um nichts auf der Welt hätte er ihn berichtigt.

»Soll ich hinüberlaufen und ihn für Sie holen?« fragte er.

»Aber woher denn. Pfeifen Sie doch einfach auf zwei Fingern wie ein gemeiner Straßenlümmel«, erwiderte Lady Ambermere. »Sie wissen doch bestimmt, wie man das macht.«

Georgie hatte nicht die blasseste Ahnung, aber mit dem Mut der Jugend nahm er (aus der Erfahrung des Erwachsenen) an, sie würde es gar nicht zulassen, daß er das unvorstellbare Kunststück wirklich in die Tat umsetzte, und so hob er zwei Finger zum Mund.

»Also gut!« sagte er tollkühn. (Er wußte ganz genau, daß die Würde der Lady Ambermere einen rüden, vulgären Pfiff, den hervorzubringen er hoffnungslos unfähig war, zum Herbeiholen ihres Automobils schlichtweg untersagen mußte.) Sie machte eine Gebärde, als wolle sie sich die Ohren zuhalten.

»Tun Sie ja nichts dergleichen!« sagte sie. »Sie werden vielmehr gleich mit mir zu meinem Gasthaus hinübergehen, aber zuerst werden Sie mir etwas erzählen. Eben war ich bei unserer guten Mrs. Lucas, um ihr auszurichten, daß ich höchstwahrscheinlich bei ihrem Gartenfest am Freitag vorbeischauen werde, falls ich nichts anderes vorhabe. Aber was ist denn das nur für ein wundersames Wesen, das sie da erwartet? Handelt es sich um einen indischen Magier? Wenn ja, würde ich ihn gerne kennenlernen, denn ich erinnere mich, als Lord Ambermere seinerzeit in Madras war, da besuchte uns einmal einer auf der Residenz, der Kobras und solcherlei Getier bei sich hatte. Allerdings habe ich Mrs. Lucas klargemacht, daß ich Schlangen nicht ausstehen kann, und sie sagte mir, es seien keine zu befürchten. Es war ohnehin alles äußerst mysteriös, und sie wußte einstweilen auch noch gar nicht, ob er überhaupt kommen würde. Ich habe ihr nur gesagt: ›Keine Schlangen! Darauf muß ich bestehen!‹«

Georgie beruhigte sie über die Wahrscheinlichkeit des Auftretens von Schlangen und gab ihr einen knappen Abriß der bisher bekannten Gewohnheiten des Gurus, wobei er seine hohe Kastenzugehörigkeit besonders hervorhob.

»Ja, einige dieser Brahmanen kommen aus ganz anständigen Familien«, gab Lady Ambermere zu. »Ich war immer dagegen, alle dunkelhäutigen Menschen samt und sonders Nigger zu nennen. Als wir in Madras lebten, war ich bekannt für meine Unterscheidungsfähigkeit.«

Während Lady Ambermere solch liberale Ansichten zum Ausdruck brachte, überquerten sie den Anger, und auch ohne Einsatz der Brille konnte Georgie sehen, wie Peppino, der Lady Ambermere von der Tür der Handelsgärtnerei erspäht hatte, nun die Straße entlangeilte, um ein paar Worte mit ihr zu wechseln, ehe »ihre Leute« sie auf »The Hall« zurückfuhren.

»Ich bin übrigens nach Riseholme gekommen, um im ›Arms‹ Zimmer für Olga Bracely reservieren zu lassen«, bemerkte sie.

»Die Primadonna?« fragte Georgie atemlos vor Aufregung.

»Ja, sie wird zwei Tage in meinem Gasthaus übernachten, zusammen mit Mr. Shuttleworth.«

»Aber sie wird doch nicht –«, begann Georgie.

»Nein, nein, es ist alles in Ordnung. Er ist ihr Mann; sie haben letzte Woche geheiratet«, sagte Lady Ambermere. »Ich würde zwar meinen, daß Shuttleworth ein recht ehrenwerter Name ist, immerhin sind die Shuttleworths mit dem kürzlich verstorbenen Lord verwandt, doch sie zieht es vor, sich weiterhin Miss Bracely zu nennen. Natürlich spreche ich ihr nicht das Recht ab, sich zu nennen, wie sie will; keineswegs – obwohl es mir bisher nicht gelungen ist herauszufinden, wer die Bracelys waren. Aber als Charlie Shuttleworth mir kürzlich schrieb, er und seine Gattin wollten für zwei Tage hier verweilen, und dabei einen kleinen Besuch bei mir auf ›The Hall‹ vorschlug, dachte ich, es wäre am besten, selbst im ›Arms‹ nach dem Rechten zu sehen und dafür zu sorgen, daß sie anständige Unterkunft bekommen.

Morgen sind sie bei mir zum Abendessen. Es kommen noch etliche Gäste, und danach wird Miss Bracely sicherlich etwas singen. Mein Broadwood-Flügel hat ja schon immer als besonders wohlklingendes Instrument gegolten. Es war sehr artig von Charlie Shuttleworth, sich anzumelden, wenn er schon einmal in der Gegend ist, und ich möchte meinen, auch sie ist eine sehr anständige Frauensperson.«

Inzwischen waren sie beim Automobil angekommen – an dem edlen, noblen Gefährt, wie Samuel Pepys es beschrieben hätte –, und da stand die arme Miss Lyall, mit Paketen behängt und einem leicht kriecherischen Lächeln auf den Lippen. Diese armselige Jungfer von so eindeutigem Alter, daß man es wohl zweifelhaft nennen mußte, war Lady Ambermeres Gefährtin und teilte mit letzterer die Herrlichkeiten des Landsitzes »The Hall«, der Lady Ambermere auf Lebzeiten vermacht worden war. Miss Lyall bekam freie Kost und Logis und durfte über einen Karren in Form einer Sitzbadewanne verfügen, wenn Lady Ambermere sie auf Besorgungen nach Riseholme schickte ... was wollte eine Frau denn noch mehr? Als Gegenleistung für diese milden Gaben bestand ihre einzige Pflicht darin, sich mit Leib und Seele ihrer Dienstherrin zu widmen, Lady Ambermere laut die Zeitung vorzulesen, ihr die Muster für Näharbeiten vorzuzeichnen, ihren kleinen chinesischen Hund auf dem Arm herumzutragen und ihn einmal pro Woche zu waschen, sie beim Kirchgang zu begleiten und niemals in einem geheizten Schlafzimmer zu nächtigen. Sie hatte ein melancholisches, wehmütiges kleines Gesicht; ihr Kopf war stets leicht nach vorn geneigt, und ihr Mund stand immer ein wenig offen und entblößte die langen Vorderzähne, so daß sie ein bißchen an einen gebratenen Hasen erinnerte, der samt Kopf serviert wird. Georgie hatte für Miss Lyall immer einen Scherz von einer Art auf Lager, die sie unweigerlich »Oh, Mr. Pillson!« ausrufen ließ und zum Erröten brachte. Sie fand Georgie ganz besonders nett.

Auch bei dieser Gelegenheit hatte er einen Scherz für sie.

»Na, da ist ja Miss Lyall!« sagte er. »Und was hat Miss Lyall angestellt, während Mylady und ich uns unterhielten? Fragen wir lieber nicht weiter, was?«

»Oh, Mr. Pillson!« piepste Miss Lyall, verläßlich wie eine Kuckucksuhr, wenn die Zeiger auf die volle Stunde rücken.

Lady Ambermere stellte ihr halbes Körpergewicht auf das Trittbrett, was das Automobil quietschen und schwanken ließ.

»Machen Sie den Shuttleworths Ihre Aufwartung, Georgie«, sagte sie. »Sagen Sie ihnen, ich hätte Sie darum gebeten. Nach Hause!«

Nachdem Lady Ambermere eingestiegen war, huschte Miss Lyall wie eine Maus, die sich in einer Ecke versteckt, auf den Vordersitz des Automobils, und der Lakai setzte sich ins Fahrerhäuschen. In diesem Moment zwängte sich Peppino, ein wenig außer Atem, mit seinem Sack voll Blumenzwiebeln zwischen zwei Kutschen hindurch neben das Automobil. Er kam um wenige Sekunden zu spät, und der Wagen fuhr ihm davon. Es war höchst unwahrscheinlich, daß Lady Ambermere ihn überhaupt gesehen hatte.

Georgie fühlte sich wie ein Hund mit einem Knochen im Maul, der so rasch wie möglich von all den übrigen

Hunden fortkommen und ihn in Ruhe begutachten möchte. Mit Fug und Recht konnte man behaupten, daß ihm noch nie zuvor innerhalb von vierundzwanzig Stunden derart viele aufregende Dinge widerfahren waren: Er hatte ein *toupet* in Auftrag gegeben, war mit Wohlwollen von einem Guru betrachtet worden, ganz Riseholme wußte, daß er eine recht lange Unterhaltung mit Lady Ambermere geführt hatte, aber niemand in Riseholme außer ihm selbst war bekannt, daß Olga Bracely zwei Tage hier verbringen würde. Wie gut erinnerte er sich noch an ihren wundervollen Auftritt als Brünhilde im letzten Jahr im Covent Garden. Er war damals zu einem verjüngenden, wenn auch drastischen Zahnarzttermin in die Stadt gefahren, und das »greuliche« Gefühl, weder ohnmächtig noch ganz bei Bewußtsein zu sein, war gänzlich vergessen, als er sie bei Siegfrieds Kuß auf dem flammenumwaberten Felsen erwachen sah. *»Das ist kein Mann!«* hatte Siegfried geschmettert, und das war, man mußte es ihm lassen, ziemlich scharfsinnig gewesen, denn sie sah ja wirklich aus wie ein schmächtiger, bartloser Jüngling, ganz und gar nicht wie diese großen fetten Weiber in Bayreuth, die kein Mensch für einen Mann hätte halten können, so wie sie wabbelten und schwabbelten, lange bevor Siegfrieds Schwert die Schnüre der Brünne durchtrennte. Und dann erhob sie sich und grüßte jubilierend die Sonne, und für einen Moment hatte Georgie geglaubt, er habe sich doch für die falsche Art von Leben entschieden, als er sich niedergelassen hatte, um seine Tage auf diese jungenhafte, jungmädchenhafte Weise mit Stickereien und Porzellanabstauben in Riseholme zuzubringen. Siegfried hätte er werden sollen... Er hatte ein Foto von ihr in Küraß und Helm erstanden, das er oft betrachtete, wenn er nicht gerade mit etwas anderem beschäftigt war. Zur Verteidigung seiner Göttin war er sogar gegen Lucia aufgestanden, als diese erklärt hatte, Wagner habe keine Ahnung von dramatischen Effekten. Lucia hatte freilich noch nie eine Oper von Wagner gesehen, sondern nur einmal die Overtüre zu *Tristan* in Queen's Hall gehört, und wenn das Wagner war, also dann –

Obwohl Lady Ambermeres Automobil noch nicht einmal ganz hinter der Straßenbiegung verschwunden war, begann Riseholme ihn bereits behutsam zu umzingeln, um mit Hilfe von diskreten Fragen (ähnlich wie beim Sachenraten) herauszufinden, worüber er mit ihr gesprochen hatte. Aus einer Richtung bedrängte ihn Colonel Boucher mit seinen zwei schnaufenden Bulldoggen, aus der anderen ließ sich Mrs. Weston unbarmherzig in ihrem Rollstuhl immer dichter heranschieben, in der dritten saßen die beiden Miss Antrobus kichernd auf dem Folterstock, und aus der vierten näherte sich Peppino mit fragendem Blick. Zudem wußten alle, daß er nicht vor halb zwei zu Mittag essen würde, also gab es eigentlich keinen Grund, warum er nicht stehenbleiben und wie gewöhnlich ein kleines Schwätzchen halten sollte. Doch mit dem Blick des echten Feldherrn erkannte er, daß sich der Kordon der Neugierigen am leichtesten durchdringen ließ, wenn er auf der Flanke von Colonel Boucher ausbrach, weil dieser immer erst mit »Äh–hem« begann, bevor er in zusammenhängende Sätze verfiel, daher konnte ihm Georgie mit einem »Guten Morgen, Colonel« zuvorkommen, ehe sich ein Gespräch entwickelte. Er ging zwar nicht gerne allzu nahe an diesen geifernden Bulldoggen vorbei, aber irgend etwas mußte ja unternommen werden... Im nächsten Augenblick war er frei; im Zurückblicken sah er, daß die übrigen Spione sich immer noch aufeinander zubewegten, und nun folgte er seinem ursprünglichen Plan und schritt rasch in Richtung von Lucias Haus davon, um nach den vertrauten Klängen des Mozart-Trios zu horchen. Da ertönten sie auch schon, und das dämpfende Pedal war getreten, ganz wie erwartet, also setzte er, da diese Angelegenheit somit erledigt war, seinen Weg einige hundert Meter weit fort, denn er plante, eine Abkürzung über die Wiesen zu nehmen, die Brücke über den glucksenden Bach, der in den Avon floß, zu überqueren und dann durch das Tor am Ende des Gartens wieder in sein Haus zu gelangen. Dort würde er sich hinsetzen und nachdenken ... der Guru, Olga Bracely... Wie wäre es, wenn er Olga Bracely mit ihrem Gatten zum Essen einlüde und Mrs. Quantock überredete, den Guru ebenfalls kommen zu lassen? Damit wären sie drei Männer und eine Frau, und mit Hermy und Ursy wäre alles ausgeglichen. Abendessen für sechs war das Äußerste, was Foljambe zuließ.

Er hatte das Gatter erreicht, das auf die Wiese führte, und setzte sich eine Weile auf den Zaun. Lucias zaghafte Melodien waren immer noch schwach zu vernehmen, doch gerade als er es sich bequem machte, hörte die Musik auf, und er vermutete, daß sie jetzt aus dem Fenster schaute. Lucia war zu bedeutend, um an der allmorgendlichen Spionage, die rings um den Dorfanger ablief, persönlich teilzunehmen, aber oft sah sie auch von ihrem Fenster aus eine ganze Menge. Er überlegte sich, was wohl Mrs. Quantock vorhabe: offensichtlich hatte sie den Guru für das Gartenfest nicht definitiv zugesagt, sonst hätte Lady Ambermere nicht erwähnt, daß Lucia nicht wisse, ob er käme oder nicht. Vielleicht wollte Mrs. Quantock ihn selbst vorführen und ihn weder der Königin noch Georgie überlassen... Das nun war der reinste Bolschewismus, und einen schwindelerregenden Moment lang spürte Georgie, daß auch in ihm ein Bolschewist steckte. Lucias Joch war zuweilen beschwerlich, und er erkühnte sich zu überlegen, was wohl geschähe, wenn er Olga Bracely zum Abendessen einlüde, ohne Lucia gegenüber zu erwähnen, daß sie am Nachmittag ihres Gartenfestes hier wäre. Georgie war mütterlicherseits ein Bartlett, und er spielte besser Klavier als Lucia, und er hatte vierundzwanzig Stunden am Tag zur freien Verfügung, die er darauf verwenden konnte, König von Riseholme zu sein... Sein Naturell entflammte, brannte mit revolutionärer roter Flamme, die sich aus seinem geheimen Wissen über Olga Bracely nährte. Warum sollte Lucia alle hier mit ihrer eisernen Rute regieren? Warum und nochmals warum?

Plötzlich hörte er die vertraute Altstimme seinen Namen rufen, und da stand Lucia auch schon im Shakespeare-Garten.

»*Giorgino! Giorgino mio!*« rief sie. »*Gino!*«

Aus reiner Gewohnheit stieg Georgie von seinem Zaunsitz und trippelte die Straße entlang auf sie zu. Das mannhafte Brodeln der Rebellion in seiner Seele rügte ihn zwar dafür, doch seine Beine und die Stimme kapitulierten leider. »*Amica!*« antwortete er. »Hier kommt Ihr Gino!« (»Und wieso sage ich das auf italienisch?« fragte er sich unnützerweise.)

»Schorschi, tommen Sie her und lassen Sie uns tlein bißchen reden«, verfiel sie jetzt in die Babysprache. »Ich will, daß droßer tluger Mann Tlein-Lucia beraten tut.«

»Na, was ist denn los, mein Tleines?« fragte Georgie, der nun fürs erste wieder unterworfen war.

»Viele-viele Sachen. Hier, hübsches Blümeli für Knopflöchli. Und jetzt erzählen Sie bißchen was vom schwarzen Mann. Tut der auch keine Schlangen ham? Warum sagt Mrs. Quantock, sie tut nich glauben, daß er kommen kann zu arme tleine Lucias Gartenfesti?«

»Ach, hat sie das gesagt?« fragte Georgie, der damit in die Alltagssprache zurückfiel.

»Ja, und, ach übrigens, da ist ein Päckchen angekommen, in dem bestimmt das Mozart-Trio ist. Wollen Sie morgen vormittag kommen und es mit mir durchgehen? Ja? Also halb zwölf dann. Aber zurück zur Sache.« Sie fixierte ihn mit ihrem blitzenden Vogelblick. »Daisy sagte mir, ich solle den Guru selbst bitten, also habe ich der armen Daisy den Gefallen getan und ihn gebeten. Und jetzt erzählt sie mir, sie weiß nicht, ob er mitkommt. Was hat das zu bedeuten? Ist es möglich, daß sie ihn für sich selbst behalten will? So etwas hat sie schon einmal getan, nicht wahr.«

Damit spielte Lucia vermutlich auf den unglückseligen Fall mit dem schottischen Anwalt an, und Georgie, der sie wohl verstanden hatte, wand sich ein wenig verlegen. Auch schien der vogelartige Blick sich direkt in ihn hineinzubohren und den insgeheimen Treuebruch zu erahnen, den er erwogen hatte. Hätte sie ihn noch länger so stechend angesehen, wären ihm nicht nur seine allerdüstersten Mutmaßungen bezüglich Mrs. Quantock entschlüpft, sondern er hätte zudem noch das Geheimnis um Olga Bracely gestanden und vielleicht auch noch die Möglichkeit angedeutet, sie samt ihrem Gatten auf Lucias Gartenfest mitzubringen. Doch in diesem Moment zog sich der bohrende Blick von ihm zurück und wanderte die Straße hinauf.

»Da kommt der Guru!« sagte sie. »Jetzt werden wir ja sehen!«

Halb ohnmächtig vor Aufregung lugte Georgie zwischen den in die Eibenhecke geschnittenen Formen des Pfaus und der Ananas hindurch, und beobachtete, was nun geschah. Lucia ging direkt auf den Guru zu, machte lächelnd einen Diener vor ihm und stellte sich offenbar vor. Im nächsten Augenblick ließ er seine weißen Zähne aufblitzen und verbeugte sich seinerseits, dann gingen sie zusammen in Richtung »The Hurst« zurück, wo Georgie pochenden Herzens hinter der Eibenhecke wartete. Gemeinsam traten sie in den Garten, und Lucia hatte ihre allergütigste Miene aufgesetzt.

»Ich möchte Euch gerne, lieber Guru«, sagte sie, ohne sich zu verhaspeln, »einem sehr guten Freund vorstellen. Das ist Mr. Pillson, Guru. Der Guru, Mr. Pillson. Der Guru kommt auf ein *tiffin* zu mir herauf, Georgie. Kann ich Sie nicht auch zum Bleiben überreden?«

»Mit Vergnügen!« sagte Georgie. »Wir sind uns ja sozusagen schon begegnet, nicht wahr?«

»So ist es. Sehr erfreut«, gab der Guru zurück.

»Gehen wir hinein«, sagte Lucia. »Es ist gleich Essenszeit.«

Georgie folgte ihr nach einer Unmenge von Verbeugungen und Höflichkeitsbezeugungen seitens des Gurus. Er war sich nicht mehr sicher, ob wirklich ein Bolschewik in ihm steckte.

Fünftes Kapitel

Ein Element von Lucias Größe lag darin, daß sie sich, ertappte sie einmal jemanden bei einer Tat von schändlichster Gemeinheit, niemals irgendwelchen eitlen Rachedrohungen hingab; es genügte ihr, davon zu wissen, und sie würde fraglos bei nächstbester Gelegenheit angemessene Schritte einleiten. Und als sich aus des Gurus arglosen Worten beim Mittagessen ergab, daß die perfide Mrs. Quantock ihn überhaupt nicht gefragt hatte, ob er gerne auf Lucias Gartenfest gehen würde (sondern anscheinend zunächst ihre eigene Entscheidung treffen wollte, was sie mit ihm vorhatte), nahm Lucia diese Auskunft in allerbester Laune zur Kenntnis und bemerkte dazu nur: »Zweifellos hat die gute Mrs. Quantock vergessen, Euch davon zu erzählen«, kündigte jedoch keinerlei Vergeltungsmaßnahmen an, wie etwa Daisy für ein oder zwei Wochen von ihrer ständigen Gästeliste zu streichen, nur um ihr eine Lektion zu erteilen. Ehe man sich zum Essen niederließ, telephonierte sie sogar mit der frisch Entlarvten, um ihr zu sagen, daß sie den Guru auf der Straße getroffen und ein Band der Sympathie zwischen ihm und sich zu spüren vermeint habe, und darauf sei er mit zu ihr hereingekommen und nun sitze man gerade beim *tiffin*. Das indische Wort *tiffin* gefiel ihr ausnehmend gut, und es gefiel ihr auch, Daisy zu erklären, was es bedeutete.

Das *tiffin* war ein voller Erfolg, und der Guru sah sich nicht zu einem Besuch in der Küche genötigt, um dort etwas zuzubereiten, das man ohne Überwindung zu sich nehmen konnte. Er sprach recht freimütig über seine Mission in Riseholme, und Lucia, Georgie und Peppino, der etwas spät hinzugestoßen war, da er wegen seiner Blumenzwiebeln noch einmal zur Gärtnerei hatte zurückgehen müssen, lauschten ihm hingerissen.

»Nun, ich besuchte also Freund in London, der dort führt Buchhandlung«, sagte er, »und da hörte ich von englischer Lady, die hatte verlangt nach Guru, und da wußte ich, daß ich war gerufen zu ihr. Ohne Gepäck, ohne alles: so wie ich war. Ist auch eine so gütige Lady, und wird machen gute Fortschritte, nur manche von den Haltungsübungen werden ihr wohl fallen schwer, weil sie ist, was man nennt kugelig, rund.«

»Waren das Haltungsübungen, als ich sie auf einem Bein im Garten stehen sah?« wollte Georgie wissen. »Und als sie versuchte, im Sitzen ihre Zehen festzuhalten?«

»Ja, in der Tat, ganz recht – sehr schwer für Kugelige. Aber sie hat reine Seele.« Lächelnd blickte er sich um. »Ich sehe viele weiße Seelen hier«, sagte er. »Es ist ein trefflicher Ort, wenn es gibt reine Seelen, denn zu solchen ich bin gesandt.«

Das genügte vollauf: in kürzester Zeit waren Lucia, Georgie und Peppino alle als Schüler aufgenommen, und gleich darauf gingen sie in den Garten hinaus, wo der Guru auf dem Boden eine höchst komplizierte Haltung einnahm, die ganz ohne Frage außerhalb von Mrs. Quantocks Fähigkeiten lag.

»Ein Fuß auf einen Oberschenkel, anderen Fuß auf anderen Oberschenkel«, erläuterte er. »Und Kopf und Rücken gerade gestreckt: So läßt sich gut meditieren.«

Lucia versuchte, sich vorzustellen, so zu meditieren, glaubte jedoch, daß jegliche Meditation in dieser Stellung das Problem gebrochener Knochen zum Thema hätte. »Wird mir das je gelingen?« fragte sie. »Und was sind die Auswirkungen davon?«

»Ihr werdet Euch fühlen leicht und voll Tatendrang, liebe Lady, und – ach, da ist ja auch die andere Lady, die sich uns möchte zugesellen.«

Mrs. Quantock hatte in dieser Angelegenheit zweifellos einen ihrer diplomatischen Fehler begangen: Sie hatte zwar am Telephon eingewilligt, daß ihr Guru bei Lucia zum Essen bliebe, doch mitten bei ihrem eigenen Essen hatte sie keine Ruhe mehr gehabt und ihre Neugier darüber, was wohl in »The Hurst« vor sich ging, nicht mehr bezwingen können. Sie konnte den Gedanken nicht ertragen, daß Lucia und ihr Guru jetzt zusammen waren, und ihr Brief, in dem sie geschrieben hatte, es sei ungewiß, ob der Guru zum Gartenfest kommen wolle, verursachte ihr nun ein sehr unbehagliches Gefühl. Lieber hätte sie eingewilligt, ihren Guru auf fünzig Gartenfeste gehen zu lassen – da war alles öffentlich, und sie hätte ihn im Auge und unter Kontrolle behalten können –, als ihn auf diese Weise von Lucia dazu »verführt« zu wissen (diesen Ausdruck benutzte sie), bei ihr zu speisen. Der einzige Trost dabei war, daß ihr eigenes Mittagessen praktisch ungenießbar gewesen war und Robert elendiglich schmachtend verlangt hatte, der Guru möge wiederkommen und seinen Magen retten. Als sie gegangen war, hatte er mit finsterem Blick über einer Tasse trüben Wassers, das als Kaffee durchging, gegrübelt. Robert jedenfalls würde die Rückkehr des Gurus herzlich begrüßen.

Sie wackelte über den Rasen auf die harmonische Gesellschaft zu, und in diesem Augenblick erwachte der Rachedurst in Lucia. Die klare Gelassenheit der Siegerin, die sie durchströmt hatte, als der Guru so völlig problemlos zum Essen mitgekommen war, trübte und verflüchtigte sich nun, und der Brief der lieben Daisy, der die freche Lüge enthalten hatte, der Guru sei sich nicht sicher, ob er die Einladung annehmen könne, die sie ihn überhaupt nicht hatte lesen lassen, gewann außerordentlich an düsterer Bedeutung. Daisy hatte eindeutig beabsichtigt, ihn ganz für sich zu behalten, und damit einen feindseligen Übergriff in ihren Machtbereich gewagt.

»Lieber Guru, wie ungezogen von Euch!« drohte Mrs. Quantock scherzhaft, nachdem die üblichen Begrüßungen vorüber waren. »Warum habt Ihr Eurer *chela* denn nicht gesagt, daß Ihr nicht zum *tiffin* zurück sein würdet?«

Der Guru hatte seine Beine entwirrt und erhob sich nun.

»Aber seht doch, verehrte Dame,« sagte er, »wie glücklich wir alle hier sind! Denkt nicht zuviel nach, wo doch nur reine Seelen sind zusammen.«

Mrs. Quantock tätschelte ihm die Schulter.

»Alles ist gut und recht, Om«, sagte sie. »Schickt eine Botschaft der Liebe für mich aus.«

Es galt zunächst, aus diesen luftigen Höhen herabzusteigen, und Lucia nahm dies sogleich in Angriff, indem sie wie eine Fallschirmspringerin anfangs rasch abwärts stürzte und dann reglos in der Luft schwebte.

»Na, und wir haben hier gerade einen so schönen Plan entworfen, liebe Daisy«, sagte sie. »Der Guru wird uns allen etwas beibringen. Richtige Lektionen geben! Nicht wahr?«

Er hob die Hände zum Kopf, Innenflächen nach außen, und schloß die Augen.

»Ich glaube, ich höre Ruf«, sagte er. »Ich werde gesandt. Ja, gewiß, die Ratgeber mir sagen, ich werde gesandt. Was Ihr nennt Lektionen? Ja? Ich lehre, Ihr lernt. Wir alle lernen... ich werde überlassen alles Euch. Ich gehe jetzt etwas abseits in Obstgarten dort, zum Meditieren, und wenn alles besprochen ist, werdet Ihr sagen Guru, der Euer Diener ist. Salaam! Om!«

Da der Guru sich in ihrem Haus befand und sie die volle Absicht hatte, ihn zu annektieren, war es kein Wunder, daß Lucia die Rolle der Vorsitzenden in der Diskussion übernahm, um Einzelheiten der esoterischen Bruderschaft zu behandeln, die nun tatsächlich in Riseholme gegründet wurde. Wäre Mrs. Quantock nicht dabei gewesen, hätte Lucia sie wahrscheinlich aus Rache für ihre Hinterlist bei der Gartenfest-Einladung überhaupt nicht zu den Lektionen eingeteilt, doch da sie nun einmal fest und unverrückbar in ihrem Korbstuhl saß, der bei jeder ihrer Bewegungen jammervoll quietschte, ließ sie sich doch nicht völlig ignorieren. Immerhin ergriff Lucia total die Initiative und schlug gleich am Anfang vor, ihr Rauchsalon sei fraglos der bequemste Ort zum Abhalten der Lektionen.

»In Ihr Haus möchte ich dafür nun wirklich nicht eindringen, liebe Daisy«, sagte sie, »und wir haben ja hier unseren Rauchsalon, in dem sich nie jemand aufhält, der ist so ruhig und friedlich. Ja. Können wir das also als erledigt betrachten?«

Sie wandte sich nun energisch direkt an Mrs. Quantock. »Und jetzt, wo soll der Guru wohnen?« eröffnete sie. »Es wäre doch ungerecht, liebe Daisy, wenn wir alle von seinen Lektionen profitieren, und Sie die gesamte Mühe und die Kosten für seine Unterbringung tragen sollten, denn in Ihrem süßen kleinen Häuschen macht das bestimmt große Umstände, und ich glaube, Sie haben ja auch geschrieben, daß Ihr Mann ihm seinen Ankleideraum abtreten mußte.«

Mrs. Quantock unternahm einen verzweifelten Versuch, ihr Eigentum zu retten.

»Aber nein, überhaupt keine Umstände«, sagte sie. »Ganz im Gegenteil sogar, meine Liebe. Es ist sehr nett, ihn dazuhaben, und Robert findet auch, daß er ein ganz angenehmer Gast ist.«

Lucia drückte ihr verständnisvoll die Hand.

»Sie und Ihr Gatte, Sie sind wirklich zu uneigennützig«, sagte sie. »Wie oft habe ich schon gesagt: ›Daisy und der gute Mr. Robert sind die uneigennützigsten Menschen, die ich kenne‹, nicht wahr, Giorgino? Aber dürfen wir zulassen, daß Ihr Haus derart überfüllt ist? Ihr einziges Extrazimmer, nicht wahr, und *außerdem* noch der Ankleideraum Ihres Mannes. Georgie, ich weiß, daß Sie mir zustimmen werden: Wir dürfen diesen Uneigennutz der guten Daisy einfach nicht erlauben.«

Der bohrende Vogelblick wirkte zwingend auf Georgie. Eben noch hatte er sich revolutionären Plänen hingegeben und vorgehabt, den Guru und Olga Bracely zum Abendessen einzuladen, ohne Lucia überhaupt zu fragen; jetzt aber schmolz dieses schwache rebellische Aufbäumen dahin wie Schnee im Sommer. Er kannte Lucias nächsten Vorschlag schon im voraus; und er wußte auch, daß er ihm zustimmen würde.

»Nein, das geht einfach nicht an«, sagte er. »Es würde schlichtweg heißen, daß wir Mrs. Quantocks Gutmütigkeit ausnützen, wenn sie den Guru verpflegen und unterbringen sollte, während wir alle von ihm lernen. Ich würde ihn ja gern selbst aufnehmen, aber da heute abend Hermy und Ursy ankommen, habe ich ebenso wenig Platz wie Mrs. Quantock.«

»Er kann ja hier wohnen!« rief Lucia fröhlich, als wäre ihr der Gedanke eben erst gekommen. »Wir haben ›Hamlet‹ und ›Othello‹ frei –« ihre Zimmer waren alle nach Shakespeare-Stücken benannt – »es würde also gar keine Umstände machen. Nicht wahr, Peppino? Und ich nehme ihn wirklich gern als Gast auf. Können wir das also als erledigt betrachten?«

Daisy machte einen gänzlich fruchtlosen Versuch, eine Botschaft der Liebe in alle vier Himmelsrichtungen auszusenden. Bitter bereute sie jetzt, den Guru jemals vor Lucia erwähnt zu haben; sie hatte sich nicht träumen lassen, daß diese ihn solcherart an sich reißen würde. Während sie ihr Hirn zermarterte, wie sie diese machtvolle Offensive stoppen könnte, fuhr Lucia seelenruhig fort.

»Dann erhebt sich die Frage, wie wir ihn bezahlen sollen«, sagte sie. »Die gute Daisy meint zwar, er wisse kaum, was Geld überhaupt ist, aber ich persönlich könnte mir nicht im Traum vorstellen, von seinem Wissen zu profitieren, ohne ihm etwas dafür zu geben. Der Arbeiter verdient seinen gerechten Lohn, und so ist es wohl auch bei einem Lehrer. Wie wäre es, wenn wir ihm jeder fünf Shilling pro Lektion zahlten: das macht dann ein Pfund pro Sitzung? Oh je! Ich werde fleißig sein müssen im August. Also, wie viele Lektionen soll er uns erteilen? Ich würde sagen, sechs für den Anfang, wenn alle einverstanden sind. Eine an jedem Tag der nächsten Woche, außer Sonntag. Finden Sie das alle gut? Ja? Dann können wir das also als erledigt betrachten?«

Mrs. Quantock, die immer noch ohnmächtig rebellierte, griff zur schärfsten Waffe in ihrem Arsenal, nämlich zum Sarkasmus.

»Vielleicht wäre es ratsam, liebste Lucia«, säuselte sie, »meinen Guru zuerst einmal zu fragen, was er selbst zu Ihren Plänen zu sagen hat. England ist schließlich immer noch ein freies Land, auch wenn man zufällig aus Indien stammt.«

Doch Lucia führte eine viel tödlichere Waffe, indem sie den Sarkasmus der anderen scheinbar ahnungslos für bare Münze nahm. Schließlich ist es ja vollkommen nutzlos, seinem Feind einen Dolch ins Herz zu rammen, wenn dies auf ihn keinerlei Wirkung hat. Sie klatschte in die Hände und stieß ihr silberhelles Lachen aus.

»Welch eine großartige Idee!« sagte sie. »Sie möchten also, daß ich zu ihm hinübergehe und ihm von unserem Vorschlag erzähle? Ganz wie Sie wollen. Dann mache ich mich jetzt auf den Weg, ja? und frage ihn, ob er einverstanden ist. Machen Sie sich nicht die Mühe aufzustehen, liebe Daisy; ich weiß doch, wie sehr Ihnen die Hitze zu schaffen macht. Bleiben Sie ruhig im Schatten sitzen. Sie wissen ja, ich bin wie eine Eidechse: Für mich kann die Sonne niemals *troppo caldo* sein.«

Sie huschte hinüber zu dem Guru, der in dieser wundervollen Position auf dem Boden saß. Am Vormittag hatte sie in der Enzyklopädie den Eintrag über Yoga noch einmal gründlich durchgelesen und, wie ihr Vorgehen eben durchaus bewiesen hatte, den felsenfesten Entschluß gefaßt, daß Yoga in diesem August, um es respektlos auszudrücken, ihre Masche sein werde. Der Guru war noch derart tief in seine Meditation versunken, daß er, als sie näherkam, zuerst nur verträumt in ihre Richtung blickte, dann jedoch erhob er sich mit einem tiefen Seufzer.

»Dies ist wunderschöner Ort«, sagte er. »Ist voll von süßen Schwingungen, und ich habe auch geführt langes Gespräch mit Ratgebern.«

Lucia war begeistert.

»Oh, so erzählt mir doch, was sie Euch geraten haben!« rief sie aus.

»Sie haben gesagt, ich möge folgen, wohin man mich führt: sie haben gesagt, sie würden für mich alles arrangieren in Weisheit und Liebe.«

Das war höchst ermutigend, denn ohne Zweifel hatte Lucia etliches für ihn arrangiert, und die Ansicht der Ratgeber war somit ein direktes persönliches Zeugnis. Etwaige leise Gewissensbisse (die ohnehin kaum vernehmlich waren) darüber, daß sie das Eigentum der guten Daisy an sich gerissen hatte, wurden so ein für allemal zum Verstummen gebracht, und sie fuhr selbstsicher fort, ihr Arrangement, das auch ganz nach dem Geschmack des Gurus zu sein schien, in Weisheit und Liebe vorzutragen. Er schloß kurz die Augen und atmete tief ein.

»Sie mir geben Frieden und Segen«, sagte er. »Sie selbst haben befohlen, daß es so soll sein. Om!«

Er schien wieder in abgründige Tiefen der Meditation zu versinken, und Lucia eilte zurück zu der Gruppe auf dem Rasen.

»Alles ist einfach wunderbar!« berichtete sie. »Die Ratgeber haben ihm gesagt, sie arrangieren alles in Weisheit und Liebe für ihn, also können wir überzeugt sein, daß unser Plan der rechte war. Wie schön es ist zu wissen, daß wir von ihnen angeleitet worden sind! Liebste Daisy, er ist einfach wundervoll! Ich werde gleich seine Sachen abholen lassen, ist Ihnen das recht? Und dann lasse ich ›Hamlet‹ und ›Othello‹ für ihn zurechtmachen!«

Mochte es ihr auch schwerfallen, ihren Guru preiszugeben, so wäre es gewiß pietätlos, sich gegen die Anweisungen der Ratgeber aufzulehnen.

Trotzdem lag ein Anflug von menschlichem Ärger in Daisys Antwort.

»Sachen!« stieß sie hervor. »Auf der ganzen Welt gehört ihm doch gar nichts. Aller Besitz kettet uns nur ans Irdische. Das werden bald auch Sie noch begreifen, liebste Lucia.«

Georgie schoß es durch den Kopf, daß der Guru auf jeden Fall eine Flasche Brandy besaß, doch es hatte wohl keinen Sinn, ein Thema aufzubringen, das Zwietracht säen konnte; als Lucia nun im Haus verschwand, um ihre Befehle wegen »Hamlet« und »Othello« zu treffen, gesellte sich auch der Guru selbst, der aus seiner Meditation erwacht war, zu ihnen und nahm neben Mrs. Quantock Platz.

»Verehrte Dame«, begann er, »überall ist Frieden und Glückseligkeit. Die Ratgeber haben so liebevoll gesprochen von Euch, und sie sagen, es ist am besten, wenn Euer Guru kommt hierher. Vielleicht werde ich in Euer gastfreundliches Haus zurückkehren. Sie haben gelächelt, als ich habe das gefragt. Aber jetzt sie senden mich zunächst hierher; hier werde ich mehr gebraucht, weil Ihr bereits so sehr seid erleuchtet.«

Ganz ohne Zweifel waren seine Ratgeber äußerst taktvolle Leute, denn nichts hätte Mrs. Quantock wirkungsvoller besänftigen können als eine Botschaft dieses Inhalts, die sie sicherlich vor Lucia wiederholen würde, wenn diese von ihren Arrangements wegen »Hamlet« und »Othello« zurückkehrte.

»Oh, sagen sie wirklich, daß ich bereits so sehr erleuchtet bin, lieber Guru?« fragte sie. »Das ist aber nett von ihnen.«

»Gewiß haben sie das gesagt, und nun werde ich gehen in Euer Haus und dort freundliche Gedanken für Euch zurücklassen. Und soll ich auch freundliche Gedanken in das Haus des netten Herren im Nachbarhaus entsenden?«

Georgie begrüßte diesen Vorschlag aufs Lebhafteste, denn bei der Aussicht auf die Ankunft von Hermy und Ursy am Abend glaubte er reichlichen Bedarf an freundlichen Gedanken zu haben. Er unterließ es daher sogar, einen Gedankengang zu Ende zu führen, den er eben begonnen hatte: daß nämlich der Guru zwar freundliche Gedanken für Mrs. Quantock in deren Haus zurücklassen mochte, die Flasche Brandy wahrscheinlich aber wieder mitnehmen würde. Doch Georgie war sich wohl bewußt, daß er nur allzu rasch in heimlichen Zynismus verfiel, außerdem war ja inzwischen vielleicht gar kein Brandy mehr zum Mitnehmen da ... sieh da, schon fing er wieder an mit dem Zynismus.

Die Abendsonne war immer noch heiß, als er eine halbe Stunde später die Kutsche bestieg, die er für die Fahrt zum Bahnhof bestellt hatte, um Hermy und Ursy abzuholen, und er spannte zum Schutz seinen mit weißem Leinen bespannten Schirm auf. Das Automobil ließ er zu Hause, weil entweder Hermy oder Ursy darauf bestanden hätten, das Steuer zu übernehmen, und er hatte keine Lust, sich ihnen anzuvertrauen. In all den Jahren, die er nun in Riseholme lebte, erinnerte er sich an keinen Zeitraum, nicht einmal im Winter, in dem die gesellschaftlichen Verpflichtungen – »Arbeit« sagte er dazu – zahlreicher gewesen wären als in dieser aufregenden und abwechslungsreichen Woche. Heute abend kamen Hermy und Ursy, für morgen wurde Olga Bracely mit ihrem Mann erwartet (»Olga Bracely mit Mr. Shuttleworth« klang irgendwie unanständig, was Georgie sogar genoß), am Tag darauf war Lucias Gartenfest, und täglich stand eine Lektion mit dem Guru auf dem Programm, so daß der Himmel allein wußte, wann Georgie die Zeit finden sollte, seine Stickerei weiterzuführen oder das Mozart-Trio zu üben. Doch sein Haar war wieder bis in die tiefsten Wurzeln kastanienbraun, seine Nägel glänzten, die Stiefel saßen bequem, und er fühlte sich somit durchaus jung und allem gewachsen. Bald würde er sich, unter dem Einfluß des neuen Credos mit seinen Haltungs- und Atemübungen, sogar noch jünger und tatkräftiger fühlen.

Gern hätte er sich aber gewünscht, er sei auf dieses Pamphlet über östliche Philosophien gestoßen, das Mrs. Quantock dazu angeregt hatte, jene Nachforschungen anzustellen, die im Erscheinen des Gurus kulminierten. Sobald Lucia davon erfahren hatte, war sie natürlich unweigerlich an die Aufgabe gegangen, Spitze und Führung der neuen Bewegung an sich zu reißen, und es war auch durchaus bemerkenswert, wie perfekt sie das geschafft hatte. Bei der Besprechung eben in ihrem Garten war sie, gelassen wie ein Dampfer, der über den Ozean pflügt, mitten durch Mrs. Quantock hindurchgesegelt und hatte sie von ihrem kraftvollen Bug abperlen lassen wie eine verirrte Woge. Aber mochte Mrs. Quantocks Vorhaben auch für den Augenblick vereitelt sein, Georgie hatte dennoch deutlich die revolutionären Gedanken gespürt, die in ihr brodelten; sie nahm es zutiefst übel, daß man konfisziert hatte, was ohne Frage ihr Eigentum gewesen war, auch wenn sie dagegen keine Machtmittel besaß, und Georgie konnte gut nachfühlen, was in ihr vorging. Es war ja schön und gut zu wissen, daß Lucias Pläne vollkommen mit den Absichten der Ratgeber übereinstimmten. Selbst wenn das zutraf, würde Mrs. Quantock deshalb nicht minder meinen, daß ihr etwas geraubt worden war...

Doch all das machte nichts aus, solange die Adepten sich unter des Gurus Anleitung jung und aktiv und liebevoll und gut fühlten. Vor allem dieser Gedanke hatte jeden einzelnen von ihnen ergriffen, und was Georgie anging, so war es ihm ziemlich gleichgültig, wem der Guru nun sozusagen gehörte, wenn er nur Nutzen aus seinen Lektionen zog. Vom gesellschaftlichen Standpunkt her hatte Lucia ihn annektiert, und mit ihm als Gast im Hause würde sie bestimmt diverse kleine Tips und Tricks extra erfahren, die nicht als Lektion zählten, aber immerhin hatte Georgie ja noch Olga Bracely in der Hinterhand, denn über deren Ankunft war ihm gegenüber Lucia kein Sterbenswörtchen entschlüpft. Er fühlte sich ein wenig wie jemand, der mitten in einer revolutionären Situation einen Revolver in der Tasche verborgen hält. Zwar besaß er keinen genauen Begriff davon, was er damit anfangen wollte, doch zu wissen, daß er ihn bei sich trug, vermittelte ihm ein Gefühl der Macht.

Der Zug lief ein, aber nach seinen Schwestern hielt er vergeblich Ausschau. Sie hatten unmißverständlich gesagt, daß sie mit diesem Zug kommen wollten, doch nach wenigen Minuten war vollkommen klar, daß sie nichts dergleichen getan hatten, denn als einzige stieg Mrs. Westons Köchin aus, die, wie alle Welt wußte, jeden Mittwoch nach Brinton fuhr, um dort Fisch einzukaufen. Am Ende des Zuges wurden allerdings enorme Mengen von Gepäckstücken ausgeladen, die unmöglich alle Fisch für Mrs. Weston enthalten konnten, und tatsächlich kam Georgie selbst auf diese Entfernung etwas an jener grünen Reisetasche äußerst bekannt vor, die dort soeben auf den Bahnsteig flog. Vielleicht waren Hermy und Ursy im Gepäckwaggon gereist, weil es »so ein toller Jux« war oder aus irgendeinem anderen kindischen Grund, daher schritt er die Plattform entlang, um nachzusehen. Dort hinten standen Säcke mit Golfschlägern, Handkoffer und ein Hund, und während in ihm allmählich die Überzeugung dämmerte, einige dieser Objekte schon einmal gesehen zu haben, überreichte ihm der Schaffner, dem Georgie immer fünf Shilling in die Hand drückte, wenn er diesen Zug nahm, einen mit Bleistift flüchtig hingekritzelten Zettel. Darauf stand:

Liebster Georgie!

Es war so schönes Wetter, als wir bei Paddington Station ankamen, daß Ursy und ich beschlossen, lieber mit dem Fahrrad zu Dir runterzufahren, nur so aus Jux. Deshalb haben wir unsere Sachen vorausgeschickt. Wir kommen vielleicht heute abend, wahrscheinlich aber erst morgen vormittag an. Kümmere Dich um Tiptree, und gib ihm reichlich Marmelade. Das hat er gern.

Deine Hermy

P.S.: Tipsipusi beißt in Wirklichkeit gar nicht – er macht nur Spaß.

Georgie zerknüllte das unheilkündende Schreiben und bemerkte jetzt, daß Tipsipusi, ein magerer irischer Terrier, ihn mit äußerster Mißgunst musterte und dabei alle Zähne bleckte, vermutlich aus Spaß. Im Verfolg dieses lustigen Einfalls stürmte er sodann auf Georgie los, und alles wäre sicher noch viel spaßiger geworden, hätte ihn nicht der Sack mit Golfschlägern behindert, an dem er festgebunden war. Trotzdem verfolgte er ihn über den ganzen Bahnsteig, indem er die Schläger hinter sich herzerrte, bis er sich darin verfing und umfiel.

Georgie hatte für Hunde sowieso nichts übrig, aber keinen haßte er so abgrundtief wie Tipsipusi, mit dem sich die Probleme in seinem Leben nun mehr denn je kompliziert hatten. Ganz bestimmt würde er nicht mit Tipsipusi im selben Wagen zurückfahren, also war es nötig, einen zweiten für dieses gräßliche Vieh und das restliche Gepäck zu mieten. Und wie um Himmels willen sollte es weitergehen, wenn er zu Hause ankam und Tipsipusi mit dem Spaß aufhörte und ernst machte? Immerhin mochte Foljambe Hunde, also mochten Hunde vielleicht auch sie ... ›Trotzdem ist das wirklich ungezogen von Hermy!‹ dachte Georgie verbittert. ›Was wohl der Guru tun würde?‹

Es folgten zehn äußerst anstrengende Minuten, in denen der Bahnhofsvorstand, die Gepäckträger, Georgie und Mrs. Westons Köchin alle den braven Hund Tipsipusi lobten, der währenddessen auf dem Boden lag und nach Golfschlägern schnappte. Irgendwann hob ein beherzter Träger den Sack mit den Schlägern auf, hielt ihn wie eine Angel so weit wie möglich von sich weg, wobei Tipsipusi an seiner kurzen Leine am anderen Ende des Sacks zappelte wie ein tollwütiger Fisch, und schließlich gelang es ihm unter viel Fluchen und Schimpfen, das Tier in den Wagen zu befördern, wofür eine weitere halbe Crown draufging. Daraufhin bestieg Georgie einen anderen Wagen und eilte heimwärts, um als erster dort anzukommen und sich mit Foljambe zu beraten. Foljambe hatte für gewöhnlich gute Ideen.

Beim Lärm der nahenden Kutsche trat Foljambe vor die Tür, und Georgie erkärte ihr das Ausbleiben seiner Schwestern sowie die bevorstehende Ankunft eines beißwütigen Hundes.

»Er ist äußerst wild«, sagte er, »aber er mag Marmelade.«

Foljambe setzte ihr selbstsicheres Lächeln auf, das Georgie manchmal verärgerte. Jetzt aber sah er es mit Begeisterung, als wäre es das Lächeln eines Engels.

»Ich werde mich um ihn kümmern, Sir«, sagte sie nur. »Den Tee habe ich Ihnen oben serviert.«

»Aber seien Sie nur vorsichtig, Foljambe, ja?« bat er.

»Ich würde meinen, besser sollte er vorsichtig sein«, gab die furchtlose Frau zurück.

Wie schon mehrfach erwähnt, brachte Georgie Foljambe grenzenloses Vertrauen entgegen, und dies erklärte auch, warum er sich in seinen Salon zurückzog, die Tür hinter sich schloß und die Ankunft der Kutsche aus dem Fenster beobachtete. Sie öffnete den Schlag, streckte die Arme hinein und zog sie im nächsten Augenblick heraus, in der Hand das Ende der Leine von Tipsipusi, der dabei ausnehmende Fröhlichkeit an den Tag legte. Kurz darauf öffnete sich zu Georgies Entsetzen die Tür zum Salon, und herein kam Tipsipusi, ohne Leine.

Indem er rasch Botschaften der Liebe wie SOS-Rufe in alle Richtungen versandte, zog Georgie einen kleinen Hocker vor sich, um so seine Beine zu schützen. Tipsipusi, der dies sichtlich für ein Spiel hielt, versteckte sich hinter dem Sofa, um irgendwann aus diesem Hinterhalt hervorzuschießen.

»War bloß ein bißchen gereizt, weil er an diesen Golfschlägern festgebunden war«, urteilte Foljambe.

Georgie aber konnte, während er etwas Marmelade auf eine Untertasse füllte, nicht umhin, sich zu fragen, ob es nicht an seiner Liebesbotschaft gelegen hatte.

Er speiste allein zu Abend, denn Hermy und Ursy ließen sich nicht blicken, und danach polierte er ausgiebig seine »Kleinigkeiten«, während er auf sie wartete. Niemand sorgte sich je wegen des Nichterscheinens der beiden Schwestern, denn früher oder später, meistens später, tauchten sie immer von ihrer Otterjagd oder ihren Golfpartien auf, in fabelhafter Laune über den Jux, den sie gehabt hatten, und mit erstaunlich schmutzigen Händen sowie gewaltigem Appetit. Als jedoch die Uhr Mitternacht schlug, beschloß er, den Gedanken an ihr Eintreffen noch in dieser Nacht aufzugeben, und nachdem er Tipsipusi noch etwas Marmelade gegeben und ein gemütliches Lager im Holzschuppen bereitet hatte, ging er hinauf in sein Schlafzimmer. Zwar war ihm klar, daß immer noch die Möglichkeit bestand, von wildem »Juchuuhu!« und Kieselgeprassel an seinem Fenster geweckt zu werden, was ihn zwingen würde, hinunterzugehen und ihren ungeheuren Appetit zu stillen, doch erschien dies eher unwahrscheinlich, daher schlief er recht bald ein.

Stunden später fuhr Georgie aus seinem Schlummer hoch und fragte sich zunächst, was ihn eigentlich geweckt hatte. Keine Kieselsteine prasselten an seine Scheibe, weder wildes Fahrradgeklingel noch laute Jubelrufe beleidigten die schickliche Stille von Riseholme, trotzdem hatte er ohne Zweifel etwas gehört. Im nächsten Moment versetzte die Wiederkehr des Geräusches sein Herz in heftiges Pochen, denn jetzt war ganz deutlich ein gedämpfter Ton aus dem Zimmer unter ihm gedrungen, als dessen Verursacher er sofort und mit fataler Gewißheit Einbrecher diagnostizierte.

Das erste Gefühl, das sich in sein jähes Entsetzen mischte, war ein zutiefst empfundenes Bedauern darüber, daß Hermy und Ursy noch nicht da waren. Sie hätten das Ganze zu einem famosen Ulk gemacht und umgehend irgendeine schlagkräftige Offensive mit Schürhaken, Golfschlägern und Hanteln entworfen. Zumindest Tipsipusi, der eben noch Verabscheute, hätte ihm in dieser Krise Beistand leisten können, doch warum, o warum hatte Georgie ihn nicht in sein Schlafzimmer mitgenommen, statt ihm ein Lager im Schuppen herzurichten? Für den Rest seiner Tage würde er Tipsipusi auf seiner schönsten blauen Steppdecke schlafen lassen, wenn er nur jetzt bei ihm und bereit wäre, sich mit den Einbrechern dort unten einen Spaß zu machen. Wie die Dinge jedoch lagen, befand sich das Personal ganz oben in den Dachkammern, Dickie schlief überhaupt außer Haus, und so war denn Georgie ganz allein mit der Aussicht, seine Besitztümer unter Einsatz seines Lebens selbst verteidigen zu müssen. Eben jetzt, in diesem Augenblick, da er sich im Bett aufsetzte, kreideweiß vor Schrecken, konnten die Übeltäter bereits seine Schätze in ihre Taschen stecken. Der Gedanke an das Fabergé-Zigarettenetui, die Louis-Seize-Schnupftabakdose und den silbernen Spielzeug-Suppennapf, all die Dinge, die er über Jahre hinweg ererbt hatte, ließ das Leben selbst wertlos erscheinen, würde es doch ohne sie unerträglich sein, daher sprang er aus dem Bett, tastete nach seinen Pantoffeln – bis er einen Plan entworfen hätte, war es wohl klüger, kein Licht zu machen – und schlich lautlos auf die Tür zu.

Sechstes Kapitel

Die Türklinke fühlte sich in seinen ohnehin schreckensstarren Fingern eiskalt an, aber er packte sie dennoch mit festem Griff, jederzeit bereit, sie geräuschlos niederzudrücken, sobald er erst einmal sein weiteres Vorgehen überlegt hätte. Der erste Ausweg, der sich mit einem überwältigend süßen Gefühl der Erleichterung anbot, war es, die Tür abzuschließen, sich wieder ins Bett zu legen und so zu tun, als hätte er nichts gehört. Doch abgesehen von der krassen Feigheit, die dieser Lösung innewohnte, ihm aber nicht allzu viel ausgemacht hätte, da niemand je davon erfahren würde und er selbst damit durchaus leben könnte, war ihm der Gedanke, daß die Einbrecher ganz ungestört mit seinen Habseligkeiten davonziehen sollten, einfach unerträglich. Selbst wenn er nicht genug Mut aufbrachte, mit einem Schürhaken und seinem Leben in der Hand die Treppe hinabzusteigen, mußte er ihnen zumindest einen gehörigen Schrekken einjagen. Sie hatten ihn erschreckt, also würde er sie auch erschrecken. Sie durften nicht einfach tun, was ihnen beliebte, und falls er sich dagegen entschied, die (oder den) Einbrecher eigenhändig in die Flucht zu schlagen, so konnte er doch mit dem Fuß aufstampfen oder aus Leibeskräften »Einbrecher!« schreien, oder auch: »Charles! Henry! Thomas!«, so als riefe er eine Schar breitschultriger Diener herbei. Gegen dieses Vorgehen sprach allerdings, daß Foljambe oder sonst jemand ihn hören konnte, und dann war er gezwungen, sich zum Kampf auf Leben und Tod hinabzubegeben, andernfalls würde nicht nur er selbst, sondern auch ganz Riseholme um seine Feigheit wissen ... Und während er hier zauderte, stopften sie sich vermutlich unten die Taschen mit seinen kostbarsten Stücken voll.

Er versuchte, eine Botschaft der Liebe auszusenden, fand sich aber vollkommen außerstande dazu.

Dann schlug die kleine Uhr auf dem Kaminsims zwei, was eine ganz schändliche Stunde war, lag sie doch so ferne der Morgendämmerung.

Obwohl er seit dem Aufstehen bereits Jahre der Todesangst durchlebt hatte, waren doch in Wahrheit nur wenige kurze Sekunden vergangen, als er so stocksteif mit der Klinke in der Hand dastand. Dann aber, in einem Schub von übermenschlichem Mut, tastete er sich zum Kamin hinüber und ergriff dort den Schürhaken. Kohlenzange und Aschenschaufel klapperten verräterisch, und er hoffte nur, daß es niemand gehört hatte, gründete sich doch sein Plan (den er ansonsten aber noch gar nicht formuliert hatte) auf absolute Lautlosigkeit, bis die gräßliche Überraschung auf die Diebe hereinbräche. Wenn er nur die Polizei rufen könnte, dann würde er mit seinem Schürhaken die Treppe hinabstürmen, während die berufsmäßigen Hüter des Gesetzes sich Einlaß in sein Haus verschafften, doch leider stand das Telephon im Erdgeschoß, und es ließ sich billigerweise kaum hoffen, daß er eine Unterhaltung mit dem Polizeirevier führen könne, ohne von den Einbrechern gehört zu werden.

Mit meisterhafter Bewegung öffnete er die Tür, daß sie keinerlei Geräusch machte, weder in den Angeln noch beim Drücken der Klinke, und spähte hinaus. Der untere Flur lag im Dunkeln, doch aus dem Salon drang ein schmaler Lichtstrahl, was darauf hinwies, daß die brutalen Kerle sich dort aufhielten, und dort befanden sich auch, ach! all seine Schätze. Dann hörte er auf einmal eine Stimme sehr leise sprechen, und eine zweite, die ihr antwortete. Georgies Mut sank, denn damit war bewiesen, daß es wenigstens zwei Einbrecher sein mußten, also war seine Chance verzweifelt gering. Danach ertönte ein leises, grausames Lachen, das unverwechselbare Klappern von Messern und Gabeln, dann das explosionsartige Geräusch einer entkorkten Flasche. Dies ließ Georgies Mut vollends sinken, hatte er doch einmal gelesen, daß wirklich kaltblütige, gewohnheitsmäßige Einbrecher immer erst einmal zu Abend aßen, ehe sie an die Arbeit gingen; er hatte es also mit einer Bande von Profis zu tun. Auch wies das Knallen des Korkens deutlich auf Champagner hin, was heißen mußte, daß sie sich aus seinen besten Vorräten bedienten. Und welche Niedertracht lag allein darin, daß sie ihr unseliges Mahl in seinem Salon einnahmen! Dort gab es ja gar keinen richtigen Tisch, also würden sie alles fürchterlich schmutzig machen.

Auf der Treppe entstand ein Zug kühler Nachtluft, und Georgie sah, wie der Lichtstrahl aus der offenen Salontür immer schmaler wurde, bis die Tür plötzlich mit leisem Knall zufiel, womit er im Dunkeln stand. Da schien seine Verzweiflung sich in ein Moment fiktiver Kühnheit zu ballen und zu konzentrieren, denn er folgerte haarscharf, daß sie das Fenster zum Salon offen gelassen hatten und schon in wenigen Minuten ihre Mahlzeit beendet haben und mit prall gefüllten Taschen ungehindert wieder in die Nacht hinaus klettern könnten. Warum nur hatte er keine Klingeln an den Fensterläden befestigt, so wie Mrs. Weston, die Nacht für Nacht mit der Angst vor Einbrechern lebte? Doch jetzt war es zu spät, sich das zu überlegen, denn er konnte sie ja schlecht bitten, kurz hinauszugehen, bis er die Klingeln angebracht hätte, und dann, wenn er damit fertig wäre, noch einmal von vorn zu beginnen.

Er konnte sie aber nicht entfliehen lassen, angefüllt mit seinem Champagner und beladen mit seinen Schätzen, ohne irgendeine Vergeltung zu üben, also ging er die Treppe hinab, wobei er sich krampfhaft bemühte, nicht an Revolver, Knüppel und Totschläger zu denken, stieß die Salontür auf und rief, den Schürhaken in der zitternden Hand, mit zaghafter, dünner Stimme:

»Keine Bewegung, oder ich gebe Feuer!«

Einen Augenblick lang herrschte Totenstille, während er, noch leicht vom Licht geblendet, seine Kontrahenten musterte.

Auf dem Chippendale-Sofa saßen Hermy und Ursy. Hermy hatte den Mund offen und hielt ein Brötchen in der schmutzigen Hand. Ursys Mund war geschlossen, aber offenbar prall gefüllt. Zwischen sich auf dem Sofa hatten sie Brot und Schinken, ein Glas Orangenmarmelade und einen Stilton-Käse, und auf dem Boden stand die Champagnerflasche und zwei bis zum Rand gefüllte, perlende Teetassen. Korken, Draht und Stanniol hatten sie, in einer Anwandlung von gutem Benehmen, in den Kamin geworfen.

Hermy legte das Brötchen weg und stieß ein lautes Gelächter aus; Ursy hatte den Mund ekelhaft voll und prustete alles heraus. Dann lehnten sie sich gegen die Sofalehnen und gröhlten.

Georgie war äußerst verärgert.

»Also wirklich, Hermy!« sagte er, fand aber dann den Ausdruck nicht annähernd kräftig genug. Und in vorübergehend völlig unbeherrschbarem Zorn fügte er hinzu:

»Verdammt nochmal!«

Hermy schien sich als erste zu erholen, und als Georgie nach dem Schließen des Fensters zurückkam, fand sie ihre Stimme wieder, während Ursy noch kleine Brocken von halb zerkautem Schinken und Brot aufsammelte.

»Mein Gott! Was für ein Ulk!« brachte sie hervor. »Georgie, das ist wirklich ein *ur*komischer Ulk!«

Ursy zeigte auf den Schürhaken.

»Keine Bewegung, sonst gibt er uns Feuer«, keuchte sie, »oder den Feuerhaken, was war's denn bloß?«

»Frag mich was andres!« johlte Hermy. »Meine Güte, er dachte, wir wären Einbrecher, und da kommt er mit einem Schürhaken runter, der tapfere Bursche! Das ist doch wirklich nicht zu fassen. Nimm einen Schluck, Georgie!«

Plötzlich bekam sie einen starren, verblüfften Blick; sie zeigte mit dem Finger auf Georgies Schulter und brach erneut in Gelächter aus.

»Ursy! Seine Haare!« sagte sie und vergrub das Gesicht in einem Sofakissen.

Natürlich hatte Georgie sein Haar nicht in Ordnung gebracht, ehe er herunterkam, denn an so etwas denkt man ja nicht, wenn man es auf eigene Faust mit Einbrechern aufnehmen muß, und so war sein kahler Scheitel entblößt, und die langen Kräuselwellen hingen an der Seite herab.

Es war äußerst ärgerlich, doch wenn ein unvermeidliches Ärgernis schon einmal eingetreten ist, kann ein anständiger Mensch nur eines tun, es nämlich so leicht wie nur irgend möglich nehmen. Georgie blieb also durchaus Herr der Lage: Er stieß einen spitzen Schrei aus und raste aus dem Zimmer.

»Bin gleich wieder da!« rief er und fiel auf der Treppe hin, als er in sein Schlafzimmer rannte. Dort bedachte er kurz die Situation. Er hatte die Möglichkeit, die Tür zuzuknallen, ins Bett zu gehen und am Morgen ausgesucht höflich zu sein. Doch das wäre keine Lösung: Hermy und Ursy würden sich auf ewig über ihn lustig machen. Eine viel bessere Idee war es, an dem Spaß teilzuhaben, sich damit zu identifizieren. Also kämmte er sein Haar in die gewohnte Fasson, legte einen sehr eleganten Morgenmantel an und trippelte wieder die Stufen hinab.

»Ach, ihr zwei, wie lustig das war!« sagte er. »Jetzt wollen wir noch etwas essen. Aber gehen wir lieber ins Speisezimmer, da gibt es auch einen Tisch, und ich bringe noch eine Flasche Wein mit Gläsern dafür, und Tipsipusi holen wir auch herein. Ihr garstigen Mädchen, zu so nachtschlafender Zeit anzukommen! Ihr habt doch bestimmt vorgehabt, ganz heimlich zu Bett zu gehen und morgen zum Frühstück herunterzukommen, um mich so richtig zu überraschen, was? Jetzt müßt ihr mir aber alles erzählen.«

Kurz darauf fraß also Tipsipusi seine bittere Marmelade, die es statt der süßen auch tat, und jeder schnitt sich etwas vom Schinken herunter und stopfte es in die Brötchen.

»Ja, wir dachten, wir könnten es ebensogut in einem

Stück schaffen«, sagte Hermy, »aber es sind immerhin hundertzwanzig Meilen hierher. Darum war es schon so spät, als wir angekommen sind, und da dachten wir, am besten stören wir dich gar nicht erst, zumal das Salonfenster nicht verriegelt war.«

»Die Räder sind draußen«, ergänzte Ursy. »Müssen eben bis morgen früh auf der Weide grasen. Na, mein Tipsi-ipsi-pusiwusi, wie geht's dir denn? Er hat sich doch hoffentlich wie ein braver Tiptree benommen, Georgie?«

»Oh ja, wir haben uns richtig angefreundet«, erwiderte Georgie zusammenfassend. »Am Bahnhof war er ein kleines bißchen durcheinander, aber dann hat er mit Onkel Georgie ein feines Fressi gemacht und Verstekken gespielt.«

Etwas voreilig schnitt Georgie eine Grimasse zu Tiptree hinüber, wie sie kleine Kinder lustig finden. Tiptree jedoch fand sie gar nicht lustig und schnitt seinerseits eine Grimasse, aus der hauptsächlich Zähne hervorstachen.

»Dummer Hund!« schalt ihn Hermy und versetzte ihm einen Klaps auf die Schnauze. »Mußt immer hinhauen, wenn er die Zähne bleckt, Georgie. Reich mal den Schampus rüber.«

»Naja, und so sind wir eben durchs Fenster rein«, fuhr Ursy fort, »und meine Güte, waren wir hungrig. Also haben wir etwas rumgestöbert und die Speisekammer geplündert. Ganz schön tapfer von dir, Georgie, hier reinzukommen und uns zu stellen.«

»Ja, ziemlich mutig«, sagte Hermy. »Und was macht die gute Falleri-Fallera? Wieso ist die nicht auch gegen uns kämpfen gekommen?«

Georgie nahm an, daß Hermy mit der scherzhaften Anspielung Foljambe meinte, die seine zwei Schwestern als einzigen Menschen in Riseholme mit gewissem Respekt zu behandeln schienen. Ursy hatte einmal im Schabernack eine Falle für Georgie aufgestellt, aber die Kiste mit gemischten Keksen und Paranüssen war statt dessen auf Foljambe niedergeprasselt. Damals hatte Foljambe, gewappnet mit undurchdringlicher Gelassenheit, so getan, als wäre nichts passiert, und war über die Kekse und Nüsse hinwegstolziert, als hörte sie überhaupt nichts knacken und krachen. Das hatte die beiden ziemlich in die Schranken gewiesen, und sie hatten, sobald Foljambe aus dem Zimmer war, die ganze Schweinerei aufgefegt und alle heil gebliebenen Paranüsse in die Dessertschale zurückgelegt ... Jedenfalls ging es nicht an, daß Foljambe ihr Prestige verlor, indem sie mit unartigen Namen der Gossensprache bedacht wurde.

»Wenn du von Foljambe sprichst«, versetzte Georgie eisig, »so liegt es daran, daß ich es nicht für nötig hielt, sie zu wecken.«

Trotz der langen Radtour waren die unermüdlichen Schwestern am nächsten Morgen in aller Frühe wach, und aus seinem Badezimmerfenster sah Georgie als erstes die beiden, wie sie Weitschläge über den Eintunkteich übten, bis das Frühstück fertig war. Er hatte Foljambe beim Wecken über die Abenteuer der letzten Nacht kurz Bericht erstattet, wobei er die Episode mit seinem Haar ausließ; ihre Mißbilligung zeigte sich deutlich in ihrem Schweigen und später in ihrer ausgesucht abweisenden Art gegenüber den Schwestern, als diese an den Frühstückstisch kamen.

»Hallo, Foljambe«, begrüßte sie Hermy. »Einen Riesenulk haben wir heute nacht gehabt.«

»Das habe ich schon vernommen, Miss«, sagte Foljambe.

»Sind durchs Salonzimmer reingeklettert«, versuchte es Hermy noch einmal in der Hoffnung, sie zum Grinsen zu bringen.

»Tatsächlich, Miss?« sagte Foljambe. »Haben Sie irgendwelche Anweisungen für den Wagen, Sir?«

»Ach, Georgie, können wir den Vormittag über zum Golfplatz fahren?« bat Hermy. »Kann uns Dickie-Micky nicht hinbringen?«

Sie warf einen Seitenblick auf Foljambe, um zu prüfen, ob dieser brillante Witz sie eventuell fröhlicher stimmte. Dies war offenbar nicht der Fall.

»Sagen Sie Dickie, er soll um halb elf vorfahren«, sagte Georgie.

»Ja, Sir!«

»Hurra!« jubelte Ursy. »Kommen Sie doch auch mit, Foljambe, dann können wir einen Dreier machen.«

»Nein danke, Miss«, erwiderte Foljambe und segelte aus dem Zimmer, den Blick streng nach ihrer Nase ausgerichtet.

»Meine Güte, was für ein Eisberg!« sagte Hermy, als die Tür längst zu war.

Georgie war nicht traurig, den Vormittag für sich zu haben, denn er wollte gerne das Mozart-Trio noch ein bißchen üben, ehe er um halb zwölf zu Lucia hinüberging, um es mit ihr wie geplant zum allerersten Mal »durchzugehen«. Zudem hätte er so die Muße für einige private Atemübungen vor der ersten Yoga-Lektion, die um halb eins in Lucias Rauchsalon stattfinden sollte. So würde er am Vormittag recht fleißig sein; was den Nachmittag anging, war sicherlich mit etlichen Gästen zu rechnen, die von der Ankunft seiner Schwestern gehört hatten, und danach mußte er zum »Ambermere Arms« hinüber, um Olga Bracely seine Aufwartung zu machen ... Wie sollte er nur in Bezug auf sie mit Lucia verfahren? Schon jetzt war er der Treulosigkeit schuldig geworden, denn Lady Ambermere hatte ihm bereits gestern vom Eintreffen der Primadonna erzählt, und er hatte die großartige Neuigkeit nicht unverzüglich an Lucia weitergeben. Sollte er, so gut es ging, diese Unterlassung nun vor ihr wiedergutmachen oder – höchst wagemutig! – Miss Bracely für sich behalten, so wie Mrs. Quantock wohl inständig wünschte, es mit ihrem Guru getan zu haben?

Nach dem Abenteuer der vergangenen Nacht glaubte er, jedweder Situation die Stirn bieten zu können; trotzdem war es ihm absolut unmöglich, sich vorzustellen, mannhaft und aufrecht unter den Adleraugen der Königin zu bestehen, sobald sie herausfände, daß Olga Bracely am Tag ihres Gartenfestes in Riseholme gewesen war und daß Georgie dies nicht nur gewußt, sondern sie sogar besucht hatte, ohne den Hof davon mit einem einzigen Wort zu informieren.

Der bolschewistische Geist, der ihn gestern beseelt hatte, dieser Wunsch, jegliche Autorität abzustreifen und eigenständig zu handeln, kehrte jetzt mit doppelter Heftigkeit zurück. Wäre es sicher gewesen, daß er nicht ertappt würde, hätte er sie ihr ganz gewiß vorenthalten – andererseits, welchen Reiz hatte es schon, sich mit Olga Bracely zu treffen (sie eventuell sogar zu sich einzuladen), wenn nicht ganz Riseholme dabei grün vor Neid wurde? Außerdem sprach alles dafür, daß er sogar ertappt werden mußte, denn Lady Ambermere würde morgen auch zum Gartenfest kommen, und sie wäre gewiß erstaunt, wenn Lucia Olga nicht eingeladen hätte. Dann würde herauskommen, daß Lucia von der Anwesenheit dieser Berühmtheit gar nichts wußte, und Lady Ambermere würde fragen, warum Georgie ihr nicht davon erzählt habe, und damit wäre er in jener Lage, die seine Vorstellungskraft sich auszumalen weigerte, auch wenn er mitten in der Nacht in seinen eigenen Salon eingedrungen war und gedroht hatte, mit dem Schürhaken zu schießen.

Nein – er würde es Lucia erzählen müssen, wenn er mit ihr zum allerersten Mal das Mozart-Trio durchging, und höchstwahrscheinlich würde sie dann selbst einen Besuch bei Olga Bracely abstatten, obwohl niemand sie darum gebeten hatte, und ihm damit allen Wind aus den Segeln nehmen. So gräßlich das auch sein mochte, die Alternative war ihm einfach undenkbar, also schlug er mit einem Seufzer seine Mozart-Noten auf. Lucia *war* eben energisch und aggressiv und bekam *immer* ihren Willen. Auf keinen Fall aber würde er ihr erzählen, daß Olga und ihr Ehemann heute abend in »The Hall« beim Abendessen sein würden. Vor allem würde er ihr nicht erzählen, daß der Eheman Shuttleworth hieß, womöglich machte Lucia dann den schrecklichen Fehler, Mr. und Mrs. Bracely einzuladen. Georgie lachte sich bei dem Gedanken ins Fäustchen, wie er dann erstaunt zu Lucia sagen würde: »Aber meine Liebe, ich war fest davon überzeugt, Sie wüßten, daß sie Mr. Shuttleworth zwar geheiratet, aber ihren Mädchennamen behalten hat! Wie peinlich für Sie! Wo sie doch beide so empfindlich deswegen sind.«

Georgie hörte das helle Klingen der oberen Stimme des Mozart-Trios (Lucia nahm immer die obere Stimme, da sie so mehr von der Melodie hatte, obgleich sie vorgab, sie tue dies, weil sie nicht Georgies festen Anschlag habe, der die Baßstimme wirkungsvoller zu Geltung bringe), als er ein paar Minuten vor der verabredeten Zeit durch das Türchen in den Shakespeare-Garten trat. Lucia mußte ihn vom Fenster aus gesehen haben, denn das gedämpfte Klavierspiel brach ab, ehe er noch bis zum Perdita-Beet mit der Sonnenuhr in der Mitte gekommen war, und gleich darauf machte sie ihm auf. Ein abwesender Ausdruck lag in ihrem Blick, und die schwarzen Wellen ihres Haares hingen ihr ein wenig in die Stirn; aber Lucia war ja nicht die einzige, die Probleme mit ihrem Haar hatte, da konnte Georgie mitfühlen.

»*Giorgino mio*«, sagte sie. »Alles entwickelt sich so wunderbar. Es ist, als herrschte eine ganz neue Atmosphäre im Haus, seit mein Guru hier wohnt. Etwas Heiliges, Friedvolles – spüren Sie es nicht auch?«

»Ja, herrlich«, sagte Georgie und schnupperte den Duft der Räucheressenz. »Was macht er denn gerade?«

»Meditieren, und sich auf die Lektion vorbereiten. Hoffentlich sät die gute Daisy keine Zwietracht in der Gruppe.«

»Aber nein, das glaube ich nicht«, sagte Georgie. »Er hat doch selbst gesagt, daß sie schon so erleuchtet ist.«

»Ja, das stimmt. Aber inzwischen ist er etwas beunruhigt ihretwegen, glaube ich. Sie wollte ihn doch nicht gehen lassen, wissen Sie, und heute hat sie einen Seidenpyjama abholen lassen, der angeblich ihrem Mann gehört, von dem aber der Guru dachte, sie hätte ihn ihm geschenkt. Nur dachte Robert da ganz anders. Der Guru hat ihn gestern hierher mitgenommen, nachdem er die freundlichen Gedanken für sie in ihrem Haus zurückgelassen hat ... Dabei hatten doch die Ratgeber gewollt, daß er hierher kommt; das haben sie ihm ganz deutlich gesagt. Es wäre ein großer Fehler, nicht zu tun, was sie einem sagen.«

Sie seufzte tief.

»Wir wollen eine Stunde mit Mozart verbringen«, sagte sie, »und alle Gedanken an Zwietracht vertreiben. Mein Guru sagt, Musik und Blumen sind gute Einflüsse für all jene, die auf dem Rechten Wege wandeln. Außerdem sagt er, daß die Liebe für beides, die ich schon mein ganzes Leben lang empfinde, mir sehr hilfreich sein wird.«

Einen Augenblick lang nötigten sich dem Geist von Ruhe und Frieden weltliche Elemente auf.

»Irgendwelche besonderen Neuigkeiten?« fragte sie. »Gestern nachmittag habe ich Sie vom Bahnhof zurückkommen sehen – zufällig hatte ich gerade einen kurzen Moment der Muße, um aus dem Fenster zu blicken – er sagt übrigens, daß ich zu viel arbeite –, aber Ihre Schwestern waren nicht dabei. Trotzdem haben Sie zwei Kutschen genommen und eine Menge Gepäck abgeholt. Sind sie denn nicht gekommen?«

Georgie gab einen vergleichsweise genauen Bericht der Geschehnisse, wobei er seinen ersten Schrecken beim Aufwachen ausließ, denn der hatte ja eigentlich nicht zu den Geschehnissen gehört und auch keinerlei

Folgen für sein späteres Vorgehen gehabt. Auch die Sache mit seinem Haar ließ er aus, die ja ebenfalls nichts damit zu tun hatte; dafür erzählte er, wie lustig das Abendessen um halb drei Uhr morgens gewesen war.

»Ich finde, Sie waren einfach unglaublich tapfer, *Giorgino*«, sagte sie, »und außerdem ziemlich gutmütig. Sicher haben Sie Liebe ausgesandt und sind deshalb auch selbst von ihr angefüllt gewesen, und das vertreibt eben die Angst.«

Sie schlug das Notenheft auf.

»Sonst noch irgend etwas?« fragte sie.

Georgie setzte sich auf den Hocker und legte seine Ringe auf den Kerzenhalter.

»Ach ja«, sagte er. »Olga Bracely, die Primadonna, Sie wissen, kommt heute nachmittag mit ihrem Mann für zwei Tage ins ›Ambermere Arms‹.«

Das alte Feuer flackerte sofort auf.

»Nein!« rief Lucia aus. »Dann sind sie ja zu meinem Fest morgen da. Stellen Sie sich vor, wenn sie kommen und vielleicht sogar etwas singen würde! Auf jeden Fall schicke ich gleich eine Einladung, und am Abend schreibe ich dann noch einen Brief.«

»Man hat mich gebeten, einen Besuch bei ihr zu machen«, sagte Georgie.

Die Notenstütze fiel mit einem lauten Knall herunter, aber Lucia achtete nicht darauf.

»Dann gehen wir doch gleich zusammen hin«, schlug sie vor. »Wer hat Sie denn darum gebeten?«

»Lady Ambermere«, antwortete er.

»Als sie gestern im Ort war? Mir gegenüber hat sie davon gar nichts erwähnt. Trotzdem würde sie es doch gewiß sehr befremdlich finden, wenn ich ihre Freunde nicht besuchte und sie höflich hier empfinge. Wann wollen wir also hingehen?«

Keine zehn Pferde, so nahm sich Georgie fest vor, sollten aus ihm herausbekommen, daß Olgas Ehemann Shuttleworth hieß, denn schon schnappte Lucia sich seine Entdeckung, genau wie sie sich Daisys Entdekkung geschnappt hatte, die jetzt auf einmal »ihr Guru« war. Sollte sie ihn nur als Mr. Bracely ansprechen.

»Vielleicht so gegen sechs, was meinen Sie?« sagte er, innerlich wild vor Zorn.

Er blickte auf und sah deutlich, wie jener scharfe, schlaue Ausdruck kurz über Lucias Gesicht huschte, den er aus langjähriger Erfahrung als Hinweis dafür kannte, daß sie soeben einen neuen Plan ausgeheckt hatte. Doch sie entschied sich, diesen nicht zu enthüllen, sondern klappte die Notenstütze wieder auf.

»Ja, das paßt hervorragend«, sagte sie. »Und nun zu unserem himmlischen Mozart. Aber Sie müssen Geduld mit mir haben, *Giorgino*, Sie wissen ja, wie schlecht ich vom Blatt spiele. *Caro!* Wie schwierig das aussieht! Ich habe Angst! Tlein-Lucia hat im danzen Leben noch nie so ssrecklich sswere Noten desehn!«

Und dabei waren es genau die Takte, die Georgie eben noch durch das offene Fenster gehört hatte.

»Georgies Noten sind noch viel-viel sswerer!« sagte er, während er sich die doppelte Erhöhung im zweiten Takt ins Gedächtnis rief. »Georgie kriegt auch Angst beim Hingucken. O–o–oh!« quietschte er leise. »*Cattivo* Mozart, sowas ssrecklich Ssweres zu komponieren!«

Bei der mittäglichen Lektion wurde bald klar, daß die

Schüler zwar durchaus interessiert an den abstrakten Botschaften der Liebe waren, die sie in alle Himmelsrichtungen aussenden sollten, und auch an der friedvollen Aura, mit der es sich zu umgeben galt, doch der Teil der Lehre, der sie bis ins Innerste erregte, waren die Atemübungen und Verrenkungen, die ihnen, sofern sie sie beharrlich betrieben, jugendliche Spannkraft und Tatendrang, einwandfreie Verdauung und unermüdliche Energie schenken würden. Gemeinsam saß man auf dem Fußboden, hielt sich abwechselnd die Nasenlöcher zu und die Luft an, bis Mrs. Quantock violett und Georgie und Lucia rot im Gesicht wurden, und atmete dann wieder aus, entweder mit heftigem Keuchen, das die Binsenmatten auf dem Boden erbeben ließ, oder mit gedehntem, gemessenem Hauchen. Dann gab es bestimmte Stellungen zu erlernen, von denen eine, bei der der Körper nach vorn zu beugen war, dazu führte, daß zwei Knöpfe an Georgies Beinkleid mit scharfem Schnappen nachgaben, worauf er spürte, wie der entsprechende Riemen seiner Hosenträger, derart abrupt gelockert, gegen seine Schulter knallte. Diverse ähnlich peinliche Geräusche, die an das Zerreißen von Schnüren oder Bändern erinnerten, drangen aus Lucias und Daisys Bekleidung, aber jeder tat so, als hätte er nichts gehört, oder überdeckte das Knallen dieser Explosionen mit Husten und Räuspern. Abgesehen von diesen Mißtönen verlief jedoch alles relativ harmonisch. Tatsächlich war Daisy weit entfernt davon, Zwietracht zu säen; einmal nur setzte sie ein starres Lächeln auf, das aber höchstens ein echter Zyniker hätte überheblich nennen können, als Lucia eine erstaunlich einfache Frage bezüglich des »Om« stellte. Auch seufzte sie hie und da, doch immer waren diese Seufzer lediglich ein Ausdruck ihrer Geduld und Ergebenheit, bis Lucias Unwissenheit über diverse elementare Lehrsätze gestillt war; zwar blickte sie ziemlich deutlich in alle Richtungen, nur nicht in Lucias, und tat auch so, als wäre ihr deren Gegenwart gar nicht bewußt, aber schließlich war sie ja nicht hergekommen, um Lucia zu betrachten, sondern um *ihrem* (was immer Lucia auch behaupten mochte) Guru zu lauschen.

Am Schluß sah man Lucia, mit abwesendem Gesichtsausdruck und in leichter Benommenheit, sozusagen aus den Klöstern Tibets wieder auftauchen, aus der Gemeinschaft mit den Ratgebern, deren Weisheit der Guru für sie interpretiert hatte.

»Ich spüre schon einen so großen Unterschied«, sagte sie verträumt. »Mir ist, als ob ich nie wieder hektisch oder sorgenvoll sein könnte. Merken Sie es nicht auch, liebe Daisy?«

»Ja, meine Liebe«, sagte Daisy. »Ich habe all das schon in meiner ersten Lektion durchlebt. Nicht wahr, lieber Guru?«

»Ich spüre es auch«, sagte Georgie, da er diese Annehmlichkeiten ungern nur den anderen überließ, und zog verstohlen seinen Hosenträger nach, um den Verlust der Knöpfe auszugleichen. »Und diese Übung mit dem Verneigen soll ich vor jeder Mahlzeit machen?«

»Ja, Georgie«, sagte Lucia und ersparte ihrem Guru damit die Mühe einer Antwort. »Fünfmal nach links, fünfmal nach rechts, dann je fünfmal nach vorn und nach hinten. Ich habe mich eben so jung und leicht gefühlt, daß ich glaubte, in die Luft aufzusteigen. Ist es Ihnen nicht auch so gegangen, Daisy?«

Daisy lächelte gütig.

»Aber, meine Liebe«, gab sie zurück, »die Levitation kommt doch erst viel später.«

Lebhaft wandte sie sich ihrem Guru zu. »Wollt Ihr ihnen nicht erzählen, wie Ihr damals am Marble Arch geschwebt seid? Oder wartet Ihr lieber damit, bis Mrs. Lucas ein wenig weiter fortgeschritten ist? Sie müssen Geduld haben, liebe Lucia: jeder muß erst einmal das Anfangsstadium hinter sich bringen, bevor er dorthin gelangt.«

Mrs. Quantock sprach, als wäre sie es völlig gewohnt, selbst zu levitieren, und so war es, trotz der Liebe, die sie alle umströmte, nur verständlich, daß Lucia gegen eine solche Einstellung protestierte. Immerhin war Bescheidenheit eine wesentliche Voraussetzung für Fortschritt auf dem Rechten Weg.

»Ja, meine Liebe«, sagte sie daher. »Wir werden diese Anfangsstadien gemeinsam zurücklegen und uns dabei gegenseitig Mut zusprechen.«

Auf dem Heimweg fühlte sich Georgie ebenfalls ungewöhnlich leicht, außerdem hungrig, weil er besonders gut bei der Übung aufgepaßt hatte, die ihm die völlige Beherrschung der Leber und der Verdauungsorgane ermöglichte; dies hielt ihn jedoch nicht davon ab, seine Gedanken auf die Frage zu verwenden, weshalb Lucia während der Unterhaltung über Olga Bracely wohl diese schlaue Miene aufgesetzt hatte. Er war sicher, daß sie vorhatte, ihm zuvorzukommen und als erste ihre Fänge in die Primadonna zu schlagen, und sie würde sie hernach ziemlich wahrscheinlich als ihr Alleineigentum betrachten, und zwar mit der gleichen abscheulichen

Gier, die sie schon jetzt hinsichtlich des Gurus an den Tag legte. So viele Jahre lang war Georgie ihr getreuer Diener und Gehilfe gewesen; nun begann erstmals der Geist der Unabhängigkeit in ihm zu brodeln. Wie Schuppen fiel es ihm von den Augen, und da er soeben den Schutz seines Maulbeerbaumes erreicht hatte, setzte er die Brille auf, um einen raschen Blick auf den Dorfanger zu werfen und dabei festzustellen, wie Riseholme ohne ihn und seine Teilnahme am allmorgendlichen Parlament zurechtkam. Seine und Mrs. Quantocks Abwesenheit würden zweifellos Gerede auslösen, und da die Yoga-Lektionen immer um halb eins stattfinden sollten, würde die Tatsache, daß sie gar nicht mehr dabeisein würden, bald in den Rang eines ganz außerordentlichen Rätsels aufsteigen. Natürlich würde es bald durchsickern, daß sie und Lucia einen Kursus in orientalischer Philosophie nahmen, der die Schüler jung und leicht und tatkräftig machte, und das wäre dann eine Sensation!

Der Grund für Lucias schlaue Miene wurde ihm, wie immer bei großen Entdeckungen, schlagartig und wie ein Blitz aus heiterem Himmel klar, und da sie vereinbart hatten, daß ihn Lucia um sechs abholen würde, bezog er bereits um fünf Uhr an seinem Badezimmerfenster Stellung, das ihm einen hervorragenden Blick über den Anger und auf den Eingang des »Ambermere Arms« bot. Bei sich hatte er ein Opernglas, das er, so hatte er Foljambe erklärt, im Bad zerlegen wollte, um die optischen Linsen zu reinigen, doch begann er nicht sofort damit, sondern hielt das Glas einstweilen nur zum Hindurchsehen bereit. Hermy und Ursy waren nach dem Mittagessen wieder auf den Golfplatz gegangen, und eventuelle Besucher würden gesagt bekommen, es sei niemand zu Hause. Falls er wollte, konnte er also die Linsen reinigen, ohne dabei gestört zu werden.

Die Minuten verstrichen recht abwechslungsreich, denn es gab wirklich genug zu sehen. Die beiden Misses Antrobus tollten über den Anger, hüpften in ihrer verspielten Art über die Folterstöcke und rannten um den Eintunkteich, all dies in der nie versiegenden Hoffnung, Colonel Bouchers Aufmerksamkeit auf ihr recht behendes Tun zu lenken. Viele Jahre lang hatten sie sich bemüht, Georgie ernsthaft für sie zu interessieren, doch seit kurzem wandten sie sich eher Colonel Boucher zu. Mrs. Antrobus mit ihrem an einen Schinken erinnernden Gesicht und dem Hörrohr war auch da, und Mrs. Weston wurde ständig in ihrem Rollstuhl auf dem asphaltierten Weg unter den Ulmen im Kreis herumgeschoben. Sie haßte es, langsam gefahren zu werden, daher wechselten sich ihr Gärtner und sein Sohn während der einstündigen Spazierfahrt ab und schoben sie, triefend vor Schweiß, in einem stetigen Tempo von vier Meilen pro Stunde. Wenn sie an Mrs. Antrobus vorüberkam, brüllte sie ihr etwas zu, und Mrs. Antrobus gab eine Runde später Antwort.

All diese interessanten Ereignisse traten vollständig aus Georgies Gesichtskreis zurück, als sich sein düsterster Verdacht tatsächlich bestätigte, denn hier kam nun Lucia, angetan mit sublimem Hut und sublimem Kleid, und überquerte graziös den Dorfanger. Mittags, bei der Yoga-Lektion, hatte sie ganz eindeutig »sportiv« getragen, also mußte sie sich nach dem Essen umgezogen haben, was für einen bloßen Spaziergang über den Anger einfach unerhört gewesen wäre. Georgie aber wußte wohl, daß dies kein bloßer Spaziergang war: Sie war auf dem Wege zu einem höchst förmlichen und großartigen Besuch. Ohne auch nur um Haaresbreite vom schnurgeraden Kurs zum Eingang des »Arms« abzuweichen, winkte sie lediglich kurz zu Mrs. Antrobus hinüber, blies ihren munteren Töchterchen einen Kuß zu und machte eine elegante Verbeugung zu Colonel Boucher hinüber, der sich darauf erhob und den Hut zog, verfolgte jedoch ihren Weg unerbittlich wie ein drohendes Verhängnis oder das Schicksal, das in der unsterblichen Fünften an die Tür klopft. Und in der Hand hielt sie einen Brief. Durch das Opernglas konnte Georgie ihn recht deutlich sehen, und es war nicht etwa ein gefaltetes halbformatiges Blatt, wie sie es für gewöhnlich benutzte, sondern ein großer, fester Umschlag. Sie verschwand durch die Tür des »Arms«, und Georgie begann, fieberhaft nachzudenken. Vieles würde davon abhängen, wie lange sie blieb.

Diverse unbedeutende Vorfälle vertrieben ihm die Wartezeit. Mrs. Weston ließ von ihrer wilden Rundfahrt ab und ging direkt gegenüber der Gasthoftür vor Anker, während der Gärtnerssohn erschöpft ins Gras sank. Es war nicht schwer zu erraten, daß sie vorhatte, Lucia zu einem Schwätzchen aufzuhalten, wenn sie herauskäme. In ähnlicher Weise beendeten die beiden Miss Antrobus, die Lucia zuvor überhaupt nicht beachtet hatten, ihr anmutiges Umhertollen und kamen hinübergerannt, also wollten auch sie ein wenig mit Lucia plaudern. Colonel Boucher verhielt sich etwas weniger offensichtlich und begann, für seine Bulldoggen Stöcke in den Eintunkteich zu werfen (denn dort würde Lucia vorbeigehen müssen), und Mrs. Antrobus betrachtete die Folterstöcke eingehend, als hätte sie sie noch nie im Leben gesehen.

Und dann, kaum zwei Minuten waren verstrichen, kam Lucia wieder heraus. Den Brief trug sie nicht mehr in der Hand, und Georgie fing nun an, sein Opernglas zu zerlegen, um die Linsen abzuwaschen. Einstweilen hatte es seinen Zweck erfüllt. »Sie hat also einen Brief für Olga Bracely hinterlassen«, sagte Georgie laut vor sich hin, so mächtig war sein Gedankengang. Dann kam, quasi als Folgerung dazu, die wohl als erwiesen betrachtet werden durfte, ein weiterer Gedanke: »Aber persönlich gesehen hat sie sie nicht.«

Die Berechtigung dieser Schlußfolgerung zeigte sich bald, denn kaum hatte sich Lucia aus der Schar ihrer Untertanen gelöst und den Rest des Angers auf dem Rückweg in ihr Haus überquert, als ein Automobil an Georgies Badezimmerfenster vorbeifuhr, dicht gefolgt von einem zweiten. Beide hielten vor dem Eingang des »Ambermere Arms«. Mit der Gewandtheit eines erfahrenen Optikers setzte Georgie sofort sein Opernglas wieder zusammen und kam, nachdem er zunächst in seiner Aufregung durch das falsche Ende geblickt hatte, eben noch zurecht, um einen Mann – dem Benehmen nach ein Dienstbote – aus dem ersten Wagen steigen zu sehen, der sodann den Insassen des zweiten die Tür aufhielt. Heraus stieg eine Frau, groß und von jungenhafter Gestalt, die erst einmal ihren Reiseschal auseinanderwickeln mußte. Dann drehte sie sich um, und mit einem Herzklopfen, dessen Stärke Georgie selbst überraschte, sah er das Gesicht seiner Brünhilde wieder vor sich, an das er sich noch gut erinnerte.

Rasch ging er nach nebenan ins Schlafzimmer und

legte »sublime« Sommerkleidung an: einen neuen, fast perlmuttartig schimmernden Anzug aus weißem Leinen, eine malvenfarbene Krawatte, deren Nadel mit einem Amethyst besetzt war, straff gespannte Socken von genau derselben Farbe wie die Krawatte, so daß ein phantasievoller Betrachter hätte vermuten können, an diesem warmen Sommertag sei ihm das Ende der Krawatte geschmolzen und die Beine hinuntergeronnen, dazu Wildlederschuhe mit hohen, schmalen Absätzen; ein Strohhut vervollständigte seinen bezaubernden Sublim-Aufzug. Eigentlich hatte er ihn zu Lucias Gartenfest am nächsten Tag einweihen wollen, jetzt aber, nach ihrer schändlichen Tat, verdiente sie es, bestraft zu werden: Ganz Riseholme sollte ihn vor ihr sehen.

Die Gruppe rings um Mrs. Westons Rollstuhl war immer noch in eifriges Gespräch vertieft, als Georgie sie erreichte, und er ließ wie beiläufig fallen, wie lästig es doch sei, an einem so herrlichen Tag förmliche Besuche abstatten zu müssen, doch habe er versprochen, Miss Olga Bracely, die eben angekommen sei, seine Aufwartung zu machen. Damit war ein weiterer empfindlicher Schlag gegen Lucia ausgeteilt, denn jetzt würde ganz Riseholme von Olgas tatsächlichem Eintreffen wissen, bevor sie davon erfuhr.

»Aber Mr. Georgie«, fragte Mrs. Antrobus, die ihm dabei ihr Hörrohr zuwandte wie ein Elefant, der den Rüssel ausstreckt, um ein Brötchen zu erhaschen, »wer war denn der Mann bei ihr?«

»Oh, das war ihr Mann, Mr. Shuttleworth«, erwiderte Georgie. »Sie haben gerade geheiratet und sind jetzt auf der Hochzeitsreise.«

Und wenn das kein todsicherer Punkt gegen Lucia

war, dann hätte Georgie »sswerlich«, wie er es wohl ausdrücken würde, sagen können, was ein todsicherer Punkt sei. Denn Lucia würde nun die allerletzte sein, die erführe, daß es sich nicht um einen Mr. Bracely handelte.

»Und werden sie denn morgen zu Mrs. Lucas' Fest kommen?« fragte Mrs. Weston.

»Ach, kennt Lucia sie denn?« fragte Georgie zurück.

»Äh-hem! Bei Gott!« begann Colonel Boucher. »Sehr hübsche Frau das! Beneide Sie, mein Junge. Pech, daß sie auf Hochzeitsreise sind. Hem!«

Mrs. Antrobus' Hörrohr war gerade in seine Richtung gewandt, und sie hatte diese schlüpfrigen Reden vernommen.

»Wie unartig!« sagte sie, und Georgie, der Beneidete, betrat den Gasthof.

Er ließ seine Karte aufs Zimmer senden, auf der er klugerweise, wie er meinte, »auf Empfehlung von Lady Ambermere« vermerkt hatte, und wurde alsbald in den Garten hinter dem Gebäude geführt. Dort stand sie, groß und reizend und einladend, und streckte ihm ausgesucht herzlich die Hand zum Gruß entgegen.

»Wie nett von Ihnen, uns zu besuchen«, sagte sie. »Georgie, das ist Mr. Pillson. Darf ich Sie meinem Mann vorstellen?«

»Wie geht es Ihnen, Mr. Shuttleworth?« fragte Georgie, um zu zeigen, daß er Bescheid wisse, obwohl die Erwähnung seines eigenen Vornamens ihn kurz verwirrt hatte. Einen Augenblick lang hatte er geglaubt, sie spreche mit ihm.

»Also hat Lady Ambermere Sie gebeten, uns hier aufzusuchen?« fuhr Olga fort. »Ich finde, das war viel netter von ihr, als uns zum Abendessen einzuladen. Auf dem Land auswärts zu essen, hasse ich beinahe ebenso sehr, wie es in der Stadt nicht zu tun. Außerdem hat sie so eine schreckliche Hakennase, und ich bin immer ein wenig besorgt, ich könnte sie in einem geistesabwesenden Moment am Kopf kraulen und ›Brave Polly!‹ zu ihr sagen. Ist sie eine gute Bekannte von Ihnen, Mr. Pillson? Hoffentlich, denn jeder hat es ja gern, wenn man über gute Bekannte spottet.«

Bis zu diesem Augenblick war Georgie darauf eingestellt gewesen, als der ergebenste Diener von Lady Ambermere aufzutreten. Doch da dies Olga offenbar nicht im mindesten beeindrucken würde, lachte er statt dessen äußerst respektlos auf.

»Laß uns nicht hingehen!« bat Olga. »Georgie, kannst du nicht ein Telegramm schicken, daß uns etwas dazwischengekommen ist, und dann bitten wir Mr. Pillson, uns in diesem allerliebsten Dorf herumzuführen und danach mit uns zu Abend zu essen? Das wäre doch eigentlich viel netter. Stell dir vor, hier zu leben! Ach, Sie müssen mir etwas erklären, Mr. Pillson. Als ich vor einer halben Stunde ankam, habe ich den Brief einer Mrs. Lucas vorgefunden, in dem sie mich und einen Mr. Bracely für morgen auf ein Gartenfest einlädt. Sie schreibt, sie dürfe wohl nicht einmal hoffen, daß ich mich an sie erinnere, aber wir mögen bitte trotzdem kommen. Wer ist denn das? Wirklich, an mich dürfte sie sich wohl auch nicht allzu gut erinnern, wenn sie glaubt, daß ich eine Mrs. Bracely bin. Georgie meinte dazu, vielleicht habe ich schon einmal geheiratet und bin jetzt zur Bigamistin geworden. Ein hübsches Thema für die Flitterwochen, was? Also, wer ist das nun?«

»Ach, das ist eine gute alte Bekannte«, sagte Georgie, »obwohl ich gar nicht wußte, daß sie Sie schon kennt. Ich bin ihr sehr ergeben.«

»Äußerst schicklich. Aber jetzt sagen Sie mir eines, und schauen Sie mir dabei in die Augen, damit ich sehe, ob Sie die Wahrheit sagen: Werde ich es mehr genießen, durch dieses bezaubernde Dorf zu spazieren oder auf ihr Gartenfest zu gehen?«

Georgie fand, die arme Lucia sei mittlerweile genug bestraft worden. »Sie würden ihr eine wirklich große Freude bereiten, wenn Sie hingingen –«, begann er.

»Oho, das ist nicht fair. An uneigennützige Motive zu appellieren, zählt als Tiefschlag. Ich bin ausschließlich hierher gekommen, um das Leben zu genießen. Also los: und sehen Sie mich an dabei!«

Die Offenherzigkeit und das Wohlwollen in ihrem schönen Gesicht verliehen Georgie einen Schuß Tollkühnheit. Außerdem hatte sie ja, wenn auch sicher nur im Scherz, schon angedeutet, daß es viel netter wäre, mit ihm spazierenzugehen und zu Abend zu essen, als den Abend inmitten des Prunks von »The Hall« zu verbringen.

»Ich hätte einen Vorschlag«, sagte er. »Erst kommen Sie morgen zum Mittagessen zu mir, dann machen wir einen kleinen Spaziergang, danach können wir zu dem Gartenfest gehen, und falls es Ihnen nicht gefällt, lotse ich Sie wieder von dort fort.«

»Abgemacht!« sagte sie. »Aber wehe, Sie halten Ihr Wort nicht, ich habe meinen Mann als Zeugen. Georgie, gib mir eine Zigarette!«

Im Nu ließ Riseholme-Georgie sein Zigarettenetui aufschnappen.

»Nehmen Sie bitte eine von mir«, bat er. »Ich heiße auch Georgie.«

»Was Sie nicht sagen! Das wäre ja was für die Parapsychologische Forschungsgesellschaft, oder wie diese Leute heißen, die Zufälle sammeln und behaupten, das wäre Spuk. Ich hätte gern noch Feuer von einem von euch Georgies. Ach, ich will niemals wieder das Innere eines Opernhauses sehen! Warum darf ich nicht wie ein Mauerpflänzchen in einem Garten wie diesem hier wachsen, oder noch besser, warum sollte ich nicht selber hier ein Haus mit Garten haben, und vielleicht für Halfpenny-Stücke auf dem Dorfanger singen? Erzählen Sie mir, was hier so passiert! Ich habe immer nur in Städten gelebt, seit mich damals ein hakennasiger Jude, der große Ähnlichkeit mit Lady Ambermere hatte, aus der Gosse geholt hat.«

»Also, Liebling!« sagte Mr. Shuttleworth.

»Na gut, aus einem Waisenhaus in Brixton, aber da wäre mir die Gosse noch lieber gewesen. Das ist fürs erste alles über meine frühe Kindheit, weil ich mir den Rest für meine Memoiren aufspare, die ich schreiben werde, wenn meine Stimme noch ein bißchen mehr nach Dampfsirene klingt. Aber erzählen Sie bloß Lady Ambermere nichts davon, sonst bekäme die einen Anfall; sagen Sie lieber, Sie hätten erfahren, daß ich von den Bracelys aus Surrey abstamme. Stimmt sogar: Brixton liegt ja auf der Seite von Surrey. Ach, Liebling, sieh nur die Sonne. Claude Monet von seiner besten Seite. *Heil dir, Sonne!*«

»In der Rolle habe ich Sie im Mai gehört«, sagte Georgie.

»Dann haben Sie eine höchst zweitklassige Aufführrung gesehen«, bemerkte sie. »Nein wirklich, von diesem Untier, diesem dicken, fetten, verworfenen Peruaner aufgeschnürt zu werden – ich bin fast in Ohnmacht gefallen dabei. Und dann das Duett! Aber es war sehr höflich, daß Sie hingegangen sind, und beim nächsten Mal ist es bestimmt besser. Siegfried! Brünhilde! Siegfried! Miau! Den nächsten Katzenchor bitte! Liebster Georgie, war es nicht ganz fürchterlich? Dabei hattest du am Tag davor erst um meine Hand angehalten.«

»Ich war völlig hingerissen«, sagte Riseholme-Georgie.

»Mag sein, aber Ihnen hat ja dieses Untier auch nicht seinen Bierdunst in Ihr unschuldiges Gesicht gekeucht.«

Georgie erhob sich. Der erste Besuch bei einem Fremden in Riseholme sollte nie länger als eine halbe Stunde dauern, egal wie gut man sich amüsierte, aber auch niemals kürzer, egal wie langweilig es war, und er war sicher, diese Frist bereits überschritten zu haben.

»Ich muß mich auf den Weg machen«, sagte er. »Wirklich erfreulich, daß Sie und Mr. Shuttleworth morgen bei mir zu Mittag essen wollen. Sagen wir also um halb zwei?«

»Hervorragend! Aber wo wohnen Sie eigentlich?«

»Genau auf der anderen Seite des Angers. Soll ich Sie abholen?«

»Auf keinen Fall. Weshalb sollten Sie sich diese Mühe machen?« meinte sie. »Ach was, ich begleite Sie zur Tür des Gasthofs, und vielleicht zeigen Sie es mir von dort gleich.«

Sie ging mit ihm durch die Eingangshalle, und dann standen sie gemeinsam vor den Augen von ganz Riseholme, das zu dieser wie zu fast jeder Zeit auf dem Dorfanger zugange war. Augenblicklich drehten sich alle Gesichter in ihre Richtung, wie ein ganzes Feld von Sonnenblumen, die sich der Sonne zuneigen, während Georgie ihr seinen persönlichen Maulbeerbaum zeigte. Als jeder sich hatte satt sehen können, zog er den Hut.

»*A domani* also«, sagte sie. »Und vielen Dank.«

Und es war ganz deutlich ein Handkuß, den sie ihm zuwarf, als er sich zum Gehen wandte...

»Aha, sie spricht auch italienisch«, dachte Georgie, während er auf dem Weg nach Hause einigen Bekannten bröckchenweise Auskünfte hinstreute. »*Domani* – ja, das heißt morgen. Ach so, sie meinte das Mittagessen!«

Man muß wohl kaum erwähnen, daß ihn auf dem Tisch in seinem Flur eines von Lucias eher gewöhnlichen Schreiben erwartete, nur ein in ihrer ganz speziellen Art gefaltetes Blatt Papier im Halbformat. Georgie glaubte, er könne sich das Lesen vermutlich sparen, denn wie er sich ziemlich sicher war, enthielt es nur irgendeine Ausrede dafür, daß sie ihn nicht wie verabredet um sechs abholen kommen würde, um Mr. und Mrs. Bracely zu besuchen. Dennoch warf er einen Blick darauf, ehe er er es zu einer Kugel zerknüllte und Tipsipusi zum Spielen hinwarf; tatsächlich stand genau das darin, was er erwartet hatte, und zwar war die Ausrede, sie habe heute noch nicht Klavier geübt. Das Postskriptum jedoch war interessant: darin erfuhr er nämlich, daß sie Foljambe gebeten habe, ihrem Boten sein Exemplar von *Siegfried* auszuhändigen ...

Vor dem Abendessen spazierte Georgie kurz an »The Hurst« vorüber. Mozart war verstummt, doch drang aus dem offenen Fenster ein wahrhaft erstaunlicher Wirrwarr von Klängen, den er mit Mühe als das Piano-Arrangement des Duetts zwischen Brünhilde und Siegfried im letzten Akt erkannte. Er hätte wirklich dumm sein müssen, wenn ihm nicht sofort klar gewesen wäre, was *das* zu bedeuten hatte.

Siebtes Kapitel

Eine zusätzliche Sensation durchbebte die bereits von Aufregung übersättigte Atmosphäre, als am nächsten Morgen alle Bekannten Lucias, die zu ihrem Gartenfest (»festiv«) eingeladen waren, telephonisch davon in Kenntnis gesetzt wurden, daß die Party »sublim« sein würde. Dies verursachte einen beträchtlichen Mehraufwand, denn die festiven Kleider mußten nun wieder eingeräumt und die Sublim-Gewänder hervorgeholt, gelüftet und gebürstet werden. Doch die Mühe lohnte durchaus, denn in Riseholme hatte man keinerlei Schwierigkeiten, daraus die Schlußfolgerung zu ziehen, daß Olga Bracely sich unter den Gästen befinden werde. Für ein Zentrum der Kunst und Kultur erforderte die Anwesenheit eines Stars, der so königlich am absoluten Zenith im Firmament des Musikschaffens erstrahlte, unbedingt sublime Kleidung, die die Gegenwart der armen Lady Ambermere (wenn sie dies auch sicher ungern hörte) nicht aus den Schränken hatte hervorlocken können. All diese erquicklichen Vorfreuden kulminierten in einem rosigen Glücksgefühl, als nicht weniger als zwei Beobachter voneinander unabhängig und ohne Absprache berichteten, sie hätten den Klavierstimmer in »The Hurst« ein-, beziehungsweise ausgehen sehen, während ein Dritter als Ohrenzeuge ganz unverwechselbar das Stimmen des Flügels vernommen hatte. Somit war praktisch sicher, daß Olga Bracely auch singen werde. Weiterhin wurde bekannt, daß es etwas zwischen ihr und Georgie gab, denn Mrs. Antrobus hatte gehört, wie sie am Telephon im »Ambermere Arms« die Vermittlung nach Georgies Nummer gefragt hatte. Ihre gute Erziehung war ihr dabei im Weg gewesen, auch zuzuhören, was gesprochen wurde, doch hatte sie nicht umhin können, Olga über etwas lachen zu hören, das (vermutlich) Georgie gesagt hatte. Er selbst nahm an diesem Vormittag nicht am Parlament auf dem Anger teil, sondern wurde nur kurz gesehen, wie er ins Obstgeschäft und wieder hinaushuschte, ehe er, kurz nach zwölf Uhr dreißig, in großer Eile zu »The Hurst« hinüberging. Über Lektionen in orientalischer Philosophie mit Mrs. Quantocks Inder als Lehrer begann man bereits zu munkeln, heute aber, bei all der atemraubenden Aufregung wegen der Primadonna, kümmerte sich niemand darum; ebensogut hätten die Schüler Unterricht in Kannibalismus nehmen können. Dann, etwa um eins, fuhr eines der Automobile, in dem die Neuankömmlinge gestern eingetroffen waren, vor dem Eingang des »Ambermere Arms« vor, und bald darauf stieg Mr. Bracely – aber nein, meine Liebe: Mr. Shuttleworth – ein und ließ sich davonfahren. Dies war ein äußerst merkwürdiges Verhalten für einen Bräutigam, und man hoffte allgemein, es habe keinen Streit gegeben.

Natürlich hatte Olga keine Anweisungen über »sublim« oder »festiv« erhalten. Als sie kurz nach halb zwei zu Georgies Haus hinüberging, bemerkte nur Mrs. Weston, die sich in rasendem Tempo zum Essen nach Hause fahren ließ, daß sie ein recht schlichtes dunkelblaues Alltagskleid trug, das beinahe als sportiv hätte durchgehen können. Zwar mußte man zugeben, daß es außerordentlich gut geschnitten war und nicht den Eindruck erweckte, als wäre es irgendwo zusammengerollt gewesen und nur hastig glattgebügelt worden, woran man für gewöhnlich Sportiv-Kleidung erkannte, außerdem trug sie dazu eine Kette aus besonders edlen Perlen, ein Schmuckstück, das in Riseholme nur an einem sublimen Abendkleid gesehen worden wäre, wenn irgend jemand in Riseholme so etwas besessen hätte. Lucia hatte vor nicht allzu langer Zeit die Ansicht vertreten, Juwelen seien »vulgär, außer nachts«; sie selbst trug keine Juwelen, sondern zog ihnen eine einzelne griechische Kamee von ungewisser Authentizität vor.

Georgie empfing Olga allein, denn Hermy und Ursy waren noch nicht von ihrer Golfpartie zurück.

»Nett, daß Sie mich auch ohne meinen Mann hereinlassen«, sagte sie. »Seine Entschuldigung sind Zahnschmerzen, und er ist vorhin nach Brinton gefahren –«

»Oh, das tut mir aber leid«, begann Georgie.

»Gar nicht nötig. Ich sage Ihnen den wahren Grund: Er dachte, wenn er mit Ihnen zu Mittag ißt, dann müßte er wohl auch auf das Gartenfest mitkommen, und er hat sich fest vorgenommen, da nicht hinzugehen. Sie wären also praktisch der Anfang allen Übels gewesen. Meine Güte, was für ein reizendes Haus. Alles in Holz getäfelt, und dieser hübsche Garten ... Und Krocket – ach, können wir nicht nach dem Essen krockieren? Ich versuche immer zu mogeln, und wenn man mich ertappt, werde ich wütend. Georgie weigert sich, mit mir zu spielen, also muß ich mit dem Dienstmädchen vorlieb nehmen.«

»Dieser Georgie hier weigert sich nicht«, sagte er.

»Wie nett von ihm. Und wissen Sie, was wir heute morgen gemacht haben, bevor seine Zahnschmerzen nicht anfingen? Wir haben uns in dem Haus ein Stück die Straße hinunter umgesehen, das gerade umgebaut wird. Es gehört dem Pächter vom ›Ambermere Arms‹. Und – oh, ob Sie wohl ein Geheimnis für sich behalten können?«

»Ja«, sagte Georgie. Er hatte wahrscheinlich noch nie eines für sich behalten, aber es gab keinerlei Grund, warum er nicht jetzt damit anfangen sollte.

»Tja, ich bin felsenfest entschlossen, es zu kaufen, nur traue ich mich nicht, es meinem Mann zu sagen, ehe es soweit ist. Er ist da ein wenig eigen: Wenn er vor vollendete Tatsachen gestellt wird, an denen nichts mehr zu ändern ist, findet er alles ganz prächtig, aber leider hat er immer schrecklich viel Einwände gegen jegliche Unternehmung, wenn man ihn um seine Meinung fragt, solange noch nichts beschlossen ist. Also kein Wort darüber! Ich werde es kaufen, den Garten machen lassen, Möbel und Einrichtung bis ins allerletzte Detail besorgen, die Dienstboten einstellen, und dann wird er es mir zum Geburtstag schenken – aber irgend jemandem mußte ich es einfach erzählen, sonst wäre ich geplatzt.«

Georgie wurde fast ohnmächtig vor Inbrunst und Bewunderung.

»Wirklich ein perfekter Plan!« rief er. »Also gefällt Ihnen unser kleines Riseholme?«

»Es geht gar nicht darum, ob es mir gefällt; die Sache ist einfach, daß ich nicht ohne es auskomme. Atmen gefällt mir ja auch nicht, aber ich würde sterben, wenn ich's nicht täte. Ich will ein Haus in einem herrlich gemütlichen, geruhsamen Hinterwäldlerdorf, wo nie etwas passiert und keiner je etwas Wichtiges tut. Ich habe den ganzen Vormittag lang beobachtet, was da draußen passiert, und Ihre Gewohnheiten hier sind einfach reizend. Es passiert überhaupt nichts, und das ist genau, was ich will, wenn ich von meiner Arbeit Urlaub mache.«

Bei diesen Worten war Georgie der Ohnmacht noch näher als zuvor. Er traute kaum seinen Ohren, als sie von Riseholme als einem geruhsamen Hinterwäldlerdorf sprach, und glaubte zuerst, es sei von London die Rede, denn dort, so hatte Lucia scharfsinnig bemerkt, saßen die Leute den ganzen Vormittag im Park und zogen übereinander her, verbrachten den Nachmittag in Galerien und den Abend in Tanzsalons. Gewiß war das doch eine leichtfertige, geruhsame Art zu leben.

Doch sie war viel zu eingenommen von ihrem Projekt, um seine Verwunderung zu bemerken.

»Aber wenn Sie auch nur ein Sterbenswörtchen davon sagen«, warnte sie ihn, »ist alles verdorben. Es muß wie aus heiterem Himmel für Georgie kommen ... Ach, da haben Sie ja noch einen Maulbeerbaum im Garten, genau wie der vor dem Haus. Das ist ja kaum zu glauben!«

Ihr Blick verfolgte Foljambe beim Hinausgehen.

»Und Ihr Dienstmädchen heißt ganz bestimmt Paravicini oder Grosvenor«, sagte sie.

»Nein, ihr Name ist Foljambe«, sagte Georgie.

Sie lachte. »Natürlich! Das ist ja praktisch dasselbe. Ach, und gestern abend! So einen entsetzlichen Abend habe ich noch nie durchgestanden. Warum haben Sie mich nicht vorgewarnt, dann hätte mein Mann seine Zahnschmerzen nicht heute früh, sondern schon gestern bekommen.«

»Was ist denn passiert?« fragte er.

»Na, diese Frau ist doch verrückt, dieser Ambermere-

Papagei, also wirklich! Georgie und ich sind zehn Minuten zu spät gekommen, und sie trug eine schwarze Tiara, und warum lädt sie uns für dreiviertel acht zum Abendessen ein, wenn sie dreiviertel acht meint, anstatt halb acht zu sagen? Die setzten sich tatsächlich gerade zu Tisch, als wir kamen, so eine trübsinnige Prozession aus drei mottenzerfressenen Männern und drei Weibern mit Schnurrbärten. Bei unserem Anblick löste sich die Prozession sofort auf, so als wären wir eine Art Gesetz gegen Zusammenrottungen, und formierte sich zu einem Trauerzug, und Georgie machte mit Lady Ambermere den Leichenwagen. Serviert wurde in der Familiengruft, und wir sprachen über Lady Ambermeres Mops. Über Sie hat sie auch geredet, nämlich daß Sie aus einer guten Familie der Grafschaft hier sind, und daß Mrs. Lucas eine sehr anständige Frau ist, und daß sie vorhat, morgen bei dem Gartenfest vorbeizuschauen. Dann hat sie einen Blick auf meine Perlen geworfen und mich gefragt, ob die echt sind. Daraufhin habe ich mir ihre Zähne angesehen, aber da brauchte ich nicht erst nachzufragen.«

»Lassen Sie bloß keine Sekunde aus«, bettelte Georgie.

»Sobald Lady Ambermere etwas sagte, waren alle übrigen sofort still. Am Anfang war mir das noch nicht klar, weil mir keiner die Regeln erklärt hatte. Sie hielt mitten im Satz inne und wartete, bis ich fertig war. Dann redete sie weiter, genau dort, wo sie stehengeblieben war. Kein Tadel, verstehen Sie, kein böses Wort, aber ich hatte verstanden ... Als wir dann in den Salon hinübergingen, die bärtigen Weiber und ich, saß da eine kleine Frau wie eine Maus, die niemand vorstellte. Deshalb wollte ich natürlich mit ihr reden, aber schon sagte die Papageien-Lady: ›Wollen Sie mir bitte meine Knüpfarbeit holen, Miss Lyall?,‹ und Miss Lyall holte einen Sack aus der Ecke hervor, darin war der Heilige Teppich. Dann habe ich auf Kaffee und Zigaretten gewartet und gewartet, und ich warte immer noch. Die Papageien-Lady sagte nur, daß Kaffee sie immer so wach macht, und das war wohl der Grund. Dann kam Georgie mit den Männern herein, und an seinem Gesichtsausdruck konnte ich sehen, daß er auch keine Zigarette geraucht hatte. Inzwischen war es halb zehn. Und dann setzte sich jeder Mann zwischen zwei Frauen, und der Mops setzte sich in die Mitte und suchte seine Flöhe. Dann stand Lady Ambermere auf, kam quer durch den Hexenring auf mich zu und sagte: ›Ich hoffe, Sie haben ihre Noten dabei, Mrs. Shuttleworth. Öffnen Sie bitte den Flügel, Miss Lyall. Er hat schon immer als besonders wohlklingendes Instrument gegolten!‹«

Olga schwenkte die Gabel, auf der ein Stück der Ananas aufgespießt war, die Georgie am Vormittag im Obstgeschäft erstanden hatte.

»Diese unglaubliche Frechheit!« sagte sie. »Zuerst dachte ich, das müsse wohl ein Witz sein, und lachte äußerst höflich. Aber es war keiner. Sie werden es kaum glauben, aber es war keiner! Eines der Bartweiber murmelte: ›Das wäre wirklich eine schöne Überraschung‹, und eine andere setzte diese Miene auf, die jedermann bei Konzerten macht. Und ich war so verblüfft, daß ich gesungen habe, und Lady Ambermere schlug den Takt dazu und der Mops bellte.«

Sie richtete den Zeigefinger auf Georgie.

»Niemals bis zum Jüngsten Tag«, schwor sie, »bis

Lady Ambermere für immer und ewig mit ihren schönen Zähnen knirschen muß, werde ich dieses Haus je wieder betreten. Und sie meines auch nicht. Eher stecke ich es in Brand. Ach ja! Mein Bester, was für ein gutes Mittagessen Sie da gemacht haben. Wollen wir jetzt gleich eine Partie Krocket spielen?«

Lucias Gartenfeste gingen immer von fünf bis sieben, und eine halbe Stunde, ehe die ersten Gäste erwartet werden konnten, überprüfte sie mit Adleraugen sämtliche Vorbereitungen, die heute äußerst prunkvolles Niveau bewiesen. Die Kegel standen aufgestellt auf der Kegelbahn, nicht weil es irgend jemandem in seiner »sublimen« Aufmachung einfallen würde, das Bücken und die heftigen Bewegungen zu riskieren, die dieses Spiel mit sich brachte, sondern weil Kegel eben elisabethanisch waren. Zwischen der Kegelbahn und dem Rasen am Haus war eine breite Markise aufgespannt, wo die gewöhnlichere Masse – wenn auch keine Masse in Riseholme wirklich gewöhnlich sein konnte – sich erfrischen würde. Doch selbst dort, wo niemand gewöhnlich ist, kann es immer noch Abstufungen der Besonderheit geben, daher ragte neben diesem Imbiß für die Allgemeinheit noch ein kleineres Zelt auf, das innen mit orientalischen Teppichen ausgelegt war, auf denen etwa ein halbes Dutzend Stühle stand, dazu zwei Sitzgelegenheiten, die sich nur als Throne beschreiben ließen – Lucias Guru würde, obgleich er eines Thrones würdig war, freundlicherweise in einer seiner interessantesten Haltungen auf dem Boden sitzen. Dieses Zelt war nur für die hohe Konversation bestimmt, und gewöhnliche Gäste würden (wenn sie sich anständig verhielten) kurz hineingeführt und den großen Persönlichkeiten vorgestellt werden, wobei sich die Persönlichkeiten zwischen den Audienzen bei einem etwas ausgesuchteren Mahl, mit Pfirsichen und vier Sorten Aufschnitt, erfrischen durften, das im Rauchsalon aufgetischt war. Bei dieser Gelegenheit konnten jene Gäste, für die keine Audienz vorgesehen war, den Segen genießen, die Persönlichkeiten während des Ausfluges zum Essen über den Rasen wandeln, möglicherweise auch über eines der Krocket-Tore stolpern zu sehen, die man stehengelassen hatte, um dem Rasen eine gewisse Natürlichkeit zu bewahren. Im Rauchsalon lagen ein oder zwei Elzevier-Ausgaben nachlässig aufgeschlagen herum, ganz als hätten Mr. und Mrs. Lucas gerade in den Werken von Persius und Juvenal geblättert, als die ersten Gäste kamen. Im Musikzimmer schließlich, das normalerweise zu diesen Anlässen nicht benutzt wurde, standen frische Schnittblumen; der Flügel war aufgeklappt, und jene der früh gekommenen Gäste, die die Elzevier-Übersetzungen im Rauchsalon nicht gesehen hatten, aber hierher vordrangen, konnten mit gewisser Berechtigung annehmen, daß Mrs. Lucas noch vor wenigen Minuten den letzten Akt von *Siegfried* kurz durchgespielt hatte.

Auf diesem letzten Inspektionsrundgang ließ sich Lucia von ihrem Guru begleiten, denn dieser war ja Teil der hauseigenen *Dramatis personae*, und sie wollte, daß er im Extrazelt »entdeckt« wurde. Sie zeigte ihm daher den Ort, wo seine »Entdeckung« stattfinden sollte.

»Als erstes werde ich wahrscheinlich Lady Ambermere hereinbringen lassen«, sagte sie, »weil sie für ihre Pünktlichkeit bekannt ist. Sie ist schon ganz gespannt auf Euch, und es wäre doch aufregend, wenn sich herausstellte, daß Ihr sie von früher kennt. Ihr Mann war nämlich Gouverneur von Madras, und sie hat viele Jahre lang in Indien verbracht.«

»Madras, gnädige Frau?« fragte der Guru. »Auch mir ist Madras bekannt; viele Geister des Dunkels leben in Madras. Und sie war in englischer Residenz?«

»Ja. Sie sagt, Rudyard Kipling hat keine Ahnung von Indien. Ihr werdet bestimmt genug Gesprächsthemen mit ihr finden. Ich wünschte, ich könnte auf dem Boden dabeisitzen und zuhören, was es zwischen Euch zu besprechen gibt.«

»Es wird mir ein Vergnügen sein«, sagte der Guru. »Ich liebe jeden, der mein schönes Land liebt.«

Plötzlich hielt er inne und legte die Hände an den Kopf, die Handflächen nach außen gekehrt.

»Sind heute wunderbare Schwingungen in der Luft«, sagte er. »Den ganzen Tag über ich spüre, Botschaft von den Ratgebern ist unterwegs, große Botschaft der Erleuchtung.«

»Oh, wäre es nicht schön, wenn sie Euch mitten in meinem Gartenfest erleuchtete?« sagte Lucia enthusiastisch.

»Aber nein, gnädige Frau, so kommt das Große Wort nicht. Es immer nur kommt in Einsamkeit und Ruhe zu einem. Die gnädige Frau weiß das ebensogut wie Guru.«

Schierer Guruismus und ihre gesellschaftliche Stellung lieferten sich in Lucia einen Kampf. Der Guruismus empfahl ihr, bei dem Gedanken an das Nahen einer Großen Botschaft in Begeisterung zu verfallen und seinem Wunsch nach Einsamkeit und Ruhe lächelnd und unverzüglich nachzukommen, während die gesellschaftliche Stellung ihr einflüsterte, daß sie die Anwesenheit eines Mystikers von allerhöchster Kaste aus Benares bereits als Köder für Lady Ambermere ausgelegt hatte, die nur in Madras gewesen war. Andererseits würde Olga Bracely ein noch glanzvollerer Gast sein als Lady Ambermere und der Guru zusammengenommen; unzweifelhaft genügte Olga Bracely vollauf, um dieses Gartenfest auf den schwindelerregendsten aller Gipfel zu bringen. Zudem drohte für den Fall, daß sie ihren Guru zum Bleiben zu zwingen versuchte, eine äußerst finstere Konsequenz: daß er sich eventuell dafür entscheiden könnte, in das Loch zurückzukehren, aus dem sie ihn herausgeholt hatte, nämlich ins Haus der armen Daisy Quantock. Der Gedanke war ihr unerträglich, denn mit ihm in der Wohnung hatte sie sich schon als Herrin der Östlichen Mysterien und Meisterin des Omismus in Riseholme gesehen. In jedem Fall hatte sie den Guru als die August-Attraktion eingeplant; es ging nicht an, daß sie ihn schon vor Ende Juli verlor und dann auch noch innerlich kochend zusehen müßte, wie ganz Riseholme auf Wallfahrt in Daisys Haus zog. Auch deuteten seine zusammengepreßten Lippen auf eine gewisse Entschlossenheit hin; sie spürte, wenn sie ihn provozierte, könnte er sich ohne weiteres widersetzen oder sich gar völlig von ihr abwenden. Nachgeben mußte sie, das war klar, also beschloß sie, dies gleich in vollendeter Art zu tun.

»Oh ja«, sagte sie. »Wie recht Ihr doch habt. Lieber Guru, geht hinauf zu ›Hamlet‹; dort wird Euch niemand stören. Aber wenn die Botschaft Euch erreicht, bevor Lady Ambermere wieder geht, versprecht mir bitte, zu uns herabzukommen.«

Er ging ins Haus, dessen Eingangstür schon offenstand, um Lady Ambermere einzulassen, die soeben »ihre Leute« anwies, wann sie wieder abzuholen sei, und floh unter dem Klatschen seiner Pantoffeln die Eichentreppe hinauf zu »Hamlet«. Leise schloß er die Tür vor den Geistern des Dunkels aus Madras und drehte, als zusätzliche Sicherheit vor ihnen, den Schlüssel im Schloß herum. Es wäre keine gute Idee, als Brahmane von höchster Kaste aus Benares vor einer Dame aufzutreten, die Indien und die Völker dort auch nur einigermaßen kannte, denn womöglich fügte er sich nicht recht in die Erinnerungen, die sie an solche Brahmanen hatte.

Nach Lady Ambermere trafen nun auch bald weitere Gäste ein, doch statt sich in das für Persönlichkeiten reservierte Extrazelt zu begeben, nahm die Lady an zentraler Stelle in der Mitte des Rasens Platz, von wo aus sie alle Gäste durch ihr Lorgnon betrachten konnte, dessen Schildpattgriff sie fest in der Hand hielt. Hinter ihrem Stuhl stand die arme Miss Lyall und reichte ihr, jeweils auf Befehl, mal einen Umhang, mal einen aufgespannten Sonnenschirm, rückte ihr die Fußbank zurecht, nahm Mopsi auf den Arm oder setzte ihn ab, je nachdem, wie ihre Herrin es wünschte. Die meiste Zeit über hielt Lady Ambermere einen steten, majestätischen Monolog.

»Ein hübsches Gärtchen haben Sie da, Mr. Lucas«, sagte sie, »wenn es auch vielleicht unbequem klein ist. Ihr Krocket-Feld scheint mir nicht ganz die übliche Größe zu haben, und einen Tennisplatz gibt es auch nicht. Aber ich meine, Sie hätten einen schmalen Streifen Rasen gehabt, auf dem Sie kegeln können, nicht wahr? Ich werde gleich mit Ihnen umhergehen und mir

Ihr Reich ansehen. Setzen Sie Mopsi jetzt bitte ab, Miss Lyall, damit er herumtollen kann. Da, sehen Sie, er will mit der Krocket-Kugel dort spielen; geben sie ihr einen Stoß, dann läuft er hinterher. Meiner Seel, wer kommt denn da mit solch enormer Geschwindigkeit im Rollstuhl den Weg herangefahren? Ach, das ist ja Mrs. Weston. Sie sollte nicht so rasen. Wenn Mopsi auf den Weg vorläuft, wird sie ihn noch überfahren. Nehmen Sie ihn lieber wieder auf den Arm, Miss Lyall, bis sie vorbei ist. Und da kommt ja Colonel Boucher. Gut, daß er seine Bulldoggen nicht dabei hat, sonst hätte ich ihn aufgefordert, sie wieder nach Hause zu bringen. Ich hätte gern eine Tasse Tee, Miss Lyall, mit viel Milch, aber nicht allzu stark. Sie wissen ja, wie ich meinen Tee am liebsten habe. Und einen Keks oder so etwas für Mopsi, mit ein wenig Sahne in einer Untertasse oder was Sie gerade finden.«

»Wollen Sie nicht mit in den Rauchsalon kommen und Ihren Tee dort trinken, Lady Ambermere?« schlug Peppino vor.

»In den Rauchsalon?« fragte sie. »Was für ein seltsamer Einfall, in einem Raucherzimmer Tee zu servieren.«

Peppino erläuterte, aller Wahrscheinlichkeit nach habe im Rauchsalon seit fünf oder sechs Jahren niemand mehr geraucht.

»Nun, wenn dem so ist, lasse ich mich bitten«, sagte sie. »Nehmen Sie Mopsi auch gleich mit, Miss Lyall. Huch, da steht ja ein Krocket-Tor. Gut, daß ich es gesehen habe, sonst wäre ich womöglich darüber gestolpert. Aha, das hier ist also der Rauchsalon, ja? Wozu haben Sie denn Binsenmatten auf dem Boden liegen? Setzen

Sie Mopsi in einen Stuhl, Miss Lyall, sonst reißt er sich noch die Pfötchen ein. Soso, Bücher gibt es auch hier, wie ich sehe. Was da aufgeschlagen liegt, ist ein altes. Aha, lateinische Verse. Die Bibliothek auf ›The Hall‹ ist ja für ihre klassische Literatur berühmt. Der erste Vicomte hat sie gesammelt, und heute sind es viele tausend Bände.«

»In der Tat, es ist eine wunderschöne Bibliothek«, sagte Peppino. »Jedesmal, wenn ich auf ›The Hall‹ bin, kann ich mich gar nicht von ihr losreißen.«

»Das glaube ich Ihnen gern. Ich bin selbst eine große Leserin und verbringe oft einen ganzen Vormittag darin, nicht wahr, Miss Lyall? Sie sollten einmal neue Scheiben in die Fenster einsetzen, Mr. Lucas. An trüben Tagen dürfte es recht schwer werden, hier noch etwas zu erkennen. Übrigens hat mir Ihre werte Gattin von einem äußerst bemerkenswerten Inder erzählt, der auch bei ihrem Fest sein würde, einem Brahmanen aus Benares. Ich hätte mich gern mit ihm unterhalten, während ich meinen Imbiß nehme. Schälen Sie mir doch freundlicherweise einen Pfirsich, Miss Lyall.«

Peppino war bereits davon unterrichtet, daß sich der Guru wegen einer zu erwartenden Botschaft seiner Ratgeber zurückgezogen hatte, und machte sich daran, Lady Ambermere dies zu erklären, die allerdings nicht die geringste Notiz davon nahm, sondern die Schale mit den Pfirsichen durch ihr Lorgnon begutachtete.

»Jener dort ganz vorn sieht genießbar aus«, sagte sie zu Miss Lyall. »Und außerdem sehe ich Miss Olga Bracely nicht, obwohl ich ihr deutlich gesagt habe, daß ich heute hier sein würde, und sie sagte mir auch, daß sie von Mrs. Lucas eingeladen sei. Hoffentlich kann ich sie heute noch einmal singen hören. Gestern abend auf ›The Hall‹ hat sie uns etwas vorgetragen, eine ganz achtbare Stimme besitzt sie ja. Mr. Shuttleworth, ihr Gatte, ist ein Vetter des verstorbenen Lords.«

Während ihres Vortrags hatte Lucia den Rauchsalon betreten und daher jene fatalen Worte gehört. In diesem Augenblick hätte sie ihre Einladung an Olga Bracely lieber völlig widerrufen, als darin einen Mr. Bracely erwähnt zu haben. Doch dies war eben eines der unabänderlichen Dinge des Lebens, und da es keinen Zweck hatte, übermäßige Reue wegen des Irrtums zu verschwenden, erwartete sie Olgas Ankunft jetzt nur um so gespannter, ganz egal wie ihr Mann heißen mochte. Sie trat der Situation gefaßt entgegen.

»Peppino, bist du auch ein guter Gastgeber für Lady Ambermere?« fragte sie. »Liebe Lady Ambermere, hoffentlich kümmert man sich richtig um sie.«

»Ein sehr ordentlicher Pfirsich«, sagte Lady Ambermere. »Die ganze Südmauer meines Gartens hängt voll davon, und sie haben immer einen ganz eigenen, köstlichen Geschmack. ›The Hall‹ ist ja für seine Pfirsiche berühmt. Sagen Sie, sollte nicht Miss Bracely auch hier sein, Mrs. Lucas? Ich kann mir nicht vorstellen, weshalb sie sich so verspätet. Ich selbst bin ja für Pünktlichkeit bekannt. So, mit meinem Tee bin ich fertig!«

Auf dem Rasen draußen drängten sich jetzt allmählich die Gäste, alle in Sublim-Kleidern, und als Lady Ambermere wieder aus dem Rauchsalon trat, überblickte sie die Szene mit sichtlicher Mißbilligung. Gerade waren die beiden Misses Antrobus gekommen und kamen jetzt unter niedlichem Quietschen zur Gastgeberin herangerannt.

»Wir sind schrecklich spät dran«, sagte die ältere, »aber es war einzig und allein Piggys Schuld.«

»Gar nicht, es war deine Schuld, Goosie!« zankte die andere. »Wie kannst du so garstig sein und sagen, es war meine? Liebe Mrs. Lucas, es ist wirklich ein ganz reizendes Fest. Dürfen wir ein bißchen kegeln gehen?«

Lady Ambermere sah ihnen nach, während sie untergehakt zur Kegelbahn davonrannten. »Und wer sind diese beiden jungen Damen?« fragte sie. »Und weshalb heißen sie Piggy und Goosie? Miss Lyall, lassen Sie Mopsi auf keinen Fall hinterherlaufen. Diese Kegel sind sehr schwer.«

An anderer Stelle bewegte sich Mrs. Antrobus langsam von Gruppe zu Gruppe, wobei sie ausgiebigen Gebrauch von ihrem Hörrohr machte, um Neuigkeiten aufzuschnappen. Doch die Konversation war nicht ganz von der gewohnten Lebhaftigkeit, denn es lag eine Atmosphäre von gespannter Erwartung bezüglich des Erscheinens von Miss Bracely in der Luft, was die Gespräche ein wenig sprunghaft und zusammenhanglos werden ließ. Außerdem hatte es sich mittlerweile herumgesprochen, daß der geheimnisvolle Inder, den man während der vergangenen Woche hie und da gesehen hatte, direkt hier bei Mrs. Lucas wohnte, also wieso war er nicht da? Noch schwieriger zu erraten, allerdings auch nicht so aufregend und interessant, war der Grund für die Abwesenheit von Mr. Georgie. Was konnte ihm geschehen sein, daß er nicht auf Geheiß seiner Gebieterin herumwieselte und Stimmung und Laune auf ihrem Fest versprühte? Vergeblich verfolgte Mrs. Antrobus auf ihrer Suche nach Antworten auf all diese Rätsel ihren methodischen Rundkurs, und ebenso vergeblich zischte Mrs. Weston, die schneller vorankam, in ihrem Rollstuhl von einer Ansammlung zur nächsten, wo sich die Leute gerade angeregt zu unterhalten schienen. Sie erfuhr nichts, und auch Mrs. Antrobus erfuhr nichts; die einzige Auskunft zum Thema erteilte eigentlich nur Mrs. Weston selbst. Sie hatte ein stattliches Gesicht von kräftiger Farbe und eine außerordentlich eindrucksvolle Art, als gebe sie Informationen von höchster Bedeutsamkeit preis. Natürlich sprach sie laut und vernehmlich, so daß sie die Stimme selbst dann nicht wesentlich erheben mußte, wenn sie das Wort an Mrs. Antrobus richtete. Ihr Reichtum an erzählerischen Details war absolut unvergleichlich, außerdem war sie die wohl beste Beobachterin in Riseholme.

»Als ich Miss Bracely zum letzten Mal sah«, berichtete sie, ganz als wäre sie gebeten worden, den Sachverhalt unter Eid im Zeugenstand darzulegen, »war es kurz nach halb zwei Uhr mittags. Es muß nach halb gewesen sein, denn als ich daheim ankam, war es knapp vor dreiviertel, und ich war kaum hundert Meter vom Haus entfernt, als ich sie sah. Sobald ich sie erkannte, sagte ich zu Henry Luton, meinem Gärtnerjungen, der meinen Stuhl schob – das ist der Sohn der alten Mrs. Luton, die früher das Fischgeschäft hatte, und als sie letztes Jahr starb, bin ich dazu übergegangen, mir meinen Fisch in Brinton besorgen zu lassen, weil ich gar keinen guten Eindruck von der Person hatte, die den Laden übernahm, und Henry ist dann zu seiner Tante gezogen. Das war die Schwester seines Vaters, nicht die seiner Mutter, denn Mrs. Luton hatte gar keine Schwester, und Brüder auch nicht. Nun ja, also ich sagte zu Henry: ›Sie können etwas langsamer schieben, Henry; zu spät ist zu spät, da machen ein oder zwei Minuten auch nichts mehr aus.‹ ›Nein, Ma'am‹, sagte Henry, tippte sich an die Kappe und fuhr langsamer. Miss Bracely war mir zu dieser Zeit genau gegenüber am Eintunkteich und kam gerade zwischen den Ulmen hervor. Sie hatte ein ganz normales Alltagskleid an; es war dunkelblau, etwa in dem Ton wie Ihr Umhang, Mrs. Antrobus, oder ein bißchen dunkler, weil es im Sonnenlicht wohl kräftiger wirkte. Ein recht schlichtes Kleid, nichts Großartiges. Dann sah sie auf die Armbanduhr, und danach schien sie ein wenig rascher zu gehen, als wäre sie spät dran, genau wie ich. Aber langsamer konnte ich nicht mehr fahren, denn ich kroch ja nur noch dahin, und ehe sie noch von der Wiese herunter war, hatte ich die Church Lane erreicht, und obwohl ich ganz rasch den Kopf wandte – etwa so –, als wir einbogen, war sie nur eben von der Wiese auf die Straße getreten, aber dann versperrte mir der Schneeballstrauch an der Ecke von Colonel Bouchers Garten – ach nein, vom Garten des Pfarrers – die Sicht auf sie. Und wenn Sie mich fragen –«, Mrs. Weston machte eine kurze Pause und wiegte den Kopf auf und nieder, um die Wichtigkeit ihrer Worte zu unterstreichen und die Erwartungen von Mrs. Antrobus auf den Fortgang der Erzählung aufs höchste zu steigern.

»Und wenn Sie mich fragen, wohin sie ging und was sie vorhatte«, fuhr sie fort, »dann glaube ich, sie war auf dem Weg zu einem Mittagessen, und zwar ging sie in eines der Häuser gleich an der Straße, denn sie lief schnurstracks über den Anger dorthin. Tja, und da sind also drei Häuser: einmal das von Mrs. Quantock, und das kann es nicht gewesen sein, sonst hätte Mrs. Quantock ja etwas von ihr gehört; dann das von Colonel Boucher, und das kann es auch nicht gewesen sein, sonst wüßte der Colonel etwas von ihr; und jedermann weiß ja wohl, wessen Haus dort sonst noch steht.«

Mrs. Antrobus hatte dieser schlagenden Beweisführung nicht ganz folgen können.

»Aber Colonel Boucher und Mrs. Quantock sind doch beide da, oder?« fragte sie.

Mrs. Weston wurde noch etwas lauter.

»Das meine ich ja«, eräuterte sie, »aber wer ist denn nicht da, den wir doch eigentlich hier erwarten würden, und wo steht sein Haus?«

Allgemein fand man, daß Mrs. Weston den Nagel auf den Kopf getroffen hatte. Was dieser Nagel allerdings zu bedeuten hatte, wußte niemand, denn bis jetzt hatte sie nicht erklärt, warum sowohl Olga Bracely als auch Georgie durch Abwesenheit glänzten. Jetzt aber kam die Krönung ihrer Folgerungen, mit einem scharfsinnigen, direkten Schlag genau auf den Kopf des Nagels gesetzt.

»Da saß sie also beim Mittagessen mit Mr. Georgie«, sagte Mrs. Weston, die jetzt zum ersten Mal überhaupt seinen Namen nannte und damit ihren hohen Sinn für Dramatik bewies, »und danach wird er ihr wohl das Haus gezeigt haben. Und dann, als es Zeit wurde, hierher zu kommen, dürfte Mr. Georgie eingefallen sein, daß das Fest nicht festiv, sondern sublim war, nun stand aber Miss Bracely ganz und gar nicht sublim vor ihm – es war meiner Meinung nach nicht einmal festiv, was sie trug, eher schon sportiv. Sicherlich hat sie ihn gefragt: ›Geht es auf der Party eher vornehm zu, Mr. Pillson?‹, und da konnte er nicht umhin, denn wir alle hatten ja die Benachrichtigung bekommen, daß sie festiv sein sollte – meine kam gegen zwölf Uhr –, also konnte er nicht umhin, ihr zu antworten: ›Ja, Miss Bracely, ganz bestimmt.‹ ›Du meine Güte‹, dürfte sie dann gesagt haben, ›und ich habe nur diese alten Lumpen an! Ich muß noch einmal ins ›Ambermere Arms‹ und meinem Dienstmädchen sagen‹ – denn im zweiten Automobil war ein Dienstmädchen mitgekommen – ›meinem Dienstmädchen sagen, daß sie mir etwas Ordentliches herauslegen soll.‹ ›Aber das ist ja schrecklich umständlich für Sie‹, sagte er dann, oder jedenfalls etwas in dieser Art, ich will ja keineswegs so tun, als ob ich wüßte, was er tatsächlich gesagt hat, und sie sagte dann wohl: ›Ach, Mr. Pillson, aber ich muß einfach etwas Anständiges anhaben, und es wäre wirklich nett von Ihnen, wenn Sie auf mich warten könnten, während ich mich umziehe, und danach gehen wir gemeinsam hin.‹ Das hätte dann *sie* gesagt.«

Mrs. Weston gab ihrem Gärtner ein Zeichen zum Wegfahren, da sie auf diesem Höhepunkt die Bühne verlassen wollte.

»Und deshalb kommen sie beide zu spät«, sagte sie noch und sauste schon in Richtung der Kegelbahn davon.

Die Minuten verstrichen, und immer noch war niemand eingetroffen, der auch nur im geringsten das dreizeilige Rundschreiben über die Sublim-Anordnung hätte rechtfertigen können; nach und nach bemerkte Lucia, der es gründlich mißlungen war, Lady Ambermere in das Thronzelt zu locken, eine gewisse Ausdünnung auf ihrem Rasen. Die Gäste, so sollte man meinen, konnten sich unmöglich schon auf den Heimweg machen, war es doch noch lange nicht sieben, und es wäre wohl auch kaum jemand so schlecht erzogen, daß er fortginge, ohne sich zu verabschieden und ihr für den wundervollen Nachmittag zu danken. Dennoch wurde es auf dem Rasen unzweifelhaft leerer, und sie war gänzlich außerstande, sich dieses seltsame Phänomen zu erklären, bis sie in die Nähe der Fenster ihres Musikzimmers kam. Ein Blick hinein zeigte ihr, daß dort nicht nur sämtliche Stühle bereits besetzt waren, sondern sogar schon manche Gäste erwartungsvoll in Grüppchen herumstanden. Einen Augenblick lang schlug ihr Herz rascher ... Konnte Olga schon angekommen und aus irgendeinem Irrtum direkt hineingegangen sein? Es war eine Möglichkeit wie im Traum, doch blitzte sie wie ein Sonnenstrahl auf dieses Fest herab, das ihr immer mehr zum Alptraum wurde – denn jeder, nicht nur Lady Ambermere, begann sich laut zu fragen, wann der Guru endlich käme, und wann Miss Bracely singen werde.

Während sie noch darüber nachdachte, ging ein Fenster im Musikzimmer auf, und Piggy steckte ihr widerwärtiges Gesicht hinaus.

»Oh, Mrs. Lucas«, rief sie, »Goosie und ich haben prima Plätze, und Mama sitzt ganz dicht beim Klavier, wo sie richtig gut hören kann. Hat sie versprochen, aus *Siegfried* zu singen? Wird Mr. Georgie sie begleiten? Es ist wirklich eine *herrliche* Überraschung; wie konnten Sie nur so schlau und listig sein, niemandem davon zu erzählen?«

Lucia verbarg ihre Wut auf höchst muntere Art, als sie nun durch den Flur ins Musikzimmer stürmte.

»Was für ungezogene Gäste!« sagte sie. »Kommen Sie jetzt alle hinaus in den Garten! Es ist ein Gartenfest, und ich wußte plötzlich gar nicht, wohin Sie alle verschwunden waren. Was höre ich da vom Singen und Klavierspielen! Ich weiß überhaupt nichts davon!« Sie trieb die ungläubige Menge, alle sublim gekleidet, wieder in den Garten hinaus, nur um dort auf Lady Ambermere zu stoßen, die mit Mopsi und Miss Lyall gerade ins Haus ging.

»Wir werden jetzt gehen, Miss Lyall«, sagte sie. »Laufen Sie bitte hinaus und holen Sie meine Leute. Ach, da ist ja Mrs. Lucas. Es war wirklich nett, vielen Dank. Auf Wiedersehen. Sehr hübscher Garten. Ja.«

»Oh, so früh schon«, sagte Lucia. »Es ist doch nicht einmal sechs Uhr.«

»Richtig!« sagte Lady Ambermere. »Wirklich nett war es«, und damit marschierte sie hinter Miss Lyall durch den Shakespeare-Garten hinaus.

Bald wurde es erschreckend klar, daß die anderen Gäste Lady Ambermeres Einschätzung der Freuden dieses Nachmittags sowie ihren dringenden Wunsch zum Heimgehen teilten. Colonel Boucher mußte seine Bulldoggen ausführen und sich nach der Aufregung des Festes ein wenig erholen; Piggy und Goosie erklärten ihrer Mutter lautstark, daß niemand singen werde, und versuchten, ihre begründete Empörung mit silberhellem Lachen zu übertönen, und dann mußte Lucia noch voller Schmerz zusehen, wie sich Mrs. Quantock auf einen der Throne setzte, die doch zu einem viel erhabenerem Zweck vorgesehen waren, und Peppino auf den anderen, während andere Gäste mit der anämischen Ziellosigkeit von fallendem Herbstlaub über den Rasen trieben. Solange der Guru vermutlich immer noch in seinem Zimmer meditierte und Olga Bracely so augenfällig abwesend war, konnte Lucia kaum die Energie aufbringen, sich über Georgies Fernbleiben zu wundern. Niemals in all den Jahren seines Ministeramtes war es passiert, daß er nicht während der gesamten Dauer eines Gartenfestes an ihrer Seite stand, auf ihre Anweisung hin und herhuschte wie ein trippelnder Hermes, die Herde antrieb, wenn Lucia sie lieber in einem Teil des Gartens haben wollte als in einem anderen, um dann, fast wie ein kluger Schäferhund, sofort für weitere Aufgaben bei Fuß zurückzukehren. Heute aber war Georgie unerklärlicherweise nicht da, hatte dafür weder um Erlaubnis nachgesucht noch irgendeine Erklärung für seine Abwesenheit gegeben, und sei sie noch so unglaubhaft. Zumindest hätte er Lady Ambermere, den nunmehr einzigen Eckpfeiler des Festes, daran gehindert, sich auf eine Weise zu empfehlen, die wohl verstimmt zu nennen war, und er hätte Lucia immer wieder gesagt, wie wunderbar sie und wie schön die Party sei. Da ja zwei noch wesentlich prächtigere Eckpfeiler eingeplant gewesen waren, hatte Lucia sonst keine Unterhaltung für ihre Gäste vorbereitet: weder den Zauberer aus Brinton noch das Banjo-Damen-Trio, ja nicht einmal die hübschen abgerichteten Tauben, die so allerliebst gurrten und, wenn sie in Stimmung waren, auf Wunsch auf der ausgestreckten Hand ihrer Herrin entlangstolzierten. Es gab einfach nichts, was »sublim« begründet hätte; es reichte ja kaum aus, um auch nur »festiv« zu rechtfertigen. »Sportiv« stand der Wüste nur allzu deutlich ins staubige Gesicht geschrieben!

Ungefähr um halb sieben fingen die Wunder an, als der Guru ohne Vorwarnung in den Garten kam. Wahrscheinlich hatte er die Abfahrt des großen Automobils, samt Chauffeur und Lakai, Miss Lyall, Lady Ambermere und Mopsi beobachtet und aus seiner intuitiven Einfühlung heraus den Schluß gezogen, die Gefahr aus Madras sei nun vorüber. Er kam in seinen neuen roten Pantoffeln, einem wunderhübschen Turban und mit einem verzückten Lächeln auf den Lippen. Lucia und Daisy empfingen ihn mit freudigen Schreien, und die verbliebenen Gäste, jene haltlosen herbstlichen Blätter, wurden quasi wie von einem unwiderstehlichen Besen zusammengefegt und zu einem Haufen vor ihm aufgetürmt. Es sei eine Große Botschaft gekommen, ein Mächtiges Wort, voll der Liebe und des Friedens. Nie zuvor habe er ein solches Wort vernommen...

Und dann, ehe sie alle diese dramatische Wendung der Ereignisse so recht begriffen hatten, öffnete sich die Tür zum Garten nochmals, diesmal zum Auftritt von Olga Bracely und Georgie. Sie trug zwar wirklich immer noch ihr blaues Alltagskleid, das Mrs. Weston als sportiv bezeichnet hatte, doch es war ein ganz und gar neues Sportiv-Kleid, und selbst wenn es über und über mit Pariser Schneideretiketten bedeckt gewesen wäre, hätte dies den Wohnsitz ihres *couturiers* um keinen Deut klarer zeigen können.

»Liebe Mrs. Lucas«, sagte sie nun. »Mr. Georgie und ich haben uns furchtbar verspätet, aber es war ganz allein meine Schuld. Wir waren nämlich bei einem Krokket-Spiel, das einfach nicht enden wollte, und wenn es ein Prinzip gibt, das ich mein Leben lang durchgehalten habe, so ist es, ein Krocket-Spiel zu Ende zu bringen, ganz egal was geschieht. Einmal habe ich sechs Züge hintereinander versäumt, weil ich erst ein Krocket-Spiel zu Ende bringen mußte. Und Mr. Georgie war so hartherzig zu mir: Er wollte mir danach keine Tasse Tee mehr gönnen, umziehen durfte ich mich auch nicht mehr, sondern er schleppte mich sofort hierher zu Ihnen. Aber gewonnen habe ich!«

Das Herbstlaub gewann sein frisches, kräftiges Grün zurück, und während Georgie eine Erfrischung für seine Bezwingerin holen ging, stellte man einander vor. Sie ließ sich äußerst fügsam – ganz im Gegensatz zu jener anderen Persönlichkeit – in das Thronzelt führen; sie gestand, auf Zehenspitzen einen Blick in Mrs. Quantocks Garten gewagt zu haben, und daß sie ihn schrecklich gern von der anderen Seite der Mauer sehen würde. Und dieser Garten hier sei ja auch so hübsch – ob sie wohl einen ausgiebigen Spaziergang darin machen dürfe, sobald sie diesen köstlichsten Pfirsich, den es auf der Welt gab, gegessen habe? So froh sei sie nun, daß sie bei Mr. Georgie keinen Imbiß bekommen habe; so einen guten Pfirsich hätte er ihr niemals offeriert...

Die enttäuscht abgezogenen Gäste in vollem Sublim-Putz, die noch ein wenig auf dem Dorfanger herumstanden und reichlich sarkastische Bemerkungen über den restlosen Mißerfolg von Lucias Fest austauschten, hatten wohl oder übel mit ansehen müssen, wie Olga mit Georgie aus dessen Haus trat und schnurstracks auf »The Hurst« zueilte; Mrs. Antrobus, die sich als Ausgleich für ihr beeinträchtigtes Gehör hervorragende Augen bewahrt hatte, sah sie hineingehen, und im selben Moment fiel ihr auch schon ein, daß sie in »The Hurst« ihren Sonnenschirm vergessen hatte. Gleich darauf sah man sie nachdenklich in diese Richtung davongehen. Als nächste begriff Mrs. Weston, was geschehen war, und obwohl sie in ihrem Rollstuhl die Straße zu nehmen gezwungen war, überholte sie Mrs. Antrobus hundert Meter vor dem Ziel; als Vorwand für die Rückkehr war ihr eingefallen, daß Lucia versprochen hatte, ihr das Buch von Antonio Caporelli (oder hieß er Caporetto?) zu leihen.

Also öffnete sich die Gartentür wiederum, und herein raste Mrs. Weston. Olga hatte inzwischen ihren Rundgang durch den Garten beendet, und ob sie wohl auch das Haus besichtigen dürfe? Natürlich durfte sie. Es gebe auch ein schönes Musikzimmer ... Zu diesem Zeitpunkt, gerade als Mrs. Weston herbeigerollt kam, strömte die Menge derer, die schon gegangen waren und nun zurückkehrten, wie nach dem Öffnen einer Schleuse auf den Shakespeare-Garten zu, und nie zuvor war der Schwanz der Meerjungfrau, in dem sich die elektrische Klingel verbarg, derart fieberhaft betätigt worden. Fingerdruck auf Fingerdruck bat auf ihr um Einlaß, und Begründungen für die Rückkehr wurden schon bald keine mehr gegeben oder aber vom Dienstmädchen gar nicht erst abgewartet. Colonel Boucher mochte eine Bulldogge vergessen haben, Mrs. Antrobus ihr Hörrohr, Miss Antrobus (Piggy) einen Schnürsenkel oder die andere Miss Antrobus (Goosie) ihren Schuhanzieher; auf jeden Fall drängten sich all jene, die eben noch auf dem Anger so sarkastische Bemerkungen über das Fest gemacht hatten, äußerst hektisch darum, die Zielscheibe ihrer Ironie nochmals aufzusuchen. Man hatte beobachtet, daß Miss Olga Bracely durch das Portal geschritten war, und, wie viele von denen, die es ihr nun gleichtaten, bald herausfanden, war auch der Guru aufgetaucht.

Olga befand sich im Musikzimmer, wohin ihr die

Menge aus dem Flur gefolgt war. Gäste wurden ihr vorgestellt und sanken dann auf dem erstbesten Stuhl nieder; Mrs. Antrobus nahm ihren alten Platz neben dem Klavier ein. Alle schienen etwas zu erwarten, und nach und nach begriff Olga, was hier so sehnlich gewünscht wurde. Sie sah zum Flügel hinüber und löste damit beim Publikum zufriedenes Gemurmel aus. Dann sah sie auf Lucia, die laut seufzte, aber kein Wort sagte. Olga war nun die einzige, die noch stand, außer der Gastgeberin und Mrs. Westons Gärtner, der den Rollstuhl seiner Herrin für den Musikgenuß beachtlich gut plaziert hatte. Nun, allzu sehr gefiel ihr das Ganze ja nicht, aber eigentlich ...

»Möchten Sie, daß ich etwas singe?« fragte sie Lucia. »Ja? Ach, da liegen ja die Noten zu *Siegfried*. Spielen Sie?«

Lucia konnte nicht noch mehr lächeln, als sie ohnehin schon lächelte.

»Ist es sehr sswehr, Georgie?« fragte sie. »Ob ich das vom Blatt spielen kann? Soll ich's versuchen?«

Sie glitt auf den Klavierhocker.

»Ich fange an, ja?« sagte sie und stellte fest, daß Olga das Notenheft bei Brünhildes Erweckung geöffnet hatte, womit Lucia nach dem sorgfältigen Üben am Vormittag recht gut vertraut war.

Sie bekam keine Antwort. Olga stand dicht neben ihr, aber ihre Miene war gänzlich verändert. Die fröhliche, leichte Art war einem Ausdruck von intensiver, ernsthafter Konzentration gewichen, den Lucia überhaupt nicht begriff. Sie blickte starr geradeaus, sammelte sich innerlich und verschwendete keinerlei Aufmerksamkeit an Lucia oder sonst jemanden.

»Eins, zwei«, begann Lucia. »Drei. Los!« und damit tauchte sie in eine stürmische See aus Zweiunddreißigstelnoten ein.

Olga hatte gerade den Mund geöffnet, machte ihn jedoch wieder zu.

»Nein«, sagte sie. »Noch einmal!« und pfiff das Motiv.

»Oh, das ist so sswierig!« klagte Lucia und fing von vorn an. »Georgie! Blättern Sie um für mich!«

Georgie blätterte, und Lucia, die laut den Takt mitzählte, erzeugte einen unglaublichen Klangsalat.

Olga drehte sich zum Klavier um. »Soll ich es lieber versuchen?«

Sie setzte sich an den Flügel und spielte eine Art flüchtige, vereinfachte, aber doch alles Wesentliche enthaltende Skizze der Begleitung. Und dann begann sie zu singen...

Achtes Kapitel

Den ganzen August über regierte der Guruismus unangefochten im kulturellen Leben von Riseholme, mit Lucia als Priesterin und Gewährerin seiner Mysterien. Nie zuvor hatte sie von einem so entrückten Gipfel aus geherrscht oder eine so sichere alleinige Macht ausgeübt. Niemand bekam Zugang zum Guru, wenn nicht über sie; er hielt alle Lektionen im Rauchsalon ab und meditierte nur in »Hamlet« oder in dem einsamen Obstgarten am Ende der Goldregenallee. Einmal hatte er auf dem Anger meditiert, doch dagegen war Lucia sofort eingeschritten und hatte den immer noch Verzückten an der Hand nach Hause geführt.

Die Lektionen hatten mittlerweile gewaltige Ausmaße angenommen, denn jetzt befand sich praktisch jeder Riseholmit auf der einen oder anderen Lernstufe, mit Ausnahme von Hermy und Ursy, die die ganze Sache für »Mumpitz« erklärten und sich manchmal, um Georgie ein wenig zu necken, auf einem Bein in den Garten stellten und die Luft anhielten. Irgendwann sagte Hermy dann: »Eins, zwei, drei!«, und die beiden kreischten aus vollem Halse: »Om!« Da der Guru in »The Hurst« ja quasi interniert war, hatten sie ihn nicht einmal mit eigenen Augen gesehen, waren sie doch nicht auf das sublime Gartenfest gekommen, sondern hatten statt dessen lieber eine zweite Partie Golf gespielt, und als Lucia ihnen am nächsten Tag begegnet war, hatten sie sich deutlich respektlos zum Thema der östlichen Philosophie geäußert. Seitdem nahm Lucia ihre Existenz nicht mehr zur Kenntnis.

Der Guru erteilte ihr nun in einem ganz eigenen Kursus Unterricht, so ungeheure Fortschritte machte sie im Yoga, denn sie konnte länger als irgend jemand sonst die Luft anhalten und hatte bereits sechs Haltungen gemeistert; den nächsten Kursus bildeten die übrigen Teilnehmer der ersten Lektionen: Daisy Quantock, Georgie und Peppino. Auch sie kamen recht gut voran, aber Lucia war ihnen ziemlich davongeprescht, und wenn der Guru jetzt einmal anderen dringenden spirituellen Verpflichtungen nachkommen mußte, gab sie selbst einer Anfängerklasse Unterricht. Zu diesem Zwecke legte sie ein ganz besonders kleidsames weißes Leinengewand an, das ihr bis auf die Füße fiel und weite, wehende Ärmel wie ein Chorhemd hatte. Als Gürtel nahm sie eine silberne Kordel mit langen Quasten, die Knöpfe waren aus Perlmutt, und auf dem Rücken hatte das Kleid eine mit weißem Satin gefütterte Kapuze, die sie gern aufsetzte. Wenn sie bei den Lektionen in einer wirklich weit fortgeschrittenen Haltung auf dem Boden saß, sahen unter dem Saum die Spitzen ihrer weißen marokkanischen Pantoffeln hervor, und sie nannte das Gewand ihre »Lehrer-Tunika«. Ihr Kursus bestand aus Colonel Boucher, Piggy Antrobus und Mrs. Weston; bisweilen brachte der Colonel seine Bulldoggen mit, die dann in der Ecke lagen und so regelmäßig schnauften, als ob sie ebenfalls Atemübungen machten. Alle waren sie von einer allgemeinen Aura froher Geheimnistuerei und geistigen Strebens wohlig ergriffen, und ganz ohne Zweifel taten ihnen die Übungen und das tiefe Atmen ungemein gut.

Eines Abends am Ende des Monats saß Georgie in der halben Stunde, bevor es Zeit zum Umziehen wurde, in seinem Garten und dachte darüber nach, wie äußerst fleißig er doch sei und wie ungewöhnlich jung und gesund er sich dennoch fühle. Der Monat, in dem ihn Hermy und Ursy immer besuchten, war normalerweise sehr anstrengend, und in gewöhnlichen Jahren wäre er sofort nach ihrer Abreise mit Foljambe und Dickie aufgebrochen, um sich eine ruhige Woche an der See zu gönnen. Zwar wollten seine Schwestern am kommenden Vormittag abreisen, aber diesmal hegte er keinerlei Bedürfnis, eine wohlverdiente Rast einzulegen, obwohl er nicht nur die ganze Zeit den Gastgeber für sie gespielt, sondern daneben noch eine ganz erstaunliche Menge anderer Dinge getan hatte. Das fing an mit den täglichen Lektionen, die außer dem Lernen selbst ja viel Arbeit in Bezug auf Meditation und Körperübungen mit sich brachten, und außerdem hatte er eine weitere Beschäftigung, die in jedem anderen Jahr seine Energien ganz gewiß aufs äußerste beansprucht hätte. Denn Olga Bracely war tatsächlich Besitzerin des Hauses geworden, ohne das sie dem Leben keinen Wert abgewinnen zu können glaubte, und den ganzen August hindurch hatte Georgie auf ihren Wunsch hin teilweise in eigener Initiative die Innendekoration und Möblierung überwacht. Den Generalplan hatte sie selbst aufgestellt und den Großteil der Möbel aus London schicken lassen, doch Georgie war beauftragt, über geeignete alte Sachen, die er in der Gegend auftreiben mochte, Bericht zu erstatten und, falls rasche Entscheidungen gefragt waren, auch auf eigene Verantwortung zu handeln und diese zu kaufen. Vor allem aber war immer noch strengste Geheimhaltung vonnöten, bis das Haus so weit fertiggestellt war, daß sie es ihrem Georgie sagen konnte, und nach einem Monat des angestrengten und fieberhaften Rätselratens, wer es wohl gekauft habe, befand sich ganz Riseholme nun in einem Zustand hochgradiger nervöser Erschöpfung. Georgie hatte immerhin zugegeben, daß er es wisse, doch auch die inständigsten Appelle, den Namen des neuen Besitzers preiszugeben, waren auf unzugängliche, wenn nicht gar taube Ohren gestoßen. Nicht einmal den kleinsten Hinweis ließ er zu diesem Thema fallen, und obgleich seine ständigen Inspektionen in dem Haus, seine Erkundungsfahrten nach Möbeln, die Aufstellung derselben an geeigneten Plätzen, die Überwachung der gärtnerischen Arbeiten, die vielen Gespräche mit Tapezierern, Klempnern, Polsterern, Malern, Zimmerleuten und so weiter eine Menge Zeit in Anspruch nahmen, verliehen das köstliche Geheimnis dieser ganzen Tätigkeit und die Tatsache, daß er sie für ein so anbetungswürdiges Wesen vollbrachte, seinen Anstrengungen ein eindeutig erfrischendes Element. Daneben und über seine jugendbringenden Studien hinaus machte ihn noch etwas anderes jünger als je zuvor: die diskrete Ankunft und der volle Erfolg seines Toupets. Jetzt gab es keinen Grund mehr, eine Verunstaltung seiner spalierten Locken zu fürchten: In dieser Hinsicht fühlte er sich so sicher und nicht zu entlarven, daß er sich angewöhnt hatte, den Hut zu Hause zu lassen, und bald sollte er bemerken, daß sein Haar infolgedessen dichter als je zuvor wuchs. Aber das brauchte noch ein wenig Zeit: Es wäre kunstlos zu behaupten, daß schon zwei hutlose Wochen ein derartig wünschenswertes Ergebnis zeitigten.

Als er sich nun von den Mühen des Alltags ausruhte, sann er darüber nach, wie sich Olga Bracelys Einzug in Riseholme wohl auf die Weltordnung des Ortes auswirken würde. Es war kaum denkbar, daß sie bei ihrer Schönheit, ihrem Charme, ihrem Ruhm und mit dieser Persönlichkeit die zweite Geige in diesem Orchester spielen könnte. Falls sie nicht doch vorhatte, Riseholme nur als Schlupfwinkel zu nutzen und keinerlei Anteil an seinem Leben zu nehmen, dann konnte man sie sich in keiner anderen als der Hauptrolle vorstellen. Eine Frau, die nur durch ihr Erscheinen auf Lucias so denkwürdigem Fest aus einem der langweiligsten Sportiv-Anlässe (im seelischen Sinne) ein zutiefst vom Sublimen geprägtes Ereignis gemacht hatte, könnte ihre Würde und ihren Vorrang nicht einfach ablegen. Nie hatte Lucia so aufsehenerregend »gepunktet« wie anläßlich Olgas Auftritt damals, der all die bereits abgezogenen Gäste mit der Kraft eines Magneten über Eisenfeilspäne zurückgeholt und die ganze Party raketengleich in den Zenith des gesellschaftlichen Erfolges emporkatapultiert hatte. Alle in Riseholme hatten gewußt, daß Olga gekommen war (nachdem sie den ganzen Nachmittag mit Georgie Krocket gespielt hatte), und von ihr gratis, frei und umsonst einen Hochgenuß serviert bekommen, wie ihn sich sonst nur die Wohlhabendsten zu astronomischen Eintrittspreisen verschaffen konnten. Allein Lady Ambermere, die mit ihrem Mops und der armen Miss Lyall auf »The Hall« zurückgefahren war, hatte nicht daran teilgenommen – und natürlich am nächsten Morgen alles haarklein erfahren, denn Georgie war extra hinausgefahren, um es ihr zu erzählen, und hatte beim Eintreten Lucia getroffen, die ihm zuvorgekommen war. Wie also würde Olgas Ankunft sich auf die gesellschaftliche Hierarchie von Riseholme im allgemeinen und auf Lucia im besonderen auswirken? Und was würde Lucia sagen, wenn sie erfuhr, in wessen Auftrag Georgie so emsig mit Klempnern und Zimmerleuten verhandelte und so viele der erlesensten Schätze aus dem »Ambermere Arms« aufkaufte?

Im Grunde konnte er diese Preisfragen gar nicht lösen; sie beruhten auf Situationen, die ihm unvorstellbar waren, wenn sie auch in Bälde Wirklichkeit werden dürften, denn Olgas Einzug war noch vor dem Oktober zu erwarten, in jener Saison der Teegesellschaften also, die die vielfältigen Vergnügungen der Winterzeit einleitete. Würde Olga dem nur vom Monde beschienenen Kreis angehören, dem Lucia den ersten Satz der »Mondscheinsonate« vorspielte, und an dessen Ende, wie alle anderen, einen tiefen Seufzer tun? Und würde Lucia, wenn alle sich ein wenig von der unvermeidlichen Rührung erholt hätten, auf sie zugehen und sagen: »Olga *mia*, ein kleines Stückchen aus der *Walküre*? Das wäre wirklich wunderhübsch!«? Irgendwie konnte sich Georgie bei aller Phantasie eine solche Szene nicht ausmalen. Und würde Olga den Part irgendeiner Römerin oder etwas ähnliches übernehmen, wenn Lucia die Gemahlin des Brutus spielte? Würde Olga in den Yoga-Anfängerkursus eintreten? Und sich von Lucia in Lehrer-Tunika instruieren lassen? Würde sie bei den Weihnachtsliedern den Sopran singen, während Lucia den Takt schlug und ausrief: »Die Soprane sind recht dünn! Meine armen Ohren!«, wobei sie die einzelnen Silben im Rhythmus der Musik hervorbrachte? All diese Dinge konnte Georgie sich einfach nicht vorstellen, und dennoch ... Abgesehen von der Möglichkeit, daß Olga überhaupt nicht am Gesellschaftsleben von Riseholme teilnahm (und das war wirklich undenkbar), welche Alternative gab es denn? Es stimmte ja, sie hatte gesagt, sie habe sich Riseholme ausgesucht, weil es ein so vollendet geruhsames Hinterwäldlerdorf sei, aber das nahm Georgie nicht ernst. Sie würde bald bemerken, was in Riseholme steckte, wenn die Lebendigkeit des Ortes in Strömen um sie wogte, und dann selbst das Ruder in die Hand nehmen. Und noch eine Frage stellte sich: Was würde aus ihm werden, wenn Olga als heller Stern an diesem Firmament stünde? Schon jetzt umkreiste er diesen Stern, wie ein eifriger, verzückter kleiner Mond, von einem mächtigeren Planeten aus dem Orbit herausgerissen, auf dem er so zufrieden gekreist war. Und das Ausmaß seiner Entfernung von jener alten Umlaufbahn ließ sich gerade daran ermessen, daß er bei diesem Prozeß des Sich-Entfernens, der bereits vor sich ging, den Zug der entgegengesetzten Energie nicht einmal mehr spürte. Der große neue Stern, der am Himmel erschienen war, hatte ihn mit seiner übermächtigen Anziehungskraft ganz einfach in seine Sphäre gerissen, selbst wenn durch seine zeitweilige Konjunktion mit Lucia auf dem Gartenfest diese zu einer Größenordnung erhoben worden war, die sie niemals vorher gehabt hatte. Diese Größe besaß sie auch jetzt noch, und sie würde ihr bleiben, bis der hellere Stern von neuem aufginge. Dann aber würde sein Glanz jede andere Lichtquelle in den Schatten stellen, ebenso mühelos, wie er all jene kleinen Trabanten an sich zöge. Oder würde es Lucia irgendwie gelingen, sei es durch rohe Gewalt oder mit Willenskraft, durch verzweifelte und wütende Anstrengung, oder aber auch durch äußerstes Feingefühl und Geschicklichkeit, den großen Stern an ihren eigenen Himmelswagen zu fesseln? Seiner Einschätzung nach paßten verzweifelte und wütende Anstrengungen weit eher zu Lucias Methodik, und die stille Abendstunde jetzt erschien ihm wie die Ruhe vor dem Sturm.

In diesem Augenblick war es tatsächlich mit der Ruhe aus. Seine Haustür knallte, und das Haus war auf einmal mit Getrampel und johlendem Lachen erfüllt. Aber es war nichts besonderes für Hermy und Ursy, auf diese Weise hereinzukommen, und vorerst hatte Georgie nicht die leiseste Ahnung, eine wieviel tiefere Bedeutung diese Störung von Ruhe und Frieden haben sollte. Er atmete nur einige Male tief durch, sagte ein oder zwei »Om« vor sich hin und glaubte fest daran, daß seine grundlegendere Ruhe durchaus unerschüttert war.

Hermy und Ursy rannten über die Stufen zu ihm in den Garten hinaus, immer noch unter gellendem Gelächter, als dessen Grund Georgie höchstens annahm, die eine habe die andere beim Golfspiel mit einem »Stymie« blockiert oder den Ball ins »Aus« geschlagen oder irgend etwas anderes von den Dingen getan, die dieses Spiel für sie so vergnüglich machten.

»Georgie, du errätst es nie!« rief Hermy. »Der Guru, dieser Om –«

»– der von allerhöchster Kaste und außerordentlicher Heiligkeit –«, rief Ursy.

»Euer Brahmane aus Benares –«, kreischte Hermy.

»Der Große Weise! Was glaubst du, wer der ist?« sagte Ursy.

»Wir hatten ihn ja noch gar nicht gesehen –«

»Aber erkannt haben wir ihn sofort –«

»Er uns auch, und dann hat er Fersengeld gegeben! –«

»In ›The Hurst‹ rein und die Tür zugeknallt –«

Georgies tiefste innere Ruhe erzitterte plötzlich wie Pudding.

»Meine Lieben, brüllt doch bitte nicht, und redet nicht ganz so laut«, sagte er. »Ganz Riseholme kann euch ja hören. Erzählt mir jetzt bitte ganz leise, wen ihr erkannt zu haben glaubt.«

»Mit Glauben hat das nichts zu tun«, versetzte Hermy. »Es ist einer der Köche vom Restaurant ›Calcutta‹ in der Bedford Street –«

»Wo wir oft zu Mittag essen«, ergänzte Ursy. »Er macht wirklich köstliche Currygerichte.«

»Besonders wenn er ein bißchen angetütert ist«, sagte Hermy.

»Und von einem Brahmanen hat er ungefähr soviel wie ich.«

»Außerdem hat er immer erzählt, er wäre aus Madras.«

»Wir geben ihm immer was extra, damit er selber kocht, also muß er schon ein wenig Ahnung von Geld haben.«

»Ich kann's nicht fassen!« keuchte Hermy und wischte sich die Tränen weg. »Wenn das nicht der absolute Gipfel ist!«

»Allein die Vorstellung, wie ihr alle – Mrs. Lucas und Colonel Boucher und du und Mrs. Quantock –, wie ihr da um einen Koch herum hockt«, sagte Ursy, »und seine Weisheit mit Löffeln freßt. Also hatte Mr. Quantock letztlich doch den besten Riecher, als er ihn anheuern wollte.«

Der solcherart enttäuschte Georgie mußte sich zunächst vergewissern, daß er keinem der üblichen Witze seiner Schwestern aufsaß; sodann versuchte er, seine Enttäuschung zu mildern, indem er sich erinnerte, daß der Guru oft von der Würde schlichter manueller Arbeit gesprochen hatte, aber trotzdem blieb es, falls Hermy und Ursy recht hatten, ein schwerer Schlag zu erfahren, daß der Mann ein angetüterter Kochkünstler war. Natürlich hatte die schlichte manuelle Tätigkeit des Curry-Kochens nichts an sich, was echte Heiligkeit auch nur im geringsten beflecken könnte, doch das beachtliche Gewebe aus fälschlichen Behauptungen, mit dem der Guru seinen unschuldigen Beruf derart bescheiden verborgen hatte, war doch nicht so ganz in jenem Geiste der Ratgeber, den er weiterzugeben pflegte. Am wichtigsten war es zunächst allerdings, sich Gewißheit darüber zu verschaffen, daß seine Schwestern ihre erschütternde Entdeckung bisher noch niemandem mitgeteilt hatten, und gleich danach galt es, ihnen das Versprechen abzunehmen, dies auch in Zukunft nicht zu tun.

Letzteres erwies sich als problematisch, denn Hermy und Ursy hatten nach dem Abendessen einen erleuchtenden Spaziergang zu jedem Kursteilnehmer geplant, außer zu Lucia, die am nächsten Morgen als letzte in Riseholme erwachen sollte, die sich noch Illusionen machte.

»Das hätte sie wohl nicht so gern, glaube ich«, sagte Hermy mit kühler Arglist. »Trotzdem dachten wir, es wäre nur die gerechte Strafe dafür, daß sie uns nach diesem blöden Gartenfest nie wieder eingeladen hat.«

»Aber meine Lieben, ihr wärt doch sowieso nicht hingegangen«, bemerkte Georgie.

»Stimmt schon, bloß hätten wir ihr das lieber selbst gesagt. Es war einfach nicht nett von ihr. O nein, ich glaube, wir können nicht darauf verzichten, es allen zu erzählen. Er hat euch so herrlich zum Narren gehalten. Ich finde, er ist wirklich ein Pfundskerl.«

»Finde ich auch«, sagte Ursy. »Bald werden wir ihn ja wieder an seinem Curry-Herd besuchen. Das wird bestimmt ein königliches Vergnügen, mit ihm über euch zu lachen.«

Sie verstummten, als nun Foljambe aus dem Haus trat, sie davon in Kenntnis setzte, daß es in einer Viertelstunde Zeit zum Umziehen sei, und wieder zurückging, worauf sich alle gehorsam erhoben.

»Nun, wir können ja beim Essen noch darüber reden«, sagte Georgie diplomatisch. »Und ich werde gleich in den Keller hinuntergehen und nachsehen, ob ich dort etwas Feines für euch finde.«

»Der gute alte Georgie«, sagte Hermy. »Aber wenn du uns bestechen willst, dann muß es schon etwas *sehr* Feines sein.«

»Wir werden sehen«, sagte er.

Georgie ging zu Recht mit seinem Veuve Clicquot sehr sparsam um, besonders da es eine Flasche jenes vorzüglichen Getränkes gewesen war, die Hermy und Ursy in der Nacht ihres hausfriedensbrecherischen Eindringens aus dem Keller geplündert hatten. Ihm war dies nicht entfallen, obwohl er damals – vor allem aus dem Bedürfnis, die gute Stimmung im Hause nicht aufs Spiel zu setzen – den »Spaß mitgemacht« und sogar noch eine Pikkoloflasche davon gespendet hatte. Heute abend jedoch war es mehr als je zuvor notwendig, alle kleinliche Sparsamkeit abzulegen, denn es würde zu einer absolut untragbaren Situation führen, wenn er Hermy und Ursy in Riseholme die Neuigkeit verbreiten ließe, daß der arglose Kreis der Yoga-Philosophen nicht etwa einem Gamaliel, sondern einem Curry-Koch aus irgendeinem ordinären Restaurant zu Füßen gelegen hatten. Zur Vorsicht brachte er diesmal sogar gleich eine zweite Flasche mit hinauf, die er für den Fall, daß Hermy und Ursy mit der ersten nicht zu besänftigen waren, ebenfalls auszuschenken gedachte. Danach wären sie jedenfalls kaum in einer Verfassung, noch ernst genommen zu werden, falls sie immer noch auf ihrem Rundgang von Haus zu Haus bestanden, um dem Guru die Maske vom Gesicht zu reißen. Georgie war viel zu realistisch, um auch nur davon zu träumen, er könne seine Schwestern betrunken machen, doch er war bereit, große Opfer zu bringen, damit sie gutmütig wurden. Was der innere Kreis wegen dieses Kochs unternehmen könnte, war ihm völlig unklar, und er mußte unbedingt vor dem Fortgeschrittenenkursus morgen mittag mit Lucia darüber reden. Aber nichts wäre schlimmer, als Hermy und Ursy mit ihrem rüden Gelächter und solch schändlichen Enthüllungen auf Riseholme loszulassen. War der Abend erst vorüber, konnte er in Ruhe mit Lucia besprechen, was es zu unternehmen gebe, denn Hermy und Ursy würden beim ersten Hahnenschrei abgereist sein, weil sie zu irgendeinem Golfturnier in sicherer Entfernung wollten. Lucia würde eventuell empfehlen, gar nichts zu unternehmen und die erleuchtenden Studien fortzusetzen, als wäre nichts geschehen. Georgie aber spürte, daß von nun an die Lektionen ihre Romantik eingebüßt hatten, was ihn selbst anging. Oder sie würden den Guru eben irgendwie loswerden müssen. Sicherlich würde Lucia wohl mit ihm übereinstimmen, daß Daisy Quantock auf keinen Fall davon erfahren durfte. Bei ihrem vereitelten Ehrgeiz, oberste Herrin des Guruismus in Riseholme zu werden, könnte sie leicht »wild werden« und allgemein verbreiten, daß sie und Robert den Betrug längst durchschaut und sogar überlegt hatten, ob sie dem Guru nicht eine Stelle als Koch in ihrem Haushalt anbieten sollten, die ihm doch um so vieles besser läge. Sie könnte sogar anfügen, allein schon seine Hinwendung zu ihrem hübschen Dienstmädchen habe Zweifel in ihre geweckt.

Der Abend entwickelte sich weitaus erfolgreicher, als Georgie vorausgesehen hatte, und es war überhaupt nicht nötig, die zweite Flasche Veuve Clicquot anzubrechen. Hermy und Ursy gaben – unter dem Einfluß der ersten oder aus innerer Gutmütigkeit, vielleicht auch deshalb, weil sie am nächsten Morgen so früh aufstehen mußten und gerne nach Brinton gefahren werden wollten, statt den noch früheren und langsameren Zug von Riseholme zu nehmen – das Projekt, ganz Riseholme von ihrer Entdeckung zu informieren, recht bald auf und gingen zu Bett, nachdem sie ihrem Bruder noch rasch elf Shillings beim Halsabschneider-Bridge abgenommen hatten. Zwar sagten sie dabei ständig: »Ich komm mit dem Guru raus«, wenn sie einen Buben ausspielten, doch Georgie hatte keine Schwierigkeiten, dabei mitzulachen, solange dieser Witz nur nicht die Runde machte. Einmal sagte er sogar: »So, jetzt holt euch alle der Guru«, als er einen Stich mit dem Trumpf-Buben machte.

Aufregung und Ungewißheit ließen ihn nur schlecht schlafen, außerdem gab es ein gerüttelt Maß an Unruhe im Haus, da seine Schwestern noch das Einpacken all ihrer Sachen vor sich hatten, als sie auf ihr Zimmer gingen; daher wurde der Dämmerzustand vor seinem Schlaf mehrfach vom Lärm krachender Gepäckstücke, aneinanderknallender Golfschläger und Schritten auf der Treppe gestört, während die beiden ihre Abfahrt vorbereiteten. Nach einer Weile aber ließen diese Belästigungen nach, und er lag bereits im Tiefschlaf, als er nochmals mit dem Gefühl erwachte, etwas gehört zu haben. Offenbar waren sie immer noch nicht fertig, denn er nahm deutlich irgendeine Bewegung im Erdgeschoß wahr. Zumindest aber respektierten sie seinen berechtigten Wunsch nach Ruhe, denn das undefinierbare Geräusch war äußerst leise und gedämpft. Er dachte an seine absurde Furcht vor Einbrechern in der Nacht ihrer Ankunft und lächelte über diesen Gedanken. Sein *toupet* lag in einer Schublade dicht neben dem Bett, doch erfaßte ihn kein gesteigertes Verlangen, es aufzusetzen und sich zu vergewissern, ob das Geräusch keine weitere Ursache hätte als die Vorkehrungen seiner Schwestern für einen frühen Aufbruch. Er selbst hatte immer schon alles lange vor dem Abendessen eingepackt und verschnürt, wenn er am nächsten Tag abreisen wollte, außer vielleicht einen Koffer für Gegenstände des unmittelbaren Bedarfs, aber Hermy und Ursy, die Guten, hatten eben doch eine so schrecklich ungeordnete Art. Irgendwann würde er Klingeln an allen Fensterläden anbringen lassen, wie er es vor einem Monat beschlossen hatte, und dann könnte ihn keinerlei Lärm mehr des Nachts aufschrecken ...

Die Yoga-Lektion am nächsten Vormittag sollte (ausnahmsweise) um zehn Uhr stattfinden, weil Peppino sie um keinen Preis versäumen mochte. Er wollte an diesem Tag in dem glucksenden Bach, der in den Avon floß, angeln gehen und dazu um elf aufbrechen. Peppino hatte seit kurzem große Fortschritte gemacht und sogar gewisse Symptome von Benommenheit und Schwindel beim Meditieren erlebt, die höchst zufriedenstellend waren.

Um acht frühstückte Georgie mit seinen Schwestern (sie hatten ihn überredet, ihnen das Automobil für die Fahrt nach Brinton zu geben), und als sie weg waren, berichtete ihm Foljambe, das Dienstmädchen sei erkältet und habe den Salon noch nicht »gemacht«. Sie selbst würde ihn »machen«, sobald sie oben die Zimmer der jungen Damen gereinigt habe (hier schwang ein wenig Verachtung in ihrer Stimme), also setzte sich Georgie in den Fenstersessel im Eßzimmer und sinnierte über die Annehmlichkeiten von Ruhe und Frieden. Doch gerade als er zu »The Hurst« aufbrechen wollte, um vor der Lektion mit Lucia über die Erkenntnisse des Vorabends zu sprechen und vielleicht eine Geheimstrategie zu entwerfen, die ein weiteres Bekanntwerden der Enthüllung verhüten könnte, fiel ihm ein, daß er sein Zigarettenetui im Salon liegengelassen hatte (das hübsche geflochtene mit dem kleinen Türkis in der Ecke), und er ging es holen. Das Fenster stand offen, also war offenbar eben Foljambe dort gewesen, um die Luft herauszulassen, die Hermy und Ursy am Vorabend so pausenlos mit ihren »Glimmstengeln«, wie sie gern dazu sagten, verpestet hatten, doch sein Zigarettenetui lag nicht auf dem Tisch, wo er es zuletzt gesehen zu haben glaubte. Er sah sich um, und dann erstarrte er zur Salzsäule.

Seine Vitrine mit den Schätzen war nicht nur offen, sondern auch leer. Weg war die Louis-Seize-Schnupfdose, weg war die Miniatur von Karl Huth, weg das Bow-Porzellan und weg das Fabergé-Zigarettenetui. Nur der Silbernapf aus Queen Annes Zeiten war noch da, und durch das Fehlen der anderen Stücke wirkte er auf Georgie, wie er offenbar auch auf den Einbrecher gewirkt hatte: unbeschreiblich trivial.

Georgie stieß einen leisen, jammervollen Schrei aus, riß sich aber aus verständlichen Gründen keine Haare aus. Dann klingelte er dreimal rasch nacheinander, was für Foljambe das Signal war, sofort zu kommen, selbst wenn sie gerade in der Badewanne saß. Da war sie auch schon, in der Hand eine von Hermys widerlichen Wollstrickjacken, die liegengeblieben war.

»Sir, was ist denn nur?« fragte sie aufgestört, denn sie konnte sich nicht erinnern, daß Georgie jemals dreimal geklingelt hätte, außer einmal, als ihm eine Fischgräte in der Kehle steckengeblieben war, und dann noch einmal, als er die Nachricht bekommen hatte, Piggy Antrobus wolle ihn besuchen, und zwar in der Hoffnung, ihn allein anzutreffen.

Zur Antwort deutete Georgie nur auf die geplünderte Vitrine.

»Alles weg! Gestohlen!« sagte er. »Oh, mein Gott!«

In diesem kritischen Moment läutete das Telephon.

»Gehen Sie bitte«, bat er Foljambe und steckte den Queen-Anne-Silbernapf in die Tasche.

Sie ging und kam eilig zurück. »Mrs. Lucas möchte, daß Sie unverzüglich zu ihr kommen«, sagte sie.

»Das geht nicht«, sagte Georgie. »Ich muß hierbleiben und die Polizei holen. Nichts darf berührt werden«, und damit stellte er hastig den Silbernapf wieder genau auf den kreisförmigen Abdruck im Samt, wo er gestanden hatte.

»Ja, Sir«, sagte Foljambe, kehrte aber gleich darauf wieder zurück.

»Sie wäre Ihnen aber doch sehr dankbar, wenn Sie sofort kämen«, sagte sie. »In ihrem Haus ist eingebrochen worden.«

»Na, in meinem ja auch«, fuhr Georgie gereizt auf. Dann kam ihm seine Gutmütigkeit, gepaart mit brennender Neugier, zu Hilfe.

»Gut, dann warten Sie hier, Foljambe, und rühren Sie sich nicht von der Stelle«, sagte er, »und achten Sie darauf, daß niemand etwas anfaßt. Ich werde die Polizei wahrscheinlich von ›The Hurst‹ aus anrufen. Lassen Sie die Herren dann herein.«

In seiner Aufregung setzte er den Hut auf, anstatt barhäuptig loszugehen. Lucia, die offenbar aus dem Fenster des Musikzimmers geblickt hatte, empfing ihn an der Tür. Sie trug ihre Tunika.

»Georgie«, sagte sie und vergaß völlig, ihn auf italienisch zu begrüßen. »Jemand hat letzte Nacht Philips Safe aufgebrochen und hundert Pfund in Scheinen herausgenommen. Er hatte sie erst gestern hineingelegt, um den Baustoffhändler bar bezahlen zu können. Und meine römische Perlenkette ist auch weg.«

Georgie konnte nicht umhin, einen gewissen Stolz zu empfinden.

»Ich bin ebenfalls beraubt worden«, sagte er. »Meine Louis-Seize-Schnupfdose allein ist mehr als hundert wert, und außerdem fehlt mir das Bow-Porzellan und das Zigarettenetui, und der Karl Huth auch.«

»Du meine Güte! Kommen Sie herein«, bat sie. »Das war eine Bande. Und ich habe mich so friedvoll und erhaben gefühlt. Es wird eine furchtbare Atmosphäre im Haus schaffen. Mein Guru wird davon schwerstens betroffen sein. Eine Atmosphäre, in der Diebe geatmet haben, wird ihn lähmen. Er hat mir oft gesagt, daß er nicht in einem Haus bleiben kann, wo es schlechte Schwingungen gegeben hat. Ich muß es von ihm fernhalten. Ich darf ihn nicht verlieren.«

Lucia sank auf eine geräumige elisabethanische Polsterbank im Flur nieder. Am Fenster verspottete sie die Scherzspinne, auf dem Teller neben der Duftschale das Scherzobst. Eben als sie nochmals »Ich darf ihn nicht verlieren!« sagte, klopfte es lautstark an der Tür, und Georgie ließ, auf ein Zeichen seiner Königin, Mrs. Quantock ein.

»Robert und ich sind beraubt worden«, rief sie. »Vier Silberlöffel, acht silberne Gabeln – Gott sei Dank ist das meiste von unserem Besteck dubliert – und ein georgianischer Bierkrug. Alles könnte ich entbehren, nur nicht den schönen Krug.«

Ein leises Seufzen der Erleichterung entrang sich Lucia. Da die ruchlose Atmosphäre von Diebstahl auch Daisys Haus durchdrang, bestand keine große Gefahr, daß ihr Guru dorthin zurückkehren wollte. Sofort wurde sie erhaben.

»Friede!« sagte sie. »Wir wollen zuerst unsere Lektion abhalten, denn es ist schon zehn Uhr, und uns die Einkehr nicht durch irgendeinen Gedanken an Rache oder Bosheit verderben lassen. Wenn ich jetzt die Polizei holen sollte, könnte ich mich nicht konzentrieren. Ich werde meinem Guru nichts von dem erzählen, was uns allen widerfahren ist, nur werde ich ihn wegen des armen Peppino bitten, die Lektion eher kurz zu halten. Ich bin völlig gelassen. Om!«

Vage, alptraumhafte Bilder formten sich langsam vor Georgies innerem Auge, ein unwürdiger Verdacht, der sich auf das Gespräch mit seinen Schwestern am Abend gründete. Da aber Foljambe über dem Queen-Anne-Suppennapf Wache hielt, gab es nichts mehr zu befürchten, also folgte er Lucia, deren silberne Kordel mit den Quasten beim Gehen sanft schwang, in den Rauchsalon, wo Peppino schon auf dem Boden saß und wesentlich heftiger atmete, als dies im Fortgeschrittenenkursus sonst üblich war. Frische Blumen standen auf dem Tisch, und die duftende Morgenluft wehte aus dem Garten herein. Nach alter Sitte setzte man sich und wartete, wobei alle von Minute zu Minute gelassener und friedvoller wurden. Bald würde das Scharren der Pantoffeln auf dem Weg aus zerbrochenen Pflastersteinen ertönen, und sie würden eine Zeitlang ihre Unruhe vergessen können. Dennoch waren alle froh, daß Lucia den Guru bitten würde, ihnen eine kürzere Lektion als sonst zu erteilen.

Sie warteten. Schon zeigte die Cromwell-Uhr – die beste Annäherung an einen elisabethanischen Zeitmesser, die Lucia bislang hatte erwerben können – auf viertel elf.

»Mein Guru ist etwas unpünktlich«, sagte sie.

Fünf Minuten später nieste Peppino. Weitere zwei Minuten darauf ergriff Daisy das Wort und wurde ironisch.

»Wäre es nicht besser, Sie sehen einmal nach, was mit Ihrem Guru passiert ist, meine Liebe?« fragte sie. »Ist

Ihr Guru heute morgen überhaupt schon aufgetaucht?«

»Nein, meine Liebe«, erwiderte Lucia, ohne die Augen zu öffnen, denn sie konzentrierte sich gerade. »Er meditiert doch immer vor den Lektionen.«

»Das tue ich auch«, sagte Daisy. »Aber jetzt habe ich lange genug meditiert.«

»Psst!« zischte Lucia. »Da kommt er.«

Dies erwies sich als falscher Alarm; es war nämlich nur Lucias Persianerkatze, die einen Kampf mit ein paar abgefallenen Lorbeerblättern ausfocht. Lucia erhob sich.

»Ich störe ihn wirklich ungern«, sagte sie, »aber es wird ja immer später.«

Mit dem langsamen, geschmeidigen Gang, den sie sich immer zu eigen machte, wenn sie ihre Lehrer-Tunika trug, verließ sie den Rauchsalon. Nur wenige Sekunden verstrichen, da kam sie wesentlich rascher und viel weniger geschmeidig zurück.

»Seine Tür ist verschlossen«, sagte sie, »aber der Schlüssel steckt nicht.«

»Haben Sie etwa durchs Schlüsselloch gesehen, Lucia *mia*?« fragte Mrs. Quantock mit kaum unterdrückter Ironie.

Natürlich überging Lucia diese Bemerkung.

»Ich habe geklopft«, sagte sie, »aber es kam keine Antwort. Ich rief: ›Meister, wir erwarten Euch‹, aber er hat nichts gesagt.«

Als Georgie plötzlich etwas sagte, war es, als flöge ein Korken knallend aus der Flasche.

»Meine Schwestern haben mir gestern abend erzählt, daß er der Curry-Koch im Restaurant ›Calcutta‹ ist«, stieß er hervor. »Sie haben ihn erkannt, und er sie wahrscheinlich auch. Er kommt aus Madras, und Brahmane ist er ebenso wenig wie Foljambe.«

Mit einem Satz sprang Peppino auf.

»Was!« schrie er. »Holen wir einen Feuerhaken und brechen die Tür auf! Wahrscheinlich ist er schon weg. Der Einbrecher war sicher er. Ruft die Polizei!«

»Ein Curry-Koch also, wie?« sagte Daisy. »Robert und ich haben also doch ganz richtig gelegen. Wir ahnten schon, wofür Ihr Guru am besten geeignet war, aber Sie haben es ja wie immer besser gewußt, und Sie und er, Sie haben uns alle ganz hübsch zum Narren gehalten. Aber mich nicht. Mir war klar, was Sie sich da eingehandelt hatten, als Sie mit ihm loszogen. Von wegen Guru! Der war doch vom selben Kaliber wie Mrs. Baker Eddy, und die hatte ich recht bald durchschaut. Was sollen wir jetzt machen? Ich für mein Teil werde ganz einfach nach Hause gehen und die Polizei rufen, und denen sage ich, daß der Inder, der bei Ihnen hier wochenlang gewohnt hat, mit meinen Löffeln und Gabeln und meinem georgianischen Bierkrug auf und davon ist. Von wegen Guru! Klauru wäre wohl ein passenderer Name! So!«

Ihre Leidenschaft hatte sie, wie einst Hyperion, emporgehoben, und nun stand sie trotzig vor dem gesamten Fortgeschrittenenkursus, klein und dick und ganz und gar lächerlich. Sie war nicht gerade »schrecklich wie die Heerscharen«, nur so schrecklich wie eine ältere Dame mit einem lange gehegten und nun durch den Verlust eines georgianischen Bierkrugs verschärften Groll, und das war immerhin schrecklich genug, um Lucia eine versöhnliche Haltung einnehmen zu lassen. Bitter bereute sie es, Daisy ihren Guru überhaupt geraubt zu haben, falls der sich gegenwärtig verdichtende Verdacht tatsächlich zutreffen sollte, obwohl einstweilen ja noch nichts bewiesen war. Immer noch konnte der Guru aus dem Obstgarten bei der Goldregenallee, wo sie noch nicht nach ihm gesucht hatten, hereinkommen, oder vielleicht levitierte er irgendwo mit dem Türschlüssel in der Tasche. Dies war nicht sehr wahrscheinlich, doch immerhin möglich, und in einer solchen Krise galt es, sich an Möglichkeiten zu klammern, da man sonst schlichtweg untergehen würde, wie eines dieser neumodischen U-Boote. Sie durchsuchten den gesamten Garten, fanden aber keine Spur des Curry-Kochs; sie stellten behutsam Nachforschungen bei den Dienstboten an, ob ihn dort jemand gesehen habe, erfuhren daraus aber nichts Neues über seinen Verbleib. Als Peppino, mit Vorschlaghammer und einem schweren Meißel aus seiner Werkzeugkiste bewaffnet, die Expedition ins obere Stockwerk anführte, wußten folglich alle, daß der entscheidende Moment gekommen war. Vielleicht meditierte der Guru ja (im Augenblick hatte er ohne Zweifel jede Menge Material zum Meditieren), vielleicht aber ... Peppino rief mit seiner vollklingendsten Stimme nach ihm und sagte dazu, sie sähen sich gezwungen, das Schloß aufzubrechen, falls er nicht öffnete, und gleich darauf hallte das Haus von einem Klopfen wider, das so unheilvoll wie das in *Macbeth* war und obendrein viel lauter. Dann gab das Schloß abrupt nach, und die Tür flog auf.

Das Zimmer war leer und, wie inzwischen alle schon vermuteten, das Bett unbenutzt. Sie zogen die Schubladen der Kommode auf, und diese erwiesen sich als ebenso leer wie das Zimmer. Schließlich öffnete Peppino die Tür des großen Schranks in der Ecke, aus dem ihm unter lautem Geklirr und Geklapper eine Flut von leeren Brandyflaschen entgegenfiel. Leere: das war das Leitmotiv der ganzen Szene, und sprachlose Bestürzung ihre Wirkung auf die Anwesenden.

»Mein Brandy!« sagte Mrs. Quantock mit erstickter Stimme. »Das sind ja vierzehn oder fünfzehn Flaschen. Damit erklärt sich auch sein glasiger Blick, den Sie, liebe Lucia, für Konzentration gehalten haben. Das war eher Destillation, würde ich sagen.«

»Hat er ihn aus Ihrem Keller genommen?« fragte Lucia, die für echten Ärger zu erschüttert, aber immer noch zu großer Neugier fähig war.

»Nein, aber ich hatte ihn von Anfang an gebeten, alle seine Einkäufe bei meinen Stammgeschäften anschreiben zu lassen. Hätte ich mir die Rechnungen nur wöchentlich schicken lassen.«

»Ja, meine Liebe«, pflichtete Lucia bei.

Georgie suchte Mrs. Quantocks Blick.

»Ich habe gesehen, wie er die erste Flasche gekauft hat«, sagte er. »Ich weiß noch, daß ich Ihnen davon erzählt habe. Es war im Laden von Rush.«

Peppino sammelte Hammer und Meißel ein.

»Es hat ja wohl wenig Sinn, wenn wir uns hier an alte Zeiten erinnern«, bemerkte er. »Ich rufe jetzt die Polizei und lege die ganze Angelegenheit in deren Hände, soweit es mich angeht. Sie werden ihn bald zu fassen bekommen, und dann kann er die nächsten paar Jahre seine Atemübungen im Gefängnis machen.«

»Aber wir wissen doch noch gar nicht, ob wirklich er diese Einbrüche verübt hat«, sagte Lucia.

Niemand hielt diesen Einwand einer Antwort für

würdig, denn die anderen hatten den Guru bereits vernommen und verurteilt.

»Ich werde ebenfalls die Polizei holen«, sagte Georgie.

»Mein Bierkrug!« rief Mrs. Quantock.

Lucia erhob sich.

»*Peppino mio*«, begann sie, »und Sie, Georgie, und Sie, Daisy. Ehe Sie irgend etwas unternehmen, möchte ich, daß Sie mir fünf Minuten lang zuhören. Überlegen Sie doch mal: Wie stehen wir alle denn da, wenn wir die Sache der Polizei übergeben? Sie wird ihn wahrscheinlich fangen, und dann kommt heraus, daß wir einem Curry-Koch auf den Leim gegangen sind. Denken Sie doch nur, was wir alle den letzten Monat über getan haben: denken Sie an unsere Lektionen, die Übungen – eben all das. Wir sind zum Narren gehalten worden, aber ich persönlich könnte es nicht ertragen, wenn das auch noch jedermann erfahren würde. Alles, nur das nicht. Was sind denn im Vergleich dazu schon hundert Pfund oder ein Bierkrug ...«

»Meine Louis-Seize-Schnupftabakdose, ein Erbstück, war ja allein mindestens so viel wert«, sagte Georgie, insgeheim immer noch zutiefst befriedigt, daß er offenbar am schwersten betroffen war.

»Und es waren meine hundert Pfund, nicht deine, *carissima*«, sagte Peppino. Trotzdem merkte man deutlich, daß Lucias Worte wie Hefe in ihm arbeiteten.

»Teilen wir uns den Verlust«, schlug sie vor. »Ich schreibe dir einen Scheck über fünfzig Pfund.«

»Und wer teilt sich meinen Bierkrug mit mir?« sagte Daisy mit bitterer Ironie. »Ich will meinen Bierkrug zurück!«

Georgie sagte nichts, doch sein Gehirn arbeitete auf Hochtouren. Bald würde Olga nach Riseholme kommen, und es wäre schrecklich, wenn sie überall die Geschichte über den Guru erzählt bekäme; als er zu Peppino hinüberblickte, sah er einen nachdenklichen, mitfühlenden Ausdruck in dessen Augen, der anzudeuten schien, daß seine Gedanken sich auf parallelen Bahnen bewegten. Ohne Zweifel hatte Lucia ihnen allen Stoff zum Nachdenken gegeben. Er versuchte, sich auszumalen, wie die ganze Geschichte auf dem Dorfanger in Mrs. Antrobus' Hörrohr gebrüllt würde, und die Vorstellung war ihm unerträglich. Er fragte sich, ob Mrs. Weston je aufhören würde, davon zu sprechen, und es kam ihm undenkbar vor, daß sie jemals verstummen würde. Natürlich, sie alle hatten sich genauso zum Narren halten lassen, doch hier in diesem leeren Gästezimmer saßen die allerersten Narren, die blöde blökenden Leithammel.

Nach Mrs. Quantocks Frage kam verbissenes Schweigen auf.

»Also, was schlägst du vor?« fragte Peppino und zeigte damit bereits Anzeichen der Kapitulation.

Lucia griff zu einer List. »*Caro!* Lieber du vorsslagen. Daisy und ich, wir bloß zwei dumme Frauen; und deswegen besser, du und Georgie, ihr sagen, was wir machen. Aber wenn Lucia was vorsslagen soll, dann find ich ...« Sie hielt einen Augenblick inne, und da sie in Mrs. Quantocks Miene starken Widerwillen gegen ihren scherzhaften Tonfall bemerkte, ging sie wieder zur Alltagssprache über.

»Ich würde folgendermaßen vorgehen«, sagte sie. »Ich würde verbreiten, daß der Guru unserer guten

Daisy recht überraschend von uns gegangen ist, weil er anderswohin gerufen wurde. Sein Werk hier war getan: er hatte unsere Yoga-Gruppen ins Leben gerufen und unser aller Füße auf den Rechten Weg gelenkt. Er sagte ja schon immer, daß ihm so etwas widerfahren könne –«

»Ich glaube, er hat das die ganze Zeit so geplant«, sagte Georgie. »Er wußte, daß das Ganze nicht ewig währen konnte, und als meine Schwestern ihn erkannten, fand er wohl, jetzt sei die Zeit reif, sich aus dem Staub zu machen.«

»Samt allen Wertgegenständen, die er zu fassen bekommen konnte«, ergänzte Mrs. Quantock.

Lucia zupfte an den Quasten ihrer Tunika.

»Ja, bezüglich der Einbrüche«, sagte sie. »Es ginge einfach nicht an, wenn bekannt würde, daß in einer Nacht drei Einbrüche geschehen sind und gleichzeitig Daisys Guru abberufen wurde –«

»Ach so, mein Guru war das!« sagte Mrs. Quantock in heller Empörung über diese nunmehr wiederholte Gemeinheit.

»Das würde doch nur Verdacht aufkommen lassen«, fuhr Lucia fort, indem sie die Unterbrechung gelassen überging. »Wir müssen dafür sorgen, daß sich die Neuigkeit nicht verbreitet. Also, wegen unseres Einbruchs hier ... laßt mich einen Moment nachdenken.«

Sie hatte sie jetzt alle so sehr in der Hand, daß keiner etwas sagte. »Ich hab's«, sagte sie. »Nur Boaler weiß davon, denn Peppino hat ihr aufgetragen, mit niemandem darüber zu sprechen, ehe die Polizei gerufen worden ist. *Carissimo*, du sagst ihr ganz einfach, daß du die hundert Pfund wiedergefunden hast. Das wäre also erledigt. Nun zu Ihnen, Georgie.«

»Foljambe weiß es«, sagte Georgie.

»Dann sagen Sie ihr, sie soll kein Wort davon weitererzählen. Stellen Sie ein paar neue Sachen in Ihr schönes Vitrinen-Schatzkästlein, neue Erbstücke, niemand wird es je bemerken. Und Sie, Daisy?«

»Robert ist verreist«, antwortete sie ziemlich zerknirscht, da sie inzwischen nachgedacht hatte. »Mein Dienstmädchen weiß Bescheid.«

»Und wenn er zurückkommt, wird ihm das Fehlen des Bierkrugs überhaupt auffallen? Haben Sie ihn oft benutzt?«

»Etwa einmal in zehn Jahren.«

»Dann lassen Sie es darauf ankommen«, sagte Lucia. »Sagen Sie einfach dem Dienstmädchen, es soll Schweigen darüber bewahren.«

Nun wurde sie wieder entzückend bescheiden. »So! Das wäre also in groben Umrissen, was ich mir vorstelle, und jetzt werden Georgie und Peppino ihre klugen Köpfe zusammenstecken und uns dann sagen, was wir tun sollen.«

Dies war schnell getan: Sie wiederholten die eben gemachten Vorschläge, wobei Lucia sie korrigierte, wenn sie etwas mißverstanden hatten. Dann zupfte sie wieder an den Quasten ihrer Tunika.

»Wegen unserer Studien«, begann sie. »Ich für mein Teil möchte wirklich nur ungern völlig damit aufhören, weil sie mir doch so ein wunderbar frisches Gefühl gegeben haben, und ich glaube, Sie alle empfinden das gleiche. Sehen Sie sich doch nur Georgie an: Er wirkt zehn Jahre jünger als noch vor einem Monat, und was Daisy angeht, so wünschte ich, ich könnte ebenso leichtfüßig umherspringen wie sie. Und es geht einfach nicht an, mit alldem urplötzlich aufzuhören, nur weil Dai–, ich meine der Guru von uns abberufen worden ist, nicht wahr? Das sähe doch so aus, als wären wir nicht wirklich an dem interessiert, was er uns gelehrt hat, als hätte es uns nur gereizt, einen – einen Brahmanen unter uns zu haben.«

Lucia lächelte die anderen gütig an.

»Vielleicht werden wir ja ganz allmählich feststellen, daß wir allein keine Fortschritte mehr machen«, sagte sie, »und dann verläuft die ganze Sache eben im Sande. Aber brechen wir sie nicht schlagartig ab. Auf jeden Fall werde ich heute nachmittag wie gewohnt meinen Anfängerkurs geben.«

Sie machte eine Pause und setzte hinzu: »In meiner Tunika, ganz wie gewohnt.«

Neuntes Kapitel

Der Fisch, den Mrs. Weston jede Woche frisch aus Brinton holen ließ, weil ihr die Nachfolgerin von Henry Lutons Mutter so gar keinen guten Eindruck machte, dampfte unbeachtet auf der Servierplatte, während sie, Gabel und Fischmesser als Hilfsmittel zum Verstärken der Gestik benutzend, Colonel Boucher mit jedem einzelnen Glied der Kette ihrer Schlußfolgerungen vertraut machte, die zu ihrer so bemerkenswerten Entdekkung geführt hatte.

»Es war am Tag von Mrs. Lucas' Gartenfest«, begann sie, »als ich zum erstenmal einen Verdacht schöpfte, und Sie können versichert sein, daß ich ihn für mich behielt, denn ich bin gewiß nicht jemand, der mit allem herausplatzt, ehe er nicht ziemlich überzeugt ist, jetzt aber könnte der Premierminister mich auf den Knien anflehen und mir versichern, dem wäre gar nicht so – ich würde es ihm nicht glauben. Nun, wie Sie sich erinnern werden, sind wir damals gegen halb sieben alle zu Mrs. Lucas zurückgegangen; einer hatte seinen Schirm vergessen, der andere wollte sich ein Buch ausleihen, na, was auch immer; in meinem Falle war es ein Buch über Venedig, sicherlich hochinteressant, obwohl ich noch keine Zeit hatte, einen Blick hineinzuwerfen, und da war Miss Bracely gerade eingetroffen!«

Mrs. Weston mußte eine Pause einlegen, da ihr Dienstmädchen Elizabeth Luton (Henrys Cousine) sie mit dem Deckel der Speiseschüssel recht kräftig am Ellenbogen anstieß und solcherart abrupt daran erinnerte, daß Colonel Boucher immer noch auf sein Stück Scholle wartete. Während sie den Fisch für ihn zerlegte, rekapitulierte ihr Tischpartner im Geiste rasch, was bis jetzt die wichtigsten Informationen zu sein schienen, da sich einstweilen kein Hinweis darauf ergeben hatte, worauf diese einführenden Bemerkungen abzielen mochten. Sein Tip war, daß es entweder um den Guru oder um Miss Bracely ging. Er bekam sein Stück Scholle, und Mrs. Weston legte das Vorlegebesteck wieder beiseite.

»Sie nehmen sich am besten auch gleich ein Stück, Ma'am«, sagte Elizabeth diskret.

»Das werde ich, und ich weiß auch, was du jetzt am besten tust, Elizabeth, und zwar schenkst du dem Colonel ein Gläschen Wein ein. Burgunder! Erst heute nachmittag, als es ein wenig kühl wurde, habe ich nachgesehen, ob wohl noch ein oder zwei Flaschen von dem alten Burgunder übrig sind, den Mr. Weston so gern verkostet hat, und es waren noch welche da. Er hat ihn genau dort gekauft, wo er gemacht wird, und er sagte immer, man bekäme keinerlei Kopfweh davon, auch nicht, wenn man ihn die ganze Nacht hindurch tränke. Er hat das nie getan, denn mehr als zwei Gläser und noch ein drittes hat er nie zu sich genommen, daher frage ich mich, woher er wußte, wie es war, ihn die ganze Nacht hindurch zu trinken, aber wie dem auch sei, er war ein großer Weinkenner. Jedenfalls sagte ich zu Elizabeth: ›Eine Flasche vom alten Burgunder, Elizabeth!‹ Nun ja! Also an jenem Abend blieb ich ein wenig länger, um mir den Guru noch einmal anzusehen und mein Buch zu holen, und als ich danach wieder auf die Straße herauskam, sah ich doch niemand anderen als Miss Bracely, wie sie gerade in den kleinen Vorgarten von ›Old Place‹ eintrat. Es wurde zwar schon dunkel, und meine Augen sind nicht so gut wie die von Mrs. Antrobus, aber ich habe sie trotzdem deutlich erkannt. Und wenn nicht gleich am nächsten, dann fingen sie schon am übernächsten Tag damit an, das Dach zu decken, und seither sind die Klempner und Maler und Polsterer und Möbelpacker dort Tag und Nacht zugange.«

»Äh-hem«, machte der Colonel. »Sie meinen also, es war Miss Bracely, die das Haus gekauft hat?«

Mrs. Weston nickte bedächtig.

»Ich werde Sie um Ihre Ansicht bitten, wenn ich Ihnen alles erzählt habe«, sagte sie. »Nun ja! Dann eines Tages – wenn heute Freitag ist, müßte es Dienstag vor zwei Wochen gewesen sein, und wenn heute Donnerstag ist – ich bin nämlich heute früh mit den Wochentagen durcheinander gekommen, und dann weiß ich es immer erst am nächsten Tag wieder ganz sicher – aber wenn also heute Donnerstag ist, dann müßte es Mittwoch vor zwei Wochen gewesen sein, daß der Guru fortgegangen ist. Ich persönlich war ja nicht allzu traurig darüber, weil mir von diesen Atemsachen immer so schwindlig geworden ist, aber so ganz abseits stehen wollte ich dabei natürlich auch nicht. Die zwei Schwestern von Mr. Georgie sind am selben Tag abgereist, und ich habe schon oft überlegt, ob irgendeine Verbindung zwischen diesen beiden Vorfällen bestand, denn es war doch sonderbar, daß sie gleichzeitig passiert sind, und ich bin gar nicht sicher, ob da nicht noch etwas nachkommt.«

Colonel Boucher begann sich zu fragen, ob es vielleicht doch um den Guru ging, und nahm sich ein halbes Rebhuhn. Damit aber lenkte er Mrs. Weston vollkommen ab.

»Nein!« sagte sie. »Ich bestehe darauf, daß Sie ein ganzes Rebhuhn nehmen. Sie sind recht klein, und ich war sehr unzufrieden, als ich sie gerupft sah, aber ansonsten gibt es nur noch etwas kalten Schinken und Walnüsse zum Dessert. Mary hat ja noch gefragt, ob sie nicht noch eine Apfelschnitte servieren sollte, aber ich sagte: ›Nein, der Colonel rührt niemals etwas Süßes an, aber ein Rebhuhn wird er essen, ein ganzes Rebhuhn‹, sagte ich zu ihr, ›dann wird er nicht über das Abendessen schimpfen.‹ Nun ja! An jenem Tag also, als alle abreisten, was immer die Erklärung dafür sein mag, saß ich in meinem Rollstuhl gegenüber von ›The Arms‹, als der Wirt und zwei Träger mit der Sitzbank herauskamen, die rechts vom Kamin in der Eingangshalle gestanden hatte. Und so fragte ich ihn: ›Na, Herr Wirt, wer hat denn dieses schöne Stück gekauft?‹, denn schön waren sie ja wirklich, die geschnitzten Armlehnen. Und er antwortete mir: ›Guten Morgen, Ma'am‹, – nein: ›Guten Tag, Ma'am‹ hat er natürlich gesagt – ›Das ist für Miss –‹ Und dann hat er den Satz abrupt abgebrochen und sich verbessert: ›Das ist für Mr. Pillson.‹«

Mrs. Weston nahm rasch mehrere Häppchen Rebhuhn zu sich. Sobald es möglich war, fuhr sie fort.

»Vielleicht können Sie mir ja sagen, wo das Möbelstück jetzt sein könnte, wenn es doch für Mr. Georgie war« , sagte sie. »Erst vor zwei Tagen war ich bei ihm, und es stand weder im Flur noch im Eßzimmer noch im Salon, denn obwohl es dort gewisse Veränderungen gegeben hat, gehört die Sitzbank nicht dazu. Seine

Schatz-Vitrine ist so ganz anders jetzt: Die Schnupfdose ist weg, und das Zigarettenetui und das schöne Bow-Porzellan auch, und statt dessen liegt da jetzt der Löffel mit dem geschwungenen Griff, der früher auf dem Speisetisch lag und mit dem er immer so heikel war, und außerdem ein Teller aus Worcester-Porzellan, der vorher auf dem Kaminsims stand, und eine andere Zigarettendose und ein Perlentäschchen. Ich weiß nicht, wo das herrührt, aber falls er es geerbt hat, dann hat er diesmal nicht viel geerbt. Alles zusammen würde ich auf fünf Shilling schätzen. Aber eine Sitzbank steht nicht in der Vitrine, und davor auch nicht, und wenn Sie wissen wollen, wo diese Sitzbank dann wohl ist, sage ich Ihnen, sie steht in ›Old Place‹, denn dort habe ich sie selbst gesehen, als die Tür einmal offenstand, als ich vorbeifuhr. Er – Mr. Georgie – hat sie im Auftrag von Miss Bracely gekauft, außer man würde annehmen, Mr. Georgie will abwechselnd in ›Old Place‹ und in seinem eigenen Haus wohnen. Nein, es ist Miss Bracely, die in ›Old Place‹ wohnen wird, und das erklärt auch, warum der Wirt erst ›Miss‹ sagen wollte und sich dann verbessert hat. Aus irgendeinem Grunde, und ich wage zu behaupten, daß mir das jetzt, wo ich es recht überlege, zu erraten nicht schwerfällt, macht sie ein Geheimnis daraus, und nur Mr. Georgie und der Wirt vom ›Arms‹ wissen es. Der Wirt mußte es natürlich erfahren, denn ihm hat ›Old Place‹ ja gehört, und ich wünschte, ich hätte es selbst gekauft; er hat es nämlich damals zu einem Spottpreis bekommen.«

»Alle Achtung, das haben Sie wirklich scharfsinnig herausgefunden«, sagte Colonel Boucher.

»Warten Sie ab!« sagte Mrs. Weston und steuerte auf

den Höhepunkt zu. »Am selben Tage, als Mary – das ist meine Köchin – aus Brinton mit der Scholle zurückkam, die wir eben gegessen haben, denn es war keine Unze Steinbutt mehr zu bekommen, den ich eigentlich wollte, stand ein Lastzug am Bahnhof von Riseholme, und man hatte gerade eine Kiste ausgeladen, die nichts anderes als einen Flügel enthalten konnte. Und falls Ihnen das noch nicht genügt, Colonel, dann waren da auch noch zwei große Kleiderkörbe, die meiner Ansicht nach Bettwäsche enthalten haben dürften, denn sie waren mit Stricken verschnürt, und wie Mary mir sagte, brauchte es zwei Männer, um einen davon zu heben, und es gibt nichts, was so schwer ist wie sauber gefaltetes Leinen, außer natürlich Tafelsilber, und darauf standen mit schwarzer Farbe – nein, es muß wohl weiße gewesen sein, denn die Kleiderkörbe selbst waren ja schwarz – die Initialen O.B. Und wenn Sie in Riseholme sonst noch jemanden mit den Anfangsbuchstaben O.B. kennen, dann muß ich wohl mein Gedächtnis verloren haben.«

In diesem Augenblick des absoluten Gipfelpunktes klingelte das Telephon im Flur und übertönte schrill das Geräusch der krachenden Walnüsse, und gleich darauf kam Elizabeth herein und verkündete, Mr. Georgie wolle wissen, ob er für eine halb Stunde auf einen Plausch herüberkommen könne. Wäre er Olga Bracely selbst gewesen, er hätte kaum willkommener sein können; die Tugend (und zwar jene der Beobachtung und Schlußfolgerung) bekam hier eine unverzügliche Belohnung.

»Mit Vergnügen! Richte ihm aus, mit Vergnügen, Elizabeth«, sagte Mrs. Weston, »und nun, Colonel, warum sollten Sie ganz allein hier sitzen, und ich ebenso allein drüben im Salon? Nehmen Sie die Karaffe und ihr Glas mit, außerdem müssen Sie mir auch ein halbes Glas eingießen, und wenn Sie nicht darauf kommen, was eine meiner ersten Fragen an Mr. Georgie sein wird, tja, dann...«

Georgie eilte sich, die mit Vergnügen gewährte Gastfreundschaft in Anspruch zu nehmen, denn auf seiner Zunge brannte ihm die wichtigste Neuigkeit seit der Nacht jener Einbrüche; nur hatten die Einbrüche dadurch ein wenig an Reiz eingebüßt, daß die einzigen drei Menschen, die davon wußten, ebenfalls beraubt worden waren. Heute jedoch hatte er die Erlaubnis bekommen, weiterzuerzählen, daß Olga in »Old Place« einziehen werde, denn nun war auch Mr. Shuttleworth von Erwerb und Einrichtung des Hauses informiert worden und hatte es, wie erwartet, seiner Frau zum Geschenk gemacht, eine wirklich wundervolle Idee. Nun durfte es also Riseholme ebenfalls erfahren, und so trippelte Georgie, ungeduldig wie Hermes, wenn auch nicht ebenso schnell, auf seinem fröhlichen Botengang zu Mrs. Weston hinüber. Zugleich befand er sich damit auf einer Art Strafexpedition, die er aus tiefstem Herzen genoß, denn Lucia hatte ihm die ganze Woche lang Hochmut und Kühle entgegengebracht, bedingt durch seine hartnäckige Weigerung, ihr zu enthüllen, wer nun der Käufer von »Old Place« sei. Wohl hatte er gestanden, es zu wissen, dann aber gesagt, er habe versprochen, nicht darüber zu reden, bis es ihm erlaubt würde, woraufhin Lucia eine abweisende Haltung eingenommen hatte. Sogar so abweisend, daß sie, als Georgie sie eben angerufen hatte, ehe er noch mit Mrs. Weston telephonierte, und eigentlich hatte fragen wollen, ob er mit ihr ein gemütliches *après-dîner* verbringen könne, bei dem er die große Neuigkeit zu überbringen plante, ihm durch das Dienstmädchen hatte ausrichten lassen, sie sei am Klavier beschäftigt. Nun gut: Wenn sie den zweiten und dritten Satz der Mondscheinsonate, die sie seit kurzem ernsthaft in Angriff genommen hatte, Georgies Gesellschaft vorzog, na, dann würde er sich und seine große Neuigkeit eben anderswo unterbringen. Trotzdem war er entschlossen, nicht sofort damit loszuplatzen; solch eine Angelegenheit mußte unter dem Siegel der Verschwiegenheit bewahrt werden, bis er selbst die Zeit dafür reif fand. Dann würde er sie herauslassen und sich im Flammenschein des Erfolges verabschieden.

Er hatte eine sehr hübsche Stickarbeit mitgebracht, die er endlich zu beenden gedachte, denn während des Augusts war er mit seiner Stickerei arg in Rückstand geraten; daher machte er es sich in der Nähe der Lampe bequem, wo er, bei nur äußerst geringer Anstrengung für die Augen, dennoch nicht die Brille aufsetzen mußte.

»Irgendwelche Neuigkeiten?« fragte er gemäß der unveränderlichen Etikette.

Mrs. Weston fing einen Blick des Colonels auf. Doch sie hatte noch nicht vor, ihr gewaltiges Verhör schon jetzt zu beginnen.

»Die arme Mrs. Antrobus. Zahnweh!« sagte sie. »Heute früh war ich beim Apotheker, und da kam doch Miss Piggy herein, um einige Tropfen Opiumtinktur zu kaufen, und sie mußte erklären, wofür sie sie brauchte, und am Ende dann noch ihre Unterschrift geben. Ich muß schon sagen, es ist gewiß äußerst unerfreulich, gezwungen zu sein, einem Apotheker über das Zahnweh der eigenen Mutter Rede und Antwort zu stehen. Aber so war es eben, erzählen mußte sie es ihm, sonst wäre sie ohne Opium davongegangen. Mir ist auch unklar, ob Mr. Doubleday nicht mehr wissen wollte, als ihm zusteht, aus reiner Neugierde eben, denn ich begreife wirklich nicht, was ihn das angeht. Ich jedenfalls weiß, was ich ihm an Miss Piggys Stelle geantwortet hätte. Ich hätte gesagt: ›Ach, Mr. Doubleday, ich brauche es für Opiumtörtchen; wir alle mögen Opiumtörtchen so schrecklich gern.‹ Etwas Scharfes, Sarkastisches in dieser Art, um ihn auf seinen Platz zu verweisen. Aber ich nehme an, daß es Mrs. Antrobus gut getan hat, jedenfalls war sie heute nachmittag auf dem Anger, und ihre Wange war nicht angeschwollen; ich habe sie mir genau angesehen. Ach, irgend etwas wollte ich Sie doch fragen, Mr. Georgie. Gerade noch lag es mir auf der Zunge. Wir haben beim Essen darüber gesprochen, der Colonel und ich, während wir unser Rebhuhn verzehrt haben, und ich dachte noch: ›Mr. Georgie wird uns das sicher sagen können‹, und wirklich haben sie gleich darauf bei mir angerufen. Das erschien mir sogar geradezu wie ein Akt der Vorsehung, aber was nützt es, wenn mir jetzt nicht mehr einfällt, was ich Sie überhaupt fragen wollte?«

Dies schien eine gute Eröffnung für seine aufregende Neuigkeit zu sein, aber Georgie verwarf den Gedanken, da es noch zu früh dafür war.

»Was es wohl gewesen sein mag«, sinnierte er.

»Nun, es wird mir gleich wieder einfallen, und hier ist auch schon unser Kaffee. Wie ich sehe, hat Elizabeth nicht vergessen, den beiden Herren einen guten Tropfen einzuschenken. Und ich will gar nicht sagen, daß ich Ihnen nicht Gesellschaft dabei leisten will, falls mir Elizabeth noch ein Glas bringt. Tja, ein Glas Burgunder zum Essen und jetzt noch ein Schlückchen Brandy, da werde ich wohl einen leichten Schwips bekommen, wenn ich nicht achtgebe. Wegen des Gurus, Mr. Georgie – nein, das war es nicht, was ich Sie fragen wollte –, aber gibt es trotzdem etwas Neues über den Guru?«

Einen Augenblick lang ließ diese Überlagerung der Gesprächsthemen Brandy und Guru Georgie befürchten, es sei etwas über den Inhalt des Schrankes im »Hamlet«-Zimmer durchgesickert. Doch offenbar handelte es sich um ein zufälliges Zusammentreffen, denn Mrs. Weston sprach sofort weiter, ohne eine Antwort abzuwarten.

»Welch ein großartiger Tag«, sagte sie, »als er und Miss Olga Bracely beide auf Mrs. Lucas' Gartenfest erschienen! Aha, jetzt hab ich's – jetzt weiß ich, was ich Sie fragen wollte: Wann wird denn Miss Olga Bracely nun eigentlich in ›Old Place‹ einziehen? Ich denke doch bald, hoffentlich!«

Hätte Georgie seine Stickerei nicht mit großer Geistesgegenwart beiseitegelegt, wäre ihm ein blutender Finger wohl kaum erspart geblieben.

»Aber woher in aller Welt konnten Sie denn wissen, daß sie überhaupt herkommen würde?« rief er. »Ich wollte es Ihnen gerade als ganz große Neuigkeit berichten. Wie ungezogen! Jetzt haben Sie mir die ganze Freude verdorben!«

»Äh-hem, nicht eben sehr galant, die Redeweise, die Sie da gegenüber Mrs. Weston anschlagen«, bemerkte der Colonel, dem Georgies Stickarbeit zuwider war.

Glücklicherweise blieb Georgie das Vergnügen am Strafcharakter seines Besuches erhalten, deshalb erholte er sich rasch. Neuigkeiten hatte er ja durchaus: Immerhin konnte er Mrs. Westons Frage beantworten.

»Dabei sollte es doch wirklich ein Geheimnis bleiben, bis alles fertig wäre«, begann er. »Ich wußte es ja die ganze Zeit, seit dem Tag des Gartenfestes schon. Aber außer mir wußte es niemand, nicht einmal ihr Ehemann.«

Das Zügeln seines Temperaments wurde reichlich belohnt, denn nun setzte Mrs. Weston ein Glas guten Brandys ungekostet wieder ab.

»Wie denn?« fragte sie. »Will sie dort allein leben und sich vor ihm verstecken? Haben sie so schnell Streit bekommen?«

Hier mußte Georgie sie enttäuschen, und er berichtete ihr alsbald die authentische Version der Geschehnisse. »Und nächste Woche trifft sie ein, wahrscheinlich am Montag«, ergänzte er.

Nun waren alle drei außerordentlich zufrieden, denn Mrs. Weston war überzeugt, niemand anders hätte zwei und zwei mit demselben brillanten Ergebnis wie sie zusammenzählen können, Georgie befand sich in der noch besseren Lage, das Resultat gekannt zu haben, ohne überhaupt eine Addition durchführen zu müssen, und Colonel Boucher durfte als erster die Früchte der Rechnung genießen. Als sie nach reiflicher Erörterung des Themas auseinandergingen, war jeder von ihnen vor allem damit beschäftigt, sich zu überlegen, unter wie vielen Riseholmiten er die Nachricht als erster verbreiten könnte. Mrs. Weston konnte noch am Abend Elizabeth davon erzählen, und Colonel Boucher seinen Bulldoggen, der erste Erfolg jedoch glückte Georgie, der auf dem Heimweg in Mrs. Quantocks Salon noch Licht gesehen, einen kurzen Besuch gemacht und einen rechten und linken Treffer gelandet hatte, indem er zuerst Robert, der ihn einließ, und im ersten Stock dann Mrs. Quantock davon erzählte. Mehr war ihm an diesem Abend kaum möglich.

Lucia war jeden Morgen immer sehr beschäftigt, Schwert und Schild der Kunst blankzuputzen, um sich ihren Untertanen jeden Tag von neuem in blitzender Rüstung präsentieren und ihnen allen in der Kultur ein klein wenig voraus sein zu können, daher nahm sie in der Regel nicht an den parlamentarischen Zusammenkünften auf dem Anger teil. Außerdem kehrte Georgie für gewöhnlich vor dem Mittagessen bei ihr ein, und ihr beiläufiges Kreuzverhör nach dem Motiv »Irgendwelche Neuigkeiten?«, während sie vor dem Klavier Platz nahmen, ließ in ihm, wie in einem praktischen kleinen Krug, die Sahneschicht des morgendlichen Melkertrags nach oben steigen. Heute war sie mit ihrer Lehrer-Tunika angetan, denn die Anfängergruppe versammelte sich, wenn auch neuerdings nicht immer in voller Zahl, jeden Dienstag und Donnerstag in ihrem Haus. Jüngst hatten sich die Zeichen gehäuft, daß das Interesse der Schüler im Schwinden begriffen war; so war Colonel Boucher zu den letzten beiden Treffen nicht erschienen, und Mrs. Weston hatte beim vorigen Mal ebenfalls durch Abwesenheit geglänzt, doch es gehörte ja zu Lucias Strategie, den Guruismus eines natürlichen Todes sterben zu lassen, ohne seinem Hinscheiden selbst nachzuhelfen, und sie hatte vor, so lange zur vereinbarten Zeit für ihre Kursteilnehmer zur Verfügung zu stehen, wie noch jemand von ihnen erschien.

Außerdem stand ihr die Lehrer-Tunika ausnehmend gut, und sie trug sie oft auch dann, wenn es gar nichts zu lehren gab.

Heute hätte es sie nicht überrascht, wenn gar keine Schüler gekommen wären, doch während sie noch dabei war, mit der Köchin die Einkäufe zu besprechen, zeigte ihr das wiederholte Geklingel des Meerjungfrauschwanzes an, daß sich die Gruppe sogar vollzählig versammelte. Tatsächlich, obwohl es noch einige Minuten vor elf war, meldete ihr das Dienstmädchen pausenlos, jeweils zwischen den Gängen zur Tür und zurück, daß Colonel Boucher, Mrs. Weston, Mrs. Antrobus und Piggy sich bereits im Rauchsalon versammelten. Als sie gerade die Halle auf ihrem Weg dorthin durchquerte, sah sie Georgie durch den Shakespeare-Garten eilen, wobei seine Gestalt sich im welligen Glas der Fenster verzerrte, und sie öffnete ihm selbst die Tür.

»Giorgino *mio*«, sagte sie, »nich böse sein mit Lucia, weil sie gestern abend hat fleißig sein müssen, ja? Gerade will ich zu meinen Yoga-Schülern. Sie sind alle recht früh eingetroffen, und ich habe noch gar keinen von ihnen gesehen. Irgendwelche Neuigkeiten?«

Georgie seufzte tief; ganz Riseholme wußte es inzwischen, und jetzt würde er noch einen letzten Punkt machen, indem er es Lucia erzählte.

»Aber meine Liebe, haben Sie es noch nicht gehört?« begann er. »Ich wollte es Ihnen ja gestern abend schon erzählen.«

»Der neue Besitzer von ›Old Place‹?« fragte Lucia ungerührt.

»Ja. Raten Sie mal!« lockte Georgie. Dies war seine letzte Offenbarung, und er wollte den Moment ganz auskosten.

Lucia entschied sich für einen großen Wurf, der zwar Risiken in sich barg, aber im Falle eines Treffers gewaltig wirken würde. Blitzartig wurde ihr klar, warum der gesamte Yoga-Kurs so überpünktlich erschienen war: weil bestimmt jeder das Vergnügen haben wollte, ihr als erster zu berichten, wer der neue Nachbar war, nachdem es nun schon alle Welt wußte. Über diese Verbitterung legte sich noch als zusätzlicher Schmerz, daß Georgie, dessen logische Pflicht es gewesen wäre, sie sofort davon zu informieren, als er davon erfuhr, ihr erst jetzt ebendies enthüllen wollte. Insgeheim hegte sie ja seit langem einen Verdacht, denn sie hatte nicht vergessen, daß Olga Bracely und Georgie den ganzen Nachmittag bei ihrem Krocketspiel geblieben waren, statt zu ihrem Gartenfest zu kommen, und sie beschloß, auf die Gefahr hin, Georgie den Spaß zu verderben, alles aufs Spiel zu setzen. Sie stieß ihr silberhelles Lachen aus, das mit einem zweigestrichenen As anhob, wie sie einmal festgestellt hatte.

»Giorgino, habe ich Sie wirklich überlistet mit meiner Fragerei, wer es denn wohl sein mag?« fragte sie. »Als hätte ich es nicht von Anfang an gewußt! Na, Olga Bracely natürlich!«

Georgies enttäuschte Miene bewies, wie restlos sie ihm den Spaß verdorben und wie recht sie gehabt hatte.

»Wer hat es Ihnen erzählt?« fragte er.

Sie raschelte mit den Quasten.

»Ein kleines Vögelchen!« gab sie zurück. »So, jetzt muß ich zu meinem Kurs, sonst schimpfen sie mit mir.«

Ehe sie mit ihren Schülern zur Erörterung der hohen Philosophie Platz nahm, bekam Lucia nochmals Gelegenheit, die Begierde der anderen zu enttäuschen, die sie überraschen, informieren und erstaunen wollten.

»Guten Morgen allerseits!« grüßte sie. »Und bevor wir uns setzen, möchte ich, da ich endlich darf, eine kleine Neuigkeit mitteilen. Die gute Miss Olga Bracely, die ja jeder hier schon kennengelernt hat, wird im ›Old Place‹ einziehen. Gewiß wird sie unsere musikalischen Abende großartig bereichern. Jetzt aber, bitte.«

Dieser glorreiche Gegenzug war aber nur ein Abglanz auf einer harten, auf Hochglanz polierten Fläche, und wäre Georgie ein Blick in Lucias Herz möglich gewesen, so hätte er dort vollständige Linderung seiner eben erfolgten Kränkung erfahren. In Wahrheit glaubte er ohnehin nicht daran, daß Lucia seit langem so wie er gewußt haben konnte, wer der neue Besitzer war, denn in ihren Erkundigungen hatte immer eine höchst brennende Neugierde mitgeschwungen, allerdings war Lucia eine gute Schauspielerin (wenn sie nicht ihren Text vergaß), und vielleicht hatte sie ihn, während er sie zu bestrafen glaubte, die ganze Zeit über zum Narren gehalten. So oder so war ihm das Vergnügen entgangen, es ihr zu erzählen: Ob sie es nun wirklich gewußt oder nur erraten hatte, auf jeden Fall hatte sie es am Ende *ihm* gesagt, daran führte kein Weg vorbei. Er ging schnurstracks nach Hause und zeichnete eine Karikatur von ihr.

Doch mochte Georgie eine Wolke über das Gemüt ziehen, so wurde Lucia im selben Moment geradezu von einem tobenden Tornado erregter Grübeleien bewegt. Zwar würde Olga ohne Zweifel eine große Bereicherung des musikalischen Talents in Riseholme darstellen, doch würde sie sich auch einordnen – zum Beispiel »ihre Noten mitbringen« und nach dem Abendessen etwas vorsingen, wenn Lucia sie darum bat? Was die Musik anging, so war sie möglicherweise eine fast zu große Bereicherung, die den Rest der begabten Amateure in relative Bedeutungslosigkeit versinken lassen könnte. Gegenwärtig war Lucia die Hohepriesterin an jedem Altar der Kunst, und sie konnte die Vorstellung nicht mit Gleichmut ertragen, jemand anderer könne statt ihrer das Zeremoniell an einem davon übernehmen. Außerdem mußten einer so hervorragenden Opernsängerin wohl auch gewisse schauspielerische Kenntnisse zugebilligt werden, und in der Tat hatte Georgie oft von jenem herrlichen Augenblick berichtet, wenn Brünhilde erwachte und die Sonne begrüßte. Müßte Lucia also neben der musikalischen auch die dramatische Leitung abgeben? ...

Punkt für Punkt schälte sich deutlich aus der allgemeinen Düsternis heraus und ließ Alarmlampen aufleuchten; dann stand plötzlich das ganze Bild in Flammen. Und wenn Olga nun die Führung an sich riß, nicht nur in dieser oder jener Einzeldisziplin, sondern wenn sie versuchte, sich zur Alleinherrscherin über den Gang der Dinge in Riseholme zu machen? Es war ja gut und schön, wenn sie als schillernder Zugvogel für ein oder zwei Tage landete, um sozusagen »in Mauser eine Feder, eines Adlers Feder« auf Lucias Party fallen zu lassen und diese damit von allen früheren Festivitäten dieser Art glänzend abzuheben, so daß sie zur sublimsten Gesellschaft wurde, die es je gegeben hatte. Eine gänzlich andere Sache jedoch war der Gedanke, daß sie für immer hier leben wollte. In diesem Fall wäre es ein schickliches Verhalten, wenn sie ihre Federn zum Auspolstern des eigenen Horstes verwendete. Lucia dachte an Belsazars Festmahl, und an die Flammenschrift an der Wand, die sie jetzt zu interpretieren Daniel genug war. »Entzwei ist dein Königreich«, lautete sie, »es droht die Macht der Bracelys oder Shuttleworths.«

Dann sammelte sie ihre Kräfte. Wenn Olga plante, sich als diese Art Frau zu erweisen, sollte sie bald erfahren, mit wem sie es zu tun hatte. Nicht daß Lucia ihr nicht anfangs die Chance geben würde, sich angemessener Loyalität und Gehorsamkeit zu befleißigen – sie würde sich sogar herablassen, so lange mit ihr zusammenzuarbeiten, wie ganz eindeutig feststand, daß sie nicht auf Vorherrschaft aus war. Doch es gab nur ein Gesetz in Riseholme, nur ein Berufungsgericht, nur eine Verkünderin des Schicksals.

Ihre seelische Festigkeit beruhigte und kräftigte sie; sie wechselte die Tunika gegen ein Straßenkleid und spazierte die Straße entlang, die an »Old Place« vorbeiführte, um festzustellen, was sich im Inneren von draußen beobachten ließ.

Zehntes Kapitel

Eines Morgens Mitte Oktober saß Lucia am Frühstückstisch und runzelte die Stirn beim Lesen eines Briefs, den sie eben erhalten hatte. Er begann ohne jede Formalitäten und war mit Bleistift geschrieben.

Schauen Sie doch am Samstag gegen halb zehn vorbei und seien Sie für ein paar Stunden albern. Wir wollen etwas spielen und ein bißchen tanzen, wie wäre das? Natürlich sollen Sie Ihren Mann auch mitbringen, und machen Sie sich keine Mühe mit einer Antwort.

O.B.

»Eine Einladung«, sagte sie eisig und schob den Brief ihrem Mann hinüber. »Eine recht kurzfristige.«

»Wir reagieren gar nicht darauf, oder?« fragte er.

Peppino war manchmal ein wenig begriffstutzig.

»Nein, das habe ich nicht gemeint«, sagte sie. »Aber sie ist ein gutes Stück informeller, als man erwarten würde.«

»Vermutlich ist es eine informelle Party«, sagte er.

»Ohne Zweifel klingt es höchst informell. Ich bin es nicht gewohnt, auf solche Weise eingeladen zu werden.«

Peppino begann, sich der wahren Bedeutung der Situation bewußt zu werden.

»Ich verstehe, was du meinst, *cara*«, sagte er. »Also dann gehen wir eben nicht hin. Vielleicht begreift sie den Wink.«

Lucia überdachte dies für einen Moment und stellte dann fest, daß sie eigentlich lieber hingehen wollte. Dennoch machte sich eine gewisse Verärgerung Luft, die sich seit einigen Tagen in ihr angesammelt hatte, ehe sie einwilligte, Olgas Mangel an Förmlichkeit zu übersehen.

»Jetzt ist es vierzehn Tage her, daß ich sie besucht habe«, sagte sie, »und sie hat den Besuch nicht einmal erwidert. Es mag sein, daß man sich in gewissen Kreisen Londons so benimmt, aber ich bezweifle, ob London dadurch um einen Deut besser ist.«

»Sie ist zweimal fortgewesen seit damals«, gab Peppino zu bedenken. »Insgesamt war sie doch noch kaum zwei Tage hier.«

»Ich mag mich irren«, sagte Lucia. »Sicherlich irre ich mich. Trotzdem hätte ich geglaubt, sie hätte sich an einem dieser Tage eine halbe Stunde Zeit nehmen können, um meinen Besuch zu erwidern. Sie jedoch tat nichts dergleichen.«

In diesem Moment fiel Peppino eine erregende Neuigkeit ein, die er, höchst unerklärlicherweise, Lucia zu erzählen vergessen hatte.

»Du meine Güte, mir ist etwas völlig entfallen!« rief er. »Gestern nachmittag habe ich mit Mrs. Weston gesprochen, und dabei erzählte sie mir, sie sei in ihrem Rollstuhl Miss Bracely begegnet, und Miss Bracely habe Henry Luton die Griffe aus der Hand genommen und sie zweimal rund um den Anger geschoben, und zwar im Laufschritt.«

»Das scheint mir nicht von allzu großer Wichtigkeit zu sein«, sagte Lucia, obwohl sie bis ins Mark erschüttert war. »Kein Wunder, daß es dir entfallen ist, *caro*.«

»*Carissima*, warte einen Augenblick. Das ist ja nicht alles. Sie sagte dabei zu Mrs. Weston, sie hätte ihren Besuch gern erwidert, aber sie habe keine Visitenkarten.«

»Unmöglich!« rief Lucia. »Sie hätte doch in wenigen Stunden beim ›Alten Bücherladen‹ welche drucken lassen können.«

»Das mag sein; wenn du es sagst, ist es auch so«, sagte Peppino. »Aber jedenfalls sagte sie, sie habe keine Visitenkarten, und ich wüßte nicht, warum jemand deswegen lügen sollte.«

»Nein«, sagte sie, »es ist wirklich kein Geständnis, das man gerne machen würde, wenn es nicht wahr wäre. Ja, nicht einmal wenn es wahr wäre«, setzte sie hinzu.

»Auf jeden Fall erklärt es doch, warum sie nicht hier gewesen ist«, sagte Peppino. »Natürlich hätte sie gern alles richtig machen wollen, wenn sie dich besuchen käme, *carissima*. Und es wäre doch sehr peinlich gewesen, wenn du nicht im Haus gewesen wärst und sie keine Karte hätte hinterlassen können.«

»Und was ist mit Mr. Shuttleworth?« fragte sie geistesabwesend, als hätte sie kein echtes Interesse an der Antwort.

»Der ist bisher gar nicht mehr gesehen worden, soweit ich gehört habe.«

»Dann gibt es nicht einmal einen Gastgeber, wenn wir morgen hingehen!«

»Lassen wir uns doch einfach überraschen, *cara*«, sagte er fröhlich.

Abgesehen von der Angelegenheit des unerwiderten Besuches besaß Lucia bislang keinerlei Grund, Olga eines revolutionären Anspruchs auf ihren Thron zu verdächtigen. Wohl hatte sie seltsame Dinge getan – zum

Beispiel Mrs. Westons Rollstuhl um den Anger geschoben, oder auf dem Heimweg vom sonntäglichen Kirchgang eine Zigarette geraucht –, doch ließ sich das noch auf ihren Bohémien-Lebensstil und einen Mangel an Taktgefühl zurückführen, wie er bei ihrer Erziehung wohl nicht anders zu erwarten war – wenn man ein Waisenhaus in Brixton überhaupt als Erziehung werten wollte. Diese fabelhafte Information hatte Georgie einmal verraten, als er unbedingt beweisen wollte, daß er doppelt so viel wie alle anderen über Olga wußte, und Lucia hütete sie seither wie einen Schatz. Während der vergangenen zwei Wochen hatte sie Olga das Etikett »etwas gewöhnlich« verliehen, wobei sie jedoch einen gewissen Respekt vor ihrer beruflichen Leistung zu bewahren bereit war, vorausgesetzt natürlich, daß man diese berufliche Leistung als Teppich vor ihren Füßen ausbreitete. Aber immerhin, mochte Olga auch eine recht bohémienhafte Lebensart haben, die sich etwa im Fehlen von Visitenkarten ausdrückte, so war Lucia, die hier auf den kultivierenden Einfluß von Riseholme vertraute, ohne weiteres bereit, darüber hinwegzusehen und am darauffolgenden Tag zu der informellen Party zu kommen, falls sie sich danach fühlte, denn um ausdrückliche Zusage war ja nicht gebeten worden.

Beachtlich viele Fenster von »Old Place« strahlten hell erleuchtet, als sie und Peppino nach dem Abendessen den allzu formlosen Charakter der Einladung sowie das bisherige Ausbleiben eines Gegenbesuchs außer acht ließen und zu Olgas »alberner« Party aufbrachen. Es war ein widerlicher Regentag gewesen, und Lucia brachte daher verständlicherweise ein Paar sehr elegante Hausschuhe in einer Papiertüte mit, während

Peppino seine russischen Galoschen übergestreift hatte. Dabei handelte es sich um Schneeschuhe von enormer Größe, die sein Abendschuhwerk völlig umschlossen, Lucia jedoch zog es vor, sich nicht in diesem Maße zu entstellen, und trug ein Paar ansehnliche Wanderstiefel, die sie in der Garderobe gegen ihre eleganten Samtschuhe austauschen konnte. Das Überstreifen der Stiefel am Schluß eines geselligen Abends war unter den Damen fast schon ein Ritual und wurde als »bei Flickschusters zu Hause« bezeichnet. Die beiden gingen relativ spät los, da es sich für Lucia wohl anstand, als letzte einzutreffen. Sie hatten den Eingang von »Old Place« gerade erreicht und Peppino tastete im Dunkeln nach der Klingel, als Lucia einen leisen Schmerzensschrei ausstieß und sich die Ohren zuhielt, als hätte sie doppeltes Ohrenweh von erstaunlicher Intensität ergriffen.

»Grammophon«, sagte sie gepreßt.

Darüber konnte kein Zweifel herrschen. Aus dem Fenster direkt neben ihnen drangen die quälenden Klänge eines sehr unkeuschen Musikinstrumentes; es war die Aufnahme einer vulgären, »eingängigen« Walzermelodie, arrangiert für eine Blaskapelle. Ganz Riseholme kannte ihre Ansicht über das Grammophon: für eine Liebhaberin Beethovens war es wie unanständige oder derbe Reden, die jemand laut in der Öffentlichkeit führte. Soweit bekannt, war erst eines dieser höllischen Geräte bisher in Riseholme aufgetaucht, und zwar hatte es der fehlgeleitete Robert Quantock hergebracht. In ihrer Gegenwart war nur einmal eine Platte aufgelegt worden, doch der schmerzerfüllte Blick, der ihre Miene überzogen hatte, war von solcher Wirkung gewesen, daß er die Musik unverzüglich abgeschaltet hatte.

Dann ging die Tür auf, und der entsetzliche Lärm drang mit erhöhter Lautstärke an ihre Ohren.

Lucia hielt einen Moment unentschlossen inne. Wäre es nicht ein großartiger, ja erhabener Akt, sofort wieder heimzugehen, ohne einzutreten, und darauf zu vertrauen, daß Peppino überall erzählen würde, wer da diesem Haus den Rücken gekehrt hatte? Eine ganze Menge sprach dafür, stünde es doch im Einklang mit ihren hohen und unveränderlichen Prinzipien. Andererseits wollte sie unbedingt sehen, welche Prinzipien der Unterhaltung Olga hier begründete. Ein »alberner Abend« war eine durchaus neue Art von Vergnügen, denn seitdem Lucia die gesellige Seite des Lebens in diesem Ort anführte und beherrschte, hatte es noch nie so etwas wie einen »albernen Abend« in Riseholme gegeben, und es mochte von Vorteil sein, (für den Fall, daß er ihr nicht zusagte) persönlich ein Fehlschlagen dieses Abends zu erreichen, indem sie mit dem guten Beispiel einer gelangweilten, eisigen Miene voranging. Aber wenn sie eintrat, mußte das Grammophon angehalten werden. Sie würde sich schmerzvoll auf ihrem Stuhl winden, und Peppino müßte ihre Meinung über Grammophone erläutern. Damit ließe sich ihre Autorität auf angemessene Weise bekunden. Oder sie könnte Olga sagen, daß ...

Lucia zog die Samtpantoffeln an und stellte die Stiefel ab, bis es Zeit für »bei Flickschusters zu Hause« wäre, und ließ sich, indem sie einen passenden gequälten Gesichtsausdruck auflegte, von einem Dienstboten auf Zehenspitzen an die Tür des großen Musikzimmers geleiten, von dem Georgie erzählt hatte.

»Bitte ganz leise hineingehen, Ma'am«, bat er.

Der Raum war voller Menschen; ganz Riseholme war gekommen, und da es bei weitem nicht genug Stühle gab (*das* sah Lucia auf einen Blick), saßen viele von ihnen auf Kissen am Boden. Am anderen Ende erhob sich ein kleines Podium, in dessen Ecke man den Flügel geschoben hatte, und darauf stand, der quäkende Lautsprecher direkt auf Lucia gerichtet, ein riesengroßes Grammophon. Oben auf dem Podium war Olga; sie tanzte. Sie trug ein fließendes Kleid aus weißem, silbern glitzernden Stoff, das ihre schönen Arme bis zur Schulter freilegte. Am Ausschnitt war das Kleid einfach geschnitten und hing ihr in schlichten Bahnen bis auf die Knöchel herab. Eine Art langes, schimmerndes Halstuch von dunkelroter Farbe in ihrer Hand folgte wellenförmig ihren Bewegungen, als wäre es von eigenem Leben beseelt, das es aus ihrer zarten, doch einmaligen Vitalität bezog. Inmitten dieser Wolke aus fließendem Karminrot und silbernen Blitzen, die sich rhythmisch um ihren Körper schlang, blickte ihr wunderschönes Gesicht hervor, aufrichtig lächelnd und übersprudelnd vor Lebensfreude...

Lucia war kaum eingetreten, als das Grammophon, mit einem allerletzten Mißton, zum Ende der Platte gelangte, und Olga einen grandiosen Knicks vollzog, ihr Tuch achtlos fallenließ und vom Podium herabstieg. Georgie, der auf dem Fußboden direkt vor ihr saß, sprang nun auf und führte den Applaus an. Einen Moment lang nahm niemand die geringste Notiz von Lucia, obwohl sich bei ihrem Kommen mehrere Köpfe umgewandt hatten; tatsächlich war die erste, die sie überhaupt zu erkennen schien, die Gastgeberin selbst. Auch sie aber warf ihr nur eine Kußhand zu und unterhielt sich dann weiter mit Georgie. Schließlich bahnte sie sich jedoch einen Weg über den dicht besetzten Fußboden und kam zu ihr hinüber.

»Wie weise von Ihnen, diese armselige Vorstellung zu versäumen!« sagte sie. »Aber Mr. Georgie hat darauf bestanden, daß ich mich zum Narren mache.«

»Im Gegenteil, ich bereue es sehr, nicht dabeigewesen zu sein«, widersprach Lucia in äußerst würdevollem Tonfall. »Es schien mir weit entfernt von einer armseligen Vorstellung, das muß ich sagen. *Caro mio*, erinnerst du dich an Miss Bracely?«

»*Si, si, molto bene*«, sagte Peppino und drückte Olga die Hand.

»Oh, Sie sprechen italienisch!« rief Olga. »*Che bella lingua!* Ich wünschte, ich könnte sie.«

»Sie haben doch eine sehr schöne Aussprache«, sagte Lucia.

»*Grazie tante!* Sie sind ja mit allen hier bekannt, nehme ich an. Also, was machen wir als nächstes? Ein Ratespiel, eine Scharade oder etwas anderes? Ach, da liegen ja Zigaretten. Wollen Sie auch eine?«

Lucia stieß einen leisen Schrei des Entsetzens aus.

»Ich und eine Zigarette! Das wäre wirklich höchst ungewöhnlich«, sagte sie. Dann lenkte sie ein, da ihr offenbar einfiel, daß sich Olgas Unwissenheit verzeihen ließ, und setzte hinzu: »Wissen Sie, ich rauche nie. Niemals!«

»Oh, Sie sollten es lernen«, sagte Olga. »Gut, dann machen wir also ein Ratespiel. Kennen alle Sachenraten? Wenn nicht, werden sie es schon begreifen. Oder wollen wir tanzen? Wir haben ein Grammophon für die Musik.«

Lucia hob in gespieltem Flehen die Hände. »Ach bitte, kein Grammophon!« bat sie.

»Oh, Sie mögen es nicht?« fragte Olga. »Ja, es ist unsagbar schrecklich, daß ich so dafür schwärme, genau wie ich mir im Aquarium immer die widerwärtigsten Kreaturen ansehe. Aber ich denke, wir tanzen höchstens wieder nach dem Essen. Und das wird es in Kürze geben, einerseits weil ich vor Hunger schon fast umkomme, und andererseits weil die Leute danach immer viel alberner sind. Doch vorher noch ein Spielchen. Mal sehen: wir sind genug für vier Gruppen. Also bitte, vier Gruppen bilden, und wenn vielleicht Sie und noch zwei zusammen mit Mr. Georgie hinausgehen würden, Mrs. Lucas? Wir werden uns möglichst beeilen, und wir denken uns auch nichts aus, bei dem Mr. Georgie rot werden könnte. Ach, da ist er ja! Er hat mich sicher gehört!«

Olgas vergnügte Lebhaftigkeit auf ihrer eigenen Party spornte rasch alle Gäste zu wesentlich größerer Begeisterung an, als es in Riseholme sonst üblich war, wo Gastgeberinnen für gewöhnlich besorgt und wachsam um sich blickten und ständig befürchteten, die Gäste könnten sich zuwenig amüsieren oder die Sandwiches ausgehen. Man setzte sich zum Essen, nachdem das Ratespiel vorbei war (Mrs. Quantock hatte als erste erraten, daß es um die kleine Zehe an Beethovens rechtem Fuß ging, was Lucia mit gequälter Miene quittierte), und da es nicht genügend Dienstboten zum Servieren gab, stöberte jeder selbst auf den Platten herum, und Olga stolzierte mit einer Flasche Champagner in der einen und einer Schüssel Hummersalat in der anderen Hand im Zimmer auf und ab. Sie setzte sich jeweils für ein paar Minuten mal an diesen, mal an jenen Tisch, stellte alberne Scherzfragen, ließ aus der Küche noch einen Schinken kommen und schaltete alle Lampen aus, als sie eigentlich noch welche einschalten wollte. Nach dem Essen trug man dann noch einige zusätzliche Stühle ins Musikzimmer, um dort die »Reise nach Jerusalem« zu spielen; dabei blieb Olga mit Mrs. Quantock als letzte übrig, und es ging die Rede, sie habe »Verdammt!« gesagt, als Mrs. Quantock gewann. Georgie, der dabei das Grammophon mit der grauenhaften Musik bediente, vergaß offenbar völlig, was für Qualen dies Lucia verursachte; er bemerkte nicht einmal, daß sie Peppino ein Zeichen gab und dann fortging, wobei sie ganz allein »bei Flickschusters zu Hause« war. Niemandem fiel es auf, daß der Samstag endete und der Sonntag begann, denn zu dieser Zeit veranstalteten Georgie und Colonel Boucher gerade einen Hahnenkampf, bei dem Georgie »Wie ungezogen!« kreischte und der Colonel, mit stark gerötetem Gesicht, bemerkte: »Äh-hem! Hab nicht gedacht, daß ich noch mal solche Tollereien mitmachen würde. Meiner Seel, ist das lustig!« Georgie ging als letzter, und erst auf der Hälfte des Heimwegs bemerkte er die Kreppmanschette, die vorne an seinem Hemd herunterbaumelte. Er hoffte, es sei Olga gewesen, die sie dort plaziert hatte, als er beim Pfänderspiel mit einer Augenbinde quer durchs Zimmer gehen und dabei eine gerade Linie einhalten mußte.

Am nächsten Morgen stand Riseholme recht spät auf, und es galt, sich beim Frühstück zu sputen, um rechtzeitig zur Kirche fertig zu sein. Überall herrschte leichte Benommenheit und das Gefühl, eben noch jung und lustig gewesen zu sein, aus dem man nun zur Realität von Kirchenglocken und dem eigenen vorgerückten

Alter erwachte. Colonel Boucher, dessen Gedanken beim Singen der Baßstimme von *O Lebensbrünnlein tief und groß* instinktiv zu dem Hahnenkampf am Vorabend wanderten, besann sich niedergeschlagen darauf, daß sein Brünnlein schon beträchtlich tief war. Mrs. Weston, die mit dem Rollstuhl im Gang stand und sich von Tommy Luton je nach Bedarf Gesangs- und Gebetbuch reichen ließ, warf einen Seitenblick auf Mrs. Quantock und fand es äußerst seltsam, daß Daisy noch vor wenigen Stunden um einen Stuhl herumgerannt war, während Georgie den Finger am Grammophon gehabt hatte. Georgie hingegen, der an Colonel Bouchers Seite den Tenor schmetterte, bemerkte mit großem Ärger einen Fleck des Silberputzmittels an seinem Zeigefinger, da er nach dem Frühstück noch den Rahmen der Fotografie von Olga Bracely gereinigt hatte und vom Läuten der Glocken völlig überrascht worden war. Etwas bedrückt war er auch, weil er danach mit Lucia zu Mittag essen würde, und er tappte völlig im Dunkeln, was Lucias Ansicht zu der Party anging. Lucia war ziemlich spät mit Peppino in die Kirche gekommen, da beide das allgemeine Sündenbekenntnis nicht nötig hatten, und sang nun mit steinerner Inbrunst. Sie hatte ihr übliches Kirchgangsgesicht aufgesetzt, aus dem sich absolut nichts erkennen ließ. Zahllose verstohlene Blicke der Gemeinde in alle Richtungen suchten vergeblich nach der Gastgeberin der vergangenen Nacht. Insbesondere Georgie war deshalb sehr traurig; ihm wäre es lieb gewesen, wenn Olga mit ihrem Erscheinen in der Kirche an diesem Vormittag eine gewisse respektable Seriosität bewiesen hätte; Lucia ihrerseits war ganz besonders froh darüber, bestätigte dies doch ihre Ansicht, nach der Miss Bracely keine wahre Riseholmitin sei, und auch nie eine werden könne. Das hatte sie sich gestern abend schon gedacht und auch zu Peppino gesagt, und sie hatte vor, dasselbe heute zu Georgie zu sagen.

Dann kam es zu einer verblüffenden Entwicklung, als Mr. Rumbold für seine Predigt aus dem Chorherrenstuhl zur Kanzel schritt. Normalerweise gab er die Nummer des kurzen Chorals bekannt, der dieses Manöver begleitete, doch diesmal blieb die Ankündigung aus. Ein diskreter Vorhang verbarg den Organisten vor der Gemeinde, damit man von seiner Gymnastik auf den Registern und dem ulkigen Tanz auf den Pedalen nicht so abgelenkt wurde, und als jetzt Mr. Rumbold zur Kanzel hintrat, spielte die Orgel die kurze Introduktion zu Bachs *Du mein gläubiges Herz*, das selbst Lucia für »beinahe Beethoven ebenbürtig« erklärt hatte. Und dann erklang die Stimme ... Die Benommenheit nach der Tollerei am vergangenen Abend verflog wie Kerzenlicht im Wind bei diesem göttlichen Gesang, der von der Fröhlichkeit eines himmlischen Kindes durchdrungen war. Die Stimme wurde leise und sanft, steigerte sich dann wieder, zögerte verhalten und raste schließlich zum Gipfel des Triumphs empor. Schlichteren Gesang hatte noch niemand je vernommen, doch diese Schlichtheit konnte nur aus höchster Kunst entspringen. Und all diese Kunst war gänzlich unbewußt; sie war ein Teil der Sängerin, die einfach nur Gott pries, wie es auch die Drossel tat. Sie, die am Vorabend ein lustiges Fest bereitet hatte, hielt an diesem Morgen nun Andacht.

Als sie zur Predigt Platz nahmen, flüsterte Colonel Boucher verhalten zu Georgie hinüber: »Meiner Seel!« Und Georgie flüsterte, beträchtlich besser verständlich, zurück: »Himmlisch!« Mrs. Weston zog für die Kollekte eine halbe Crown statt des üblichen Shillings aus der Börse, und Mrs. Quantock fragte sich, ob sie wohl zu alt für Gesangstunden sei …

Als Georgie zum Mittagessen bei Lucia ankam, war sie gesprächig wie selten und sprach wesentlich mehr italienisch als sonst. Bei seinem Eintreten in den Salon, legte sie auch tatsächlich gerade eine Italienisch-Grammatik beiseite und deckte sie mit den Essays von Antonio Caporelli zu. Dies mochte vielleicht in Verbindung damit stehen, daß sie am Vortag Olga zu ihrer Aussprache gratuliert hatte. »*Ben arrivato, Giorgio*«, sagte sie. »*Ho finito il libro di Antonio Caporelli in questo momento. E' magnifico!*«

Georgie war der Ansicht gewesen, sie habe es schon längst gelesen, aber er konnte sich ja irren. Der Satz flatterte Lucia von der Zunge, als habe er dort bereits fix und fertig gewartet.

»*Sono un poco fatigata dopo il* – du meine Güte, was ist mein Italienisch nur eingerostet, ich weiß das Wort dafür nicht mehr«, fuhr sie fort. »Also, ich bin ein bißchen erschöpft von gestern abend. Eine erbauliche kleine Gesellschaft war das. Miss Bracely hat das sehr schlau angefangen, so viele Leute in so kurzer Zeit zusammenzutrommeln. Irgendwie ist so eine Tollerei ja das eine Mal ganz nett.«

»Mir hat es einen Riesenspaß gemacht«, sagte Georgie.

»Das habe ich gemerkt, *cattivo ragazzo*« gab sie zurück. »Ganz vergessen haben Sie die arme Lucia und ihren Abscheu vor diesem schrecklichen Grammophon.

Ich mußte alle Gelassenheit aufbringen, die mir die Yogalektionen verliehen haben, um nicht loszubrüllen. Aber wirklich ungezogen waren Sie ja am Grammophon bei der Reise nach Jerusalem – dieser unmusikalischen Reise, wie ich zu Peppino noch sagte, nicht wahr, *caro*? –, die Schallplatte immer so plötzlich aufzulegen und wieder anzuhalten. Jedesmal dachte ich, jetzt sei es wirklich zu Ende. *E' pronta la colazione. Andiamo!*«

Man setzte sich zu Tisch; die Speisekarte, an sich schon recht ungewöhnlich beim Mittagessen, war auf italienisch und unzweifelhaft von Lucia geschrieben.

»Ich werde diese Woche eine Menge von Giorginos *tempo* in Anspruch nehmen«, sagte sie. »Peppino und ich haben nämlich schon fast beschlossen, am nächsten Samstag eine kleine Party nach dem Abendessen zu geben, und ich möchte, daß Sie mir helfen, einige Stegreif-Szenen vorzubereiten. Improvisiertes muß man immer zunächst gut planen; ich wage auch zu behaupten, daß Miss Bracely an ihrem Tanz von gestern lange Zeit gearbeitet hat, und ich hätte gerne noch mehr davon gesehen. Sie war ein wenig ungeschickt beim Hantieren mit diesem Schal, fand ich, allerdings weiß sie wohl auch nicht allzu viel über das Tanzen. Trotzdem war es ja sehr graziös und wirkungsvoll für eine Dilletantin, und insgesamt hat sie einen recht guten Auftritt erzielt.«

»Oh, aber eine Dilettantin ist sie gewiß nicht«, warf Georgie ein. »Immerhin hat sie *Salome* gespielt.«

Lucias Lippen kräuselten sich. »Ach ja? Das finde ich sehr schade für sie«, sagte sie. »Bei ihrem unzweifelhaft großen Talent hätte ich gedacht, sie könnte eine würdigere Rolle bekommen. Natürlich habe ich die Oper nicht gehört; noch mehr schämen würde ich mich ja, selbst bei der Aufführung gesehen zu werden. Nun aber zu unseren Szenen: Peppino meinte, wir könnten mit der Hinrichtung von Maria Stuart anfangen. Es ist zu dumm, daß mir meine römischen Perlen abhanden gekommen sind. Er würde den Scharfrichter spielen, und Sie den Priester. Danach dachte ich an Brünhildes Erweckung.«

»Eine sehr hübsche Idee«, sagte Georgie. »Haben Sie Miss Olga gefragt, ob sie mitmachen will?«

»*Giorgino mio*, Sie mißverstehen mich«, sagte Lucia. »Dieses Fest soll ja *für* Miss Bracely sein. Ich war gestern abend ihr Gast, trotz des Grammophons, und ich möchte stark hoffen, daß sie nichts in meinem Hause vorfindet, das ihr solche Schmerzen bereitet wie mir dieses Grammophon. Ich hatte danach letzte Nacht einen so schlimmen Alptraum ... nicht wahr, Peppino? Wegen der Brünhilde-Szene: Ich dachte, Peppino könnte den Siegfried spielen, und vielleicht könnten Sie die ersten fünfzehn oder zwanzig Takte der Begleitung üben. Die müßten Sie dann spielen, während der Vorhang oben ist. Falls eine Zugabe verlangt wird, können Sie dasselbe ja noch einmal spielen, Und wie wäre es danach mit König Cophetua und der Bettlerin? Ich würde dem Publikum dabei den Rücken kehren und mich überhaupt nicht umdrehen; es wäre also ganz und gar Ihr Auftritt. Wir müssen es nur ein bißchen absprechen, wie gesagt, und auch ein oder zweimal proben, damit wir nicht übereinander stolpern. Ich werde irgendwelche Kostüme beschaffen, die wir uns dann einfach überwerfen. Die Stegreif-Szenen und ein bißchen Musik, ernste Musik, sollten durchaus genügen, um es für alle interessant zu machen.«

Inzwischen ahnte Georgie schon halbwegs, worauf es hinauslief. Einstweilen kam es also nicht zum offenen Krieg: statt dessen sollte es eine herrliche mediceische Rivalität geben, in der die strahlenden Künstlerinnen ihren Kampf ausfechten würden. Bestätigt wurde seine Einschätzung, als Lucia mit wachsender Lebhaftigkeit fortfuhr.

»Ich habe sicherlich nicht vor, Spiele abzuhalten – oder sollte ich Tollereien dazu sagen?« begann sie. »Denn soweit ich Riseholme kenne – und ich kenne es möglicherweise ein wenig besser als die gute Miss Bracely –, hat es für diese Dinge nichts übrig. Es ist nicht unsere Denkungsart. Ob das falsch oder richtig ist, will ich mir nicht zu entscheiden anmaßen; fest steht, daß wir für diese Dinge nun einmal nichts übrig haben. Die gute Miss Bracely hat sich gestern abend wirklich angestrengt; gewiß standen die lautersten Motive einer Gastgeberin dahinter, und woher hätte sie es auch wissen sollen? Zum Beispiel dieser Imbiß. Peppino hat neunzehn leere Champagnerflaschen gezählt –«

»Achtzehn, *carissima*«, korrigierte Peppino.

»Ich glaube, du sagtest neunzehn, *caro*, aber es ändert auch nicht viel daran. Achtzehn leere Champagnerflaschen auf dem Wandtisch, und Unmengen von Kaviarbrötchen, die übrigblieben. Es war einfach zu viel von allem, wenn es auch längst nicht genug Stühle gab, und ich für mein Teil überhaupt nie einen bekommen habe, außer beim Essen.«

Lucia beugte sich über den Tisch vor und faltete die Hände.

»Es hatte etwas Protziges, *Giorgino*, und Sie wissen, wie sehr ich Protz verabscheue«, sagte sie. »Shakespeare war für seine Meisterwerke mit der allerbescheidensten Kulisse zufrieden, und es wäre ein fataler Irrtum, wenn wir es zuließen, uns von purer Verschwendung beeindrucken zu lassen. In all den Jahren, die ich hier gelebt und meinen bescheidenen Beitrag zum Leben geleistet habe, sind mir niemals Klagen über meine Abendessen oder meine Teegesellschaften zu Ohren gekommen, und auch nicht über die Güte der Unterhaltung, die ich meinen Gästen biete, wenn sie mir die Freundlichkeit erweisen, auf *le mie invitazioni* mit ›*si*‹ zu antworten. Tollereien sind der Kunst nicht förderlich, und wir können unsere Freude haben, auch ohne zweihundert Kaviarbrötchen übrigzulassen. Und diese Verschwendung beim Schinken! Ich mußte das Stück, das sie mir gegeben hatte, noch x-mal schneiden, ehe ich es essen konnte.«

Georgie fand, das könne er denn doch nicht durchgehen lassen.

»Nun, ich jedenfalls hatte ein exzellentes Mahl«, sagte er, »und ich habe es sehr genossen. Peppino hat übrigens auch gespachtelt wie sonstwas. Fragen Sie ihn doch einmal nach seiner Meinung.«

Lucia stieß ihr silberhelles Lachen aus.

»Giorgino, Sie sind ein junger Mann«, sagte sie gewandt, »der, wie Sie es auf so vulgäre Art ausdrücken, ›spachtelt wie sonstwas‹, ohne dabei zu überlegen. Ich sage ja gar nichts gegen das Abendessen, obwohl ich sicher bin, Peppino und Colonel Boucher hätten sich heute morgen besser gefühlt, wenn sie gestern abend weiser gewesen wären. Doch das trifft nicht den Kern der Sache. Ich möchte Miss Bracely zeigen – und dafür wird sie mir gewiß dankbar sein –, welche Art von Unterhaltung uns hier in Riseholme so lange Zeit durchaus zufriedengestellt hat. Ich werde es ganz auf ihre Weise gestalten: alle erst im allerletzten Moment einladen, genau wie sie es getan hat. Es wird rundherum nett werden, und es wird etwas dabei sein, das mir gestern abend zu fehlen schien. Gestern war mir ein wenig ... wie soll ich es sagen? ... ein wenig zuviel Rampenlicht dabei. Und vorhin in der Kirche schien mir das Rampenlicht noch keineswegs erloschen. Wie sie diese wunderschöne Arie gesungen hat – das war theatralisch. Ich kann es nicht anders als theatralisch nennen.«

Sie fixierte Georgie mit ihren glänzenden schwarzen Augen und fuhr sich über die Locken.

»Theatralisch!« sagte sie noch einmal. »Kommen Sie, den Kaffee trinken wir im Musikzimmer. Soll Lucia ein wenig Beethoven spielen, um den widerwärtigen Klang dieses Drammophons zu verwischen? Lucia mag nich sslimmes Drammophon hören. Gar nich!«

Georgie konnte sich allmählich in jenen zwiegespaltenen Liebhaber einfühlen, der immer dachte, wie selig er doch mit der einen sein könnte, wenn nur die andere gerade fort wäre. Ohne Zweifel war er mit Lucia all die Jahre über selig gewesen, ehe jenes andere reizvolle Geschöpf in Riseholme aufgetaucht war; jetzt aber fand er, selbst wenn Lucia täte, was sie so oft beinahe getan hätte, nämlich den Winter an der Riviera zu verbringen, wäre Riseholme immer noch ein sehr angenehmer Platz zum Leben. Er hatte nie genau gewußt, wie ernsthaft sie diesen Winterurlaub an der Riviera in Wahrheit erwog, denn schon die leiseste Erwähnung hatte ohnehin genügt, um ihn aufschreien zu lassen, Riseholme könne unmöglich ohne sie existieren. Wenn dagegen das Thema der Rivierareise heute angeschnitten worden wäre, während er vor dem Klavier saß und zuhörte (nicht etwa lauschte), wie sie einige Male den langsamen Satz spielte und sich kurz, aber gewagt, an dem Scherzo aus der »Mondscheinsonate« versuchte, hätte er bestimmt nicht ganz so eindringlich auf der Unmöglichkeit des Weiterbestehens von Riseholme ohne sie beharrt. Tatsächlich würde er diesen Sonntagmittag sogar ganz hervorragend überstehen, selbst wenn Lucia in Timbuktu oder Australien wäre; als er am Vorabend nämlich die Party verließ, hatte ihm Olga beiläufig angedeutet, sie sei zum Mittagessen zu Hause, und er könne gern vorbeischauen, falls er nichts Besseres vorhabe. Etwas Besseres hatte er bestimmt nicht vor, wohl aber etwas Schlechteres...

Peppino saß mit geschlossenen Augen, weil er sich so besser auf die Musik konzentrieren konnte, im Sessel am Fenster und nickte rhythmisch mit dem Kopf, vermutlich aus dem gleichen Grunde. Das Ende des langsamen Satzes beendete natürlich auch seine Konzentration; er erwachte und stieß jenen Seufzer aus, mit dem Riseholme immer das Ende eines langsamen Satzes kommentierte. Auch Georgie seufzte, und Lucia seufzte ebenfalls; alle seufzten, dann begann Lucia von vorn. Also schloß Peppino wieder die Augen, und Georgie setzte seine gedankliche Analyse der Situation fort.

Gegenwärtig, so folgerte er, wollte Lucia also keinen Krieg. Sie wollte vielmehr den Geist von Riseholme wie bei einer gewaltigen Heerschau in seiner prächtigsten Aufmachung paradieren lassen und damit alle potentiellen Rivalen verwirrt und überwältigt niederwerfen. Außerdem wollte sie einen erzieherischen Einfluß ausüben, da sie Olga immerhin großes Talent zugestand, das sie nun auszubilden und zu verfeinern gedachte, so daß es unter ihrer gütigen, aber unumschränkt bestimmenden Aufsicht zu Riseholmes Kraft und Herrlichkeit beitragen möge. Selbstverständlich bedurfte sie dabei eines loyalen, fähigen Gehilfen, und Georgie war klar, daß die Szene mit König Cophetua (*seine* Szene, wie sie es genannt hatte) durchaus eine Art Bestechung oder, falls einem dieses Wort zu gehässig klang, eine Gehaltserhöhung darstellte. Ebenso klar war, daß der ausgedehnte Vortrag des langsamen Satzes dazu dienen sollte, ihm deutlich den Kontrast zwischen der Tollerei am vergangenen Abend und der jetzigen stillen Stunde vorzuführen, was ihr auch keineswegs mißlang.

Lucia klappte den Flügel zu und begann zu sprechen, fast ehe noch alle ihren Seufzer getan hatten.

»Am besten halten wir zuerst eine kleine Tischgesellschaft ab«, sagte sie. »Ich werde Lady Ambermere dazu einladen. Zusammen mit Ihnen, Georgie, wären wir dann vier, und Miss Bracely und Mr. Shuttleworth machen also sechs. Die übrigen Gäste werde ich für neun Uhr bitten, weil Lady Ambermere späte Veranstaltungen nicht sehr schätzt. So, besprechen wir jetzt unsere Szenen?«

Also waren auch Lucias Gedanken nicht gänzlich von Beethoven beansprucht worden, obwohl Georgie ihr wie üblich sagte, noch nie habe sie so göttlich gespielt.

Elftes Kapitel

Die Manöver der folgenden Woche entwickelten sich zu derart atemloser Komplexizität, daß Georgie bereits am Mittwoch beinahe dazu neigte, aus schierer Verzweiflung mit Foljambe und Dickie an die See zu entfliehen, und erstmals seit vielen Jahren konnte er die Fäden nur unter gewaltigen geistigen Anstrengungen gänzlich entwirren ... Gleich am Sonntagabend sandte Lucia eine Einladung zu »Abendessen und Stegreif-Szenen« an Lady Ambermere, worauf deren »Leute« am Montag nachmittag telephonisch antworteten, ihre Ladyschaft sei bedauernswerterweise verhindert. Lucia ließ daher den Gedanken einer Tischgesellschaft fallen und kehrte zum ursprünglichen Plan einer abendlichen Party zurück, die aus heiterem Himmel bekanntgegeben würde, genau wie Olgas. Inzwischen liefen hinter geschlossenen Türen die Proben für die Szenen ab, und Georgie kämpfte mit den Noten der ersten zwanzig Takte aus »Brünhildes Erweckung«. Lucia hatte vor, bis Freitag abend niemandem davon zu erzählen, und dann sollte Olga sehen, was für ein Fest Riseholme in kürzester Zeit auf die Beine stellen konnte.

Am Dienstagmorgen fuhr, wahrscheinlich auf dem Wege unterbewußter Telepathie, der Teufel in Mrs. Quantock: sie machte beim vormittäglichen Parlament auf dem Dorfanger die Runde und lud jedermann für Samstag abend zu einer lustigen Tollerei bei sich zu Hause ein; alle sagten ihr zu. Georgie, Lucia und Olga fanden sich nicht auf dem Anger, also suchte sie deren Häuser nacheinander persönlich auf, wobei sie mit Georgie begann. Mit seinem geheimen Wissen von den Stegreif-Szenen (tatsächlich stickte er gerade an einem Umhang, den er als König Cophetua tragen wollte, und schob ihn nun rasch zusammengewickelt unter den Tisch) bedauerte er, bereits eine Verabredung zu haben. Dies war recht mysteriös, doch Mrs. Quantock durfte annehmen, er wolle einmal wieder einen Abend für sich, an dem er »zu Hause zu tun« haben würde, und da man bezüglich dieser Abende nicht allzu neugierig war, stellte sie keine Fragen, sondern ging weiter zu Lucia, um dort ihre Einladung zu deponieren. Auch dort bekam sie eine ähnlich seltsame Absage. Lucia sagte, es täte ihr schrecklich leid, aber Peppino und sie könnten leider nicht kommen, sie wünsche Daisy jedoch eine schöne Party. Noch während sie redete, klingelte das Telephon, und sie eilte an den Apparat, wo sie von Georgie, ihrem getreuen Leutnant, die Tatsache erfuhr, daß Mrs. Quantock für Samstag eine Gesellschaft vorbereite; er wußte jedoch nicht, wie weit sie mit den Einladungen gekommen war. Mittlerweile war Daisy, ungewöhnlich eiligen Schrittes, bereits auf halbem Wege zu »Old Place«. Lucia, die die Situation erstaunlich rasch erfaßte, schnitt Georgie knapp das Wort ab, gab jeden Gedanken an eine spontane Party auf und rief bei Olga an. Sie wenigstens würde ihr sicher sein...

Das Telephon stand im Flur, und Olga, die bereits den Hut aufgesetzt und sich zum Fortgehen bereit gemacht hatte, hörte gerade noch das Klingeln. Kaum kam ihr die dankbare Zusage über die Lippen, schellte schon heftig die Türglocke und wurde nach nur einer halben

Minute Pause gleich nochmals gezogen; vor der Tür stand Mrs. Quantock mit ihrer Einladung für den Samstagabend. Olga sah sich gezwungen, diese abzulehnen, versprach aber, später am Abend vorbeizuschauen, falls es bei Mrs. Lucas nicht allzu lange dauere. Eine nette Tollerei wäre prächtig.

Schon zeigten sich die üblen Symptome von dezentralisierten und einander überlappenden Vorgängen. Lucia rief bei einem Haus nach dem anderen an, nur um herauszufinden, daß alle bereits eine Verabredung hatten. Zwar hatte sie Olga und Georgie an sich gerissen und konnte so mit dem guten Werk der Erziehung und dem Niederwerfen der Konkurrenz beginnen, aber alle anderen hatte Mrs. Quantock bekommen. In den alten Zeiten hätte so etwas nie geschehen können, denn damals drehte sich alles um einen zentralen Fixstern. Nun jedoch hatte das Auftauchen dieses zweiten hellen Sterns sämtliche bekannten Gesetze von Schwerkraft und Anziehung durcheinandergebracht.

Georgie, der nochmals telephonisch befragt wurde, empfahl einen Appell an Mrs. Quantocks guten Charakter, was Lucia ablehnte, da sie bezweifelte, ob sie einen habe.

»Aber was ist mit den Szenen?« fragte Georgie. »Wir drei können doch nicht vor Miss Olga als einziger Zuschauerin auftreten.«

Nun bewies Lucia wahre Größe.

»Der Wert von Stegreif-Szenen errechnet sich nicht nach der Anzahl der Zuschauer«, sagte sie.

Sie machte eine kurze Pause.

»Ihren Cophetua-Umhang haben Sie doch fertig, oder?« fragte sie dann.

»Ach, er wird schon gehen«, sagte Georgie niedergeschlagen.

Am Dienstagnachmittag rief Olga bei Lucia an, um ihr zu sagen, daß ihr Mann am Abend ankäme, ob sie ihn also am Samstag mitbringen könne. Lucia willigte freundlich ein, dachte jedoch bei sich, ein Ehepaar, das herumsitze und einem anderen Ehepaar beim Darstellen von Stegreif-Szenen zusehe, sei eine ungewöhnliche Art der Abendunterhaltung und nicht eben charakteristisch für die Riseholmer Kultur. Sie begann, wegen der Szenen wankelmütig zu werden und statt dessen nur ein Abendessen anzusetzen. Außerdem überlegte sie, ob sie Daisy nicht doch unrecht getan habe und ob diese nicht doch einen guten Charakter besitze. Vielleicht konnte Georgie das feststellen.

Das Telephon riß Georgie aus einem Nickerchen, denn er war über König Cophetuas Umhang eingeschlafen. Lucia erläuterte ihm die Situation und regte dezent an, es wäre doch für ihn so leicht, bei der guten Daisy »kurz hereinzuschneien« und ein wenig diplomatisch vorzugehen. Niemand sei so taktvoll wie er. Also gähnte er ausgiebig und schneite herein.

»Sie kommen wegen dieser Sache am Samstag«, stellte Daisy unfehlbar fest. »Oder etwa *nicht*?«

Georgie erinnerte sich an sein Taktgefühl.

»Großartig, wie Sie darauf gekommen sind!« sagte er. »Ich dachte mir, ich will einmal nachfragen, ob sich nicht etwas gemeinsam arrangieren läßt, wenn wir alle ein bißchen nachdenken. Es ist doch wirklich zu schade. Wir – ich meine Lucia hat Miss Olga und ihren Mann zu Besuch, und –«

»Und zu mir kommen alle anderen«, sagte Daisy fröhlich. »Miss Bracely wird auch vorbeischauen, wenn sie frühzeitig wegkommt. Und das wird sie bestimmt bei einer so kleinen Party.«

»Ach, darauf würde ich lieber nicht zählen«, sagte er. »Wir spielen ein paar Szenen, und die dauern ja doch immer länger, als man denkt. Du liebe Güte, das hätte ich wohl nicht erzählen sollen, weil sie doch aus dem Stegreif sein sollten, aber Sie wissen ja, wie gründlich Lucia immer ist: Sie gibt sich ziemlich viel Mühe damit.«

»Davon habe ich nichts gewußt«, sagte Mrs. Quantock.

Sie überlegte eine Zeitlang.

»Nun ja, ich möchte Lucia ja nicht ihren Abend verderben«, sagte sie dann. »Sicherlich wäre wohl nichts lächerlicher als drei Leute, die Szenen für zwei andere darstellen. Andererseits will ich auch nicht, daß sie mir meinen verdirbt – denn was hält sie schon davon ab, bis zur Morgenmesse ihre Szenen zu spielen, wenn sie Miss Bracely aus meinem Hause fernhalten will? So wie sie sich damals bei meinem Guru benommen hat – naja, lassen wir das. Also wie wäre es denn, wenn wir zuerst alle die Aufführung bei Lucia sehen und danach zu mir herübergehen? Wenn Lucia sich bereit erklärt, mir diesen Vorschlag zu machen, und falls meine Gäste einverstanden sind, hätte ich nichts dagegen.«

Am Dienstag abend um sechs Uhr begannen daher alle Telephone in Riseholme wiederum fröhlich zu läuten. Mrs. Quantock hatte die Bedingung gestellt, Lucias Party müsse pünktlich um 22:45 Uhr aufhören, falls sie nicht schon vorher zu Ende sei, und jeder, der Lust dazu habe, könne danach noch zu ihr hinüberwandern. Sie stellte eine Tollerei in Aussicht, die sogar jene bei Olga verblassen lassen sollte, und studierte einstweilen ausgiebig einen Ratgeber über *Gesellschaftsspiele*, der unter anderem die »Pantoffeljagd« enthielt...

Georgie und Peppino lösten einander am Telephon ab und riefen bei allen Gästen von Mrs. Quantock an, um ihnen von dem doppelten Vergnügen zu berichten, das sie am Samstag erwartete. Da Georgie Mrs. Quantock das Geheimnis der Stegreif-Szenen verraten hatte, bestand kein Grund mehr, weshalb das übrige Riseholme dies nicht aus erster Hand von »The Hurst« erfahren statt aus zweiter (und mit dem Versprechen, es nicht weiterzuerzählen) von Mrs. Quantock. Sie besaß offenbar doch einen besseren Charakter, als Lucia ihr zugeschrieben hatte, aber zu erwarten, daß sie nicht jedermann sofort von den Szenen berichten würde, hieße denn doch, ihre Tugend auf unfaire Weise zu beanspruchen.

»So, das wäre erledigt«, sagte Georgie, als er die letzte Zusage erhalten hatte. »Nun ist ja noch einmal alles ganz glücklich ausgegangen. Aber was für ein anstrengender Tag das war! Nichts als telephonieren von früh bis spät. Wenn wir so weitermachen, wird das Fernsprechamt noch eine Dividende ausschütten und uns ein paar von unseren Pennies zurückerstatten.«

Lucia besaß eine Schachtel mit Perlen, die sie gerade für die Maria-Stuart-Szene auf eine Schnur reihte. »Jetzt, da es jeder weiß«, sagte sie, »dürfen wir uns auch erlauben, die Vorbereitungen etwas ausgefeilter als sonst zu gestalten. Im ›Ambermere Arms‹ haben sie eine elisabethanische Axt, die ich mir vielleicht ausleihen werde. Und wegen der Brünhilde-Szene: Das spielt doch in der Morgendämmerung, oder? Wenn der Vorhang aufgeht, könnte die Bühne in tiefstes Dunkel getaucht sein, und dann lassen wir ganz langsam eine Lampe hinter den Kulissen angehen, so daß sie mein Gesicht beleuchtet. Eine langsam heller werdende Lampe ist herrlich wirkungsvoll. Das erzeugt eine perfekte Illusion. Könnten Sie das mit einer Hand vom Klavier aus machen, Giorgino?«

»Das schaffe ich ganz sicher nicht«, sagte er.

»Na gut, dann muß es eben Peppino tun, bevor sein Auftritt kommt. Wir werden Bewegung in unseren Szenen haben. Ich finde, das wäre doch einmal ein ganz neuer Einfall. Peppino kommt also herein – zwei Schritte reichen ja –, sobald er das Licht aufgedreht hat, und dann nimmt er mir Schild und Brünne ab ...«

»Aber die Musik ist viel zu kurz dafür«, rief Georgie. »Ich müßte viel früher in der Partitur anfangen!«

»Ja, das wäre dann wohl besser«, sagte Lucia gelassen. »Ich werde auch den echten Kettenpanzer tragen. Zum Glück ist mir eingefallen, daß Peppino einen hat. Marshall ist schon dabei, ihn zu polieren, und das wird einen wesentlich schöneren Effekt abgeben als dieser billige Flitter, den sie für Opern verwenden. Dann werde ich mich ganz langsam aufsetzen und erst den rechten, dann den linken Arm heben, und dann alle beide. Am besten, ich übe das gleich hier auf dem Sofa.«

Lucia hatte sich gerade hingelegt, als schon wieder das Telephon läutete. Georgie erhob sich. »Bestimmt kündigen sie uns eine Dividende an«, sagte er und trippelte in den Flur hinaus.

»Ist dort bei Mrs. Lucas?« fragte eine vertraute Stimme.

»Ja, Miss Olga«, antwortete er, »aber am Apparat bin ich.«

»Oh, Mr. Georgie, was für ein Glück«, sagte sie. »Sie können Mrs. Lucas doch sicherlich etwas von mir ausrichten, nicht wahr? Ich bin nämlich unsagbar dumm, wissen Sie, und furchtbar vergeßlich.«

»Wieso, was ist denn?« fragte Georgie.

»Es ist wegen Samstag. Mir ist eben eingefallen, daß Georgie und ich – nicht Sie, Sie wissen ja – übers Wochenende verreist sind. Können Sie bitte Mrs. Lucas sagen, wie leid mir das tut?«

Georgie kehrte ins Musikzimmer zurück, wo Lucia gerade beim Heben beider Arme ankommen war. Beim Anblick seiner Miene ließ sie sie jedoch sinken.

»Nun, wer war es?« wollte sie wissen.

Georgie richtete die Nachricht aus, und Lucia stand vom Sofa auf.

»Ich bedaure sehr, daß Miss Bracely unseren Stegreif-Szenen nicht beiwohnen kann«, sagte sie, »aber da sie ja keine Rolle darin hatte, macht mir das nicht allzu viel aus.«

Obwohl Olgas Abwesenheit angeblich gar nichts ausmachte, senkte sich eine fatale Lustlosigkeit über die drei herab. Lucia nahm ihre Armübungen nicht wieder auf, denn nach so vielen Jahren sollte ihre Schauspielkunst wohl auch ohne weiteres Proben gut genug für Riseholme sein, und vom Ausleihen der Axt vom »Ambermere Arms« war auch keine Rede mehr. Da sie aber mit dem Aufreihen ihrer Perlenkette einmal begonnen hatte, brachte sie dies auch zu Ende. Georgie dagegen nahm es nicht mehr wichtig, ob die Goldborte an König Cophetuas Umhang nun ganz rundherum ging oder nicht, und nachdem er das Stück, an dem er gerade gewesen war, festgeheftet hatte, rollte er das Gewand wieder ein. Es würde schlicht und einfach eine ganz gewöhnliche Party werden, weiter nichts. Das Maß seiner Freuden war leer.

Lucias Maß war dafür noch nicht ganz voll, denn in diesem Augenblick fuhr Miss Lyalls ponygezogene Badewannen-Kutsche am Hause vor, und ein junger Stallbursche gab eine Nachricht ab, für die er auf Antwort warten sollte. Trotz aller Selbstbeherrschung, die Lucia besaß, stieg ihr als allererste Reaktion die Zornesröte ins Gesicht.

»Die reinste Frechheit!« rief sie. »Ich werde euch das vorlesen:

Liebe Mrs. Lucas!

Heute vormittag war ich in Riseholme, wo ich von Mrs. Weston erfuhr, daß Miss Bracely am Samstagabend ebenfalls Ihr Gast sein wird. Daher werde ich Ihre Einladung zum Abendessen nun doch mit Freuden annehmen. Sie müssen wissen, daß ich es mir zur Regel mache, außer zu besonderen Gelegenheiten abends nicht mehr auszugehen, doch wäre es mir ein großes Vergnügen, sie nochmals singen zu hören. Ich würde Sie jedoch bitten, das Essen für 19.30 statt 20.00 Uhr anzusetzen, da ich es ungern spät werden lasse.«

Einen Moment lang herrschte Stille.

»*Caro*«, sagte Lucia, »wärst du wohl so nett, Miss Lyall auszurichten, daß ich Miss Bracely nicht am Samstag erwarte, und Lady Ambermere daher ebensowenig. Eine mündliche Antwort genügt dafür vollauf.«

»Aber meine Liebe...«, begann er.

»Gut, dann tue ich es eben selbst«, sagte sie.

Der Gedanke, dem Ganzen zu entfliehen und sich mit Foljambe und Dickie an die See zurückzuziehen, kam Georgie, als er nach dieser grimmigen Nachricht nach Hause zurückkehrte. Seit dem Sonntag hatte ihn der Gedanke, vor Olga als Zuschauerin Stegreif-Szenen aufzuführen, in höchstem Maße erregt, und besonders der heutige Tag war ein fieberhaftes Durcheinander von Telephongesprächen und Näharbeiten gewesen. Nun aber endete all das in öder Leere, denn weder Szenen noch Tollereien besaßen für ihn noch den geringsten Reiz, da Olga nicht dabei sein würde. Und da wurde es ihm mit einem Male klar, daß er wohl in Olga verliebt sein müsse, denn warum sonst hätte ihm ihre An- beziehungsweise Abwesenheit so erstaunlich viel bedeutet? Abrupt blieb er vor Mrs. Quantocks Maulbeerbaum stehen.

»O Leid! O Unglück!« sagte er zu sich selbst.

Wirklich, wenn das Leben in Riseholme weiterhin eine Serie fieberhafter Aktivitäten wäre, die mit vernichtenden Resultaten endeten, sollte seine Abreise mit Foljambe und Dickie je eher, desto besser erfolgen. Er wußte nicht genau, wie es war, verliebt zu sein. Am nächsten war er diesem Gefühl wohl gekommen, als er Olga auf dem Berg erwachen sah und geglaubt hatte, er hätte lieber ein Dasein als Siegfried wählen sollen – aus dieser Erfahrung erahnte er seinen Zustand. Auch diesmal ging es um Olga, nicht im festen romantischen Rahmen von Legende und Lied, sondern darum, wie sie persönlich in Riseholme auftrat und inzwischen auch eifrig an den Intrigen des Ortes teilnahm. Noch vor so kurzer Zeit, als sie erstmals ihren Umzug erwog, hatte sie es ein geruhsames Hinterwäldlerdorf genannt. Jetzt wußte sie es besser, konnte sie doch Mrs. Weston länger als sonst irgend jemand zuhören, und wenn selbst diese verstummte, immer noch nach neuen Geschichten fragen. An Lucia jedoch schien sie herzlich wenig Interesse zu haben. Georgie fragte sich nach dem Grund.

Während er seiner Mutlosigkeit murmelnd Luft machte, blickte er auf, und da sah er Olga, die soeben aus der Gartentür von »Old Place« trat. Georgies erster Impuls war, so zu tun, als hätte er sie nicht gesehen, und sein Junggesellenheim aufzusuchen, doch sie hatte ihn ohne jeden Zweifel erkannt und stieß einen so schrillen, durchdringenden Pfiff auf den Fingern aus, daß er zwar vorgeben konnte, sie nicht gesehen zu haben, aber sie nicht gehört zu haben, wäre einfach lächerliches Theater gewesen. Sie winkte ihn heran.

»Georgie, es ist etwas Schreckliches passiert«, sagte sie, als sie in Hörweite war. »Oh, jetzt habe ich Sie aus Versehen Georgie genannt. Wenn man das einmal tut, muß man es von da an weiter mit Absicht tun.«

»Raten Sie mal!« sagte sie dann in bester Riseholmer Manier.

»Sie können doch noch zu Lucias Party kommen«, sagte er.

»Nein, das geht nicht. Naja, Sie erraten es doch nicht, weil Sie sich in so hohen Sphären bewegen, also erzähle ich's Ihnen. Mrs. Westons Elizabeth wird Colonel Bouchers Atkinson heiraten. Ich kenne weder seinen Vor-

noch ihren Nachnamen, aber die beiden meine ich jedenfalls.«

»Was Sie nicht sagen!« sagte Georgie, den dies für einen Moment aus seinen eigenen Konflikten riß. »Aber werden die beiden den Dienst quittieren? Und was werden ihre Herrschaften tun? Mrs. Weston kann ja schlecht einen Mann als Diener haben, und wie um alles in der Welt soll sie ohne Elizabeth zurechtkommen? Außerdem...«

Eine leichte Rötung stieg ihm in die Wangen.

»Ich weiß schon. Sie meinen Kinder?« sagte Olga unbarmherzig. »Stimmt doch, oder?«

»Ja«, gab Georgie zu.

»Warum sagen Sie's dann nicht? Sie und ich, wir waren doch einmal Kinder, auch wenn niemand alt genug ist, sich daran zu erinnern, und wir wären gewiß nicht erfreut gewesen, wenn die Freunde unserer Eltern sich geschämt hätten, von uns zu reden. Georgie, Sie sind einfach prüde.«

»Nein, das bin ich nicht«, sagte Georgie, dem jetzt einfiel, daß er wahrscheinlich eine verheiratete Frau liebte.

»Es ist ja auch egal, ob Sie es sind. Jedenfalls gibt es nur eine einzige Lösung für Mrs. Weston und Colonel Boucher: Sie müssen ebenfalls heiraten. Dann kann Atkinson weiter Colonel Bouchers Diener sein, und Elizabeth bleibt Mrs. Westons Dienstmädchen, solange sie nicht gerade mit dem zu tun hat, wovon Sie eben rot geworden sind. Außerdem können sie ja Hilfe bekommen. Sie zum Beispiel würden ihnen bestimmt Foljambe ausleihen. Es ist sowieso Zeit, daß Sie langsam etwas Gutes tun in Ihrem sündhaft eigennützigen Leben. Also das wäre dann geklärt. Jetzt müssen wir bloß noch dafür sorgen, daß sie heiraten.«

»Gehen Sie da nicht ein wenig rasch vor?« fragte Georgie.

»Vorerst gehe ich noch gar nicht vor. Ich rede ja nur. Kommen Sie gleich mit zu mir, dann trinken wir Wermuth. Wermuth gibt mir immer brillante Ideen, wenn er mich nicht zum Lallen bringt, aber hoffen wir einfach das Beste. Ich wollte Sie gerade holen kommen.«

Kurz darauf saßen sie in Olgas Musikzimmer, zwischen sich eine Flasche Wermuth.

»Nun trinken Sie mal ordentlich, Georgie«, sagte sie, »und beim Trinken erzählen Sie mir alles über die emotionale Vorgeschichte des jungen Paares.«

»Atkinsons und Elizabeths?« fragte Georgie.

»Nein, mein Bester, die von Colonel Boucher und Mrs. Weston. Sie haben doch eine emotionale Vorgeschichte. Sie alle haben bestimmt schon immer geglaubt, daß die beiden einmal heiraten würden. Und dann essen sie ständig zu Abend, *tête-tà-tête*. Das ist doch ein guter Anfang. Sind Sie sicher, daß er nicht Frau und Familie in Ägypten hat, oder sie einen Mann und Kinder irgendwo sonst in der Welt? Ich möchte ja keine dunklen Punkte aufrühren.«

»Von einer Familie habe ich nie gehört«, sagte Georgie.

»Dann betrachten wir sie als nicht vorhanden. Sie wären bestimmt davon informiert, wenn die zwei Familie hätten, und wahrscheinlich auch, wenn sie keine hätten. Und beide mögen gutes Essen und Trinken und den neusten Tratsch. Stimmt doch, oder?«

»Ja. Aber –«

»Was aber? Was wollen sie und wir denn mehr? Sind das nicht bessere Voraussetzungen für eine Ehe, als sie die meisten Leute bekommen?«

»Aber sind sie nicht schon zu alt dafür?« fragte Georgie.

»Nicht viel älter als Sie oder ich, und wenn ich nicht schon einen Georgie hätte, würde ich mir wohl bald einen zulegen. Verstehen Sie, was ich meine?«

»Nein!« sagte Georgie bestimmt. Allerdings trug sich all das am Ende eines äußerst anstrengenden Tages zu, und der Wermuth stieg ihm langsam zu Kopfe.

»Dann erzähle ich Ihnen nur, was Mrs. Weston mir gesagt hat. ›Er ist mir immer ergeben gewesen‹, sagte sie, ›und er hat nie eine andere Frau angesehen. Zwar war da Piggy Antrobus...‹ Naja, sehen Sie jetzt, worauf ich hinaus will?«

Georgie mußte plötzlich kichern.

»Ja«, gab er zu.

»Dann reden Sie nicht so viel von sich selbst, mein Bester, und lassen Sie uns zur Sache kommen. Also heute nachmittag war ich kurz bei Mrs. Weston zu Besuch, und als sie mir von der Tragödie erzählte, sagte sie aus Versehen (so wie ich Sie eben aus Versehen Georgie genannt habe): ›Und ich weiß auch gar nicht, was Jacob ohne Atkinson anfangen wird.‹ Heißt nun Colonel Boucher mit Vornamen Jacob oder nicht? Na bitte! Das ist die eine Seite der Affäre: Sie hat ihn aus Versehen Jacob genannt, und deshalb wird sie ihn schon in Kürze mit Absicht Jacob nennen.«

Olga nickte in exakter Nachahmung von Mrs. Weston bedächtig mit dem Kopf und imitierte nun genau deren Stimme: »Ich war kaum aus dem Haus getreten, da traf ich auch schon Colonel Boucher. Es muß wohl etwa drei Uhr gewesen sein – nein, drei kann es noch nicht gewesen sein, denn als ich wieder nach Hause kam und gerade im Korridor stand, schlug es drei, und meine Uhr geht allenfalls noch etwas vor. Tja, jedenfalls sagte Colonel Boucher zu mir: ›Äh-hem, eine ziemliche Krise im Haushalt das, meiner Seel!‹ Ich tat erst einmal so, als wüßte ich von nichts, damit er mir alles erzählte. Und dann sagte ich: ›Das ist *allerdings* eine Haushaltskrise, wenn Sie Atkinson verlieren.‹ ›Äh-hem‹, sagte er dazu, ›und die arme Jane – äh, ich meine Mrs. Weston – wird ihre Elizabeth verlieren.‹ Also bitte!«

Sie stand auf und zündete sich eine Zigarette an.

»Oh, Georgie, begreifen Sie denn nicht die innere Bedeutung von alledem?« rief sie. »Ihre guten alten Herzen entblößten sich durch die Probleme, die da über sie gekommen waren, und jeder erwähnte gleich den anderen, weil er mit ihm fühlte. Wahrscheinlich hat noch keiner der beiden je im Leben Jacob oder Jane zum anderen gesagt. Doch der Engel des Herrn stieg herab und wühlte die Wasser auf. Wenn Sie das als ruchlos empfinden, trinken Sie noch einen Wermuth. Ich bekomme davon brillante Ideen, wenn man es auch nicht meinen sollte. Und jetzt hören Sie zu!«

Sie setzte sich dicht neben ihn, und aus ihrem Gesicht strahlte humorvoller Enthusiasmus. In Riseholme neigte Humor immer zu einer gewissen Herzlosigkeit: Wenn man dort über die lächerlichen Eigenschaften von Bekannten sprach, so schwang in jedem Witz ein Fünkchen Bosheit mit. Hier jedoch fand sich nichts davon. Sie imitierte Mrs. Weston mit gnadenlosester Originaltreue und war dabei doch zutiefst gütig. Sie mochte es ganz einfach, wenn die alte Dame mit dieser emphatischen Stimme sprach und soviel Wert auf die genaue Uhrzeit legte.

»Also, zunächst einmal werden Sie nachher zum Abendessen zu mir kommen«, fuhr sie fort.

»Oh, ich fürchte, heute abend –«, begann Georgie, der vor weiteren Verwicklungen zurückschreckte. Er brauchte wirklich dringend einen ruhigen Abend und wollte sehr früh schlafen gehen.

»Was fürchten Sie heute abend?« fragte sie dazwischen. »Sie werden sich sowieso nur die Haare waschen. Das können Sie auch morgen tun. Also, Sie und ich, das sind zwei, und mit Mrs. Weston und Colonel Boucher sind wir vier, das reicht, und es ist sowieso kaum etwas zum Essen im Haus. Aber zu trinken gibt es, und das ist der springende Punkt. Nicht für Sie und mich, verstehen Sie? Wir müssen einen klaren Kopf behalten und klug vorgehen. Trinken Sie jetzt also keinen Wermuth mehr. Aber Jane und Jacob kriegen Champagner in rauhen Mengen vorgesetzt. Keinen Schwips, wissen Sie, nur sollen sie eben voll auf der Höhe sein: rückhaltlos verständnisvoll füreinander und für unser Vorhaben. Wenn sie dann gehen, werden sie an Mrs. Westons Tür ein paar Worte wechseln, und sie wird ihn hineinbitten. Dann werden sie sich einig werden zu heiraten. Und wenn sie morgen früh aufwachen, werden sie sich beide fragen, wie das nur geschehen konnte, und vorsichtig überlegen, was wohl die anderen Leute sagen werden. Und sie werden Gott und Olga und Georgie dankbar sein und bis in ein außergewöhnlich hohes Alter glücklich miteinander leben. Mein Bester, zusammen werden sie doch unvergleichlich glücklicher, als sie es jetzt alleine sind. Diese zwei Alterchen! Jeder hockt vor seinem eigenen Kamin und sagt, er sei zu alt für so etwas, wirklich komisch! Und wir beide werden *Dein Wort, o Herr, bringt uns zusammen* singen, und mittendrin werden unsere Engelszungen versagen, und wir werden schluchzend die Taschentücher hervorholen, und nur das Wort wird übrig bleiben und ganz für sich brummen wie das Atmen des Gurus. Warum haben Sie mir nie etwas von dem Guru erzählt? Mrs. Weston vertraut uns viel mehr an als Sie, aber jetzt muß ich meiner Köchin Bescheid sagen – nein, ich rufe erst bei Jacob und Jane an, und danach überlege ich, was es zu essen gibt. Sie bleiben einstweilen schön hier sitzen. Nachher sage ich Ihnen, was für eine Rolle Sie zu spielen haben.«

Während des Abendessens sollte die Konversation, nach Olgas Schlachtplan, vorerst allgemein gehalten bleiben, weil sie es nicht mochte, wenn sich zwischen nur vier Leuten zwei Unterhaltungen entwickelten, denn sie würde sich dann immer in die jeweils andere einmischen wollen. Den allerwichtigsten Grundsatz prägte sie Georgie mit Hilfe eines eigenartigen Vergleichs ins Gedächtnis: »Stellen Sie sich vor, es steht ein elisabethanischer Spucknapf in der Mitte des Tisches, und Sie spucken immer kräftig hinein. Sobald auch nur die geringste Gesprächspause entsteht, sollen Sie zwei Dinge ausspucken: Erstens, wie furchtbar unglücklich sowohl Jacob als auch Jane ohne ihre dienstbaren Geister sein werden; und zweitens, wie nett es doch ist, Gesellschaft und Unterhaltung zu haben. Und ich werde *Sie*, wen sonst, die ganze Zeit über necken und Ihnen vorhalten, *Sie* sollten endlich heiraten. Nach dem Essen werde ich dann vielleicht mit Jane im Garten spazierengehen. Kommen Sie nicht nach. Halten Sie ihn für eine Weile am Eßtisch fest, denn das ist meine Gelegenheit, mit Jane zu sprechen, und gießen Sie ihm mindestens drei Glas Portwein ein. Du liebe Güte, ich muß mich jetzt umziehen. Kommen Sie also nachher, und möge der Herr unser Unternehmen segnen.«

Georgie traf als letzter bei Olga ein, und alle drei drückten ihm die Hand, als befände man sich auf einer Beerdigung. Man setzte sich gleich zu Tisch, und Olga nahm sofort den Faden auf.

»Wie lange, sagten Sie, ist der gute Atkinson bei Ihnen gewesen?« fragte sie Colonel Boucher.

»Zwanzig Jahre, werden schon bald einundzwanzig«, erwiderte er. »Wirklich ärgerlich; ich sag's, wie es ist, und es ist mehr als ärgerlich.«

Georgie hatte einen guten Einfall.

»Aber was ist denn so ärgerlich, Colonel?« fragte er.

»Wie, haben Sie nicht davon gehört? Dachte, es hätte sich schon überall herumgesprochen. Atkinson wird heiraten.«

»Nein!« sagte Georgie. »Wen denn?«

Mrs. Weston mußte diese Neuigkeit unbedingt selbst verkünden.

»Meine Elizabeth«, begann sie. »Elizabeth kam heute früh zu mir. ›Darf ich Sie mal kurz sprechen, Ma'am?‹ sagte sie, und ich dachte, es ginge nur darum, daß sie vielleicht eine Teekanne zerbrochen hätte. ›Ja‹, sagte ich recht fröhlich, ›was willst du mir denn erzählen?‹«

Es drohte beinahe zu tragisch zu werden, und Olga unterbrach sie: »Vergessen wir doch all das für ein oder zwei Stunden. Es war nett von Ihnen, sich meiner zu erbarmen und zum Abendessen zu kommen, sonst wäre ich hier ganz allein gewesen. Wenn es etwas gibt, das ich nicht ertragen kann, dann ist es das Alleinsein am Abend. Und man denke, daß es Leute gibt, die es vorziehen, allein zu sein, wo sie es gar nicht nötig hätten! Nehmen wir nur diesen Schuft hier« – dabei zeigte sie auf Georgie – »der völlig einsam lebt, anstatt zu heiraten. Das Alleinsein zu lieben ist das schlimmste Laster, das ich kenne; viel schlimmer als der Alkohol.«

»Jetzt lassen Sie mich bitte in Frieden«, bat Georgie.

»Das werde ich nicht tun, mein Bester. Nach dem Essen werden Mrs. Weston und ich die Köpfe zusammenstecken, und ehe Sie sich's versehen, werden wir Ihnen den Namen Ihrer Braut verkünden. Man müßte alle Junggesellen mit einer Steuer von hundert Prozent belasten: sie sollen heiraten oder verhungern!«

Plötzlich wandte sie sich an Colonel Boucher.

»Ach, entschuldigen Sie«, sagte sie, »was rede ich denn da nur? Wie schrecklich dumm von mir, das völlig zu vergessen: Sie sind ja auch Junggeselle! Aber natürlich würde ich niemals wünschen, daß Sie verhungern. Nehmen Sie gleich noch ein wenig Fisch, um zu beweisen, daß Sie mir verzeihen. Georgie, bitte wechseln Sie das Thema – Sie sprechen immer nur von sich selbst.«

Georgie wandte sich mit erstaunlicher Fügsamkeit an Mrs. Weston.

»Es muß wirklich furchtbar für Sie sein«, begann er. »Wie werden Sie nur ohne Elizabeth auskommen? Wie lange ist sie jetzt bei Ihnen gewesen?«

Mrs. Weston sprach direkt dort weiter, wo sie vorher stehengeblieben war.

»Ich fragte also ganz vergnügt: ›Was willst du mir denn erzählen?‹, weil ich ja dachte, es ginge nur um eine Teekanne. Und darauf sagte sie: ›Ich werd heiraten, Ma'am!‹ und dabei wurde sie auf so hübsche Weise rot, daß man hätte meinen können, sie sei ein zwanzigjähriges Mädchen, dabei war sie siebzehn, als sie zu mir gekommen ist – nein, sogar eben achtzehn geworden war sie –, und das ist fünfzehn Jahre her, also ist sie jetzt dreiunddreißig. ›Nun, Elizabeth‹, sagte ich, ›du hast mir zwar noch nicht gesagt, wer es ist, aber egal ob es nun der Erzbischof von Canterbury oder der Prinz von Wales ist‹, – ich fand, ich mußte einfach einen solchen kleinen Witz machen – ›ich hoffe, du machst ihn ebenso glücklich wie mich in all den Jahren!‹«

»Sie sind ein Schatz!« sagte Olga. »Ich wäre bestimmt hysterisch geworden und hätte Einspruch gegen die Ehe erhoben.«

»Nein, Miss Bracely, das hätten Sie nicht getan«, sagte Mrs. Weston. »Sie wären genauso dankbar wie ich gewesen, daß sie einen lieben Mann gefunden hat, um den sie sich kümmern kann und der sich um sie kümmert. Und dann sagte Elizabeth: ›Nich doch, Ma'am, es is nich so ein – nich einer von so große Leute. Es is der Atkinson vom Colonel.‹ Jetzt fragen Sie den Colonel nach Atkinsons Charakter, dann wären Sie genauso dankbar wie ich.«

»Der Atkinson vom Colonel hat eine ziemlich lange Leitung, genau wie Georgie«, sagte Olga. »Da haben sie nun jahrelang direkt nebeneinander gelebt, also warum hat der Mann sich nicht längst entschieden? Der einzige mildernde Umstand ist, daß er es nun doch getan hat. Unser armer Georgie hingegen –«

»Jetzt werden Sie gleich wieder grob zu Colonel Boucher werden«, unterbrach sie Georgie. »Colonel, man hat uns hergebeten, um uns zu beleidigen.«

Colonel Boucher empfand gegenüber Georgie kaum mehr als herablassende Nachsicht und genoß es daher, ihn vor den Kopf zu stoßen.

»Äh-hem, wenn Sie ein Gläschen Wein und ein Abendessen wie das hier eine Beleidigung nennen wollen«, sagte er, »dann muß ich aber fragen, was für Sie eigentlich ein Kompliment ist.«

»Ich jedenfalls weiß, was für mich ein Kompliment ist«, sagte Olga, »und zwar, daß Sie alle so spontan zu meinem Essen gekommen sind. Also, wir waren bei Georgies baldiger Eheschließung –«

»Sie sind wirklich ungezogen«, schalt er sie. »Wenn Sie so weitermachen, lade ich Sie am Ende nicht zur Trauung ein. Sprechen wir lieber über Elizabeth. Wann wollen die zwei denn nun Hochzeit machen, Mrs. Weston?«

»Das habe ich Elizabeth auch gleich gefragt. ›Hol einen Kalender, Elizabeth‹, habe ich gesagt, ›damit du nicht einen Sonntag aussuchst. Sag nicht einfach, nächsten Monat am zwanzigsten, ohne vorher nachzusehen. Aber wenn der 20. kein Sonntag ist, und auch kein Freitag, ich meine, ich glaube ja nicht an solche Sachen, aber man kann nie wissen ...‹ Zum Beispiel bei Mrs. Antrobus«, – damit setzte Mrs. Weston eine Fußnote in ihre Ansprache an Elizabeth – »da war es so, daß sie an einem Freitag geheiratet hat, und schon eine Woche darauf war sie so taub, wie wir alle sie kennen. Und dann der Onkel meines Seligen – sein angeheirateter Onkel, streng genommen –, das war auch so eine Freitagshochzeit, und bei der Abfahrt in die Flitterwochen verpaßten die frisch Vermählten prompt den Zug und mußten übernachten, wo sie gerade waren, und keiner von beiden hatte einen Waschlappen oder eine Zahnbürste, weil ihr Gepäck längst im Zug nach Torquay davonratterte. ›Nimm ruhig den 20., Elizabeth‹, sagte ich also, ›außer es ist ein Freitag oder ein Sonntag, dann habe ich auch noch etwas Zeit, mich umzusehen, und der Colonel auch, obwohl du nicht erwarten kannst, daß einer von uns jemanden findet, der euch ebenbürtig ist! Und weine nicht, Elizabeth‹, sagte ich noch, weil sie schon ziemlich feucht um die Augen wurde, ›denn wenn du schon bei einer Hochzeit weinst, was bleibt dann für ein Begräbnis?‹«

»Ha! Meiner Seel, wirklich großherzig von Ihnen, muß schon sagen«, meinte der Colonel. »Zu Atkinson sagte ich erst, ich wollte, er wär mir nie unter die Augen gekommen, bevor ich ihm Glück wünschte.«

Olga erhob sich.

»Kümmern Sie sich um Colonel Boucher, Georgie«, bat sie, »und klingeln Sie ruhig, wenn Sie etwas möchten. Wie schön der Mond scheint! Ist es nicht himmlisch? Atkinson und Elizabeth sind bestimmt gerade ganz verzückt davon!«

Die beiden Männer ließen eine halbe Stunde bei mäßig erfreulicher Konversation verstreichen, denn Georgie plagte den Colonel beharrlich dabei, wie schlimm es doch ohne Atkinson und die Freuden von Gesellschaft im Hause sein müsse. Da nützte es wenig, einen Themawechsel zu versuchen, das Gespräch zu den herannahenden Stegreif-Szenen bei Lucia zu lenken, zu vagen Gerüchten – etwa daß Piggy der Länge nach in den Eintunkteich gefallen sei oder daß Mrs. Quantock und ihr Mann am Nachmittag beim Tischerücken beachtliche Resultate erzielt hätten, nämlich habe der Geist buchstabiert, daß sein Name Robert und ihrer Daisy sei. Wohin der Colonel sich auch wandte, Georgie trieb ihn zurück auf den steinigen Pfad, auf dem er zu bleiben geheißen worden war, was zur Folge hatte, daß der Colonel, als Georgie ihm endlich gestattete, ins Musikzimmer hinüberzugehen, nach der anregenderen Gesellschaft der beiden Damen geradezu dürstete. Als er eintrat, stand Olga auf.

»Georgie ist so schrecklich faul«, sagte sie. »Es hat gar keinen Sinn, daß ich ihn bitte. Aber wir beide können doch einen kleinen Spaziergang durch den Garten machen, Colonel. Der Mond ist wunderschön, und es ist auch recht warm draußen.«

Sie traten hinaus in die laue Nacht.

»Dabei ist es schon Oktober«, sagte sie. »Ich glaube, in Riseholme gibt es gar keinen Winter, und den Herbst im Grunde auch nicht. Sie alle hier sind so jung, so herrlich jung. Zum Beispiel Georgie da drinnen: der ist immer noch ein kleiner Junge, und Mrs. Weston ist wie fünfundzwanzig; keinen Tag älter.«

»Jaja, wundervolle Frau«, sagte er. »Immer sehr angenehm und lebhaft. Sieht auch gut aus; ich halte Mrs. Weston für eine sehr gutaussehende Frau. Hat sich um keinen Deut verändert, seit ich sie kenne.«

»Das ist das Schöne an den Menschen hier«, sagte sie. »Sie sind alle noch so frisch und jung wie vor zehn Jahren. Wirklich zum Lachen. Und was Sie angeht, so weiß ich nicht, ob Sie nicht am meisten zum Lachen sind. Ich fühle mich, als hätte ich mit drei netten Verwandten zu

Abend gegessen, die ein bißchen jünger sind als ich – nicht viel, aber doch ein bißchen. Du meine Güte! Wie Sie alle mich neulich bei der Tollerei haben aufleben lassen! Und was für einen Schritt Sie am Leibe haben, Colonel! Wie schnell wandern Sie denn, wenn Sie das hier einen Spaziergang nennen?«

Colonel Boucher verlangsamte das Tempo. Er hatte gedacht, Olga sei so rasch gelaufen.

»Tut mir aufrichtig leid«, sagte er. »Tja, Riseholme ist sicher ein sehr gesunder, aufbauender Ort. Vielleicht erhalten wir uns hier wirklich ganz gut unsere Jugend. Der Herr möge mir verzeihen, aber die Tage gehen vorbei, ohne daß man es merkt. Wenn ich bedenke, daß es schon zehn Jahre her ist, als ich mit Atkinson herkam...«

Dies paßte hervorragend in Olgas Plan; sie nahm den Faden sofort auf.

»Es muß wirklich schrecklich sein, seine Dienstboten zu verlieren«, sagte sie. »Diener werden einem eben zum Freund, nicht wahr, vor allem für jemanden, der allein lebt? Zum Beispiel Georgie und Foljambe! Aber ich wäre gar nicht überrascht, wenn Foljambe nicht bald eine Herrin im Hause hätte.«

»Nein, wirklich? Ich dachte, Sie wollten ihn beim Abendessen nur necken. Georgie und heiraten? Na, seine Frau wird ihm ein bißchen von der Näharbeit abnehmen, hoffe ich. Darf man – äh – darf man den Namen der Dame erfahren?«

Olga beschloß, einen riskanten Trumpf auszuspielen. Eben erst hatte sie ihn sozusagen in ihrem Blatt entdeckt, und er war höchst verführerisch. Sie blieb stehen.

»Aber haben Sie das nicht bemerkt?« fragte sie. »Ich

werde doch wohl nicht völlig auf der falschen Fährte sein?«

»Ach so, Miss Antrobus«, sagte er. »Die, die wohl alle Piggy nennen. Nein, ich glaube, das ist nichts Ernstes.«

»Oh, die habe ich auch gar nicht gemeint«, gab sie zurück. »Vielleicht irre ich mich ja auch völlig. Ich gründe meine Vermutungen nur auf das, was ich bei dem armen Georgie zu erkennen glaubte. Obwohl ich meinen möchte, genau das hätte er schon vor zehn Jahren tun sollen, und jetzt ist nur noch wenig von der Glut übrig. Reden wir über etwas anderes, aber hineingehen müssen wir noch nicht, oder?«

Sie war sicher, mit dieser scheinbaren Zurückhaltung genau das Richtige zu tun; die Riseholmer Gier nach Neuigkeiten zwang ihn einfach weiterzufragen.

»Bin offenbar wirklich begriffsstutzig«, sagte er. »Scheint so, als ob ein Neuankömmling mehr mitbekommt. Also wer ist es, Miss Bracely?«

Sie lachte. »Ach, wie schlecht doch ein Mann den anderen beobachtet!« sagte sie. »Haben Sie es nicht gemerkt beim Abendessen? Er hat sie doch kaum aus den Augen lassen können.«

Sie wurde großartig und reichiich belohnt. Colonel Bouchers Miene erstarrte vor jähem Erstaunen im Mondlicht.

»Na, das ist eine Überraschung!« sagte er. »Aber eine so prachtvolle Frau, auch wenn sie lahm ist, würde doch keinen Sticknadelbubi ... naja, lassen wir das.«

Er stampfte mit dem Fuß auf und schob die Hände in die Taschen. »Es wird kühl«, sagte er. »Sie holen sich noch eine Erkältung, Miss Bracely, und was würde überhaupt Ihr Mann sagen, wenn er erfährt, daß Sie hier spät abends mit mir spazieren gehen?«

»Ja, gehen wir ins Haus zurück«, sagte sie. »Es ist wirklich kühl. Wie aufmerksam Sie doch sind.«

Georgie, der keine Ahnung hatte, wie er soeben zum Werkzeug gemacht worden war, war auf einmal der Gesellschaft von Mrs. Weston beraubt, da der Colonel sich ihr widmete, und das war ihm nur recht. Kurz darauf verkündete Olga, sie wolle etwas singen, falls niemand etwas dagegen habe, und bat ihn, sie dabei zu begleiten. Sie stand direkt hinter ihm, beugte sich manchmal über seinen Kopf und legte ihm die Hand auf die Schulter, während sie einige dieser einfachen, eindeutigen Lieder sang, die so hervorragend zum Thema paßten. Sie sang *Dem Liebeskummer sucht' ich zu entfliehn*, *Sally aus dem Nachbarhaus* und *Komm, bleib bei mir*, und manchmal flüsterte sie ihm beim Rascheln während des Umblätterns etwas zu. »Georgie, ich bin schlauer als irgend jemand je zuvor, und heute nacht werde ich sterben vor Neugier«, sagte sie einmal. Noch viel rätselhafter war ihr Ausspruch: »Ich bin gemein gewesen, aber davon später, wenn sie weg sind. Bleiben Sie also noch etwas.« Und dann wurde Whisky hereingebracht, und sie bestand darauf, daß »die jungen Leute« davon tranken; schließlich verabschiedete sie die beiden an der Tür und kam zu Georgie zurückgerannt.

»Gemein bin ich gewesen«, sagte sie, »weil ich angedeutet habe, daß Sie in Mrs. Weston verliebt seien. Du liebe Güte, es paßte alles so perfekt! Es gab einfach keine andere Möglichkeit, und Sie müssen mir auch gar nicht verzeihen. Aber war es nicht schlau? Das konnte er einfach nicht durchgehen lassen, vor allem weil ich kurz vorher gesagt hatte, wie jung hier alle Menschen wären.«

»Also wirklich...«, begann Georgie.

»Ich weiß ja. Und jetzt werde ich gleich nochmal gemein sein. Ich gehe hinauf in mein Schlafzimmer – Sie können gerne mitkommen –, denn von da aus sieht man die Church Road. Ich könnte ohnehin kein Auge zutun, ehe ich nicht wüßte, ob er mit zu ihr gegangen ist. Es wird so sein, wie wenn Faust und Gretchen in dieses Haus gingen, und Sie und ich sind Mephisto und Martha. Kommen Sie, schnell!«

Aus dem dunklen Fenster beobachteten sie, wie Mrs. Westons Rollstuhl die erleuchtete Straße entlang geschoben wurde.

»Das ist der Colonel, der sie schiebt«, flüsterte Olga und quetschte ihn an eine Ecke des Fensters. »Sehen Sie nur! Tommy Luton geht ein Stück weiter vorn. Jetzt bleiben sie vor ihrem Gartentor stehen ... ich halte die Spannung einfach nicht mehr aus ... Oh, Georgie , sie sind hineingegangen! Und Atkinson wird bleiben, und Elizabeth auch, und Sie haben versprochen, ihnen Foljambe zu leihen. In welchem Haus werden sie wohl wohnen, was glauben Sie? Freuen Sie sich nicht auch?«

Zwölftes Kapitel

Die unglückliche Lucia befand sich zu dieser Zeit in einer außergewöhnlichen Pechsträhne, deren Beginn schon das Abenteuer oder vielmehr der Reinfall mit dem Guru gewesen war. Oder vielleicht war die Nachricht über ihren Mangel an Ehrerbietung für den Augustmond, den Georgie so voller Bedacht gefeiert hatte, mittlerweile im Oktober an diesem Trabanten angekommen. Denn sie hatte den Augustmond schlicht und einfach »geschnitten«...

Dann war da das Fiasko mit Olgas Absage auf die Einladung zu den Stegreif-Szenen, was Lucia veranlaßt hatte, auf Lady Ambermeres Impertinenz, via Miss Lyall, jene recht barsche Antwort zu senden; am folgenden Vormittag hatte Lady Ambermere, die wiederum, und möglicherweise aus demselben Grund, nach Riseholme gekommen war, sich Lucia gegenüber so verhalten wie Lucia gegenüber dem Mond: sie hatte sie geschnitten. Das war recht schmerzlich gewesen; eine gewisse Linderung hatte ihr allerdings verschafft, daß Lady Ambermere zu Olgas Haus gegangen war und dort gesagt bekommen hatte, Olga sei nicht zu Hause, obwohl die Primadonna deutlich hörbar in ihrem Musikzimmer übte. Daraufhin hatte Lady Ambermere »Nach Hause!« zu ihren Leuten gesagt und derart gleichgültig gegenüber der materiellen Welt die Kutsche bestiegen, daß sie sich auf Mopsi setzte.

Mrs. Quantock hatte sowohl das »Nach Hause!« als

auch den Mops gehört und Lucia, die hundert Meter entfernt war, sofort aufgeregt davon erzählt. Außerdem erzählte sie ihr von der Verlobung zwischen Atkinson und Elizabeth, womit ihr Wissen über die Vorgänge in diesen Häusern erschöpft war. Darauf hatte Lucia mit gütigem Lächeln bemerkt: »Liebe Daisy, manche Menschen sind doch wirklich die Sklaven ihres Personals. Ohne Frage ist das wirklich ein schwerer Schlag für Mrs. Weston und Colonel Boucher, die Armen. Aber jetzt muß ich nach Hause. Wie gerne würde ich noch bleiben und ein wenig auf dem Anger plaudern!« Und sie stieß ihr silberhelles Lachen aus, denn sie fühlte sich jetzt viel besser, da sie wußte, daß Olga sich vor Lady Ambermere hatte verleugnen lassen, obwohl sie doch so vernehmlich zu Hause gewesen war.

Dann geschah ein weiteres Pech: Lucia war kaum hundert Meter an Georgies Haus vorbeigegangen, als dieser in großer Eile herausgestürzt kam. Er schätzte rasch die Entfernung zwischen sich und Lucia, dann jene zu Mrs. Quantock ab und steuerte dann schnurstracks auf Mrs. Quantock zu, weil sie ihm näher war. Olga hatte ihn gerade angerufen...

»Guten Morgen«, sagte er atemlos und war dabei entschlossen, allem, was sie sagte, die Krone aufzusetzen. »Irgendwelche Neuigkeiten?«

»Ja, allerdings«, sagte sie. »Haben Sie es nicht gehört?«

Georgie sank für einen Augenblick das Herz in die Hosen.

»Was?« fragte er.

»Atkinson und Eliza–«, begann sie.

»Ach so, das«, gab er zurück. »Aber wenn wir schon

von ihnen sprechen, werden Sie ja wohl auch den Rest gehört haben. Oder etwa nicht? Tja, Mrs. Weston und Colonel Boucher werden ihrem Beispiel folgen, wenn sie nicht die Führung an sich reißen und als erste heiraten.«

»Nein!« sagte Mrs. Quantock so laut, wie man in Riseholme sein Erstaunen eben ausdrückte.

»Ja, wirklich. Ich habe es auch erst gestern abend erfahren. Ich war zum Abendessen in ›Old Place‹, und die beiden waren auch da. Olga und ich haben uns beide überlegt, es müsse heute morgen etwas zu feiern geben. Wollen wir einige Minuten auf dem Anger spazierengehen?«

Georgie fühlte sich blendend. Er huschte von einem zum anderen, und überließ Mrs. Quantock die Nachlese. Mit Ausnahme von Lucia waren alle anwesend, dabei hätte sie die Neuigkeit ja sogar als erste von ihm erfahren, wäre sie nicht durch puren Zufall weiter entfernt gewesen als Mrs. Quantock.

Als das getan war, setzte er sich und genoß die behagliche Wärme des glühenden Neides, die ihn von allen Seiten umfing. In letzter Zeit hatte sich der Treffpunkt auf dem Anger unmerklich zu einem Platz direkt gegenüber von »Old Place« verlagert, von wo es außerordentlich reizvoll war, Olga beim Üben zuzuhören, was sie allmorgendlich tat. Bei allem Reiz war man in Riseholme dennoch anfangs etwas enttäuscht gewesen, hatte doch jedermann angenommen, sie würde jeden Tag den Part der Brünhilde oder der Salome absingen und ähnliche Sachen zum Besten gegeben. Statt dessen war es oft die Tonleiter aufwärts in allmählichem *crescendo*, und auf der höchsten, erhabensten Note sang sie mit vollster Lautstärke »Jodelndes Japan!«. Dann begann sie wiederum leise, diesmal ganz hoch oben, und tastete sich *crescendo* die Tonleiter abwärts zu einem unglaublich tiefen Ton, auf dem sie »Liebeslilien lachen!« intonierte. Nach einem Dutzend Wiederholungen fing sie dann ganz laut an und flüsterte am Ende nur noch, daß in Japan gejodelt wurde, und dasselbe tat sie auch mit den lachenden Liebeslilien. Aber man konnte nie wissen: an manchen Vormittagen gab es lange Triller und Sprünge zu den höchsten Tönen hinauf, oder lange Töne und Sprünge in Triller hinein, und ab und zu sang sie auch einmal ein richtiges Lied. Darauf lohnte es sich zu warten, und Georgie zögerte auch nicht, beiläufig zu bemerken, daß sie am Vorabend sogar vier gesungen hatte, und zwar zu seiner Begleitung. Und kaum hatte er das zum dritten Male wiederholt, da erschien sie am Fenster und rief vor ganz Riseholme »Georgie!«, mit einem Triller am Ende, wie ein Vogel, der seine Flügel schüttelt. Vor ganz Riseholme! Also ging er hinein. Hätte Lucia das gesehen, so wäre ihr Triumph über Lady Ambermeres Zurückweisung an diesem Haus wohl verflogen. Tatsächlich verflog er dann ohnehin, als Georgie etwa eine Stunde später bei Lucia zum Essen war, denn er erzählte ihr alles. Und falls da noch irgendein Rest von Triumph bestanden hätte, so wäre auch der geschwunden, als eine recht bissige Bemerkung, die sie über das Interesse der armen Daisy an den Liebesgeschichten von Dienstboten machte, mit der Offenbarung beantwortet wurde, daß es die Liebesgeschichten ihrer Dienstherren waren, worüber ganz Riseholme seit mindestens einer Stunde pausenlos sprach.

Auch die Szenen am Samstag waren vom Pech verfolgt: bei der Brünhilde-Szene knipste Peppino in seiner Aufregung die Lampe, die einen Sonnenaufgang darstellen sollte, völlig aus, so daß Brünhilde statt dessen die kohlrabenschwarze Nacht begrüßen mußte, oder jedenfalls ein äußerst düsteres Zwielicht. Zwar schaltete Georgie mit bewundernswerter Geistesgegenwart eine Lampe ein, als er zu Ende gespielt hatte, doch wirkte das eher wie ein Gewitterblitz. Die Szenen waren lange vor dreiviertel elf vorüber, und obwohl Lucia als Reaktion auf die gewohnten Bitten sagte, sie werde »mal sehen«, ob sie sie wieder einmal aufführen wollten, zogen Mrs. Weston und Colonel Boucher, die ihren ersten öffentlichen Auftritt als glückliches Paar hatten, ihrer Meinung nach mehr Aufmerksamkeit auf sich, als ihnen zustand. Der einzige Trost war, daß die Tollerei, die danach bei Daisy folgte, ein vollkommenes Fiasko wurde. Vergeblich ging die Arme von Tisch zu Tisch, servierte den Gästen Hummersalat und Champagner, hatte zu wenig Stühle für sie und imitierte überhaupt all das, was Olgas Party offenbar zu so ausgezeichnetem Erfolg verholfen hatte. Diesmal aber wurde nicht der Leckerbissen selbst, sondern nur das Rezept dafür serviert, und auch die Pantoffeljagd erzeugte keinerlei Heiterkeit in der Runde...

Doch es sollten noch viel subversivere Dinge folgen. In der nächsten Woche kam Olga zurück, und gleich darauf erhielt Lucia eine Einladung zu einem Abend »Zu Hause«, mit dem Vermerk »Musik« in der linken unteren Ecke der Karte. An diesem Nachmittag regnete es, und als Lucia Olgas Automobil mit geschlossenem Verdeck vom Bahnhof kommen sah und darin vier Männer bemerkte, zog sie den Schluß, es müßten wohl vier

Musiker für die angekündigte Musik sein. Ein zweites Automobil folgte mit dem Gepäck, und sie erkannte ganz deutlich die unverwechselbare Form eines Cellos am Fenster. Danach bedurfte es keines Rätselratens mehr, denn nun war klar, daß die arme Olga das gräßliche Streichquartett aus Brinton engagiert hatte, das sonst abends in der Bar des »Royal Hotel« spielte. Das Brinton-Streichquartett! Sie hatte es einmal aus der Ferne gehört, und das hatte auch gereicht! Lucia erschauerte bei der Vorstellung dieser trübseligen Saitenkratzer. Es war zwar sonderbar, daß Olga bei den vielen Gelegenheiten, die sich ihr zum Genuß guter Musik boten, ausgerechnet das BrintonStreichquartett engagieren sollte, doch paßte es vortrefflich zu ihren Ansichten über Grammophone. Vielleicht würde ja auch das Grammophon eine Rolle bei diesem musikalischen Abend spielen. Aber sie hatte ihr Kommen zugesagt; es wäre also gegenüber Olga sehr unhöflich gewesen, jetzt fernzubleiben, denn Olga kannte sicherlich inzwischen ihre Leidenschaft für Musik, also ging sie hin. Sie hoffte inständig, daß sie nicht auf den Ehrenplatz gebeten würde, wo sie am Schluß einige freundliche Worte an die Streicher richten müßte. Wiederum traf sie ziemlich spät ein, und die Musik hatte schon begonnen. Allerdings gerade eben, denn sie erkannte – wer sollte es erkennen, wenn nicht sie? – die Anfangstakte eines Quartetts von Beethoven. Sie legte die Hand auf Peppinos Arm.

»Brinton und Beethoven«, sagte sie matt.

Sie setzte sich leise auf einen Stuhl neben Daisy Quantock und nahm ihre wohlbekannte Haltung beim Lauschen von Musik ein: den Kopf nach vorn gebeugt, das Kinn auf die Hand gestützt, und einen entrückten Blick. Natürlich konnte nichts die Schönheit dieser grandiosen Komposition gänzlich vernichten, und sie registrierte mit Erleichterung, daß es keinen Applaus zwischen den Sätzen gab, denn sie hatte eher befürchtet, daß Olga klatschen und damit die Einheit des ganzen Stückes zerreißen würde. Gelegentlich überraschte sie das Brinton-Streichquartett sogar angenehm: Sie schienen doch hie und da eine Inspiration zu haben, wenn auch nicht allzu oft. Einmal zuckte sie äußerst heftig zusammen, als eine Saite riß.

Olga (sie war eine ziemlich rastlose Gastgeberin) kam zu ihr hinüber, als die Musik vorbei war.

»Schön, daß Sie kommen konnten!« sagte sie. »Sind sie nicht göttlich?«

Lucia setzte ihr nachsichtigstes Lächeln auf.

»Eine perfekte Komposition! Großartig!« sagte sie. »Und sie haben es auch ganz passabel gespielt. Allerdings bin ich etwas verwöhnt, wissen Sie; das letzte Mal, als ich das Stück hörte, wurde es nämlich vom Spanischen Quartett interpretiert. Ich weiß, man darf nie Vergleiche anstellen, aber haben Sie das Spanische Quartett je gehört, Miss Bracely?«

Olga warf ihr einen überraschten Blick zu.

»Aber das ist doch das Spanische Quartett!« sagte sie und zeigte auf die Musiker.

Lucia hatte die Stimme recht deutlich erhoben, denn wenn sie über Musik sprach, dann sollte ihre Ansicht immer von jedermann gehört werden. Und eine große Anzahl von Gästen hatte sie auch diesmal zweifellos gehört, darunter natürlich auch Daisy Quantock. Sie stieß ein spitzes kreischendes Lachen aus, wie Kratzen auf einer Schiefertafel, und erteilte der *lieben armen Lucia* in diesem Moment uneingeschränkte Absolution für all ihre Gier und Habsucht in der Sache mit dem Guru.

Doch sofort kam Olgas gütiges Wesen zum Vorschein: Sie hatte versehentlich (denn ihre Bemerkung, daß es sich hier tatsächlich um das Spanische Quartett handelte, war nichts als ein erstaunter Ausruf gewesen) einen ihrer Gäste in eine peinliche Lage gebracht, und nun mußte sie umgehend alles tun, um dem wieder abzuhelfen.

»Ja, die Echos in dem Raum hier sind schrecklich«, sagte sie. »Kommen Sie doch alle etwas näher heran, dann ist der Klang wirklich viel besser. Dort hinten gehen einem alle Schattierungen, alle Finessen verloren. Deswegen bin ich auch gerade gekommen, Mrs. Lucas, um Sie zu bitten, sich nach vorn zu setzen; neben dem Podest dort gibt es noch ein halbes Dutzend leerer Plätze.«

Ihre Rede war nett gemeint, fiel aber in der Praxis auf völlig unfruchtbaren Boden, denn es hatten einfach zu viele Leute Lucias Bemerkung gehört, und Peppino hatte auch schon eine abfällige Anspielung auf das Brinton-Quartett gemacht. In jenem unseligen Augenblick legten die Bolschewisten ihre knochigen Finger an das Zepter von Lucias musikalischer Alleinherrschaft.

Noch strauchelnd unter diesen Schlägen, mußte sie einen noch heftigeren Schock erleiden. Im Wissen über die neusten Ereignisse war sie hoffnungslos abgeschlagen, und ihr Fest mit den Stegreif-Szenen war alles andere als ein Erfolg geworden. Olgas winzige Bemerkung hatte sie nun auch noch auf musikalischer Ebene erschüttert, doch immerhin war sie bis dato unangefochtene Beherrscherin der italienischen Sprache, eine Stellung, die sie mit sorgfältigem Studium von Wörterbuch, Grammatik und Dantes *Paradiso* untermauerte. Doch dann, wie ein Blitz aus heiterem Himmel, wurde auch dieser Tempel auf höchst tragische Weise vollständig zerstört.

Einige Tage nach dem Abend mit dem Spanischen Brinton-Quartett erhielt Olga einen Brief von Signor Cortese, dem großen italienischen Komponisten, in dem er ihr den Abschluß der Arbeiten an seiner Oper *Lucrezia* verkündete. Ob er wohl für ein paar Tage nach Riseholme kommen und ihr das Werk, bildlich gesprochen, zu Füßen legen dürfe, dies in der Hoffnung, sie würde es annehmen und in die Welt der Opernhäuser einführen? Er habe ja, wie sie wohl wisse, während der ganzen Zeit, die er daran arbeitete, bei der Titelrolle immer an sie gedacht, und nun würde er heute oder morgen kurzfristig eintreffen, bei Tag oder bei Nacht, um es ihr vorzulegen. Olga war entzückt und sandte ein enthusiastisches Telegramm von mehreren Seiten, in dem sie ihm herzlich gratulierte und ein Willkommen entbot. Natürlich wolle sie diesem Part auf jeden Fall »Leben verleihen«. Ob also Signor Cortese nicht sofort nach Riseholme kommen wolle?

Mit dieser Neuigkeit rannte sie nach oben zu ihrem Mann.

»Liebling, *Lucrezia* ist fertig«, sagte sie, »und dieser Engel bietet sie mir an. Also, was machen wir wegen des Abendessens heute? Jacob und Jane sind eingeladen, aber beide sprechen ebensowenig Italienisch wie du, vermute ich, und du weißt ja, wie es um meine Kenntnisse bestellt ist: sicher und verständlich und ganz brauchbar, aber für Konversation nicht ausreichend. Was machen wir bloß? Er redet so ungern Englisch ... Ah, ich weiß! Wenn ich nur Mrs. Lucas überreden kann. Sie spricht mit ihrem Mann zu Hause oft italienisch, glaube ich. Hoffentlich kann sie kommen. Musikalisch ist sie auch, und ihren Mann werde ich am besten auch einladen; dann sind wir zwar eine Frau zu wenig, aber wenigstens ist damit noch ein *italiano* dabei.«

Olga schrieb sofort an Lucia und erwähnte, daß Cortese bei ihnen zu Gast sein werde, wies aber natürlich nicht extra darauf hin, wie günstig es wäre, daß Peppino und sie den Musiker in seiner Muttersprache unterhalten könnten, denn dies nahm sie als selbstverständlich an. Die Einladung wurde höchst erfreut beantwortet (mit dem größten Vergnügen). Den Rest des Tages über bildeten Lucia und Peppino hübsche kleine Sätze, die sie dem verblüfften Cortese im letzten Moment hinwerfen wollten, um zu zeigen, daß sie die ganze Zeit auch hätten italienisch sprechen können, falls Gelegenheit dazu gewesen wäre.

Mrs. Weston und Colonel Boucher waren schon da, als Lucia mit ihrem Gatten eintrat, und für Lucia kam es als ein ziemlicher Schock, als sie sah, wie vertraut die beiden mit der Gastgeberin waren. Sie nannten einander sogar Olga und Jacob und Jane, was äußerst erstaunlich und beinahe schmerzhaft war. Lucia waren (vielleicht weil sie nicht rechtzeitig davon erfahren hatte) einige sarkastische Bemerkungen zu ihrer Verlobung über die Zunge gekommen, fast als wäre es eine persönliche Beleidigung, daß Jacob sich nicht mit dem Junggesellendasein zufriedengab und Jane mit ihrer Freundschaft, aber sie hatte den beiden dennoch »nur das Beste« gewünscht. Ja, sobald sie den Schock überwunden hatte, sie auf solch vertrautem Fuße mit Olga zu sehen, hätte sie sogar niemand an Herzlichkeit übertreffen können.

»Wir sehen ja in letzter Zeit nur wenig von unseren alten Bekannten«, sagte sie schelmisch zu Olga, »aber wir sollten wohl ihren Wunsch nach Einsamkeit in diesem ersten Erglühen des Glückes respektieren. Peppino und ich erinnern uns ja auch noch an diese schöne Zeit – ach, so lange ist das schon her.«

Dies mochte taktvoll oder boshaft gemeint sein. Daß Peppino und sie mitfühlen konnten und sich ihrer schönen Zeit entsannen, war taktvoll; daß es schon so lange her sei, war boshaft. Insgesamt ließ sich die Bemerkung als Boshaftigkeit mit Taktgefühl umschreiben. Außerdem lag etwas Herablassendes darin, und wenn Mrs. Weston eines nicht ausstehen konnte, wollte und würde, dann war es das. Zudem war ihr zu Ohren gekommen, Mrs. Lucas habe eine Bemerkung gemacht, derzufolge es wohl kein Problem gebe, Brautjungfern zu finden, die jünger als die Braut seien.

»Sieh mal an! Was für ein gutes Gedächtnis für längst vergangene Zeiten Sie haben!« sagte sie. »Aber Sie haben ja ohnehin ein hervorragendes Gedächtnis, meine Liebe, und das in Ihrem Alter!«

Olga trat dazwischen.

»Wie nett von Ihnen und Ihrem Gatten, so kurzfristig zu mir zu kommen«, sagte sie. »Cortese spricht ja so ungern englisch, also werde ich ihn zwischen Sie und mich setzen, und Sie reden dann bitte die ganze Zeit mit ihm, nicht wahr? Und Sie lachen auch nicht über mich, wenn ich in meinem gräßlichen Kauderwelsch auch etwas sage, ja? Und von der anderen Seite werde ich mir Ihren Gatten als Bollwerk setzen, der sich dann ganz gekonnt an mir vorbei mit ihm unterhalten kann.«

Lucia mußte nun etwas sagen. Wieder drohte eine Bloßstellung, und sie war völlig unvermeidbar. Es hatte keinen Sinn, wenn sie und Peppino jetzt plötzlich eine andere Verabredung vorschützten...

»Ach, mein Italienisch ist fürchterlich eingerostet«, sagte sie und war sich dabei des bohrenden Blickes von Mrs. Weston bewußt ... Hätte Sie doch nur Mrs. Weston heute früh ein hübsches Hochzeitsgeschenk geschickt!

»Eingerostet? Darüber werden wir Cortese befragen, nachdem Sie sich eine Weile mit ihm unterhalten haben. Ah, da kommt er schon!«

Cortese betrat das Zimmer, aufgeregt und redselig, und ließ einen Schwall von Entschuldigungen wegen seines späten Kommens auf Olga los, von dem Lucia kein Wort mitbekam. Sie erriet, was er sagte, und im nächsten Augenblick ergriff Olga das Wort, die ihn anscheinend problemlos verstand, versicherte ihm beneidenswert gewandt, er sei keineswegs verspätet, stellte ihn ihr vor und erklärte, daß *»la signora«* (dieses Wort war Lucia vertraut) und ihr Mann auch italienisch sprächen. Sie mußte zwar seine hervorgesprudelten Fragen nicht sogleich beantworten, da er zunächst weitergeführt wurde, um ihn Mrs. Weston und dem Colonel vorzustellen; doch gleich darauf wirbelte er zu ihr herum und fragte sie irgend etwas. Da sie nicht im geringsten wußte, was er gesagt hatte, erwiderte sie nur: *»Si, tante grazie.«*

Er machte einen leicht verwirrten Eindruck und wiederholte dann seine Frage auf englisch: »In welche Gegend von Italia haben Sie am meisten kennengelernt?«

Das verstand Lucia; allerdings verstand es sogar Mrs. Weston, und jetzt riß sich Lucia zusammen.

»*In Roma!*« sagte sie. »*Che bella città! Adoro Roma, ed il mio marito. Non è vero, Peppino?*«

Peppino pflichtete ihr freundlich bei; der vertraute Klang dieses sicheren, gut verständlichen Italienisch flößte ihm neue Zuversicht ein, und er fragte Cortese, ob dieser nicht ein großer Musikliebhaber sei...

Das Abendessen kam Lucia endlos vor. Sie behielt Cortese im Auge wie ein Luchs, und sobald sie sah, daß er sich an sie wenden wollte, drehte sie sich hastig zu Colonel Boucher um, der ihr zur anderen Seite saß, und fragte ihn irgend etwas über seine *cari cani*, was sie sodann für ihn übersetzte. Während er antwortete, bildete sie einen weiteren Satz auf italienisch über den blauen Himmel über Venedig und sagte dann gemeinerweise, ihr Gatte sei dort gewesen, da sie hoffte, so den Sturzbach italienischer Beredsamkeit auf ihn zu lenken. Dennoch war ihr klar, daß sowohl sie wie Peppino im Plaudern auf italienisch den letzten Rest ihres Rufes verloren hatten, und sie sinnierte in trübem Bedauern, warum sie nicht statt des Italienischen zum Ausdruck ihrer linguistischen Besonderheit Französisch gewählt hatten, das sie beide etwa ebensogut beherrschten.

Währenddessen verstand Olga weiterhin alles, was Cortese sagte, antwortete darauf sogar mit gräßlicher Zungenfertigkeit, und am Ende wandte sich Cortese, der sie gerade mit irgend etwas zum Lachen gebracht hatte, auf Englisch an Lucia.

»Ich sagte eben zu Mrs. Shottlewort...«, und dann erklärte er seinen Witz in Lucias Sprache.

»*Molto bene*«, bemerkte Lucia, deren Gesprächigkeit ein letztes Mal aufflackerte. »*Molto divertente. Non è vero, Peppino?*«

»*Si, si*«, sagte Peppino kläglich.

Und dann kam die schlimmste Erniedrigung, obwohl es auch ein wenig erleichternd war, daß das Ganze endlich vorbei war. Cortese, der nach dem Essen und dem Wein und bei der Aussicht, Olga für die Rolle der Lucrezia zu gewinnen, in ausgezeichneter Laune war, strahlte Lucia an.

»Jetzt wir alle sprechen Engelisch«, sagte er. »Das wirklich ist ein angenehmer Abend. Ich erfreue mich sehr. *Ecco!*«

Noch einmal entflammte Lucia.

»*Parlate inglese molto bene*«, sagte sie, und außer wenn Cortese direkt mit Olga sprach, hörte man an diesem Abend kein Italienisch mehr.

Selbst die einmalige Gelegenheit, Olga dabei zuzuhören, wie sie die große Szene im letzten Akt »kurz durchging«, konnte nach diesem schrecklichen Fiasko Lucias Aufmerksamkeit nicht völlig fesseln, und obwohl sie sich vorbeugte, das Kinn in die Hand stützte und jenen entrückten Blick bekam, arbeiteten ihre Gedanken fieberhaft daran, wie sich aus einer derart verpatzten Situation noch irgend etwas machen lassen könnte. Jeder der Anwesenden wußte nun, daß ihr Italienisch als Vehikel zur Konversation, völlig versagt hatte, und es war nun relativ sinnlos, wie unbewußt »*Uno, due, tre*« vor sich hinzumurmeln, wenn Olga den Rhythmus einer Passage nicht ganz erwischte; ebenso gut könnte sie

»Eins, zwei, drei« sagen, jedenfalls was den Eindruck anging, den es auf Mrs. Weston machte. Am nächsten Tag würde sich die Geschichte in ganz Riseholme herumsprechen, und sie war überzeugt, daß Mrs. Weston, diese hervorragende Beobachterin und vortreffliche Berichterstatterin, sich alles genau gemerkt hatte und bestimmt nicht versäumen würde, jede Einzelheit auszuwalzen. Ein Schlag um den anderen war gegen das Tor ihres Palastes gedonnert; kein Wunder, wenn das ganze Gebäude erzitterte. Sie hatte daran gedacht, in diesem Winter einen Dante-Kurs einzurichten, denn schriftliches Italienisch ließ sich, wenn man beim Vorbereiten der Lektionen ein Wörterbuch und eine Übersetzung vor sich hatte, problemlos interpretieren; nur das gesprochene Wort, das man ohne jede Vorbereitung verstehen mußte, ohne die geringste Ahnung, was auf einen zukam, hatte ihr solch unüberwindbare Schwierigkeiten bereitet. Trotzdem – wenn sich die Geschehnisse dieses Abends herumsprachen, wer würde sich dann noch von so einer Lehrerin etwas beibringen lassen wollen? Würde Mrs. Weston zu ihrem Dante-Kurs kommen? Würde sie? Würde sie? Nein, sie würde nicht kommen. Ohne Angabe von Gründen.

In dieser Nacht lag Lucia lange wach, wälzte sich ruhelos in dem reizenden Gemach »Mittsommernachtstraum« im Bett herum und führte sich nochmals die ganze Phalanx der unseligen Ereignisse vor Augen. Während sie sie betrachtete, schwarze Schatten vor der Glut ihres Kamins, wurde ihr schlagartig klar, daß sie alle aus demselben mißgünstigen Einfluß herrührten. Denn was hatte (einmal abgesehen von dem mißlichen

Vorfall mit der Lampe) das Scheitern und die Flauheit ihrer Stegreif-Szenen bewirkt, wenn nicht Olgas Absage? Wer anders als Olga hatte Lucia zu jener verhängnisvollen Bemerkung über das Spanische Quartett veranlaßt, dabei wäre es doch fraglos ihre Pflicht gewesen, beim Versenden der Einladungen zu ihrem musikalischen Abend deutlich zu vermerken (um einen Irrtum gar nicht erst möglich zu machen), daß diese berühmten Interpreten die Gesellschaft entzücken würden? Wer hätte denn auch erraten können, daß sie die astronomische Ausgabe nicht scheuen würde, um sie aus London herbeizuholen? Das Brinton-Quartett war doch das Äußerste, womit jede gesunde Vorstellungskraft hätte rechnen können, also hatte Lucias grenzenlos gesunde Vorstellungskraft eben damit gerechnet, und ihre Vorstellung war so außerordentlich lebhaft gewesen, daß ihr nie in den Sinn gekommen war, es könnte jemand anderer sein. Olga hätte doch gewiß ohne weiteres »Spanisches Quartett« statt »Musik« in die linke untere Ecke setzen können, dann wäre Lucia über alles im klaren gewesen und hätte stumm vor Rührung auf ihrem Stuhl sitzen können, als sie den Beethoven beendet hatten, sich die Augen wischen und dann innerlich wieder aufrichten können. Es machte wirklich ganz den Eindruck, als hätte Olga ihr eine Falle gestellt ... Eine noch deutlichere Falle waren die widerwärtigen Ereignisse von heute abend. Falle war keineswegs ein zu kräftiges Wort dafür. Sie in ihr Haus einzuladen und dann plötzlich mit der Tatsache zu konfrontieren, daß sie dort italienisch sprechen müsse ... war denn das ein aufrichtiges, ehrliches Vorgehen? Selbst wenn Olga wirklich von Lucia gehört hätte (sie erinnerte sich angeblich daran), daß Peppino und sie zu Hause oft italienisch miteinander sprachen, so war das doch noch kein Grund, von ihr zu erwarten, anderswo italienisch zu sprechen, noch dazu dermaßen unvorbereitet. Man hätte ihr sagen müssen, was ihr bevorstand, um ihr die Möglichkeit zu geben, bereits eine Verabredung zu haben. Lucia verabscheute hinterlistige Tricks, und besonders verabscheuungswürdig waren sie, wenn sie von jemandem kamen, den sie zu erziehen und auf das höchste Niveau von ganz Riseholme zu erheben bereit gewesen war. In Wahrheit sah es nun so aus, als wäre Olgas Charakter für den Versuch einer Kultivierung schlichtweg ungeeignet. Sie folgte eigenen ungehobelten und unabhängigen Regeln, veranstaltete an einem Abend Tollereien, kam am nächsten nicht zu den Stegreif-Szenen, lud dann wieder das Spanische Quartett ohne Voranmeldung ein und gab schließlich zum Schrecken aller diese widerliche polyglotte Party.

Olga hatte eindeutig Böses im Sinn: Sie wollte die Anführerin in allen Angelegenheiten von Kunst und Kultur in Riseholme spielen. Ihr Benehmen ließ gar keine andere Erklärung zu.

Lucias wohlwollende Pläne von Erziehung und Kultivierung verflogen wie Nebel im Morgengrauen, und durch ihre bereits zufallenden Augenlider erschien ihr das Kaminfeuer seltsam rot. Sie war zu freundlich, zu ermutigend gewesen; nun mußte sie alle Kräfte um sich sammeln und Strenge walten lassen. Während sie in den Schlaf sank, nahm sie sich vor, Georgie gleich morgen zum Mittagessen einzuladen. Er und Peppino mußten einmal ernsthaft miteinander reden. In letzter Zeit hatte sie Georgie vergleichsweise selten gesehen, und in ihrer Schläfrigkeit fragte sie sich nervös, warum das wohl so war.

Georgie war inzwischen einigermaßen über die Verzweiflung hinweggekommen, die ihn befallen hatte, als er auf der Straße vor Mrs. Quantocks Maulbeerbaum gestanden und jenen verbitterten Ruf »O Leid! O Unglück!« ausgestoßen hatte. Seine Nerven waren damals angespannt wie Geigensaiten gewesen, da ihn all die verflixten und vergeblichen Vorbereitungen der Stegreif-Szenen in Anspruch genommen hatten, und die Erkenntnis, daß er verliebt war, hatte einfach das Faß zum Überlaufen gebracht. Von Olga jedoch zum Vertrauten in ihrem wundervollen Plan gemacht zu werden, der Mrs. Weston und den Colonel dazu veranlaßt hatte, sich zu verloben, und die Auszeichnung, von Olga für dieses freundschaftliche Geheimnis ausgesucht worden zu sein, hatte ihn letztendlich sehr belebt. Es war sonnenklar, daß die Existenz von Mr. Shuttleworth eine hoffnungslose Barriere für die Erfüllung seiner Leidenschaften darstellte, und wenn er ganz ehrlich war, mußte er sich eingestehen, daß er es Mr. Shuttleworth auch gar nicht übelnahm, daß er ihm im Wege stand. Georgie war in jeder Hinsicht sanft, und so war auch seine Art, sich zu verlieben, von Sanftheit bestimmt. Er bewunderte Olga enorm, er empfand sie als reizvoll und amüsant, und da es ausgeschlossen war, daß er ihr Liebhaber sein könnte, hätte er am liebsten die nächstbeste Rolle eingenommen, nämlich ihr Bruder zu sein, und all jene kleinen Schmerzen der Eifersucht, die er von Zeit zu Zeit spüren mochte, waren eher mit winzigen Elektroschocks vergleichbar, die er freiwillig auf sich nahm. Er war ihr mit einer Wärme ergeben, die seine vermeintliche Hingabe an Lucia nie in ihm entfacht hatte; es ging sogar so weit, daß er von ihr träumte, auf erregte, dabei aber durchaus respektvolle Weise. Ohne sich irgendeines irrealen Aspekts seiner Empfindungen bewußt zu sein, wollte er eigentlich lieber das Kostüm des Liebhabers tragen als einer zu sein, denn er konnte sich im Moment gar nicht vorstellen, wie es wäre, von einem anderen Menschen ganz eingenommen zu sein. Sein Leben war ja auch so schon vollkommen erfüllt: Es bot im Grunde gar keinen Platz für etwas anderes, vor allem wenn dieses andere Etwas von der Art sein mußte, die alles übrige zum Erblassen brächte. Diese Geistesverfassung, diese Gefühlsqualität war insgesamt angenehm und recht aufregend, und so konnte er jetzt, da er an dem Maulbeerbaum vorüberging, statt »O Leid! O Unglück!« zu sich sagen: »O Freuden! O Glück!«

Während er allerdings nun die Straße entlang zu seinem Essen mit Lucia rannte, war er sich trotzdem bewußt, daß sie, vielleicht als Engel, dann aber bestimmt als der mit dem Flammenschwert, zwischen ihm und all den Reizen des neuen Lebens stehen würde, das sich ohne Zweifel in Riseholme zu entwickeln begann und dem Georgie so gerne seine kleine Tasse entgegenhielt, um sie sich mit dem anregenden Getränk füllen zu lassen. Und falls Lucia ihm im Wege stehen wollte, ihm den Zugang dazu verweigern sollte, so war auch er zum Kampfe gewappnet, und zwar mit einer revolutionären Waffe, die in einem zusammengerollten Exemplar etlicher Pianostücke von Debussy bestand. Olga hatte sie ihm vor einigen Tagen geliehen, und er hatte äußerst eifrig an *Poissons d'or* geübt. Eine weitere Waffe war sein vollständiges Wissen um das Italienisch-Debakel des Vorabends, das aus seiner Sicht, in Kenntnis von Lucias Charakter, fraglos eine Krise bedeutete. Irgend etwas würde geschehen müssen ... Mehrmals in letzter Zeit war Olga sozusagen mit voller Wucht auf Lucia geprallt, und jedesmal hatte sie, während sie unbekümmert weiterschritt, eine taumelnde Gestalt hinter sich zurückgelassen. Dabei hatte Olga, darüber bestand bei Georgie gar kein Zweifel, keineswegs vorgehabt, jemanden anzurempeln oder ins Taumeln zu bringen. Sie hatte Lucia jedesmal völlig versehentlich zu Boden geworfen, doch wenn solche Versehen sich so grauenhaft häuften, war anzunehmen, daß Lucia sie mit einem neuen Namen belegen würde: sie mußten einfach uminterpretiert werden. Bei all seinem typisch Riseholmer Appetit auf Komplikationen und Ereignisse sah Georgie durchaus voraus, daß er von diesem Mittagessen nicht ohne Neuigkeiten fortgehen werde. Außerdem gab es noch andere Themen von außerordentlichem Interesse, denn es hatten sich ja am Vorabend wirklich sehr seltsame Dinge bei Mrs. Quantock abgespielt, während ein Stück weiter die Straße hinauf das Italienisch-Debakel seinen Lauf nahm. Doch damit wollte er erst später herausrücken.

Lucia begrüßte ihn aufs allerherzlichste und begann mit bodenloser Unverschämtheit, wie gewöhnlich italienisch mit ihm zu sprechen, obwohl sie sich wohl denken konnte, daß Georgie schon wußte, was passiert war.

»*Ben arrivato, amico mio*«, sagte sie. »Also wirklich, wir haben uns ja mindestens drei Tage nicht gesehen. *Che ha fatto il signorino?* Und was haben Sie denn da mitgebracht?«

Da Georgie mit seinen eigenen Italienischkenntnissen der Blamage knapp entronnen war, hatte er sich vorgenommen, diese Sprache nie wieder zu sprechen.

»Ach, das. Ein paar nette Stückchen von Debussy«, erwiderte er. »Eins davon wollte ich Ihnen nachher vorspielen. Ich bin sie vorhin kurz durchgegangen.«

»*Bene, molto bene!*« sagte sie. »Setzen wir uns zu Tisch. Aber ich kann Ihnen nicht versprechen, daß es mir gefallen wird, Giorgino. Ist nicht Debussy der, bei dem ich immer heulen möchte wie der Pawlowsche Hund beim Klang der Glocke und mich die ganze Zeit frage, wann es endlich anfängt. Wo haben Sie die Noten denn her?«

»Olga hat sie mir geliehen«, sagte Georgie beiläufig. Auf deren Bitte hin nannte er sie jetzt tatsächlich Olga.

Bei Lucia begannen die Alarmglocken zu läuten.

»Ja, ich dachte mir, daß diese Sorte Musik Miss Bracely gefällt«, sagte sie. »Ich bin dafür wohl zu altmodisch, obwohl ich Ihre netten Debussy-Stückchen nicht verdammen will, ehe ich sie gehört habe. Altmodisch! Jawohl! In jedem Fall war ich zu altmodisch für die Musik, die sie uns gestern abend vorgesetzt hat. *Dio mio!*«

»Oh, hat es Ihnen nicht gefallen?« fragte er.

Lucia nahm Platz, ohne auf Peppino zu warten.

»Die arme Miss Bracely!« sagte sie. »Es war ja nett gemeint, mich einzuladen, aber viel netter wäre es gewesen, statt dessen Mrs. Antrobus zu bitten, und ihr zu sagen, sie solle ihr Hörrohr zu Hause lassen. Diese herrliche Stimme zu hören – denn ich muß ihr Gerechtigkeit widerfahren lassen: es liegt bisweilen ein herrlicher Klang darin, *herrlich* – diese Stimme kreischen und herumbrüllen zu hören, bei der sogenannten ›großen

Szene‹, das war einfach jämmerlich. Es fehlte eine Melodie, und vor allem fehlte die Form. Eine musikalische Komposition ist wie ein Werk der Architektur: sie muß regelrecht aufgebaut und konstruiert sein. Wie oft habe ich das schon gesagt! Man braucht dafür Farbe, und man braucht einen Plan, sonst werde ich nicht zulassen, daß man Musik dazu sagt.«

Lucia aß rasch ihr Ei auf und stützte dann die Ellenbogen auf den Tisch.

»Ich bin hoffentlich nicht borniert und beschränkt«, sagte sie, »und ich glaube, Sie werden mir das bestätigen, Georgie. Selbst bei der göttlichsten Musik bin ich nicht taub gegenüber kleinen Fehlern, falls es welche darin gibt. Die Mondscheinsonate zum Beispiel: Wie oft haben Sie mich nicht sagen hören, daß die letzten zwei Sätze in der Perfektion der Form nicht an den ersten heranreichen. Und wenn ich mir Kritik an Beethoven gestatte, dann werde ich hoffentlich auch behaupten dürfen, daß Mr. Cortese keine Oper geschaffen hat, die den *Fidelio* zum Gespött machen würde. Am meisten bin ich in Wahrheit aber über Miss Bracely betrübt. Ich hätte geglaubt, sie würde sich nicht zu etwas herablassen, das sie in Zukunft einer Interpretation von *Fidelio* unwürdig macht, auch wenn eine solche sie viel Zeit und Mühe kosten würde; statt dessen sucht sie eine traurige Berühmtheit, indem sie dabei hilft, der Welt eine neue Kombination aus Trillerpfeifen und Gegrunze aufzunötigen. *Non è vero*, Peppino? Du kommst ja so spät.«

Zu dieser Kriegserklärung hatte sich Lucia nicht ohne reifliche Überlegung entschlossen. Doch es war ihr ziemlich klar, daß der Gegner täglich an Stärke gewann, und deshalb war es desto besser, je eher es zu offenen Kampfhandlungen kam, denn ebenso klar war auch, daß Olga die Anwartschaft auf den Thron erhob, den Lucia so lange innegehabt hatte. Es wurde Zeit zur Mobilmachung, und als erstes mußte sie Lagebeurteilung und Schlachtplan ihrem Stabschef unterbreiten.

»Nein, uns hat dieser Abend nicht sehr gefallen, Peppino und mir, nicht wahr, *caro*?« fuhr sie fort. »Und dann dieser Mr. Cortese! Schon seine Erscheinung! Er wirkt wie ein riesenhafter Friseur! Und sein Anschlag auf dem Klavier: stellen Sie sich einen wütenden Stier vor, der auf die Tasten eindrischt, dann haben Sie einen ungefähren Begriff davon. Aber das Schlimmste war sein Italienisch! Soweit ich hörte, ist er aus Neapel, und wir wissen ja alle, wie der neapolitanische Dialekt klingt. Toskaner und Römer, die sich ja wohl untereinander trotz aller Unterschiede ausgezeichnet verstehen – *lingua toscana in bocca romana*, Sie erinnern sich –, finden die Neapolitaner auch völlig unverständlich. Ich für mein Teil, und da spreche ich auch für *il mio sposo*, habe keinerlei Wunsch, etwas zu verstehen, das die Römer nicht verstehen. *La bella lingua* reicht mir persönlich vollkommen aus.«

»Wie ich hörte, hat ihn Olga recht gut verstehen können«, sagte Georgie und gab damit preis, daß er über die Geschehnisse hervorragend informiert war.

»Das mag wohl sein«, gab Lucia zurück. »Ich hoffe nur, sie hat auch sein Englisch verstanden, und seine Musik. Seine Aussprache im Englischen war unmöglich, und ich zweifle nicht im geringsten, daß sein Italienisch ebenso ungebildet klang. Es ist ja auch egal; im Grunde sind Mr. Corteses linguistische Leistungen für uns gänzlich unwichtig. Seine Musik dagegen ist es nicht, wenn die arme Miss Bracely mit ihrer herrlichen Stimme die Oper proben und darin die Lucrezia spielen will. Es täte mir sehr leid, wenn es dazu käme. Irgendwelche Neuigkeiten?«

Es war wirklich großartig, und der Krieg war damit erklärt; darüber konnte keinerlei Zweifel mehr herrschen. Ganz Riseholme wußte inzwischen, daß Lucia und Peppino nicht imstande gewesen waren, auch nur ein Wort von dem zu verstehen, was Cortese gesagt hatte, und auf jene verleumderische Vermutung, die Mrs. Weston am Vormittag auf dem Anger vehement vertreten hatte, wonach sich dies nämlich nur so erklären ließe, daß Lucia und Peppino gar nicht italienisch konnten, kam hier nun die Antwort: Man konnte kaum von ihnen erwarten, den neapolitanischen Dialekt zu verstehen; die Sprache Dantes genügte ihren bescheidenen Ansprüchen vollauf. Sie hatten ja auch Corteses Englisch nur unter Schwierigkeiten verstanden, aber dies bedeutete doch keineswegs, daß sie nicht Englisch konnten. Dantes Sprache und Shakespeares Sprache reichten ihnen eben aus...

»Und wie war der Text des Librettos?« fragte Georgie. »Ich meine, das Stück, das Olga gesungen hat.«

Lucia fixierte ihn mit stechendem Blick, eifrig bereit zu zeigen, wie liebend gern sie Lob austeilte, wenn es nur verdient war.

»Wunderschön«, sagte sie. »Ich spürte, und Peppino wohl auch, daß der Text eine ebensolche schreckliche Verschwendung für diese formlose Musik war wie die Stimme der armen Miss Bracely. Wie ging es doch gleich, Peppino? Laß mich überlegen.«

Dann hob sie den Kopf, und in ihrer Miene lag dieser entrückte Blick.

»*Amore misterioso!*« zitierte sie. »*Amore profondo! Amore profondo del vasto mar*. Ach, das war dann wieder unsere arme *bella lingua*. Ich möchte wissen, von wem das Libretto stammt.«

»Mr. Cortese hat es selbst geschrieben«, sagte Georgie. »Das hat Olga mir gesagt.«

Lucia zögerte keinen Augenblick, sondern stieß ihr silberhelles Lachen aus.

»O nein, mein Lieber, nein«, sagte sie. »Wenn Sie ihn hätten reden hören, dann wüßten Sie, daß er das unmöglich geschrieben haben kann. Tja, jetzt haben wir aber genug über Mr. Cortese und sein Werk gesprochen, nicht wahr? Irgendwelche Neuigkeiten? Was haben Sie denn gestern abend getan, während Peppino und ich unser *purgatorio* erdulden mußten?«

Georgie war beinahe ebenso froh, vom Thema des Italienischen loszukommen. Je weniger er diese Sprache erwähnte oder benutzte, desto besser. Wer wollte schon Streit in Riseholme?

»Ich war bei Mrs. Quantock zum Abendessen«, sagte er. »Sie hatte eine sehr interessante Russin bei sich zu Gast, die Prinzessin Popoffski.«

Lucia lachte von neuem auf.

»Die gute Daisy!« sagte sie. »Erzählen Sie mir von der russischen Prinzessin. War sie ein Guru? Meine Güte, wie leicht sich doch manche Leute einwickeln lassen! Tja, der Guru! Obwohl wir da ja alle im selben Boot saßen. Wir haben den Guru nach der Einschätzung der armen Daisy beurteilt, und ich finde sogar immer noch, daß er etliche beachtliche Talente besaß, ob er nun

Curry-Koch war oder nicht. Aber nun zu Prinzessin Popoffski –«

»Wir hatten eine Séance«, sagte Georgie.

»Tatsächlich! Und Prinzessin Popoffski war wohl das Medium?«

Hier legte Georgie eine leichte Empörung an den Tag.

»Es hat keinen Zweck, in diesen Ton zu verfallen, *cara*«, sagte er und griff damit doch auf das Italienische zurück. »Sie sind nicht dort gewesen; Sie sind ja bei Olga durchs Fegefeuer gegangen. Übrigens hat Mr. Cortese sehr wohl das Libretto geschrieben. Es war jedenfalls sehr erstaunlich. Wir alle am Tisch haben uns mit den Händen berührt; es kann unmöglich ein Trick gewesen sein.«

Lucias Ansichten zu übersinnlichen Phänomenen waren in Riseholme durchaus bekannt: Ein Scharlatan, wer damit hausieren ging, und ein Dummkopf, wer sich davon einwickeln ließ. Infolgedessen lag eine gewisse Ironie darin, daß sie jetzt in die Babysprache verfiel.

»Bin danz brav!« sagte sie. »Danz brav will Lucia sein und bloß ssuhören. Jetzt erzählen Sie.«

Georgie berichtete von seinen Erlebnissen. Der Tisch hatte gewackelt und Namen buchstabiert. Der Tisch war in Bewegung geraten, obwohl es ein sehr massiver Tisch gewesen war. Georgie hatte von ihm erfahren, daß er zwei Schwestern habe, von denen eine einen Namen trage, der auf lateinisch »Bär« bedeute.

»Woher konnte der Tisch das wohl wissen?« fragte er. »Ursa, die Bärin, nicht wahr? Ursula, die kleine Bärin. Und dann, während wir noch am Tisch saßen, fiel die Prinzessin in eine Trance. Sie sagte, es sei ein guter

Geist anwesend, der uns alle segne. Sie nannte Mrs. Quantock Margherita, was auf Italienisch, wie Sie vielleicht wissen, Margerite, also Daisy heißt.«

Lucia lächelte. »Vielen Dank für die Erläuterung, Giorgino«, sagte sie.

Die Ironie in ihrer Stimme war nicht zu überhören, deshalb dachte Georgie, er könne ebenfalls ironisch werden.

»Ich wußte ja nicht, daß Sie das wissen«, sagte er. »Ich dachte, vielleicht ist es neapolitanischer Dialekt.«

»Also erzählen Sie schon weiter!« sagte Lucia und stieß Luft durch die Nase aus.

»Und dann sagte sie, ich hieße Giorgino«, fuhr er fort, »aber ein anderer Giorgino sei nicht weit entfernt. Das war merkwürdig, denn Olgas Haus mit Mr. Shuttleworth darin war ja gleich daneben ... Und dann fiel die Prinzessin in eine sehr tiefe Trance, und der Geist, der unter uns weilte, nahm ganz Besitz von ihr.«

»Und wer war dieser Geist?« fragte Lucia.

»Sein Name war Amadeo. Sie sprach mit Amadeos Stimme – wirklich, es war eigentlich Amadeo, der zu uns sprach. Er war Florentiner, und er kannte Dante recht gut. Er materialisierte sich sogar; ich habe ihn gesehen.«

Blitzartig durchfuhr Lucia eine glorreiche Vision. Der Dante-Kurs könnte möglicherweise (selbst wenn jedermann begriff, daß Cortese nur unverständliches Neapolitanisch gesprochen hatte) kein voller Erfolg werden, wenn der einzige Anreiz dabei war, daß sie selbst Dante übersetzen würde. Einen ganz anderen Anstrich hätte die Sache dagegen, wenn Prinzessin Popoffski als Vermittlerin zu Dantes Freund Amadeo dabei anwesend wäre. Man könnte dann zuerst einen *Canto* lesen und danach eine Séance abhalten, deren Leitung Amadeo – via Prinzessin Popoffski – übernehmen würde. Während sie diesen Gedanken in sich arbeiten ließ, hielt sie es für ratsam, jegliche Ironie aufzugeben und großes Verständnis an den Tag zu legen.

»Giorgino! Wie schön!« rief sie. »Sie wissen ja, daß ich von Natur aus skeptisch bin und deshalb gerne alle Beweismittel sorgfältig abwäge. Ich bin gewiß immer ein wenig überkritisch, und das ist ein Fehler. Peppino ist auch sehr kritisch; ich habe es wohl von ihm. Aber man stelle sich vor: mit einem Freund Dantes in Verbindung zu treten! Was gäbe ich nicht dafür? Sagen Sie mir: Wie ist diese Prinzessin Popoffski? Ist sie jemand, den man zum Abendessen einladen könnte?«

Georgie war immer noch verstimmt wegen der Ironie, die sie ihm entgegengebracht hatte. Außerdem trug er die unumstößliche Tatsache im Kopf, daß Daisy (Margherita) Quantock erklärt hatte, sie würde unter gar keinen Umständen zulassen, daß Lucia ihre Prinzessin an sich risse. Daß sie ihren Guru an sich gerissen hatte, war mittlerweile vergeben (und in Anbetracht dessen, daß er sich als Curry-Koch entpuppt hatte, war dies auch nicht so schwer gewesen), doch war sie fest entschlossen, die Prinzessin für sich zu behalten.

»Ja, Sie können sie ja fragen«, sagte er. Wenn schon Ironie im Spiel sein sollte, dann gab es keinen Grund, warum er nicht auch etwas davon austeilen durfte.

Lucia hüpfte von ihrem Stuhl, als wäre er mit Sprungfedern gepolstert.

»Wir werden eine kleine Party veranstalten«, sagte sie. »Wir drei, die gute Daisy mit Mann und die Prinzessin. Damit sind wir wohl genug; Medien verabscheuen ja Menschenmassen, weil das die Schwingungen stört. Ich sage keineswegs, daß ich schon jetzt an ihre Kraft glaube, aber ich bin da ganz offen: Ich lasse mich gerne überzeugen. Das ist eben meine Einstellung! Lassen Sie mich nachdenken! Morgen haben wir nichts vor. Also geben wir morgen ein kleines Abendessen. Ich werde der guten Daisy gleich eine kurze Botschaft schicken und ihr sagen, wie sehr Ihr Bericht über die Séance mein Interesse erregt hat. Ich würde mich ja so freuen, wenn die gute Daisy einen Trost für diese schreckliche Blamage mit ihrem Guru gefunden hätte. Und dann, *Giorgino mio*, werde ich Ihrem Debussy lauschen. Aber erwarten Sie bitte nichts: Wenn es mir formlos vorkommt, werde ich es sagen. Doch wenn es vielversprechend klingt, werde ich es ebenso freimütig eingestehen. Vielleicht ist es großartig, aber ich kann nichts dazu sagen, ehe ich es gehört habe. Lassen Sie mich nur schnell den Brief schreiben.«

Das war rasch getan, und nachdem Lucia ihn persönlich hatte überbringen lassen, kam sie ins Musikzimmer und ließ die Jalousien vor den Fenstern herab, durch die die Novembersonne hereinströmte. Sehr wenig Kunst, so hatte sie einst gesagt, »hielt dem Tageslicht stand«: nur Shakespeare und Dante und Beethoven, vielleicht noch Bach, konnten mit der Sonne konkurrieren.

Georgie dagegen hätte lieber etwas mehr Licht gehabt, aber andererseits verwendete Debussy derartig ungewohnte Akkorde und Tonfolgen, daß er es gar nicht nötig hatte, die Brille aufzusetzen. Lucia saß auf einem harten Stuhl neben dem Klavier, das Kinn in die Hand gestützt und äußerst aufmerksam.

Georgie zog sich die Ringe von den Fingern, legte sie auf den Kerzenhalter und fuhr behende einmal über die Tasten.

»*Poissons d'or*«, kündigte er an. »Goldfische!«

»Ah ja. *Pesci d'oro*«, erklärte Lucia für Peppino.

Lucias Miene änderte sich, während die schwer faßbare Komposition ihren Lauf nahm. Der entrückte Blick schwand allmählich und wich einem grüblerischen Ausdruck; ihr Kinn hob sich aus der Hand, und die Hand, in der es geruht hatte, verdeckte nun ihre Augen. Ehe Georgie noch zu Ende gespielt hatte, traf die Antwort auf ihre Botschaft ein, und sie hielt sie wartend in der Hand, die jetzt nicht mehr die Augen bedeckt hielt, sondern den Takt zu schlagen versuchte. Beim letzten Ton erhob sie sich mit einem betrübten Seufzer.

»Ist es aus?« fragte sie. »Obwohl ich eigentlich zu fragen versucht bin: ›Wann fängt es denn an?‹ Ich bin nicht gesättigt; ich habe nichts in mich aufnehmen können. Ich habe Sie ja gewarnt, daß ich ganz ehrlich sein würde. Und das ist eben mein Urteil. Es tut mir leid. Tut mir ssrecklich leid! Aber Sie haben es, da bin ich sicher, hervorragend gespielt, Giorgino. Kurzum, Sie waren ein *buono avvocato*; Sie haben alles ins Feld geführt, was zugunsten Ihres Klienten spricht. Darf ich diese Nachricht kurz lesen, bevor wir das näher erörtern? Biete doch Georgie eine Zigarette an, Peppino! Sicherlich kann er eine gebrauchen nach diesen vielen Vorzeichen.«

Sie zog die Jalousien wieder hoch, um den Brief entziffern zu können, und beim Lesen verfinsterte sich ihre Miene.

»Aha! Eine sehr betrübliche Nachricht«, sagte sie.

»Peppino, die Prinzessin geht abends nicht aus; sie halten ständig Séancen ab. Es steht zu hoffen, daß uns Daisy recht bald einmal dazu einladen wird. Wir werden uns also den einen oder anderen Abend freihalten. Es ist schon so lange her, daß ich die gute Daisy gesehen habe. Ich werde heute nachmittag bei ihr vorbeischauen.«

Dreizehntes Kapitel

Der Spiritismus, samt allem, was dazugehörte, erfaßte Riseholme wie das erstaunliche Wachstum eines tropischen Regenwaldes; er keimte auf den dafür denkbar ungeeignetesten Böden und erhob sich zu gewaltigen, phantastischen Gewächsen. Im Zentrum dieses wundersamen Dschungels stand sozusagen ein Tempel, und dieser Tempel war Mrs. Quantocks Haus...

Eine seltsame Vorsehung stand am Ursprung dieser Entwicklung: Mrs. Quantock hatte eine Woche zuvor an Zahnweh gelitten, und da sie nicht mehr den Schäflein der Christlichen Wissenschaft angehörte, stellte sie fest, daß es ihr wenig half, wenn sie sich einredete, die Schmerzen seien nur ein Irrtum des sterblichen Gemüts. Und falls es ein Irrtum war, dann ein so plausibler, daß sie sich davon durchaus täuschen ließ, deshalb fuhr sie nach London, um sich bei einem Zahnarzt Gewißheit zu verschaffen. Seit dem Yoga-Fehlschlag und der Flucht des Curry-Kochs hatte sie sich auf keine weiteren mystischen Abenteuer mehr eingelassen, und sie hungerte schon nach einer neuen Marotte. Als sie daher nach ihrem ersten Termin beim Zahnarzt (der Zahn erforderte drei Behandlungen) in ein vegetarisches Restaurant ging, um zu prüfen, ob sich dort irgendwelche Erleuchtungen finden ließen, war sie hocherfreut, als sie dort an einem sehr kleinen Tisch gegenüber einer sehr redseligen Dame Platz fand, die absolut unglaubliche Mengen Kohl verspeiste. Sie hatte ein blasses rundes Gesicht wie der Mond hinter Wolkenfetzen, gewaltige Augenbrauen, die über der Nase fast zusammentrafen, eine sonderbare, langsame Stimme und eine ebenso fremdländische Aussprache wie Signor Cortese. An den Fingern trug sie mehrere eigenartige Ringe, die mit großen gravierten Amethysten und Türkisen besetzt waren, und da sie gleich am Anfang der Unterhaltung von sich aus die Auskunft geliefert hatte, das Vegetariertum sei die einzig mögliche Ernährungsweise für jeden, der seine übersinnlichen Kräfte entwickeln wolle, fragte Mrs. Quantock sie, ob eine mystische Bedeutung in diesem Fingerschmuck liege. Tatsächlich war das der Fall: bei den Ringen handelte es sich um Symbole der Gnostiker, Rosenkreuzer und Kabbalisten... Man kann sich unschwer Mrs. Quantocks Entzücken vorstellen: das Abenteuer saß vor ihr, mit lächelndem Mund und geheimnisvollem Blick. Im Verlaufe eines halbstündigen lebhaften Gesprächs sagte diese Dame, daß sie Mrs. Quantock gern auf ihrem Wege behilflich sein wolle, falls diese so wie sie auf der Suche nach übersinnlichen Erfahrungen sei und Lust habe, am Nachmittag um halb fünf zu ihr zu kommen. Ein wenig schüchtern setzte sie hinzu, die Teilnahme an der Séance koste eine Guinea, und beim Verabschieden zog sie eine Visitenkarte aus einer mit funkelnden Rubinen eingelegten Dose, die sie Mrs. Quantock überreichte. Das war Prinzessin Popoffski.

Das Zusammentreffen war wirklich merkwürdig. An den vorangegangenen Abenden in Riseholme hatte Mrs. Quantock nämlich mit dem Tischerücken experimentiert und dabei festgestellt, daß ihr Tisch in höchst vielversprechender Weise knarrte, klapperte und kippelte, wenn Robert und sie die Hände auf die Platte legten, und irgend etwas – was immer auch den Tisch in Bewegung versetzte – ihnen durch Klopfzeichen bedeutete, daß ihr Name Daisy und seiner Robert sei, und darüber hinaus diverse Auskünfte gab, die nicht ebenso leicht erhältlich waren. Robert hatte das alles außerordentlich aufgeregt, und daher war er über die Unterbrechung der Séancen durch die Fahrt seiner Frau nach London recht verärgert gewesen. Doch nun zeigte sich, wie schicksalhaft diese Reise war: Daisy Quantock war aus den Händen des Zahnarztes der Prinzessin Popoffski direkt in die Arme gelaufen.

Punkt halb fünf traf Mrs. Quantock vor der Wohnung der Prinzessin in einer ruhigen Seitenstraße von Charing Cross Road ein. Ein kleiner, adretter Herr öffnete ihr, stellte sich als der Sekretär der Prinzessin vor und führte sie durch mehrere Zimmer ins Gemach der Seherin. Erhellt wurden die Räume vom flackernden Schein einiger Öllampen, die, wie Mrs. Quantock mit erregtem Schauer bemerkte, vor Schreinen mit den Bildern der großen geistigen Führer von Moses bis hin zu Madame Blavatski aufgestellt waren; der Duft von Weihrauch hing in der Luft; auf den Tischen standen Blumenvasen und eigenartige, mit blitzenden Steinen besetzte Schatullen. Im hintersten dieser Zimmer saß die Prinzessin, und im ersten Moment erkannte Mrs. Quantock sie kaum, denn die blaue Robe, die sie nun trug, legte ihre kräftigen Arme ganz frei, die mit mannigfach gewundenen, schlangenförmigen Reifen geschmückt waren. Die Prinzessin musterte Mrs. Quantock scharf, als hätten sie sich nie zuvor gesehen, und gab auch durch kein Zeichen zu verstehen, daß sie sie wiedererkannte.

»Die Prinzessin meditiert gerade«, flüsterte der Sekretär mit heiserer Stimme. »Sie wird gleich zu sich kommen.«

Einen Augenblick lang fühlte sich Mrs. Quantock von der Meditation unangenehm an den Guru erinnert, aber nichts hätte jenem unseligen Curry-Koch weniger ähnlich sein können als dieses majestätische Wesen. Nach einer Weile stieß das Medium einen tiefen Seufzer aus und tauchte aus der Meditation auf.

»Ah, meine Freundin ist gekommen«, sagte sie. »Wissen Sie, daß Sie eine purpurfarbene Aura haben?«

Dies war sehr erfreulich, besonders wenn gleich darauf die Erläuterung folgte, nur die Auserwähltesten besäßen purpurne Auren. Bald trafen auch andere auserwählte Seelen für die Séance ein. Mitten auf dem Tisch lagen eine Spieldose und eine Violine, und kaum war der Kreis gebildet und das Licht ausgeschaltet, begannen sich höchst außergewöhnliche Dinge zu ereignen. Ein wahres Trommelfeuer von Klopfzeichen drang aus dem Tisch heraus, der dabei heftig wackelte und herumrutschte; nach kurzer Zeit hörte man das helle Lachen einer hohen Stimme, und jene, die schon einmal dagewesen waren, erkannten darin Pocky. Das war ein netter, frecher Kerl, bekam Mrs. Quantock von ihrer Nachbarin erklärt, ein sehr humorvoller Knabe, der, als er noch auf Erden geweilt hatte, ein ungarischer Geiger gewesen war. Pocky wünschte ihnen allen viel Spaß und Vergnügen, und dann sagte er: »Hallo, hallo! Da haben wir ja ein neues Gesicht! Ist mir sehr sympathisch.« Mrs. Quantocks Nachbarin sagte mit einem Anflug von Neid in der Stimme, Pocky meine offensichtlich sie. Dann berichtete Pocky, es habe heute im Jenseits ganz himmlische Musik gegeben, und wenn die neue Freundin schön brav »Bitte« sage, dann wolle er ihnen etwas davon vorspielen.

Also sagte Mrs. Quantock bebend vor Aufregung: »Ja, bitte, Pocky!«, und sofort begann er, auf der Violine die Geister-Melodie zu spielen, die er noch kurz zuvor im Jenseits gespielt hatte. Danach fiel die Geige klappernd auf den Tisch zurück, und Pocky warf allen noch einen Schwall von Kußhänden zu, ehe er unter frohem Gelächter verschwand.

Stille senkte sich herab, und dann ertönte eine tiefe Baßstimme. »Hier komme ich – Amadeo!«, und in der Mitte des Tisches erschien ein mattes Leuchten. Es wuchs nach oben und begann, Gestalt anzunehmen. Schwaden von weißem Musselin formten sich im Zwielicht, und dann tauchte aus den obersten Falten des Stoffes ein weißes Gesicht auf, das von einer römischen Adlernase und einer melancholischen Miene geprägt war. Er war nicht lustig wie Pocky, aber dafür ungemein eindrucksvoll, und er sprach einige Sätze auf italienisch, als er gebeten wurde, etwas aus Dante vorzutragen. Daß es italienisch war, erkannte Mrs. Quantock an einigen Worten wie *notte*, *uno* und *caro*, vertrauten Lauten auf Lucias Lippen.

Irgendwann fand die Séance ein Ende, und nachdem Mrs. Quantock mit größter Bereitwilligkeit eine Guinea auf eine Art Kollekten-Teller gelegt hatte, den der Sekretär der Prinzessin beiläufig, doch deutlich sichtbar auf dem Tisch in einem der Nachbarzimmer aufgestellt hatte, wollte sie sich gleich nach der nächsten Séance erkundigen. Unglücklicherweise reiste die Prinzessin jedoch am folgenden Tag zu einem wohlverdienten Urlaub aus London ab, denn während der letzten zwei Monate hatte sie drei Séancen pro Tag abgehalten, und nun bedurfte sie der Ruhe.

»Ja, wir fahren morgen ab, die Prinzessin und ich«, sagte der Sekretär, »und zwar für eine Woche ins ›Royal Hotel‹ in Brinton. Angenehm, die frische Luft dort, das tut ihr immer gut. Aber danach wird sie wieder in der Stadt sein. Kennen Sie diese Gegend dort?«

Daisy traute kaum ihren Ohren.

»Brinton?« sagte sie. »Ja, ich wohne ganz in der Nähe.«

Ein Plan breitete sich fertig ausgearbeitet vor ihr aus, so wie Pallas Athene schon ganz ausgewachsen dem Hirn des Zeus entsprungen war.

»Glauben Sie, man könnte sie dazu überreden, ein paar Tage bei mir in Riseholme zu verbringen?« fragte sie. »Mein Mann und ich haben doch so großes Interesse an übersinnlichen Dingen. Sie wären dann natürlich auch unser Gast, hoffe ich. Vielleicht kann sie sich zuerst einige Tage in Brinton ausruhen? Und danach zu mir kommen? Und wenn sie dann richtig gut erholt ist, ließen sich vielleicht eine oder zwei Séancen arrangieren. Ich weiß nicht –«

Mrs. Quantock empfand große Scheu, Guineas im selben Atemzug mit der Prinzessin zu nennen, deshalb mußte sie von vorn anfangen.

»Wenn sie sich also gut erholt hat«, sagte sie, »und wenn ein kleiner Kreis von etwa vier Personen, zum üblichen Honorar, ihr die Mühe wert ist. Nur eine nach dem Abendessen, wissen Sie, und den Rest des Tages über nichts als Ruhe. Es gibt dort schöne Wege zum Spazierenfahren, und die Luft ist herrlich. Alles sehr ruhig, und ich glaube behaupten zu dürfen, viel bequemer als im Hotel. Es wäre mir eine besonders große Freude.«

Mrs. Quantock hörte das Klingeln von Armreifen aus dem Zimmer, wo sich die Prinzessin erholte, und da stand sie auch schon in der Tür. Sie wirkte unbeschreiblich majestätisch, doch dabei äußerst anmutig. Deshalb brachte Mrs. Quantock ihr Anliegen noch einmal persönlich vor, wobei der Sekretär in der Frage des üblichen Honorars zu Hilfe kam, und als sie zwei Tage später nach Riseholme zurückkehrte, konnte sie sich sogleich daran machen, das Extrazimmer und Roberts Ankleideraum daneben für den aufregenden Besuch herzurichten, an dessen erster Séance Georgie und Piggy am Abend des Italienisch-Debakels teilgenommen hatten...

Die Quantocks gingen in der Frage des »üblichen Honorars« für die Séancen äußerst großzügig und edel, wenn auch für sie recht kostspielig vor, doch hatte sich das rumänische Ölgeschäft in letzter Zeit ziemlich lukrativ entwickelt. Den Gästen gegenüber wurde dieses Honorar überhaupt nie erwähnt, kein Kollektenteller stand weithin sichtbar im Flur. Niemand durchstöberte seine Taschen nach Kleingeld oder drückte dem Sekretär diskret eine Münze in die Hand; die gesamten Kosten wurden vom rumänischen Öl gedeckt. Die Prinzessin und Mrs. Quantock wirkten auf alle wie alte Bekannte: beim Essen sprachen sie einander als »liebe Freundin« an, und die Prinzessin verkündete die höchst erfreuliche Tatsache, daß sie in einer früheren Inkarnation sehr vertraut miteinander gewesen seien, ohne mit dem leisesten Wörtchen darauf anzuspielen, daß sie sich in der jetzigen Inkarnation zum ersten Mal vor einer Woche in einem vegetarischen Restaurant getroffen hatten. Sie war so freundlich, so wurde zu verstehen gegeben, nach dem Abendessen eine kleine Séance im Hause ihrer »lieben Freundin« abzuhalten.

Die Prinzessin plante, dreimal bei ihr zu übernachten, und sobald sich Mrs. Quantock dessen versichert hatte, ging sie daran, Teilnehmer für jede der Séancen einzuladen, wobei sie Lucia geflissentlich überging. Nicht daß sie ihr die rücksichtslose Aneignung des Gurus nicht völlig verziehen hätte, denn diese Absolution war an dem Abend mit dem Spanischen Quartett erfolgt; vielmehr wollte sie auf diese Weise sicherstellen, daß Lucias Verhalten gegenüber der Prinzessin überhaupt keinen Anlaß zum Verzeihen lieferte. Sie sich aneignen (und damit wiederum Daisys Fähigkeit zum Verzeihen auf den Plan rufen) konnte Lucia nicht, wenn sie gar nicht erst in ihre Nähe kam, und Daisy plante, diesmal dafür zu sorgen. Demzufolge wurden Georgie und Piggy zur ersten Séance gebeten (falls es nicht so richtig lief, machte es bei den beiden nicht so viel aus), Olga und Mr. Shuttleworth zur zweiten und Lady Ambermere, wieder mit Georgie, zur dritten. Dies war – ganz abgesehen vom enormen Reiz übersinnlicher Phänomene – ein tödlicher Schlag, denn bestimmt würde es für Lucia bitter werden, wenn sie, was ganz sicher war, erfuhr, daß Lady Ambermere, die sie so offensichtlich geschnitten hatte, sowohl zum Abendessen als auch zur Séance eingeladen war, und daß Georgie sogar zweimal dinieren und an zwei Séancen teilnehmen würde. Es muß wohl wiederholt werden, daß Daisy Lucia wegen des Gurus durchaus verziehen hatte; trotzdem mußte Lucia die Konsequenzen ihres Tuns selbst tragen...

Die spiritistische Manie packte Riseholme gleich nach der ersten Séance. Ihr gütiges Wesen und ein Extrahonorar veranlaßten die Prinzessin, zusätzlich zu den Abend-Séancen weitere Demonstrationen ihrer übersinnlichen Kräfte zu geben, und schon während Georgie am folgenden Nachmittag Lucias grausames Verdikt über Debussy vernehmen mußte, betrachtete das Medium die Handflächen von Colonel Boucher und Mrs. Weston, verkündete unfehlbar Dinge aus deren Vergangenheit und hob den Saum des Schicksalschleiers auf, indem sie ihnen helle Einblicke in die Zukunft verschaffte. Sie wußte, daß die beiden verlobt waren, denn das hatte sie am Vormittag auf einer Spazierfahrt mit Mrs. Quantock erfahren, und versuchte auch gar nicht, es zu verhehlen; aber wie ließ es sich erklären, daß sie nach einem eindrucksvoll tiefen Blick von einem zum anderen sagen konnte, eine nicht mehr ganz junge, große Frau mit blondem Haar, die mit einem von ihnen seit vielen Jahren in Beziehung stehe, habe das Leben der zwei gekreuzt? Eine genauere Beschreibung von Elizabeth wäre unmöglich gewesen, und Mrs. Weston bestätigte höchst erregt, ihr Dienstmädchen, das seit fünfzehn Jahren bei ihr sei, stimme vollständig mit dem Bild überein, das die Prinzessin in ihrer Hand gesehen habe. Danach bedurfte es nur noch einer sehr kurzen Musterung der Handlinien, um festzustellen, daß auch Elizabeth glücklich sein werde... Dann sah sie einen Mann, der mit Elizabeth verbunden war, und Colonel Bouchers Hand, der sie nun ihren Blick zuwandte, bebte vor freudiger Erregung. Sie schien dort einen

Mann zu erkennen, sie war sich nicht ganz sicher, aber war das nicht jemand, den er vielleicht schon sehr lange kannte? Ja, tatsächlich. Und dann wurde die Entwicklung zwischen Elizabeth und Atkinson Stück für Stück, aber unfehlbar, aufgedeckt. Kein Wunder, daß der Colonel Mrs. Westons Rollstuhl danach im Rekordtempo zum »Zeichen der Narcisse« schob, um dort mit sehr viel Glück noch ein Exemplar vom *Handbuch des Handlesens* zu ergattern.

Bei einer anderen dieser informellen Séancen, an der Goosie und Mrs. Antrobus teilnahmen, hatten sich noch seltsamere Dinge ereignet: während der einführenden Worte hatte die Hand der Prinzessin zu zittern und zucken begonnen, weit stärker als die von Colonel Boucher, und Mrs. Quantock hatte ihr rasch einen Bleistift und enorme Mengen von Schreibmaschinenpapier hingelegt, denn das Zittern und Zucken deutete darauf hin, daß Raschia, eine Priesterin aus dem alten Ägypten, danach verlangte, die Prinzessin zum automatischen Schreiben zu benutzen. Nach kurzem wilden Krakeln und Umherfuchteln mit dem Bleistift bedeckte die Prinzessin, obwohl sie weiterhin mit den anderen sprach, Blatt um Blatt des Papiers mit großen, fließenden Schriftzügen. Als es vorbei war und die Prinzessin in ihren Sessel zurücksank, erwies sich das Geschriebene als ein höchst wundersamer geistiger Vortrag über das Glück und die Harmonie, die das gesamte Universum durchdrängen und nur ab und an von den Nebeln des Materiellen verdüstert würden. Diese Nebel jedoch verflüchtigten sich völlig in der Vision all jener, die es überwunden hätten. Diese lebten inmitten von Gesang, Blumen, Licht und Liebe... Etwa am Ende kam eine weniger verständliche Passage über Feuer aus den Wolken. Ganz und gar verständlich wurde sie erst am nächsten Tag, als es ein Gewitter gab – zweifellos ein ungewöhnlicher Vorfall im November. Wäre das nicht passiert, so hätte man allerdings Mrs. Quantocks Interpretation der Passage als Hinweis auf Zeppeline vermutlich ebenso zufriedenstellend gefunden. Es war kaum erstaunlich, daß Mrs. Antrobus, Piggy und Goosie danach lange Abende mit Papier und Bleistift zubrachten, denn die Prinzessin hatte gesagt, die meisten Menschen besäßen die Gabe des automatischen Schreibens, wenn sie sich nur die Zeit und die Mühe gäben, diese Gabe zu entwickeln. Jeder hatte seinen ganz ureigenen Ratgeber, und schon am nächsten Tag bekam Piggy ein Schreiben, das ganz deutlich mit »Annabel« unterzeichnet war. Kurz darauf folgten Nicostratus und Jamifleg für Mrs. Antrobus und Goosie, also gab es keinen Grund zur Eifersucht.

Krönung und Gipfelpunkt dieser Manifestationen jedoch waren unzweifelhaft die drei regulären Séancen, die für die drei auserwählten Gruppen nach dem Abendessen stattfanden. Dort erklangen Spieldosen, Geigen fiedelten hinreißende Melodien, die Tischgäste wurden von unsichtbaren Fingern berührt, obwohl doch alle sich rings um den Tisch an den Händen faßten, und genau zwischen ihnen erhoben sich in Musselin gehüllte Materialisationen. Pocky erschien, für jedermann deutlich sichtbar, und spielte Geistermusik; Amadeo rezitierte melancholisch und eindrucksvoll aus Dante, und Kardinal John Henry Newman, der zwar nicht dem Auge sichtbar, wohl aber dem Ohr hörbar anwesend war, sang bei dem Lied *Komm leite mich, du güt'ges*

Licht mit, das der Sekretär sie anzustimmen gebeten hatte, und segnete am Schluß die ganze Runde. Lady Ambermere war beeindruckt und fürchtete sich danach so sehr, allein nach Hause zu fahren, daß sie darauf beharrte, Georgie müsse sie nach »The Hall« begleiten und dort persönlich Mopsi und Miss Lyall übergeben, und während der drei Tage von Prinzessin Popoffskis Besuch wurde bei den Versammlungen auf dem Anger praktisch kein anderes Thema erörtert als die neusten Erscheinungen. Olga ließ sich eine Kristallkugel aus der Stadt kommen, Georgie ein Ouija-Buchstabierbrett, und so wurde Riseholme vorübergehend eine spiritistische Republik mit der Prinzessin als Hohepriesterin und Mrs. Quantock als Präsidentin.

Die ganze Zeit über verging Lucia beinahe vor rasendem Neid, denn sie wartete vergeblich auf eine Einladung zu Séancen und hätte, lange vor Ablauf der drei Tage, auch einen Platz bei einer der unbedeutenderen, weniger formellen Vorführungen voller Enthusiasmus eingenommen. Da sie die Prinzessin nicht zum Abendessen locken konnte, bat sie Daisy, sie doch einmal zum Mittag oder zum Tee mitzubringen, und schließlich sogar zu jeder beliebigen Tages- oder Nachtzeit. Sie ließ Peppino vor Daisys Haus herumlungern, wobei er die Order hatte, sobald er auch nur den Sekretär der Prinzessin sähe, solle er seinen Stock verlieren oder sich den Hut vom Kopf blasen lassen, um so eine Unterhaltung anzuknüpfen. Lucia selbst verschaffte sich eines Morgens praktisch mit Gewalt Einlaß in Daisys Flur und rief dort mit silberheller Stimme: »Margherita!«

Bei dieser Gelegenheit trat Margherita mit äußerst entschlossener Miene aus dem Salon, dessen Tür sie sorgfältig hinter sich zuzog. »Meine liebe Lucia«, sagte sie. »Wie schön, Sie zu sehen. Was gibt es denn?«

»Ich bin nur auf einen kleinen Plausch vorbeigekommen«, erklärte Lucia. »Wir haben uns ja seit dem Abend mit dem Spanischen Quartett nicht mehr gesehen.«

»Wirklich! So lange ist das schon her? Na, dann müssen Sie bald einmal zu Besuch kommen, nicht wahr? Übermorgen werde ich wieder mehr Ruhe haben. Also versprechen Sie mir, daß Sie dann gleich hereinschauen.«

»Sie haben einen Gast, nicht wahr?« fragte Lucia verzweifelt.

»Ja! Sogar zwei – es sind gute alte Freunde. Aber ich fürchte, sie würden Ihnen nicht zusagen. Ich kenne ja Ihre Ansichten über alles, was mit Spiritismus zu tun hat, und – ist das nicht schrecklich albern von uns? – wir haben damit ein bißchen herumexperimentiert.«

»Aber das ist doch hochinteressant!« sagte Lucia. »Ich – ich bin immer bereit, etwas dazuzulernen und meine Meinung zu ändern, wenn ich unrecht habe.«

Mrs. Quantock bewegte sich keinen Zentimeter von der Tür zum Salon.

»Tatsächlich?« fragte sie. »Dann haben wir uns ja eine Menge zu erzählen, wenn Sie mich übermorgen besuchen kommen. Aber ich weiß, daß es mir schwerfallen wird, Sie zu überzeugen.«

Sie warf ihr die Andeutung einer Kußhand zu, und diese Geste war so hoffnungslos endgültig, daß Lucia nichts weiter übrigblieb, als zu gehen.

Taktisch etwas unklug, änderte Lucia dann ihren Schlachtplan und spazierte auf den Dorfanger, wo Piggy Antrobus gerade Georgie von der mit »Annabel« unterzeichneten Botschaft berichtete. Lucia zuliebe wiederholte sie die Geschichte gleich noch einmal.

»Ist das nicht einfach herrlich?« sagte Piggy dann. »Also heißt meine Ratgeberin Annabel, und sie hat auch eine ganz andere Handschrift als ich.«

Lucia stieß einen spitzen Schrei aus. »Du meine Güte!« rief sie. »Was ist denn bloß mit Riseholme passiert? Wohin ich auch gehe, immer höre ich nur von Séancen und Geisterbeschwörungen und automatischem Schreiben! Was ist das nur für ein Unsinn, liebe Piggy? Bei einem so vernünftigen Mädchen wie Ihnen wundert mich das sehr!«

Nun stieß die vom Colonel rasant herbeigeschobene Mrs. Weston dazu.

»Das *Handbuch des Handlesens* ist schlichtweg großartig«, sagte sie, »Jacob und ich haben bis in die tiefe Nacht darin geschmökert. In seiner Lebenslinie gibt es einen Bruch, und zwar genau an der Stelle, wo er damals in Ägypten so krank wurde, und das ist doch äußerst bemerkenswert. Und als Tommy Luton mir heute früh den Rollstuhl brachte – ich hatte ihn am Gartentor gelassen, weil an meiner Haustür der Kies frisch gestreut worden ist, und da sinken die Räder so tief ein –, da sagte ich zu ihm: ›Tommy, zeig mir doch einmal deine Hand!‹, und da, genau auf seiner Schicksalslinie, fand sich dieses kleine Kreuz, das einen Trauerfall bedeutet. Hat es nicht genau gestimmt, Jacob? Es lag nämlich auf dem dreizehnten Lebensjahr – inzwischen ist er vierzehn geworden, und Mrs. Luton ist gerade vor einem Jahr gestorben. Natürlich habe ich Tommy davon nichts erzählt, sondern ihm nur gesagt, er solle sich die Hände waschen, aber trotzdem war das doch höchst merkwürdig. Und ist Ihr Ouija-Brett schon eingetroffen, Mr. Georgie? Ich bin schon furchtbar neugierig, was es Ihnen buchstabieren wird, und wenn Sie an einem der nächsten Abende einmal etwas Zeit haben, dann kommen Sie doch zum Essen vorbei, und wir machen uns einen netten Abend, mit Tischerücken und Ouija und Handlesen. Aber jetzt erzählen sie mir doch endlich von der Séance am ersten Abend. Ich wünschte, ich hätte einer richtigen Séance beiwohnen können, aber natürlich hat Mrs. Quantock nicht genügend Platz für alle, und es war auch wirklich sehr freundlich von ihr, den Colonel und mich gestern nachmittag einzuladen. Schrecklich aufregend war es, und wer weiß, vielleicht hat sogar die Prinzessin das *Handbuch des Handlesens* geschrieben, denn auf dem Titelblatt steht, daß es von ›P.‹ ist, und das könnte doch ebensogut Popoffski wie Prinzessin heißen.«

Die Anspielung darauf, daß es nicht genügend Platz für alle gab, traf Lucia im tiefsten Herzen. Sie lachte so silberhell sie nur konnte.

»Oder vielleicht auch Peppino«, sagte sie. »Ich muß *mio caro* unbedingt fragen, ob er es geschrieben hat. Oder steht es etwa für Pillson? Giorgino, sind womöglich Sie der Autor vom *Handbuch des Handlesens*? *Ecco!* Ich glaube, Sie sind es!«

Das war nicht allzu klug von ihr, denn niemand verabscheute Ironie mehr als Mrs. Weston, und niemand erspürte sie besser. Lucia hätte in diesem Moment auf keinen Fall ironisch werden dürfen, und schon gar nicht ins Italienische verfallen.

»Nein!« sagte Mrs. Weston. »Ich bin sicher, weder *il signor Peppino* noch *il signor Pillson* haben es geschrieben. Das war bestimmt die *principessa*. Also *ecco*! Aber was haben wir doch neulich für einen netten Abend bei Miss Bracely gehabt, nicht wahr? Dieser reizende Gesang, und wie erstaunlich, daß Signor Cortese die Texte alle selbst geschrieben hat! Wirklich wunderhübsche Texte, denn wenn ich auch nicht viel davon verstanden habe, so klang es doch alles sehr gepflegt. Und wie hervorragend Miss Bracely italienisch gesprochen hat, wo doch gar keiner von uns wußte, daß sie es überhaupt kann.«

Mrs. Westons freundliche Miene war purpurrot vor unterdrückter Erregung, von der diese wenigen Worte nur ein äußerst geringer Ausdruck waren, und es folgte ein ziemlich verlegenes Schweigen, das schließlich doch gebrochen wurde, als plötzlich alle auf einmal sehr schnell und sehr fröhlich zu sprechen begannen. Dann polterte Mrs. Westons Rollstuhl davon, Piggy huschte hinüber zum Folterstock, wo Goosie mit einem großen Stapel Papier saß, für den Fall, daß der Drang nach automatischem Schreiben ihre Hand zucken ließe, und Lucia wandte sich an Georgie, der allein zurückgeblieben war.

»Die arme Daisy!« sagte sie. »Gerade vorhin war ich bei ihr, und sie war wirklich sehr sonderbar und merkwürdig. Bei ihren Marotten mit der Christlichen Wissenschaft, dem Harnsäure-Tick und all diesen Gurus und Medien fragt man sich doch langsam, ob sie noch ganz normal ist. Wirklich traurig! Es täte mir schrecklich leid, wenn sie eine Art geistigen Zusammenbruch erlitte. Aber ich kenne eine erstklassige Anstalt für Erholungskuren; ich denke, es wäre gut, wenn ich den Namen dieses Sanatoriums im Gespräch mit Mr. Robert einmal beiläufig fallen ließe. Und diese letzte Marotte scheint ja auch fürchterlich ansteckend zu sein. Man stelle sich vor, Mrs. Weston und Handlesen! Es ist einfach zu komisch, aber ich habe hoffentlich nicht ihre Gefühle verletzt, als ich bemerkte, vielleicht hätten Peppino oder Sie das Handbuch verfaßt. Es ist gefährlich, mit Mrs. Weston solche Scherze zu treiben.«

Dem konnte Georgie nur lebhaft beipflichten, wenn er es auch wohlweislich für sich behielt, in welchem Sinne er beipflichtete. Tag für Tag kehrte Lucia nun mit größter Deutlichkeit eine gänzlich neue, zuvor quasi unentwickelte Seite ihres Wesens heraus – wie der Abzug einer photographischen Platte, die im Dunkel der Belichtung geharrt hatte, jedenfalls solange sie die unumstrittene Herrin von Riseholme gewesen war. Aber von Anfang an, seit Olgas Ankunft, so wurde ihm nun bewußt, hatte sie einen kritischen, ironisierenden Standpunkt eingenommen, den sie sonst nur für die Londoner bereit hielt. Ständig hatte sie etwas zu kritisieren und zu verdammen, wo sie früher in den höchsten Tönen gelobt hätte. Noch vor wenigen Monaten hatte es dieses prachtvolle Sublim-Gartenfest bei ihr gegeben, bei dem Olga gesungen hatte und Lady Ambermere viel zu früh gegangen war. Das war noch Lucias Fest gewesen; der Glanz und Erfolg hatten ihr gehört, und niemand hatte das vergessen dürfen, bis dann eines Tages Olga zurückgekommen war. Doch von diesem Moment an, als Olga auf ihren eigenen Parties zu singen begann (wozu sie im übrigen, wie Georgie fand, auch völlig berechtigt war), hatte sich die Sachlage von Grund auf geändert. Olga lud zu Tollereien ein, und auf einmal mochte man in Riseholme keine Tollereien; sie sang in der Kirche, und das war theatralisch; sie ließ das Spanische Quartett bei ihrer Party aufspielen, und Lucia schrieb das Verdienst der Aufführung in aller Öffentlichkeit der Kapelle von Brinton zu. Zu allem Überfluß war dann Mrs. Quantock mit ihrer Prinzessin gekommen, und siehe da! schon galt es, sich den Namen einer Anstalt für Erholungskuren zu merken, in der Hoffnung, damit die geistige Gesundheit der armen Daisy zu retten. Colonel Boucher und Mrs. Weston planten zu heiraten und befragten ein Handleser-Handbuch, und gleich halfen auch sie dabei mit, die Photographie zu entwickeln, die so lange im Dunkeln verborgen gelegen hatte.

»Die Arme!« sagte Lucia. »Es ist schrecklich, wenn man keinen Sinn für Humor hat, und ich hoffe inständig, Colonel Boucher bemerkt das noch rechtzeitig, ehe er ihr das schicksalsträchtige Jawort gibt. Andererseits hat er ja selbst keinen, und ich habe schon oft festgestellt, daß zwei Menschen ohne Sinn für Humor einander meist außerordentlich witzig und amüsant finden. Der Sinn für Humor ist wohl keine besonders häufige Gabe; Miss Bracely hat überhaupt keinen, denn Tollereien sind für mich kein Humor. Und was die arme Daisy angeht: Wer sollte sich mit ihrer Ernsthaftigkeit messen, wenn sie Abend für Abend mit einer Frau herumsitzt, die eine russische Prinzessin sein mag oder auch nicht – Rußland ist natürlich ein ziemlich großes Land, und wer weiß schon genau, wie viele Prinzessinnen es dort gibt –, und sich über einen Topf mit Leuchtfarbe oder eine Pappnase aufregt, die sich Amadeo, der beste Freund Dantes nennt?«

Das war zu viel für Georgie.

»Aber Sie haben doch Mrs. Quantock und die Prinzessin selbst zum Abendessen eingeladen«, sagte er, »und dabei gehofft, daß es danach eine kleine Séance geben werde. Das hätten Sie doch gewiß nicht getan, wenn Sie überzeugt wären, daß dahinter nur eine Pappnase und ein Topf mit Leuchtfarbe steckt?«

»Ich bin da etwas impulsiv gewesen«, gestand Lucia, die jetzt sehr rasch sprach. »Ja, ich bin wohl der impulsive Typ, und wenn meine Impulse sich darauf richten, meinen Freunden, und auch deren Freunden, die bescheidene Gastfreundschaft anzubieten, die ich aufbringen kann, dann schäme ich mich dessen nicht. Ganz im Gegenteil. Doch wenn ich sehe und erlebe, was für gräßliche Auswirkungen dieser sogenannte Spiritismus auf Menschen hat, die ich für vernünftig und ausgeglichen gehalten hätte – zu diesen Menschen zähle ich die arme, gute Daisy allerdings nicht –, so kann ich nur dankbar sein, daß ich mich nicht dazu verleiten lasse, solchem Mumpitz, wie Ihre Schwestern über den Guru der armen Daisy so richtig sagten, auch noch Vorschub zu leisten.«

Sie waren vor Georgies Haus angekommen, an dem sich nun plötzlich das Fenster zum Salon öffnete. Olga steckte den Kopf heraus.

»Bitte nicht erschrecken, Georgie, daß Sie mich hier finden«, bat sie. »Guten Morgen, Mrs. Lucas, ich habe Sie erst gar nicht erkannt, weil Sie hinter dem Maulbeerbaum standen. Aber bei mir zu Hause ist etwas mit dem Ofen passiert, so daß ich mir nichts zu essen machen kann. Ob Sie mich wohl einladen würden, Georgie? Ich habe meine Kristallkugel mitgebracht, da können wir dann stundenlang hineinstarren. Einstweilen sehe ich noch nichts darin außer der eigenen Nase und dem Fensterkreuz. Sind Sie auch übersinnlich veranlagt, Mrs. Lucas?«

Das brachte das Faß zum Überlaufen: alles, was Lucia ärgerte, kam nun zusammen wie Schwalben, die sich für den Zug nach Süden sammeln, und der Gipfel davon war ihre offene Annektierung von Georgie. Diese Olga saß da an seinem Fenster, ohne hergebeten zu sein, verlangte einfach etwas zu essen, in der Hand ihre blöde, lächerliche Kristallkugel, und fragte noch, ob Lucia übersinnlich veranlagt sei.

Das silberhelle Lachen kam etwas schrill. Es begann einen vollen Ton höher als gewohnt.

»Nein, meine liebe Miss Bracely«, erwiderte sie. »Ich bin wohl leider viel zu alltäglich und sachlich veranlagt, um mich mit solchen Dingen zu befassen. Dabei entgeht mir damit so viel, ich weiß, zum Beispiel nette Bekanntschaften mit russischen Prinzessinnen. Aber jeder Mensch ist eben anders; und das hat ja auch sein Gutes. So, ich muß jetzt nach Hause, Georgie.«

Auf jeden Fall hatte es sein Gutes, daß in diesem Moment nicht jeder genau wie Lucia war, sonst wäre es zum Streit gekommen.

Sie schritt rasch von dannen, und Georgie trat ins Haus. Lucia war erstaunlich unhöflich gewesen, und falls darauf angespielt werden sollte, war er bereit zuzugeben, daß sie sich ein wenig Sorgen machte. Die Freundschaft würde das gestatten, und die Aufrichtigkeit würde es sogar verlangen. Doch es kam zu keinerlei Anspielung auf Lucias Verhalten. Olgas Gesicht war leicht gerötet, doch sie erklärte, sie habe zu dicht am Kaminfeuer gesessen.

Der Besuch der Prinzessin ging am kommenden Tag zu Ende, und alle Welt wußte, daß sie mit dem Elf-Uhr-Expreß zurück nach London fahren würde. Lady Ambermere war sich dessen ganz besonders bewußt und kam daher extra mit Mopsi und Miss Lyall in den Ort, um sie zum Bahnhof zu fahren, wobei von ihr aus Mrs. Quantock, falls sie ihre Gäste selbst verabschieden wollte, in dem Einspänner hinterherholpern könnte, den sie ohne Zweifel bestellt haben dürfte. Doch Daisy, die keinesfalls gewillt war, dies zuzulassen, fuhr kühl mit ihrer lieben Freundin in Georgies Automobil davon und überließ es der verblüfften Lady Ambermere, ihrerseits hinterherzufahren, wenn es ihr Spaß machte. Es machte ihr Spaß, allerdings keinen großen, und auf dem Bahnsteig fand sie eine mächtige Ansammlung der Riseholmiten vor, die alle an diesem lieblichen Vormittag den kleinen Spaziergang gemacht hatten, um nachzusehen, ob vielleicht Pakete angekommen waren. Lady Ambermere schenkte ihnen nur wenig Beachtung, sondern erreichte, daß Mopsi der Prinzessin das Pfötchen gab, als diese ihren Platz im Abteil einnahm, und sie winkte Mrs. Quantocks lieber Freundin nach, während der Zug aus dem Bahnhof rollte.

»Lord Ambermere, Gott hab ihn selig, hatte einige russische Verwandte«, verkündete sie majestätisch. »Wo haben Sie sie eigentlich kennengelernt?«

Die Antwort »Ich bin ihr in der Zarenresidenz begegnet« lag Mrs. Quantock auf der Zunge, doch sie befürchtete, Lady Ambermere würde es ernst nehmen und sie fragen, wann sie denn in Sankt Petersburg gewesen sei. Es war äußerst anstrengend, mit Lady Ambermere Witze zu machen ...

Der Zug eilte London entgegen, während die Prinzessin den Umschlag öffnete, den ihre Gastgeberin ihr überreicht hatte, und feststellte, daß das Honorar jedenfalls in Ordnung war. Die Gastgeberin hatte ihr außerdem einen reichhaltigen Imbiß eingepackt, den ihr Sekretär nun aus der Reisetasche holte. Als er verspeist war, wollte sie ihre Zigaretten, doch während sie nach ihnen wühlte, und auch, als sie sie längst gefunden hatte, durchsuchte sie ihr Gepäck nach etwas anderem. Da war die Spieldose, dort einige seltsame elastische Bänder, die Violine war in ihrem Kasten, und da war auch die weiße Maske. Doch immer noch suchte sie weiter...

Etwa zur selben Zeit, als sie ihre Suche aufgab, stieg Mrs. Quantock die Treppe zum Zimmer der Prinzessin hinauf. Weniger überspannte Naturen als sie hätten sich wohl in zufriedener Erschöpfung ausgeruht, doch ihre Zufriedenheit war eher ekstatisch als erschöpft. Das Ausmaß dieser Ekstase mochte sich daran ermessen, daß ihr vollendeter Sieg über Lucia dazu noch am geringsten beitrug. Diese gewaltige Leistung kümmerte sie vergleichsweise wenig, und sie war auch keineswegs sicher, ob sie, falls ihre liebe Freundin wieder zu Besuch käme, wie sie es für ihren nächsten Urlaub versprochen hatte, nicht auch Lucia zu einer Séance einladen würde. Tatsächlich verspürte sie im Grunde nur Mitleid mit der Besiegten, so großartig war ihr Erfolg. Noch nie hatte sich Riseholme zu einer derartigen Begeisterung emporwirbeln lassen; nun aber war dies mit gutem Grund geschehen, denn von all den wunderbaren und aufregenden Dingen, die sich dort jemals ereignet hatten, waren diese Séancen eindeutig am phantastischsten gewesen. Aber noch besser als die allgemeine Erregung in Riseholme war ihre Ursache, denn so hatten alle einen Einblick in den Spiritismus und die Wahrheit, die in unerklärlichen übersinnlichen Phänomenen lag, gewonnen. Stegreif-Szenen, Tollereien, Yoga, die Mondscheinsonate, Shakespeare, die Christliche Wissenschaft, die berühmte Olga selbst, Harnsäure, elisabethanische Möbel, die Verlobung von Colonel Boucher und Mrs. Weston... all diese überaus interessanten Dinge waren wie Feuer im Licht der Sonne verblaßt, als diese Offenbarung über sie gekommen war. Mit viel Übung und Geduld, durch eifrigste Konzentration auf Kristallkugeln und Handlinien, im Warten auf automatisch diktierte Niederschriften konnte man zu den höchsten Mysterien vordringen und Kardinal John Henry Newman oder Pocky herbeirufen...

Dort stand das Bett, in dem das Medium geruht hatte; dort die Vase mit frischen Schnittblumen, die sie so gerne neben sich stehen hatte – schwer erhältlich im November, aber dennoch zu bekommen. Dort war auch die Kommode, in der sie ihre Kleider aufbewahrt hatte, und Mrs. Quantock zog eine Schublade nach der anderen auf, wobei sie überall noch frische Emanationen und Schwingungen vorfand. Die unterste klemmte ein wenig, und sie mußte sie mit Gewalt aufreißen.

Als die Lade herausflog, wich das Lächeln schlagartig aus Daisys Gesicht. Massen des feinsten Musselinstoffs wogten ihr daraus entgegen. Bahn um Bahn zog sie hervor, und dazwischen lag auch ein Paar falsche Augenbrauen, die sie sofort als diejenigen von Amadeo erkannte. Der Musselin war ihr auch von Pocky vertraut.

Sie benötigte nur einen Augenblick konzentrierten Nachdenkens, um rasch nacheinander zwei mögliche Handlungsweisen zu verwerfen, die sich ihr zunächst aufgedrängt hatten. Die erste war, diesen Musselinstoff selbst zu verwenden; daraus ließe sich Sommerkleidung für viele Jahre nähen. Dagegen sprach in erster Linie, daß sie etwas zu alt für Musselin war. Die zweite Möglichkeit wäre, die gesamten Utensilien mit oder ohne Kommentar an ihre liebe Freundin zurückzusenden. Doch dies würde praktisch einer direkten Anklage wegen Betruges gleichkommen. Nie wieder könnte sie in diesem Fall ihre liebe Freundin an die Bewohner von Riseholme wie ein kostbares Rauschmittel austeilen. So endgültig wollte sie die Brücken eigentlich nicht hinter sich abbrechen. Es blieb also nur eine einzige bedachte Reaktion, und sie machte sich sogleich daran.

Es war ein kühler Morgen gewesen, klar und frostig, und sie hatte ein knisterndes Feuer im Schlafzimmer der Prinzessin entzünden lassen, damit diese sich im Warmen ankleiden konnte. Noch loderte es auf dem Kaminrost, und nachdem Mrs. Quantock die Tür verschlossen und verriegelt hatte, warf sie die falschen Augenbrauen hinein, die sofort zu Asche wurden und den Schornstein hinaufsausten. Dann speiste sie das Feuer mit Musselin; Meter um Meter des Stoffes schob sie hinein; niemals hatte sie so viel Musselin in der Hand gehabt, schon gar nicht so feinen. Es tat ihr im Herzen weh, ihn zu verbrennen, doch jetzt war keine Zeit für kleinliche Berechnungen: jedes Atom dieses Beweisstücks mußte vom Feuer vernichtet werden. Unmöglich konnte die Prinzessin ihrer lieben Freundin schreiben, sie habe ein Paar Augenbrauen und hundert Meter feinsten Musselins vergessen, denn da sie ja wußte, was sie tat, wäre es wohl auch in ihrem Interesse, wenn diese Sachen sich in Luft auflösten, als hätten sie nie existiert. Lichterloh den Schornstein hinauf sauste daher der weiche Stoff; zuweilen toste es derart dort oben, als hätte der Kamin selbst Feuer gefangen, und sie mußte eine Pause einlegen, wobei sie ihr erhitztes Gesicht mit den Händen schützte, bis das dumpfe Rumoren abgeebbt war. Doch schließlich war das Fegefeuer vorüber, und sie entriegelte die Tür. Niemand außer ihr wußte davon, und niemand sollte es je erfahren. Der Guru mochte sich als Curry-Koch entpuppt haben, doch diesmal konnte sich keine Hermy einmischen und alles verraten. Solange Kristallkugeln ihre Faszination ausübten und automatisches Schreiben seine Anhänger hatte, würde das Geheimnis des Musselins und der Augenbrauen in einer einzigen Brust bewahrt bleiben. Ganz Riseholme war vom Spiritismus geradezu elektrisiert, und selbst jetzt noch waren die Séancen, gemessen an ihrem Erfolg, recht billig gekommen. Einzig isoliert in ganz Riseholme war jetzt Lucia; sie war glücklicherweise bei diesen Offenbarungen gar nicht erst zugelassen worden.

Kaum war sie im Erdgeschoß angekommen, da kam Robert vom Anger herein, wo er von den Erlebnissen der letzten Séance berichtet hatte.

»Hat ja fast so ausgesehen, als hätte bei uns ein Kamin Feuer gefangen«, bemerkte er. »Wenn es nur der von der Küche gewesen wäre. Dann würde der Rinderbraten heute vielleicht etwas besser durch sein als gestern.«

So geht eben das Komische oft mit dem Tragischen Hand in Hand!

Vierzehntes Kapitel

In den ersten Dezemberwochen mühte sich Georgie lange mit einer Wasserfarben-Skizze von Olga, wie sie an ihrem Flügel saß und sang. Das Motiv machte ihm solche Schwierigkeiten, daß er zeitweilig beinahe daran verzweifelte, denn es erwies sich als nahezu unlösbares Problem, ihr Gesicht mit weit geöffnetem Mund zu malen und trotzdem eine gewisse Ähnlichkeit zu erreichen. Oft saß er mit aufgesperrtem Mund vor dem Spiegel und zeichnete sorgfältig das eigene Gesicht ab, um so die Grundprinzipien der veränderten Linienführung zu erfassen. Ganz ohne Frage änderte sich der Gesichtsausdruck bei geöffnetem Mund dermaßen stark, daß er eigentlich völlig unkenntlich werden mußte, auch wenn ein Künstler das ins Längliche gedehnte Antlitz noch so geschickt wiedergab; dennoch erkannte Georgie das Gesicht im Spiegel mühelos als sein eigenes. Einzig Stirn, Augen und Kieferpartie behielten ihr gewohntes Aussehen bei: Sogar die Nase schien länger zu werden, wenn man den Mund weit aufriß... Und wie sollte er überdies zeigen, daß sie sang und nicht etwa gähnte oder gerade niesen mußte? Der bislang gelungenste Entwurf sah haarscharf so aus, als ob sie gähnte, und rief sogar in Georgies Kieferknochen den Wunsch hervor, selbst zu gähnen. Vielleicht hatte der Mund bei beiden Tätigkeiten ja auch genau die gleiche Form, so daß es nur die Töne waren, die einem nahelegten, daß ein Mensch mit offenem Mund sang. Dann könnte womöglich ein Klavier auf dem Bild den notwendigen Hinweis geben: Olga würde sich nicht ans Klavier setzen, nur um zu gähnen oder zu niesen, denn das konnte sie ja überall tun.

Schließlich kam ihm eine hervorragende Idee: Er könnte ja einfach eine abgedunkelte Lampe auf dem Flügel plazieren, die einen rötlichen Schatten auf ihr Gesicht werfen würde. Dabei entstanden natürlich sofort neue Probleme mit der Ausleuchtung, doch bot das Licht offenbar weniger Schwierigkeiten als die Ähnlichkeit. Außerdem konnte er ihr Kleid und die Tasten des Klaviers äußerst naturgetreu aufs Papier bringen. Als er sich jedoch von neuem ans Gesicht machte, verzweifelte er schon wieder. Es mußte ein rötlicher Schatten darauf liegen, auf ihren Händen und dem grünen Kleid dagegen der gelbe Lichtschein, und bald sah das Bild ganz und gar nicht so aus, als ob Olga darauf im Lampenlicht sänge, sondern eher wie ein Hummersalat im grellen Sonnenschein. Je mehr er dazumalte, desto deutlicher traten die Salatblätter und die Soße und das Hummerfleisch zutage. Also ließ er die Lampe wieder verschwinden und malte Olga mit geschlossenem Mund; sie würde eben nur am Klavier sitzen, um erst im nächsten Moment mit dem Singen anzufangen.

Diese Qualen des Künstlers wurden mehr als reichlich entlohnt, denn er ging jetzt regelmäßig mit Zeichenblock und Malkasten zu Olga hinüber und saß bei ihr, während sie übte. Inzwischen hörte man nichts mehr von Jodlern in Japan oder lachenden Liebeslilien, denn nun probte sie eifrig ihren Part in *Lucrezia*, mit dem sie jeden Vormittag volle zwei Stunden zubrachte, und Georgie begann allmählich zu begreifen, wieviel Arbeit es erforderte, bis jene spontane Leichtigkeit erreicht war, mit der Brünhilde die Sonne begrüßt. Noch erstaunlicher für ihn war, daß dieses Einstudieren der Tonfolgen nichts weiter als die Vorbereitungen zu dem darstellten, was sie die »wirkliche Arbeit« nannte. Nach und nach, sobald sie den rein mechanischen Teil des Gesangs gemeistert hatte, würde sie mit dem Proben anfangen... Wenn sie mit dem Üben fertig war, setzte sie sich immer bequem mit dem Profil vor einen dunklen Hintergrund, während Georgie das eine Pinselende anleckte und auf dem anderen herumkaute und sich dabei fragte, ob er wohl je etwas zustandebringen werde, das er ihr anzubieten wagen dürfe. Im professionellen Studium ihrer Gesichtszüge gelangte er dazu, sie nicht nur zu bewundern, sondern anzubeten, das tägliche Zusammensein mit Olga zeigte ihm, was für ein frühlingshaftes Wesen sich dahinter verbarg.

»Georgie, ich muß Sie tadeln«, sagte sie eines Tages, als sie ihren Platz vor der schwarzen Wandtäfelung einnahm. »Sie sind ein schrecklich egoistisches Biest. Sie denken ja immer nur an Ihr eigenes Vergnügen! Haben Sie darüber jemals nachgedacht?«

Vor Überraschung schnappte Georgie nach Luft. Da saß er nun seit Wochen jeden Vormittag an dem Versuch, etwas zu erschaffen, das ein würdiges Weihnachtsgeschenk für sie werden könnte, ganz zu schweigen von den vielen Stunden, die er mit offenem Mund vor dem Spiegel zugebracht hatte, und natürlich auch vom Preis des schönen Rahmens, den er für das Bild bestellt hatte, und auf einmal warf man ihm vor, er denke immer nur an sich selbst. Natürlich wußte Olga noch nicht, daß das Bild für sie sein sollte...

»Sie sind wirklich schlimm!« erwiderte er. »Immer

finden Sie etwas an mir auszusetzen. Also, erklären Sie das jetzt!«

»Nun, Sie vernachlässigen alte Freunde zugunsten Ihrer neuen«, sagte sie. »Man sollte alte Bekannte niemals fallen lassen, mein Bester. Wann haben Sie zum Beispiel das letzte Mal ein Duett mit Mrs. Lucas gespielt?«

»Ach, das ist gar nicht so lange her«, sagte Georgie.

»Ziemlich lange, glaube ich. Aber ich meine eigentlich auch gar nicht, daß sie zusammen mit ihr das Klavier bearbeiten sollten. Wann haben Sie das letzte Mal an sie gedacht und Pläne mit ihr geschmiedet und Babysprache mit ihr geredet?«

»Wer hat Ihnen denn erzählt, daß ich das je getan habe?« wollte Georgie wissen.

»Du liebe Zeit! Wie soll ich mich daran noch erinnern? Ich könnte nur raten und müßte dann sagen, daß mir das jedermann hier erzählt hat. Also: die arme Mrs. Lucas fühlt sich ausgeschlossen und vom Thron gestoßen. Das Ganze macht mir ziemlich zu schaffen, und ich spreche jetzt mit Ihnen darüber, weil es größtenteils Ihre Schuld ist. Unterhalten wir uns ruhig ganz offen darüber, aber weichen Sie nicht aus und behaupten Sie ja nicht, ich wäre schuld. Ich weiß genau, wie Sie das meinen könnten, aber das stimmt absolut nicht. In erster Linie ist Mrs. Lucas ja selbst schuld, weil sie einfach die dümmste Frau ist, die ich je getroffen habe, aber zum Teil ist es eben auch Ihre Schuld.«

Sie drehte sich zu ihm um.

»Los, kommen Sie, Georgie, sprechen wir darüber!« sagte sie. »Ich kann in der ganzen Angelegenheit rein gar nichts tun, weil sie mich haßt, deshalb müssen Sie jetzt ihr und mir ein wenig helfen und ihren Egoismus hintanstellen. Ehe ich hierherkam, hat sie den ganzen Ort regiert und Ihnen allen nette kleine Sachen beschert: ihre Stegreif-Szenen aufgeführt, immer wieder die gute alte Mondscheinsonate vorgespielt und sieben Worte italienisch geredet. Und dann bin ich aufgetaucht, ohne irgendeine böse Absicht, außer mich im Urlaub ein bißchen zu amüsieren, aber sie ist felsenfest überzeugt, daß ich versuche, in diesem Dorf statt ihr den Ton anzugeben. Stimmt das etwa nicht? Antworten Sie einfach nur mit ›Ja‹!«

»Ja«, sagte Georgie.

»Tja, das bringt mich ja nun in eine äußerst üble Lage, vor allem in eine hilflose. Ich habe mein Bestes getan, nett zu ihr zu sein: Ich bin zu ihren Parties gegangen, bis sie mich nicht mehr eingeladen hat, und ich habe sie zu allem, was ihr meiner Meinung nach Spaß machen könnte, in mein Haus eingeladen, bis sie nicht mehr gekommen ist. Ich habe ihre Unhöflichkeit, die wirklich bemerkenswert ist, nicht weiter beachtet, ebensowenig wie ihre alberne gönnerhafte Art. Aber wissen Sie, Georgie, sie hat sich doch immer wieder aufs gröbste blamiert und dann geglaubt, daran sei ich schuld. Was kann ich denn dafür, daß sie das Spanische Quartett nicht erkennt, wenn es vor ihr sitzt? Oder daß sie kein Wort italienisch kann, obwohl sie dauernd so tut? Oder daß sie mir neulich – das war das letzte Mal, daß ich sie gesehen habe, an dem Abend, als Sie uns bei Tante Jane den Debussy vorspielten – etwas über Quintenumkehrung erzählen wollte!«

Auf einmal platzte Olga vor Lachen, und Georgie setzte die in Riseholme übliche Miene für bohrende

Neugier auf. »Das müssen Sie mir aber jetzt haarklein erzählen«, bat er, »ich sage Ihnen auch etwas dazu, was Sie noch nicht wissen.«

Olga gab nach und begann ihren Bericht im Tonfall von Mrs. Weston, die sie nunmehr als Tante Jane adoptiert hatte.

»Tja, also das war am Montag vor einer Woche, oder war es am Sonntag? Nein, am Sonntag kann es nicht gewesen sein, da lade ich ja nie jemandem zum Tee ein, weil doch Elizabeth sonntags immer zu Jacob hinübergeht und den Nachmittag mit Atkinson verbringt, oder auch umgekehrt, aber das tut nichts zur Sache, schließlich hat Elizabeth so oder so keine Zeit. Dann war es also am Montag, und Tante Jane – so, jetzt bin ich wieder ich selbst – hatte also ihre Teegesellschaft, bei der Sie *Poissons d'or* spielten. Und als es vorbei war (die Goldfische), stieß Mrs. Lucas einen tiefen Seufzer aus und sagte: ›Der arme Giorgino! Daß er seine Zeit mit solchem Unfug verschwenden muß!‹, obwohl sie ganz genau wußte, daß ich Ihnen das Stück gegeben hatte. Ich antwortete: ›Würden Sie es wirklich als reinen Unfug bezeichnen?‹, und sie sagte: ›Allerdings. Es verletzt doch sämtliche Grundregeln der Musik. Tun Ihnen denn diese umgekehrte Quinten nicht auch weh, Miss Bracely?‹«

Wieder lachte Olga, und sie sprach nun mit ihrer eigenen Stimme weiter.

»Oh, Georgie, sie ist wirklich strohdumm«, sagte sie. »Vermutlich hatte sie parallele Quinten gemeint. Quinten kann man nämlich nicht umkehren. Und ich sagte darauf (es war wirklich nur als Witz gemeint): ›Ja, natürlich, da mögen Sie recht haben, aber Sie müssen Debussy das verzeihen. Dafür hat er doch diese eine wundervolle Passage mit den flüchtigen Sekunden komponiert!‹ Und sie nahm das mit todernster Miene auf, wiegte den Kopf und sagte, sie sei wohl doch eine Puristin. Und was ist danach passiert? Mehr weiß ich nämlich nicht davon.«

»Direkt danach«, berichtete Georgie voller Eifer, »brachte sie die Noten zu mir und bat mich, ihr die Stelle mit den flüchtigen Sekunden zu zeigen. Ich wußte nicht, was sie meinte, aber ich fand ein paar Sekundenintervalle, und sie wurde ganz lebhaft und sagte: ›Tatsächlich, diese flüchtigen Sekunden sind wirklich beeindruckend.‹ Ich gab dann zwar zu bedenken, ›flüchtige Sekunden‹ sei eigentlich kein Terminus der Musik, sondern beziehe sich wohl mehr auf den Zeitbegriff. Darauf gab sie keine Antwort, aber im Fortgehen bat sie mich noch, ihr Dalstons *Harmonielehre* zu leihen. Bestimmt sucht sie darin noch immer etwas über flüchtige Sekunden.«

Olga zündete sich eine Zigarette an und wurde wieder ernst.

»Auf jeden Fall kann es nicht so weitergehen«, sagte sie. »Wir können nicht zulassen, daß die Arme sich weiter nur verbittert und ausgeschlossen fühlt. Dazu kam ja noch, daß Mrs. Quantock sich so eisern geweigert hat, sie der Prinzessin vorzustellen –«

»Das war aber wirklich ihre Schuld«, wandte Georgie ein. »Weil sie vorher den Guru so an sich gerissen hatte.«

»Aber dadurch wird es doch nur noch schlimmer. Und ich kann gar nichts tun, weil sie denkt, ich wäre an allem schuld. Ich würde sie und Peppino ja jeden Tag zu mir einladen, mir ihr ödes Geklimper den ganzen Abend lang anhören und ihr überall ihren Willen lassen, wenn es einen Sinn hätte. Aber das Ganze ist schon zu weit gegangen: Sie würde gar nicht kommen. Und all das ist praktisch ohne mein Wissen passiert. Mir war überhaupt nicht klar, was sich da entwickelte, aber jetzt finde ich es grauenhaft.«

Georgie entsann sich der spiritistischen Wahrheiten.

»Falls Sie eine Inkarnation sind«, sagte er in plötzlicher glühender Bewunderung, »dann die eines Engels. Wie können Sie nur vergessen, wie häßlich sie zu Ihnen gewesen ist –?«

»Kein Wort mehr davon, mein Bester«, sagte Olga. »Wir müssen etwas unternehmen. Also, wie wäre es, wenn Sie zu Weihnachten eine nette Gesellschaft geben und sie jetzt gleich dazu einladen? Bitten Sie sie, Ihnen bei den Vorbereitungen zu helfen; stellen Sie von vornherein klar, daß sie die Sache leiten wird.«

»Also gut. Aber Sie kommen doch auch, nicht wahr?«

»Ganz bestimmt nicht. Später am Abend vielleicht, mit Goosie Antrobus oder so jemandem. Begreifen Sie denn nicht, daß es überhaupt keinen Sinn hätte, wenn ich beim Abendessen dabei wäre? Sie müssen mich sogar ganz offensichtlich übergehen. Und machen Sie ihr ein schönes, teures, kultiviertes Weihnachtsgeschenk. Vielleicht das Bild, das Sie da von mir malen – ach nein, das würde ihr wohl nicht so gefallen. Aber seien Sie jedenfalls nett zu ihr und geben Sie ihr das Gefühl, daß es ohne sie einfach nicht geht. Schließlich waren Sie doch jahrelang ihre rechte Hand. Bringen Sie sie dazu, wieder einmal Stegreif-Szenen aufzuführen – o ja, aber da laden Sie mich dann bitte doch ein, für später am

Abend. Ich muß unbedingt sehen, wie die beiden Siegfried und Brünhilde spielen! Also bauen Sie sie ein wenig auf, Georgie, und kümmern Sie sich um sie. Versprechen Sie mir das? Und tun Sie es aus ganzem Herzen, sonst nützt es nichts.«

Georgie fing an, seine Malsachen einzupacken. Er hatte sich Weihnachten zwar anders vorgestellt, aber wenn Olga es so wollte, dann mußte es auch so geschehen. »Ich werde mein Bestes versuchen«, versprach er.

»Vielen, vielen Dank. Sie sind ein Schatz. Was macht eigentlich ihr Ouija-Brett? Mit meiner Kristallkugel bin ich in letzter Zeit schrecklich faul, aber es ist so langweilig, immer nur die eigene Nase darin zu sehen.«

»Es buchstabiert immer nur ein paar Namen«, sagte Georgie, wobei er verschwieg, daß darunter am häufigsten der von Olga vorkam. »Ich denke, ich werde damit aufhören.«

Dies war nur allzu verständlich, denn da es in Riseholme ja alle paar Wochen eine neue, fesselnde Sensation gab, ganz zu schweigen von den ständigen Sensationen des Alltagslebens, konnten logischerweise selbst die packendsten Beschäftigungen nicht allzu lange an vorderster Stelle bleiben. Trotzdem war das Interesse am Spiritismus so rasch verebbt wie ein Sturzbach in der Wüste.

»Sogar bei Mrs. Quantock scheint es abgeflaut zu sein«, bemerkte Olga. »Gestern abend war sie mit ihrem Mann zu Besuch, aber sie sah ziemlich gelangweilt aus, als ich Tischerücken vorschlug. Ob wohl irgend etwas passiert ist, was ihr die Lust daran verdorben hat?«

»Was könnte das sein, glauben Sie?« fragte Georgie mit der Munterkeit des echten Riseholmiten.

»Georgie, glauben Sie wirklich an die Prinzessin und Pocky?« fragte sie zurück.

Georgie blickte sich um, weil er sicher sein wollte, daß ihn niemand hören konnte.

»Damals schon«, sagte er, »jedenfalls glaube ich, daß ich es geglaubt habe. Inzwischen scheint es mir aber weniger wahrscheinlich. Wer war denn diese Prinzessin schon? Warum haben wir davor nie von ihr gehört? Bestimmt hat Mrs. Quantock sie im Zug getroffen oder so ähnlich.«

»Gut möglich«, sagte Olga. »Aber kein Wort davon. Tante Jane und Onkel Jacob macht es restlos glücklich, an das Ganze zu glauben. Ihre Lebenslinien sind enorm ausgeprägt, und sie werden erst sterben, wenn sie weit über hundert sind. Aber jetzt gehen Sie zu Mrs. Lucas, und falls Sie nicht zum Essen eingeladen werden, können Sie ruhig wiederkommen.«

Georgie brachte sein Bild und die Malutensilien in sein Haus hinüber und ging dann weiter zu Lucia, wobei er sich deutlich bewußt war, daß er keine große Lust hatte, sie zu Weihnachten zum Essen einzuladen oder zu den Duetten und seinen Adjutantenpflichten zurückzukehren; dennoch lag ein gewisser Reiz darin, aber ausschließlich deswegen, weil Olga es sich von ihm gewünscht hatte und weil er ihr damit einen Gefallen tat. An und für sich war es ihm unangenehm, da es dazu führen würde, ihm Zeit zu rauben, die er lieber Olga gewidmet hätte, aber er tat es trotzdem gerne. »Ich glaube, ich bin in sie verliebt«, dachte Georgie. »Sie ist so wundervoll, so großmütig, so –«

In diesem Moment wurde er abrupt von Robert Quantock aus den Gedanken gerissen, der in gewaltiger

Eile aus seinem Haus gestürzt kam, Georgie lediglich einen finsteren Blick zuwarf und dann festen Schrittes in die Richtung des Zeitschriftenhändlers über den Anger stampfte. Sogleich erinnerte sich Georgie, daß er ihn schon am Morgen vor dem Besuch bei Olga dort gesehen hatte, und zwar beim Kaufen einer neuen Zwei-Penny-Zeitung aus gelblichem Papier, die den Titel *Todds Neuste Meldungen* trug. Sie hatten einige freundliche Worte gewechselt, also was konnte in den letzten zwei Stunden geschehen sein, das Robert veranlaßte, Georgie nur mit einem Zähnefletschen zu grüßen und den Zeitschriftenladen erneut aufzusuchen? Es war unmöglich, nicht noch einen Moment zu verweilen, um zu beobachten, was Robert im Laden tun würde; mit Hilfe seiner Brille sah Georgie, daß er diesmal mit einem ganzen Stapel gelblicher Zeitungen, vermutlich *Todds Neusten Meldungen*, herauskam. Georgies Fleisch war schwach, und er konnte seine brennende Neugier nicht unterdrücken, daher machte er einen leichten Umweg, um zu verhindern, nochmals von Robert ein Zähnefletschen zu bekommen, und betrat selbst den Laden des Zeitschriftenhändlers, wo er nach *Todds Neusten Meldungen* fragte. Sofort legte sich das Dunkel eines Mysteriums über den hellen Dezembertag, als ihm der Besitzer erklärte, Mr. Quantock habe soeben sämtliche Exemplare dieser Zeitung aufgekauft. Sonst ließ sich nichts in Erfahrung bringen, abgesehen von der Tatsache, daß er außerdem von allen übrigen Tageszeitungen je eine Nummer erworben habe.

Georgie konnte sich darauf keinerlei Reim machen, und nachdem er noch zusah, wie Robert in sein Haus zurückeilte, setzte er seinen Weg zu Lucia fort. Hätte er beobachtet, was Robert in den eigenen vier Wänden tat, so wäre stark zu bezweifeln, daß er sich nicht mit Gewalt Einlaß in das Haus verschafft hätte, um Robert ein Exemplar von *Todds Neusten Meldungen* zu entreißen... Robert nämlich ging in sein Schreibzimmer und verriegelte die Tür. Unter dem Tintenlöscher zog er *Todds Neuste Meldungen* von seinem ersten Einkauf am Morgen hervor und legte sie zu den übrigen auf den Stapel. Dann wandte er sich mit gerunzelter Stirn den Polizeiberichten in der *Times* zu. Nachdem er sie gelesen hatte, legte er die Zeitung beiseite. Ebenso verfuhr er mit dem *Daily Telegraph*, der *Daily Mail*, der *Morning Post* und dem *Daily Chronicle*. Schließlich (das war die letzte der Morgenzeitungen) überflog er den *Daily Mirror*, zerriß das Blatt dann und sagte: »Verdammt!«

Eine Zeitlang überlegte er angestrengt und versuchte, sich zu erinnern, ob irgend jemand in Riseholme außer Colonel Boucher den *Daily Mirror* hielt. Doch es schien ihm sicher, daß dem nicht so war, daher verließ er sein Arbeitszimmer, dessen Tür er hinter sich wieder verschloß, trat auf die Straße und stellte mit einem einzigen Blick fest, daß der Colonel damit beschäftigt war, Mrs. Weston rund um den Anger zu schieben. Anstatt sich ihnen anzuschließen, eilte er zum Haus des Colonels hinüber; da die Angelegenheit keine halben Sachen erlaubte, sah er dort Atkinson tief in die Augen und sagte, er wolle eine Nachricht für Colonel Boucher hinterlassen. Er wurde ins Wohnzimmer geführt, wo er sofort den *Daily Mirror* aufgeschlagen auf dem Tisch liegen sah. Sobald er allein war, stopfte er sich die Zeitung in die Tasche; zu Atkinson sagte er dann, er wolle lieber selbst mit dem Colonel sprechen, als ihm zu schreiben, und ging hinaus, um den Rollstuhl auf seiner Bahn abzufangen. Zwar wurde er dabei beinahe überfahren, doch wich er nicht aus, sondern fragte den Colonel mit unnachahmlich fester Stimme, ob es irgendwelche Neuigkeiten in der Morgenzeitung gegeben habe. Mit der entschiedenen Verneinung des Colonels noch im Ohr begab er sich freudig nach Hause, wo er sich zum zweiten Mal im Arbeitszimmer einschloß.

Es liegt ein gewisser Luxus darin, wenn man eine drohende Gefahr im letzten Moment durch Promptheit und Geistesgegenwart eben noch abgewendet hat, diesen Augenblick der Gefahr von neuem zu durchleben; daher öffnete Robert nun *Todds Neuste Meldungen* (hier fand sich der ausführlichere Bericht) und las dort nochmals den Absatz auf der Lokalseite mit der Überschrift »Falsche russische Prinzessin entlarvt«.

Diesmal jedoch kicherte er über die Zeilen, die ihn zuvor hatten erschauern lassen; er las, eine Marie Löwenstein aus der Gerald Street Nr. 15 bei Charing Cross Road, die sich Prinzessin Popoffski nenne, sei vor den Untersuchungsrichter am Polizeirevier Bow Street gebracht worden, weil sie in betrügerischer Absicht vorgegeben habe, Wahrsagerin zu sein und bei Séancen in ihrer Wohnung Geister in körperlicher Form zu beschwören. Es folgten diverse schmutzige Details: Ein Polizist hatte der Séance beigewohnt, einen angeblich italienischen Geist an der Kehle gepackt und danach das Licht eingeschaltet. Wie sich herausstellte, hielt er Frau Popoffski an der Kehle, und unter dem Tisch entdeckt er ihren Sekretär, Hesekiah Schwarz, beim Demontieren eines elektrischen Hammers. Es wurde eine Geldstrafe verhängt ...

Nach kurzem Abwägen der Sachlage beschloß Robert, seiner Frau nichts zu sagen. Zwar hatte sie diese Popoffski hergeholt, andererseits hatte er sie dafür gelobt und gefeiert; er war nicht minder als sie von der Integrität der Popoffski überzeugt gewesen, und gemeinsam waren sie auf einen Gipfel der Großartigkeit in der Welt von Riseholme emporgestiegen. Außerdem wäre es einfach niederschmetternd für die arme Daisy, wenn sie erführe, daß die Popoffski nicht besser als der Guru gewesen war. Er musterte den hohen Stapel von *Todds Neusten Meldungen* und dann den Kamin...

Es war ein kühler Morgen gewesen, klar und frostig, und noch loderte das knisternde Feuer auf dem Kaminrost. Aus jedem Exemplar von *Todds Neusten Nachrichten* riß er die Seite mit dem Kriminalbericht und speiste das Feuer damit. Seite um Seite schob er hinein; niemals war so viel Papier in einen Kamin gekommen. Lichterloh sausten sie den Schornstein hinauf; zuweilen befürchtete er, der Kamin selbst hätte Feuer gefangen, und er mußte eine Pause einlegen, wobei er sein erhitztes Gesicht mit den Händen schützte, bis das dumpfe Rumoren abgeebbt war. Nach den beiden Seiten aus den zwei Exemplaren des *Daily Mirror* schließlich war das Fegefeuer vorüber, und er entriegelte die Tür. Niemand außer ihm wußte in Riseholme davon, und niemand sollte es je erfahren. Ganz Riseholme war vom Spiritismus elektrisiert worden, und selbst jetzt noch waren die Séancen, gemessen an ihrem Erfolg, recht billig gekommen.

Die Reste all der Zeitungen ließ er vom Dienstmädchen beseitigen, und kaum war dies geschehen, da kam seine Frau vom Anger zurück.

»Ich dachte eben fast, unser Kamin hätte Feuer gefangen, Robert«, sagte sie. »Du hättest wohl nichts dagegen, wenn es der in der Küche gewesen wäre, jedenfalls hast du das neulich gesagt.«

»Was redest du da für einen Unsinn, meine Liebe?« sagte er. »Es ist doch Essenszeit, oder?«

»Ja. Ach, da liegt ja die Post. Nichts für mich, und zwei Sachen für dich.«

Sie musterte ihn scharf, während er seine Briefe entgegennahm. Vielleicht standen ihre unbewußten Gedanken (gemäß der Theorie ihrer lieben Freundin) miteinander in Verbindung, doch auf der Oberfläche zeigte sich davon nur ein äußerst schwaches, unverständliches Kräuseln.

»Ich habe gar nichts mehr von meiner Prinzessin gehört, seitdem sie weggefahren ist«, bemerkte sie.

Robert zuckte ein wenig zusammen; nach dem Schock des Vormittags hatte er sich nicht völlig unter Kontrolle. »Ach, wirklich?« fragte er. »Hast du ihr denn geschrieben?«

Sie schien Mühe zu haben, sich zu erinnern.

»Tja, eigentlich nicht, wenn ich mich recht entsinne«, antwortete sie. »Wie nachlässig von mir. Ich muß ihr demnächst einmal einen richtig langen Brief schreiben.«

Diesmal musterte *er* sie scharf. Hatte sie etwa auch ein Geheimnis? fragte er sich. Und wenn ja, was für eines?...

Georgie empfand seine Mission als keineswegs einfach, und nur der Gedanke, daß es sich gewissermaßen um eine Liebesmüh handelte, gab ihm die Kraft, sie überhaupt durchzuführen. Dennoch glaubte er während der ersten Minuten, es könnte sich als verlorene Liebesmüh erweisen, so fern und unnahbar schien Lucia. Er hatte den Shakespeare-Garten halb durchmessen und sie ganz deutlich am Fenster des Musikzimmers stehen sehen, als sie plötzlich von dort verschwand, und im nächsten Moment erklang ein gewisser langsamer Satz, und zwar so laut, daß er das Läuten der Meerjungfrauklingel vollständig übertönte, und er fragte sich, ob er den Knopf überhaupt gedrückt hatte. In Wahrheit waren Lucia und Peppino, als Georgie ihren Garten betreten hatte, gerade mitten in einer bitterernsten Unterhaltung gewesen, die sich mit der Frage befaßte, wie es weitergehen solle. Früher hatte eine Party auf »The Hurst« irgendwann während der Weihnachtszeit ebenso dazugehört wie die Feiertage selbst, doch in diesem Jahr war alles so anders. Wen sollte man dazu einladen? Damit fing es schon an. Bestimmt nicht Mrs. Weston, die Lucia in kaum mißzuverstehender Weise auf italienisch angesprochen hatte, und außerdem, so bemerkte Lucia mit beißender Schärfe, würde sie vermutlich ohnehin Kinderspielchen mit ihrem *promesso* treiben. Ebenso undenkbar war es, Miss Bracely mit ihrem Mann einzuladen, denn die Beziehung zu ihnen war wegen des Spanischen Quartetts und Signor Cortese bereits abgebrochen. Und was Mrs. Quantock anging: erwartete Peppino etwa im Ernst von Lucia, daß sie diese Frau jemals wieder einladen würde? Dann war da Georgie, der in letzter Zeit so verändert und seltsam war... Nun, hier kam er gerade. Hastig setzte sie sich ans Klavier, und Peppino schloß die Augen, um dem langsamen Satz zu lauschen.

Das Öffnen der Tür wurde von Lucia nicht bemerkt, und Peppino hielt die Augen geschlossen. Daher nahm Georgie auf dem nächstbesten Stuhl Platz und wartete. Am Ende seufzte Peppino, und er seufzte ebenfalls.

»Wer war das?« rief Lucia aus. »Ach, Sie sind es, Georgie! Fast wie ein Fremder! Nicht wahr? Irgendwelche Neuigkeiten?«

All dies wurde in äußerster Kühlheit ausgesprochen, während Lucia einen Wachsklecks vom zweigestrichenen Es schabte.

»Nicht, daß ich wüßte«, erwiderte Georgie, der sich höchst unbehaglich fühlte. »Ich wollte nur einmal wieder vorbeischauen.«

Lucia warf Peppino einen scharfen Blick zu. Selbst wenn sie ihn lauthals angebrüllt hätte, wäre kaum deutlicher geworden, daß sie vorhatte, diese Situation in den Griff zu bekommen.

»Ach, das ist aber nett von Ihnen«, sagte sie. »Für Peppino und mich gab es in letzter Zeit so viel zu tun, daß wir gar keinen Besuch hier hatten. Deshalb sind wir jetzt wie die Verwandten vom Lande, denen die Stadtmaus ein bißchen Käse aus der Gerüchteküche abgeben muß. Wie geht es denn der guten Miss Bracely?«

»Recht gut«, sagte Georgie. »Ich habe sie vorhin besucht.«

Lucia seufzte erleichtert.

»Sehr gut«, sagte sie. »Hast du gehört, Peppino? Miss Bracely geht es recht gut. Sie ist also nicht erschöpft vom Üben dieser neuen Oper? *Lakritzia*, nicht wahr? Ach, wie dumm von mir! *Lucrezia* heißt sie natürlich, von diesem außergewöhnlichen Neapolitaner. Ja! Also weiter! Was macht eigentlich unsere liebe Mrs.

Weston? Immer noch in den netten jungen Mann verschossen, wie? Bindet sie schon den Blütenkranz und sucht ihre Brautjungfern aus? Wie ungezogen von mir! Ja! Nun zu der guten Daisy: Wie geht es ihr denn? Verkehrt sie immer noch mit Prinzessinnen? Heute früh habe ich extra die Hofnachrichten studiert, um zu sehen, ob Prinzessin Popo – Popo – Popoff hieß sie, oder? – ob Prinzessin Popoff vielleicht dem Popen von Moskau oder ihrem Vetter, dem Zaren, einen Besuch abstatten will. Was es nicht alles gibt!«

Es war schlichtweg erstaunlich, wieviel Bosheit, Neid und Lieblosigkeit gegen alle Welt Lucia in diese völlig spontane Rede hineinzulegen vermochte. Sie hatte sie nicht etwa einstudiert; ihr ganzer Unmut entlud sich mit der Plötzlichkeit eines Blitzes aus einer hochsommerlichen Gewitterwolke. Bis zu diesem Moment hatte Georgie nicht das geringste von dem geahnt, dessen sich Olga so sicher gewesen war, und nun überwältigten ihn gleich zwei Gefühle auf einmal: Er war erstaunt über Lucia, da er nicht geahnt hatte, wie stark sie offensichtlich litt, wenn ihre Verbitterung schon derart groß war, und gleichzeitig verehrte er die Intuition Olgas, die es gespürt hatte, aber dennoch nur Mitleid mit Lucia empfand.

Der Ausbruch war noch nicht gänzlich vorüber, wenn sich Lucia auch bereits deutlich besser fühlte.

»Und Sie, Georgie?« fragte sie. »Obwohl wir uns mittlerweile schon so fremd geworden sind, daß ich Sie wahrscheinlich Mr. Pillson nennen sollte – was haben Sie so getrieben? Miss Bracely auf dem Flügel begleitet, den ganzen Tag Hochzeitskleider genäht und die ganze Nacht über Geister beschworen? Ja!«

Dieses »Ja!« hatte Lucia von Lady Ambermere aufgeschnappt, bei der es ihr ganz besonders auf die Nerven gegangen war. Man machte eine Feststellung oder stellte eine Frage in den Raum und bestätigte sich dann gleich selbst.

»Und Mr. Cortese?« setzte sie fort. »Schreit er immer noch sein wundervolles Englisch und Italienisch in alle Welt hinaus? Ja! Was führen Sie doch für ein ausgefülltes Leben, Georgie! Ich nehme an, zum Malen bleibt Ihnen bei alledem gar keine Zeit?«

Dieser Pfeil war keineswegs ins Blaue abgeschossen, denn sie hatte Georgie mit Zeichenbrett und Malkasten aus »Old Place« herauskommen sehen. Doch ihr direkter Angriff auf ihn schmälerte keineswegs die Macht des »guten Werkes«, das zu tu er gekommen war. Er blies die Fanfare, um alle Gutmütigkeit, deren er fähig war, in sich zu sammeln.

»Nein, ich habe sogar erst vorhin etwas gemalt«, sagte er. »Jedenfalls habe ich es versucht. Ich mache nämlich eine kleine Skizze von Miss Bracely am Piano, die ich ihr zu Weihnachten schenken möchte. Aber es ist so schwer. Hätte ich das Blatt nur mitgebracht, dann könnte ich Sie um Rat fragen, aber Sie wären bei dem Anblick wohl ohnehin nur in Gelächter ausgebrochen. Es ist ein fürchterliches Fiasko; viel schlimmer als die, die ich Ihnen immer zum Geburtstag geschenkt habe. Daß Sie die immer noch in Ihrem schönen Musikzimmer hängen haben... Lassen Sie sie abnehmen und in die Besenkammer stellen; ich mache Ihnen zu Ihrem nächsten Geburtstag etwas Besseres.«

So sehr sich Lucia auch sträubte, sie war von seinen Worten gerührt. Dort hingen die guten Stücke: »Goldherbstliches Wunderland«, »Düsterer Dezember«, »Gelbe Narzissen« und »Sommerrosen«...

»Oder wir lassen sie gleich vom Schuhputzer schwarz überkleistern«, schlug sie vor. »Ja, hängen Sie sie ab, Georgie, dann bringen wir sie zum Schwärzen.«

Das war schon besser: hinter dem Sarkasmus spürte man jetzt schon ihren Humor, der sich vorsichtig herauswagte. Er nutzte seine Chance sofort.

»Gut, ich mache mich gleich an die Arbeit«, sagte er. »Aber vorher möchte ich Sie und Peppino für Weihnachten bei mir zum Abendessen einladen. Aber bitte seien Sie jetzt nicht unartig und erzählen Sie mir nicht, daß Sie womöglich schon etwas anderes vorhaben. Bei Ihnen kann man ja nie wissen.«

»Eine Party?« fragte Lucia mißtrauisch.

»Ja, ich dachte, wir könnten einmal wieder einen von unseren netten Abenden veranstalten«, sagte Georgie, der sich besonders klug vorkam. »Wir könnten die Quantocks einladen, nicht wahr, und den Colonel mit seiner Frau, dann Sie und Peppino und ich, und dazu noch Mrs. Rumbold. Das wären dann acht, was zwar mehr ist, als Foljambe gerne hat, aber damit muß sie sich eben abfinden. Mr. Rumbold singt ja immer den ganzen Abend Weihnachtslieder im Chor, und seine Frau wäre sonst ganz allein.«

»O nein, diese Weihnachtslieder!« sagte Lucia gequält.

»Ich weiß. Ich werde Ihnen Wattepfropfen für die Ohren zustecken. Also, Sie kommen doch? Dann haben wir eine nette Runde zu acht. Bis jetzt habe ich noch niemanden sonst gefragt; vielleicht kommt ja auch keiner. Aber ich will Sie und Peppino, und die übrigen können kommen oder wegbleiben. Also sagen Sie schon, daß Sie einverstanden sind.«

Lucia konnte nicht sofort nachgeben. Sie mußte sich erst den Zeigefinger gegen die Stirn pressen.

»Das ist wirklich nett von Ihnen, Georgie«, sagte sie, »aber ich muß erst überlegen. Haben wir nicht für Weihnachten schon etwas vor, *carissimo*? Wo ist denn dein Kalender mit den Verabredungen? Hol ihn doch bitte rasch her.«

Dies war ein großartig angelegter Schachzug, denn kaum hatte Peppino den Raum verlassen, da sprang sie mit einem spitzen Schrei auf und rannte ihm nach.

»Tlein-Lucia so vergeßlich«, rief sie. »Hat Kalender in Rauchsalon gelegt, da wird armer *caro* lange suchen. Ich bin gleich wieder zurück, Giorgino.«

Georgie durchschaute das Manöver natürlich sofort: Sie wollte sich nur kurz unter vier Augen mit Peppino besprechen, und er wartete voller Hoffnung auf die Rückkehr der beiden, denn Peppino, da war er ganz sicher, hatte von diesem Achilles-Groll und dem Schmollen schon längst genug. Dann kamen sie fröhlich lächelnd wieder herein, und man wandte sich sofort der Frage zu, wie sich der Abend nach dem Essen verbringen ließe. Keine Tollereien, auf keinen Fall, aber warum nicht wieder einmal Stegreif-Szenen?

Die Frage wurde immer noch heftig debattiert, als man sich zum Mittagessen setzte, und erst während der Makkaroni kam es zur Entscheidung: Ja, sie würden Szenen darstellen, und Lucia klagte, anscheinend wolle jedermann, daß sie sich zu Tode arbeitete, um sie auf diese Weise loszuwerden. Eigentlich hätte sie ja mit Peppino einen hübschen kleinen Urlaub an der Riviera verbringen wollen, aber nun müßten sie ihn eben auf die Zeit nach Weihnachten verschieben. Georgie hatte zu diesem Zeitpunkt den Mund voller knirschendem Toast, daher gelang es ihm lediglich, heftig den Kopf zu schütteln. Doch sobald sich der Toast hinunterschlukken ließ, wehrte er dieses Vorhaben wie gewohnt voller Eifer ab.

Als Georgie danach heimwärts ging und darüber nachdachte, wie gutmütig sein Benehmen doch gewesen war, empfand er höchstens ein ganz klein wenig Selbstzufriedenheit dabei, wußte er doch tief im Innern, daß diese unendliche Geduld seinem Wesen eigentlich ziemlich fremd und gewissermaßen aufgepropft war wie eine Mistel. Nie zuvor hatte Lucia ein derart zänkisches, giftiges Temperament an den Tag gelegt; er hatte ihr das auch gar nicht zugetraut. Statt der erhabenen Königin hatte er plötzlich ein keifendes Marktweib vor sich gehabt, und als Georgie in seiner Mission der Befriedung und des Nettseins seelenruhig fortgefahren war, wie rasch hatten sich da die Zornesrunzeln des Marktweibs geglättet und die Vipern von ihrer Zunge davongeschlichen! Hätte er sich in seiner kühnsten Phantasie je vorgestellt, daß Lucia ihm einmal solche Dinge an den Kopf werfen könnte, ihm wäre keine andere Konsequenz eingefallen als der sofortige Abbruch sämtlicher Beziehungen zu ihr. Statt dessen hatte er Rücksicht genommen und war vor ihr gekrochen... gekrochen. Ja, das war er, und er mußte sich über sich selbst wundern. Warum war er vor ihr gekrochen?

Die Antwort lag in Olgas schönem Mund und ihrem gütigen Blick. Auf jeden Fall mußte er sofort zu ihr und vom Ergebnis seiner Mission berichten. Vielleicht würde sie ihn belohnen, indem sie ihn noch einmal einen Schatz nannte. Ja wirklich, er hatte es verdient, daß sie ihm etwas Nettes sagte.

Es war ein Tag voller Überraschungen für Georgie. Er traf Olga zu Hause an, und berichtete, ohne wesentliche Einzelheiten auszulassen, von Lucias sarkastischen Bemerkungen, sowie von dem erstaunlichen Takt und der Nachsicht, die er bewiesen hatte. Kommentare gab er dazu keine; er schilderte einfach die Tatsachen mit der in Riseholme üblichen lebhaften Art und wartete dann auf seine Belohnung.

Einen Augenblick lang musterte Olga ihn schweigend.

»Ach, die arme Mrs. Lucas!« rief sie dann. »Sie muß ja furchtbar gelitten haben, wenn sie so reagiert hat! Das tut mir wirklich leid! Also, was können Sie noch tun, Georgie, damit sie sich wieder besser fühlt?«

»Ich denke, *ich* habe wohl alles getan, was man von mir erwarten konnte«, sagte Georgie. »Nur mit Mühe habe ich meine Beherrschung behalten. Aber die Party zu Weihnachten gebe ich, weil ich es Ihnen versprochen habe.«

»Oh, aber bis Weihnachten sind es noch zehn Tage«, sagte Olga. »Können Sie nicht ihr Porträt malen und es ihr dann schenken? Ja, das könnten Sie doch – wie sie die Mondscheinsonate spielt.«

Georgie verspürte große Lust, beleidigt zu sein und Olga vorzuwerfen, sie habe ihn satt; oder aber, voller Würde zu erklären, er sei ungewöhnlich beschäftigt. Nie zuvor hatte er eine solche Engelsgeduld bewiesen wie heute gegenüber Lucia, und obwohl dies allein Olga zuliebe geschehen war, empfand sie offenbar kein Fünkchen Dankbarkeit, sondern verlangte sogar noch mehr von ihm.

»Bitte, malen Sie ein kleines Bild von ihr!« wiederholte sie. »Es würde ihr doch so gefallen. Und Sie müssen sie jung und interessant darstellen. Zumindest denken Sie darüber nach, ja? Vielleicht fällt Ihnen ja noch etwas Besseres ein. Wollen Sie jetzt nicht gleich losziehen und Ihre Gäste für Weihnachten einladen?«

Georgie wandte sich zum Gehen, doch gerade als er zur Tür gekommen war, sagte sie noch: »Ich finde, Sie sind ein feiner Kerl.«

Irgendwie wurde Georgie bei diesem zurückhaltenden Ausdruck ihrer Anerkennung warm ums Herz, während er nach Hause ging. Offenbar hielt sie es für selbstverständlich, daß er genau so vollendet taktvoll und gelassen handelte, wie er es eben getan hatte. Sie schien nicht im geringsten überrascht davon; kaum hatte sie gezeigt, daß es ihr überhaupt aufgefallen war. Aber wenn er darüber nachdachte, war dies für ihn ein weit größeres Kompliment, als wenn sie ihm rundheraus gesagt hätte, wie wundervoll er sei. Sie hielt es für selbstverständlich, nicht mehr und nicht weniger, daß er freundlich und zuvorkommend sein würde, ganz egal was Lucia zu ihm sagte. Und er hatte ihre Erwartungen nicht enttäuscht...

Fünfzehntes Kapitel

Georgies Weihnachtsgäste hatten soeben ihre Plätze an seinem runden Tisch ohne Tischtuch eingenommen, und er hoffte, Foljambe würde sich mit dem Sekt etwas beeilen, da alle schon seit geraumer Zeit aufs Essen warteten, was darauf zurückzuführen war, daß Lucia und Peppino sich verspätet hatten, und die Unterhaltung war ein wenig ins Stocken geraten. Lucia war wie üblich ohne ein Wort der Entschuldigung ins Zimmer gerauscht, denn sie war es gewohnt, bei Einladungen als letzte einzutreffen, und bei ihrer Ankunft wurde das Essen dann immer unverzüglich serviert. Die wenigen Sekunden dazwischen nutzte sie, um jeden der Anwesenden mit einem freundlichen Gruß zu bedenken. Diesmal jedoch wurden ihre Grüße nicht ganz so dankbar erwidert, wie sie es gewohnt war: Eine andere Stimmung als sonst lag in der Luft, und man spürte, daß Lucia nicht mehr war als eben ein Achtel der Tischgesellschaft... Doch es hatte keinen Sinn, Foljambe zu drängen, die ohnehin schon leicht verärgert war, weil sie acht Personen zum Essen hatte – zwei mehr, als sie normalerweise zuließ.

Lucia saß zu Georgies Rechten, Mrs. Colonel (wie sie sich zu nennen beschlossen hatte) zu seiner Linken. Dann folgte Peppino, dann Mrs. Quantock, dann der Colonel und Mrs. Rumbold (die an eine mißtrauische graue Maus erinnerte), und Mr. Quantock schloß den Kreis zu Lucia. Auf jeder Serviette lag ein Veilchensträußchen, doch Lucias war am größten. Außerdem hatte sie einen Fußschemel.

»Hervorragend, diese Suppe« bemerkte Mr. Quantock. »So gute Suppe bekommen wir zu Hause nicht.«

Es entstand eine tödliche Stille. Warum kam nie Schweigen auf, wenn Olga dabei war? fragte sich Georgie. Es lag nicht daran, daß sie selbst viel sprach; aber irgendwie brachte sie alle anderen dazu.

»Tommy Luton hat jetzt doch nicht die Masern«, erklärte Mrs. Weston. »Das habe ich schon die ganze Zeit gesagt, auch wenn die Masern in letzter Zeit grassieren. Er ist heute früh wie jeden Tag zur Arbeit gekommen, und heute abend singt er bei den Weihnachtsliedern mit.«

Abrupt hörte sie auf.

Georgie warf Foljambe einen flehenden Blick zu und sah auf die leeren Sektgläser. Foljambe reagierte nicht. Lucia drehte sich zu Georgie um und stützte den Ellenbogen auf den Tisch zwischen sich und Mr. Quantock.

»Und was gibt es Neues, Georgie?« fragte sie. »Peppino und ich waren heute so beschäftigt, daß wir den ganzen Tag keine Menschenseele gesprochen haben. Wie vertreiben Sie sich denn die Zeit? Mit dem Ouija-Brett?«

Dann wandte sie sich fröhlich an Mrs. Quantock.

»Nun, liebe Daisy, Sie muß ich ja gar nicht erst fragen, womit Sie sich die Zeit vertreiben. Bestimmt mit Tischerücken, was? Ich weiß ja, wie sehr Sie an übersinnlichen Dingen interessiert sind. Ich wäre das gewiß auch, wenn ich nur ganz sicher sein könnte, daß ich es nicht mit Betrügern zu tun habe.«

Georgie wäre am liebsten mit dumpfem Stöhnen unter den Tisch geschlüpft, als diese gräßliche Polemik begann. Zu seiner grenzenlosen Überraschung antwortete Mrs. Quantock aber in äußerst herzlichem Ton.

»Da haben Sie recht, liebe Lucia«, sagte sie. »Es wäre ja wirklich schrecklich, wenn man erführe, daß ein Medium, vielleicht sogar eine liebe Freundin, der man rückhaltlos vertraut hat, als Betrügerin entlarvt worden ist. Von solchen Fällen liest man ja manchmal in der Zeitung. Mir wäre es äußerst unangenehm zu wissen, daß ich mit einem unehrlichen Medium auch nur am selben Tisch gesessen habe. Immerhin werden diese Scharlatane ziemlich hart bestraft, wenn sie ertappt werden, und das haben sie auch verdient.«

Obwohl er es sich nicht im geringsten erklären konnte, beobachtete Georgie, wie Roberts Gesichtsausdruck plötzlich ganz leer wurde. Einen Augenblick lang sah er aus, als wäre er tot und nur überaus meisterhaft ausgestopft. Doch Georgie schenkte dem nicht viel Beachtung, da ihm gleichzeitig die verblüffende Vermutung kam, Lucia habe ihre Bemerkung gar nicht polemisch gemeint und sei dabei, das Kriegsbeil zu begraben, statt damit herumzuhacken. Dies bestätigte sich, als Lucia im nächsten Moment den Ellenbogen vom Tisch nahm und sich an Robert wandte.

»Sie beide haben ja bei Ihren spiritistischen Experimenten eine ziemlich glückliche Hand bewiesen«, sagte sie. »Von allen Seiten hört man, was für ein reizendes Medium bei Ihnen war. Georgie hätte um ein Haar sein Herz an sie verloren.«

»Meiner Seel, sie war wirklich herzerfrischend«, bestätigte Robert. »Natürlich war sie eine liebe Freundin von Daisy, aber man muß ja tatsächlich sehr vorsichtig sein, wenn man von diesen gräßlichen Enthüllungen liest, die sich bisweilen zutragen, wie meine Frau schon sagte. Man stelle sich vor, so ein Medium, das man für vollkommen aufrichtig gehalten hat, trägt irgendwo in einem Koffer versteckt meterweise Musselinstoff und ein paar Pappnasen mit sich herum. Mir jedenfalls würde das restlos den Spaß daran verderben.«

Ein lauter Knall kündigte an, daß Foljambe ihnen nun doch endlich etwas Sekt gestattete, doch Georgie hörte es kaum, da er eben gesehen hatte, wie Daisy Quantocks Miene denselben toten, ausgestopften Ausdruck annahm, den er kurz zuvor bei ihrem Mann bemerkt hatte. Dann warfen sich die beiden einen Blick zu, der für Georgie vor Geheimnis nur so strotzte. Auf beiden Seiten schien darin eine quälende Frage und die flehentliche Bitte um Schweigen zu liegen; es war, als hätte jeder von ihnen unabsichtlich irgendeinen schrecklichen *faux pas* begangen. Gleich darauf brachen sie den Blickkontakt wieder ab; beinahe brachen sie sich auch noch den Hals, so blitzschnell wandte jeder den Kopf zur anderen Seite, und dann ließen sie wahre Sturzbäche von Worten auf die mißtrauische graue Maus beziehungsweise auf den Colonel niederrauschen.

Georgie war vollkommen verwirrt: Sein riseholmitischer Instinkt spürte, daß irgend etwas dahinterstecken mußte, doch dieser Instinkt gab ihm nicht den leisesten Anhaltspunkt, was das sein könnte. Offenbar wußten beide etwas über die Prinzessin, aber falls etwa Daisy in der Zeitung gelesen hätte, daß die Prinzessin entlarvt und bestraft worden war, dann würde sie dieses so gefährliche Thema doch gar nicht erst anschneiden. Dann drängte sich ihm die Erinnerung an jenen seltsamen

Vorfall mit *Todds Neusten Nachrichten* auf, der aber ebensowenig ins Bild paßte, denn Robert, nicht Daisy, hatte diese unerklärlichen Mengen des gelblichen Druckwerks gekauft. Und dann hatte Robert noch auf die Entdeckung einer Pappnase und meterweise Musselinstoff angespielt. Warum sollte er davon sprechen, wenn er nicht tatsächlich so etwas entdeckt hatte, oder aber... Georgies Augen weiteten sich in detektivischem Eifer... oder aber Robert hatte Gründe, die Ehrlichkeit der lieben Freundin anzuzweifeln, und hatte es einfach aufs Geratewohl gesagt. Woher aber rührte in diesem Falle Roberts Verdacht? Hatte etwa nicht Daisy, sondern *er* in der Zeitung von einer peinlichen Enthüllung gelesen, und hatte Daisy (die ebenfalls Grund zum Mißtrauen gegen die Prinzessin haben mochte) ihrerseits aufs Geratewohl von peinlichen Enthüllungen in der Zeitung gesprochen? Jedenfalls hatten beide wie tot und ausgestopft gewirkt, sobald der andere eine Anspielung auf betrügerische Medien machte, und beide hatten versichert, sie hätten ja zum Glück gute Erfahrungen gemacht. Aha! – Georgie sagte es beinahe laut – womöglich hatte Robert in *Todds Neusten Nachrichten* von einer peinlichen Enthüllung gelesen und deswegen jedes Exemplar dieser Zeitung aufgekauft! Dann wäre es verständlich, daß er wie tot und ausgestopft aussah, sobald Daisy eine Anspielung auf peinliche Enthüllungen machte. War ihm vielleicht ein vereinzeltes Exemplar entgangen, und wußte Daisy also auch davon? Was wußte Robert? Hatten sie subtile Geheimnisse voreinander?

Über seinen Kopf hinweg redete Mrs. Weston auf Lucia ein, gleichzeitig belegte sie in der anderen Richtung

Peppinos Aufmerksamkeit mit Beschlag. Genau in diesem Augenblick versiegte der Sturzbach von Mrs. Quantocks Redeschwall zum Colonel hin, und auch Robert fiel nichts mehr ein, was er zu der grauen Maus sagen konnte. Aus dem Stausee seiner Grübeleien wurde Georgie sofort wieder in die Strömung gerissen. Doch bevor er unterging, bekam er Mrs. Quantock mit Blikken zu fassen und stellte eine Frage, die aus diesem aufgewühlten Stausee emporgesprudelt war.

»Haben Sie denn wieder einmal Nachricht von der Prinzessin gehabt?« fragte er.

Roberts Kopf wirbelte ebenso flink herum, wie er ihn vor kurzem abgewandt hatte.

»O ja«, sagte seine Frau. »Vor zwei Tagen erst, nicht wahr, Robert?«

»Ich habe sogar gestern erst von ihr gehört«, sagte Robert.

Mrs. Quantock musterte ihren Gatten mit ernsthafter, ermunternder Neugier.

»Ach so?« sagte sie. »Ich werde ja ganz eifersüchtig. Etwas Interessantes, Liebling?«

»Ja, Liebling. Hihi!« erwiderte Robert, und wieder trafen sich ihre Blicke. Diesmal hatte Georgie keinerlei Zweifel mehr: Sie spielten dasselbe Spiel; sie grinsten und kicherten einander an. Eben noch aber hatten sie nicht dasselbe Spiel gespielt. Ihre gemeinsame Verschwörung war ihnen erst jetzt bewußt geworden... Doch er war der Gastgeber. Im Moment hatte er die Aufgabe, seinen Gästen gute Laune zu verschaffen, anstatt in ihre innersten Geheimnisse einzudringen. Bevor Mrs. Weston die Aufmerksamkeit der Runde in Anspruch nehmen konnte, sagte Georgie noch rasch: »Ich werde es nach dem Essen aus ihm herausbekommen. Und dann erzähle ich es Ihnen, Mrs. Quantock.«

»Ehe der Colonel Atkinson eingestellt hat«, begann Mrs. Weston, »und das war fünf Jahre, bevor Elizabeth zu mir gekommen ist – oder waren es nun fünf oder nur viereinhalb Jahre? – na, sagen wir einmal viereinhalb –, da hatte er einen anderen Diener namens Ahab Crow.«

»Nein, wirklich?« fragte Georgie.

»Ja!« sagte Mrs. Weston, die jetzt rasch ihren Sekt austrank, da sie Foljambe nahen sah. »Ja, Ahab Crow – Herr Krähe. Er hat dann auch geheiratet, genau wie Atkinson es bald tun wird, und das ist ja an sich schon ein sonderbares Zusammentreffen. Ich sage immer zum Colonel, wenn Ahab Crow nicht geheiratet hätte, wäre er wohl immer noch bei ihm, und wer weiß, ob auch er Gefallen an Elizabeth gefunden hätte? Und wenn nicht, dann weiß ich nicht, ob der Colonel und ich jemals – nun, dieses Thema lasse ich lieber, sonst werde ich noch rot. Aber das wollte ich auch gar nicht erzählen. Was glauben Sie wohl, wen dieser Herr Krähe zur Frau genommen hat? Sie dürfen jeder zehnmal raten, und trotzdem wird keiner darauf kommen, denn ein gewöhnlicher Name ist es wirklich nicht. Sie hieß Miss Jackdaw – Fräulein Dohle. Dohle und Krähe. So etwas habe ich noch nie gehört, aber Sie können den Colonel fragen; er wird jedes Wort davon bestätigen. Boucher und Weston – nun, das klingt doch im Vergleich dazu ziemlich gewöhnlich, und ich muß sagen, es ist mir auch ganz recht so.«

Lucia ließ ihr silberhelles Lachen ertönen.

»Meine liebe Mrs. Weston«, sagte sie, »jetzt müssen Sie mir aber sofort sagen, für wann der freudige Tag geplant ist. Peppino und ich haben nämlich vor, an die Riviera zu fahren –«

Georgie mischte sich in das Gespräch ein. »Gar nichts werden Sie tun! Was sollen wir denn ohne Sie anfangen? Tlein-Lucia immer so eigennützig!«

Die Unterhaltung teilte sich wieder in Duette und Trios auf, so daß Lucia ein privates Gespräch mit dem Gastgeber führen konnte. Dabei hatten noch vor einer halben Stunde, so überlegte Georgie, alle einander mit gefletschten Zähnen umkreist wie bissige Hunde; einer hatte den anderen angeknurrt, und allen war bewußt gewesen, daß ein einziges barsches Wort, schon der winzigste Verstoß gegen die Etikette augenblicklich in einen allgemeinen Streit hätte münden können. Nun jedoch bekamen alle ihre Belohnung für die eisige Höflichkeit vorhin: das Eis war geschmolzen, außer den Portionen auf ihren Tellern, und Höflichkeit war jetzt keine Frage der Etikette mehr. Im Augenblick konnte die Runde als Republik gelten, obwohl niemand wußte, was nach dem Essen geschehen würde. Bisher waren die Stegreif-Szenen mit keinem Wort erwähnt worden.

Lucia senkte die Stimme, als sie Georgie jetzt darauf ansprach, und verwendete reichlich italienische Wörter, falls sie trotzdem jemand hören sollte.

»Sie wissen also *niente?*« fragte sie. »Über *le scene*, meine ich. Und sollen wir nachher alle in *l'aula* sitzen, während der *salone* vorbereitet wird?«

»*Si*«, antwortete Georgie. »Im Kamin brennt ein Feuer. Wenn Sie dann hinausgehen, müssen Sie dafür sorgen, daß alle sitzenbleiben. *I domestichi* machen inzwischen den *salone* fertig.«

»*Molto bene*. Ich schleiche mich mit Peppino einfach

hinaus. *La lampa* funktioniert hervorragend. Wir haben es noch mehrmals geprobt.«

»Und es tommen noch viel-viel mehr Leute«, sagte er, indem er den Code abwandelte.

»Tlein-Lucia so *nervosa*! Stellen Sie sich vor, Brünhilde vor der Opern-Brünhilde zu spielen. Es ist so ssrecklich!«

Georgie wußte, daß Lucia sehr aufgeregt, aber hocherfreut gewesen war, als sie erfuhr, daß Olga nach dem Abendessen gerne herüberkommen und die Szenen sehen wolle; es war daher nicht schwer gewesen, Lucia dazu zu bringen, sich ein Herz zu fassen und dieses so leidenschaftlich ersehnte Martyrium auf sich zu nehmen. Er selbst war ja kaum weniger aufgeregt bei dem Gedanken, den König Cophetua darzustellen...

In diesem Augenblick, während Kekse herumgereicht wurden, erklang von draußen das Lied der Weihnachtssänger herein, und Lucia mußte sich gequält winden, als nun der »Brave König Wenzeslaus« ertönte. Während der Arien von Page und König wurden die übrigen Stimmen leiser, was den Effekt von Solostimmen mit Begleitung hervorrief. Als der Page sein Lied begann, erschauerte Lucia.

»Das ist dieser kleine rothaarige Junge, bei dem mir in der Kirche immer beinahe das Trommelfell zerspringt«, flüsterte sie Georgie zu. »Hoffen Sie nicht auch, daß er bald in den Stimmbruch kommt?«

Dies sagte sie sehr verhalten, um nicht die Gefühle von Mrs. Rumbold zu verletzen; diese leitete nämlich den Chor. Jedermann wußte, daß der König von Mr. Rumbold gespielt wurde, und alle sagten »Wundervoll!«, nachdem er gesungen hatte.

»Die Stimme dieses Jungen hat mir auch gut gefallen«, sagte Mrs. Weston. »Henry Luton hatte ja früher auch eine hübsche Stimme, aber diese eben schien mir sogar noch besser geübt zu sein. Ich gratuliere Ihnen, Mrs. Rumbold.«

Unbegreiflicherweise stieß die mißtrauische graue Maus plötzlich ein schrilles Kichern aus. Doch dann erriet Georgie den Grund dafür.

»So, keiner rührt sich vom Platz«, sagte er, »wir trinken gleich noch auf alle, die nicht bei uns sind. Ich will nur schnell dafür sorgen, daß die Sänger in der Küche einen Happen zu essen bekommen, ehe sie weiterziehen.« Mit zitternden Knien ging er zur Tür hinaus, dann rannte er los. Draußen standen ein halbes Dutzend Chorknaben, vier Männer und eine Frau in einem Umhang...

»Hervorragend!« sagte er zu Olga. »Tante Jane fand, Ihre Stimme sei recht gut geübt. Sie kommen doch dann gleich herein, nicht wahr?«

»Ja! Ist die Stimmung gut?«

»Prächtig«, antwortete Georgie. »Lucia hoffte, daß Sie bald in den Stimmbruch kommen. Aber es ist alles bestens.«

Er schickte die Sänger in die Küche, wo etwas zu essen vorbereitet war, und eilte dann zu seinen Gästen zurück. Dort gab es das Rätsel der Quantocks zu lösen, die Szenen standen kurz bevor, und der rothaarige Junge würde sich auch bald dazugesellen. Was für ein Weihnachtsabend!

Bald danach begann sich Georgies Flur mit Gästen zu füllen, und immer noch war kein Wort über die Stegreif-Szenen gefallen. Es wurde so voll, daß niemand mehr genau hätte sagen können, ob Lucia und Peppino und er nun da waren oder nicht. Olga jedenfalls war da; das konnte keinem entgangen sein. Und dann öffnete Foljambe die Tür zum Salon und ließ einen Gong ertönen...

Die Lampe funktionierte hervorragend, und eine Stunde danach saß die eine Brünhilde neben der anderen, und man war ausnehmend freundlich zueinander.

»Wenn Sie tatsächlich meine Meinung hören wollen, liebe Miss Bracely«, sagte Lucia, »dann geht es nur um eines: Man muß in diesem Moment einfach Brünhilde *sein*. Das Singen hilft dabei natürlich sehr, wie Sie schon sagten: Im Gesang läßt sich so viel ausdrücken! Da haben Sie wirklich Glück. Ich muß ja zugeben, daß ich meine Bedenken hatte, als Peppino – oder war es Georgie? – vorschlug, wir sollten Brünhilde und Siegfried spielen. Ich sagte, das wäre doch schrecklich schwer. Langsam, ja, ganz langsam muß es gespielt werden; und eine Geste langsam auszuführen, wenn sie nicht einfach nur als Unterstützung beim Sprechen dienen soll – also, ich finde es wirklich nett, daß Sie mir so schmeicheln –, aber das ist äußerst schwierig.«

»Und Sie haben sich diese Szenen alle selbst ausgedacht?« fragte Olga. »Wundervoll!«

»Ach, wenn ich nur einmal gesehen hätte, wie Sie das spielen ...«, gab Lucia zurück. »Da hätte ich gewiß einige Ideen bekommen! Und was war mit König Cophetua? Wollen Sie nicht auch ein kleines Lob auf unseren guten König Cophetua ausbringen? Ich war ja so froh, nach dieser Anstrengung bei Brünhilde dem Publikum den Rücken zuwenden zu können. Selbst dann ist es nicht leicht, ganz ruhig zu stehen, aber das werden Sie wohl besser wissen als ich, weil Sie ja selbst schon die Brünhilde gespielt haben. Georgie war übrigens damals höchst beeindruckt von Ihrer Leistung. Und dann noch die Szene mit Maria Stuart! Die Scheu des Fleisches, die Resignation des Willens! Das habe ich auszudrükken versucht. Wenn ich mich beim nächsten Mal in so ein Wagnis stürze, dann müssen Sie kommen und mir dabei helfen. So bald wird das jedoch nicht sein, fürchte ich, denn Peppino und ich haben vor, einen kleinen Urlaub an der Riviera zu verbringen.«

»Oh, wie egoistisch von Ihnen!« sagte Olga. »Das dürfen Sie nicht tun!«

Lucia stieß ihr silberhelles Lachen aus.

»Alle schimpfen mit mir, sobald ich die Riviera erwähne«, klagte sie. »Aber ich werde nicht versprechen, meinen Plan aufzugeben. Wir werden ja sehen! Meine Güte! Wie spät es geworden ist. Wir müssen sehr lange beim Abendessen gesessen haben. Weshalb waren Sie eigentlich nicht auch eingeladen? Merkwürdig! Ich werde Georgie dafür tadeln. Ach, die gute Mrs. Weston ist schon im Aufbruch begriffen. Ich muß ihr eine gute Nacht wünschen. Sie fände es gewiß sehr seltsam, wenn ich das nicht täte. Und Colonel Boucher auch! Aha, sie kommen hier entlang, um uns die Mühe zu sparen, zu ihnen hinüberzugehen.«

Es entstand eine allgemeine Bewegung, aber nicht zum Ausgang hin, sondern zu dem Sofa, auf dem Lucia und Olga saßen.

»Es schneit«, sagte Piggy aufgeregt zu Olga. »Ob man wohl die Spuren vom König Wenzeslas draußen sieht, mein Page?«

»Piggy, du – hallo, Goosie«, lenkte Olga rasch ab. »Goosie, waren die Szenen nicht wunderhübsch?«

»Ja, aber die Weihnachtssänger auch«, sagte Goosie. »Die waren wirklich schön. Ich hab's erraten. Sie auch, Mrs. Lucas?«

Olga griff zu einem üblen Trick, indem sie Goosie fest auf den Fuß trat und sich dann entschuldigte. Das war feige, denn irgendwann mußte es ja herauskommen. Und nochmals wagte sich Goosie auf gefährlichen Boden, als sie sagte, wenn der Page einen solchen Tritt gehabt hätte, dann wäre es kaum nötig gewesen, daß er dem König in dessen Fußstapfen folge.

Es schneite heftig, und die Räder von Mrs. Westons Rollstuhl sanken tief ein. Dennoch hatten sich Daisy und Robert Quantock kaum fünfzig Meter von Georgies Haus entfernt, da blieben sie stehen.

»Also, was sollte das bedeuten?« fragte Daisy. »Heraus mit der Sprache! Warum hast du von verstecktem Musselin geredet?«

»Aber ich habe doch nur gesagt, wir hätten viel Glück gehabt mit unserem Medium, das du ja schließlich nur in einem vegetarischen Restaurant aufgelesen hattest«, erwiderte er. »Ich werde mich doch wohl an der Unterhaltung beteiligen dürfen. Und da wir schon dabei sind: Wieso hast du von den Enthüllungen in der Zeitung angefangen?«

»Im Rahmen der Unterhaltung«, sagte Mrs. Quantock rasch. »Das wäre dann wohl alles, oder?«

»Ja«, sagte Robert. »Ich glaube, du weißt etwas, und –«

»Jetzt schieb nicht alles auf mich«, warnte Daisy.

»Wenn du wissen willst, was ich glaube, dann hast du irgendein Geheimnis vor mir.«

»Und wenn du wissen willst, was ich sogar weiß«, gab er zurück, »dann hast du auch eines vor mir.«

Daisy zögerte einen Augenblick; weißer Schnee lag auf ihrer Schulter, und sie schüttelte ihren Mantel.

»Ich hasse es, etwas zu verschweigen«, sagte sie dann. »Ja, am selben Tag, als diese Frau abgereist ist, habe ich meterweise Musselin und Amadeos Augenbrauen in ihrem Schlafzimmerschrank gefunden.«

»Und letzten Donnerstag hat sie eine Geldstrafe bekommen, weil bei einer ihrer Séancen ein Kriminalbeamter dabei war«, setzte Robert fort. »In der Gerald Street 15. Der Polizist hat Amadeo oder Kardinal Newman an der Kehle gepackt, und es war diese Frau.«

Sie blickte sich verstohlen um.

»Als du dachtest, der Kamin würde brennen, hatte ich gerade den Musselin verbrannt«, sagte sie.

»Und als du dasselbe dachtest, hatte ich gerade alle Exemplare von *Todds Neusten Nachrichten* verbrannt«, sagte er. »Außerdem noch einen *Daily Mirror*, wo auch von dem Fall berichtet wurde. Die Zeitung hat dem Colonel gehört. Ich habe sie ihm gestohlen.«

Sie hakte sich bei ihm unter.

»Gehen wir nach Hause, Liebling«, sagte sie. »Wir müssen darüber noch sprechen. Niemand weiß davon, außer dir und mir?«

»Kein Mensch, Liebling!« sagte Robert fröhlich. »Aber Vermutungen gibt es sehr wohl. Georgie zum Beispiel hat Verdacht geschöpft. Er hat gesehen, wie ich sämtliche dieser Zeitungen gekauft habe; jedenfalls war er irgendwo in der Nähe. Und heute abend war er der

Sache sichtlich auf der Spur, obwohl er uns ein sehr anständiges Fest bereitet hat.«

Sie betraten Roberts Arbeitszimmer; es war kalt, aber keiner der beiden spürte es, denn sie glühten vor Aufregung und Unternehmungslust.

»Das war ein prachtvoller Schachzug von dir, Robert«, sagte sie. »Einfach meisterhaft! Es hat die Situation gerettet. Und im *Daily Mirror* stand es auch? Wie recht du hattest, ihn zu stehlen. Eine äußerst neugierige Zeitung, das fand ich schon immer. Also, Georgie hegt einen Verdacht, aber er weiß nicht, worum es geht.«

»Deshalb haben wir vorhin beide gesagt, wir hätten vor kurzem von dieser Frau gehört«, sagte Robert.

»Natürlich. Du hast wohl kein Exemplar mehr von *Todds Neusten Nachrichten*, oder?«

»Nein. Ich habe alle Seiten mit den Polizeiberichten verbrannt«, sagte er. »Das war am sichersten.«

»Ganz recht. Aus demselben Grund kann ich dir auch nicht Amadeos Augenbrauen zeigen. Oder den Musselin. Wunderschöner Musselin, Liebling: Meter um Meter... Also, was wir tun müssen, ist folgendes: Wir müssen auch weiterhin an übersinnlichen Dingen Interesse zeigen; wir dürfen nicht damit aufhören oder uns davon gelangweilt zeigen. Hätte ich dich nur gleich von Anfang an ins Vertrauen gezogen und dir von Amadeos Augenbrauen erzählt.«

»Mein Liebes, du hast das Beste getan«, sagte er. »Und ich auch, als ich dir *Todds Neuste Nachrichten* nicht zeigte. Es war klüger, sogar voreinander das Geheimnis zu wahren, bis es nicht mehr möglich war. Und wir täten wohl auch gut daran, so zu tun, als hörten wir von Zeit zu Zeit etwas von der Prinzessin. Vielleicht kann sie uns in einigen Monaten sogar wieder einmal besuchen. Es – es wäre doch witzig, sozusagen hinter den Kulissen zu beobachten, wie leichtgläubig die anderen alle sind.«

Daisy setzte ein breites Grinsen auf.

»Auf jeden Fall werde ich Lucia zu der Séance einladen, wenn wir das tun«, sagte sie. »Du liebe Zeit! So spät ist es schon. Zwischen den Szenen waren immer so lange Pausen. Aber Georgie müssen wir im Auge behalten und aufpassen, was wir auf seine aufdringlichen Fragen antworten. Er wird bestimmt welche stellen. Tja, und ob wir diese Frau noch einmal hierher einladen... Es klingt ja ein wenig verwegen, denn wir sind noch einmal davongekommen und sollten nicht den Kopf in dieselbe Schlinge stecken. Andererseits würde es jeden Verdacht für immer zerstreuen, wenn ich sie in ein paar Monaten für einige Tage Urlaub nach Riseholme bitte. Und du sagtest, sie hat nur eine Geldstrafe bekommen, kein Gefängnis?«

Es wurde eine arbeitsame Woche für alle. Vor allem Georgie hatte keine freie Minute. »The Hurst«, vor kurzem noch eine öde Wüste, begann plötzlich wieder mit Frohsinn und Gesang zu erstrahlen, veranstaltete man doch dort nun wieder allerlei erbauliche Vergnügungen. Lucia, die kapriziöse Königin, hatte all die giftigen Bosheiten, die sie ihm gesagt hatte, längst vergessen und gab ihm zu verstehen, daß er wieder ebenso hoch in ihrer Gunst stehe wie ehedem, und folglich war er auch ebenso mit seinen Pflichten beschäftigt wie zuvor. Ob er in seine alte Stellung genauso rasch zurückgekehrt wäre, wenn er aus freiem Willen gehandelt hätte, war eine Frage, die sich ihm nicht stellte, denn mochte Lucia ihn auch beschäftigen, so war es doch Olga, die ihn dazu angehalten hatte. Doch es lag auch etwas Tröstliches darin, denn Lucias noble Verzeihung aller gegen sie verübten Treulosigkeiten erstreckte sich auch auf jene, die Olga begangen hatte, und von den vielen Essen und Musikabenden und den Rezitationen aus Peppinos neuem Buch mit Prosagedichten, das bereits in den Druckfahnen vorlag und nun vor auserwähltem Publikum von Anfang bis Ende vorgelesen wurde, gab es keinen Anlaß, zu dem Olga nicht gebeten worden wäre, und keinen, zu dem sie nicht erschien. Lucia überging die Tatsache, daß sie unter den Weihnachtssängern gewesen war, obwohl sie doch erklärt hatte, gerade die Stimme dieses rothaarigen Jungen sei für sie so besonders gräßlich. Georgies Bild von ihr (daß eigentlich Olga es bestellt hatte, erfuhr sie nie) hing neben dem Flügel im Musikzimmer, wo vorher Beethovens Porträt gewesen war, und wenn sie es ansah, empfand sie jedesmal größte Genugtuung. Es zeigte sie am Klavier sitzend, den Blick auf die Tasten gesenkt, und folgte im Grunde dem gleichen Entwurf wie das noch unvollendete Bild von Olga, das diesem zuliebe aufgeschoben worden war, aber Georgie hatte keine Zeit mehr gehabt, sich noch eine andere Haltung auszudenken, außerdem hatte er, was die Perspektive von Pianos anging, bereits »den Bogen raus«. Und nun hing es dort, der Titel »Mondscheinsonate« prangte in goldenen Lettern auf dem Rahmen, und wenn auch Lucia immer wieder betonte, sie sähe darauf viel, viel zu jung aus, so war sie doch insgeheim der Ansicht, er habe ihren Ausdruck perfekt getroffen...

Also strömte Riseholme wieder zu »The Hurst« zurück, wie eine Schafherde, die aus der Irre heimgefunden hatte, denn man konnte sicher sein, dort auf Olga zu stoßen, ebenso wie alles dort hingeeilt war, um tief atmend in den Kursen des Gurus zu sitzen. Man mußte Peppinos Prosagedichte über sich ergehen lassen, man mußte den altbekannten Melodien lauschen und am Ende leise seufzen, doch darunter mischte sich auch Olgas Seufzen, und oftmals sagte Lucia, nach angemessener Pause, mit gewinnender Miene zu Olga: »Ein kleines Liedchen, Miss Bracely? Nur eine Strophe? Oder nutze ich Ihre Gutmütigkeit damit schon zu sehr aus? Wo ist Ihre Begleitung? Ich muß sagen, daß ich eifersüchtig auf Georgie bin; eines Tages werde ich mich an seine Stelle drängen! Giorgino, Miss Bracely möchte etwas für uns singen. Ist das nicht herrlich. Pss-sst! Ruhe bitte, meine Damen und Herren!«

Und dann ging sie raschelnd an ihren Platz und saß dort mit dem entrücktesten Ausdruck, den man je auf einem sterblichen Gesicht gesehen hatte, während sie Miss Bracelys Gutmütigkeit ausnutzte.

Außerdem mußte Georgie sein zweites Bild beenden, das er rechtzeitig fertigzustellen hoffte, um ein Geschenk zum Neuen Jahr daraus zu machen, wenn Olga schon darauf bestanden hatte, daß er zuerst Lucias für Weihnachten malte. Ohne Zweifel war ihr Porträt ihm beachtlich gut gelungen, und es lag für ihn genau das darin, was seinem manierierten, übergenauen Bild von Lucia fehlte. Auch dem »Düsteren Dezember« und den »Gelben Narzissen« fehlte es; denn dieses eine Mal hatte er beim Malen ganz und gar vergessen, daß er malte. Es war nicht etwa ein geniales Werk, denn Georgie trug keinen Funken Genie in sich, und das Talent, das sich darin zeigte, war auch nicht eben großartig; aber es hatte etwas von der Natürlichkeit einer Pflanze, die aus der Erde sprießt, die sie ernährt.

Am Sylvestertag gab er dem Porträt den allerletzten Schliff, setzte ein paar helle Reflexe auf die schwarzen Tasten und tauchte die Struktur der Wandverkleidung hinter ihrem Kopf hie und da in tiefe Schatten. Mit Olga selbst war er bereits fertig, so daß sie in ihrem Sessel vor dem Fenster sitzen und gedankenverloren mit der Jalousieschnur spielen konnte. Er war so vertieft in seine Arbeit, daß ihm kaum auffiel, wie ungewöhnlich still sie schon die ganze Zeit war.

»Ich habe eine Neuigkeit für Sie«, sagte sie nach einer Weile.

Georgie hielt den Atem an, während er einen hauchdünnen Strich Deckfarbe am Rand der As-Taste entlangzog.

»Ach ja? Was für eine denn?« fragte er »Geht es um die Prinzessin?«

Olga schien über diese Ablenkung hocherfreut.

»Ja, sprechen wir erst einmal darüber«, sagte sie. »Sie hätten damals sofort eine Ausgabe von *Todds Neusten Nachrichten* nachbestellen müssen.«

»Ich weiß, das hätte ich tun sollen, aber als es mir einfiel, war keine mehr zu bekommen. Das war ärgerlich. Trotzdem bin ich sicher, daß irgend etwas über sie darin stand.«

»Und aus den Quantocks ist nichts herauszubekommen?«

»Nein, obwohl ich ihnen eine Menge Fallen gestellt

habe. Inzwischen haben sie sich abgesprochen. Aber beide wissen etwas. Wenn ich ihnen eine Falle stelle, sehen sie einander jedesmal vielsagend an.«

»Was denn für Fallen?«

»Ach, alles mögliche. Zum Beispiel sage ich plötzlich: ›Es ist doch zu ärgerlich, daß es unter den Medien so viele Betrüger gibt, besonders unter den bezahlten.‹ Wissen Sie, ich glaube keinen Augenblick daran, daß diese Séancen gratis abgehalten wurden, auch wenn *wir* nichts dafür gezahlt haben. Und darauf sagt Robert dann, er würde nie einem Medium vertrauen, das Geld dafür nähme, und sie nickt dazu beifällig und sagt: ›Die gute Prinzessin!‹ Neulich hatte ich eine wirklich gute Falle für sie. Da sagte ich auf einmal: ›Stimmt es eigentlich, daß die Prinzessin bei Lady Ambermere einen Besuch machen will?‹ Gelogen war das ja nicht; ich hatte nur gefragt.«

»Und dann?« wollte Olga wissen.

»Robert zuckte mächtig zusammen; er zitterte nicht gerade, aber er zuckte. Sie aber behielt die Nerven und sagte: ›Ach, das wäre doch sehr nett. Aber ob es wohl wahr ist? In ihrem letzten Brief hat die Prinzessin davon nichts erwähnt.‹ Und dann nickte er beifällig. Irgend etwas ist an der Sache faul, das kann mir niemand ausreden.«

Olga brach plötzlich in Lachen aus.

»Was ist denn los?« fragte Georgie.

»Ach, das ist alles so herrlich!« sagte sie. »Ich habe früher nie gewußt, wie schrecklich interessant Kleinigkeiten sein können. Es ist alles furchtbar aufregend, und gleichzeitig geschehen noch fünfzig andere ebenso aufregende Dinge. Ob es wohl deshalb so fesselnd ist, weil Sie alle hier so enorm großes Interesse daran nehmen, oder ist es an und für sich schon fesselnd, und gewöhnliche, stumpfsinnige Menschen, also nicht die Riseholmiten, merken gar nicht, wie aufregend es wirklich ist? Tommy Lutons Masern, das Geheimnis der Quantocks, Elizabeths Verlobter! Und man stelle sich vor, daß ich dachte, ich käme hier in ein geruhsames Dorf.«

Georgie hielt das Bild in die Höhe und kniff die Augen zusammen.

»Ich würde sagen, es ist fertig«, sagte er. »Ich werde es rahmen lassen und in meinem Salon aufhängen.«

Dies war eine Falle, und Olga fiel prompt darauf hinein.

»Ja, dort sieht es bestimmt hübsch aus«, sagte sie. »Wirklich, Georgie, es ist Ihnen sehr gut gelungen.«

Er begann, die Pinsel auszuwaschen.

»Was für eine Neuigkeit meinten Sie eben?« fragte er.

»Ach so, die habe ich über dem Geheimnis der Quantocks ganz vergessen«, sagte sie. »Da sehen Sie's, Georgie: ich habe überhaupt nicht mehr daran gedacht. Tja, ich habe heute das Angebot akzeptiert, die *Lucrezia* in Amerika zu singen – ein Engagement für vier Monate, zu fünfzigtausend Pfund pro Abend. Nur ein Penny weniger, und ich wäre nicht gefahren. Aber ich kann es einfach nicht abschlagen. Es kommt alles etwas plötzlich, aber sie wollen die *Lucrezia* dort inszenieren, bevor sie hier in England herauskommt. Danach komme ich zurück und singe dann den ganzen Sommer in London. Herrje!«

Es wurde vollkommen still, während Georgie weiter seine Pinsel wusch.

»Wann fahren Sie ab?« fragte er.

»In etwa vierzehn Tagen.«

»Oh!« sagte er.

Sie ging durch das Zimmer zum Flügel und klappte ihn schweigend zu, während er sein fertiges Bild in Papier verpackte.

»Warum fahren Sie nicht einfach mit?« fragte sie schließlich. »Es würde Ihnen unendlich gut tun, einmal aus diesem netten, aber beschränkten Dorf herauszukommen, das in einer Nußschale Platz hätte. Draußen in der Welt gibt es viel größere Dinge – Ozeane, Kontinente, Menschen, Bewegung, Gefühle. Ich habe meinem Georgie erzählt, daß ich Sie darum bitten möchte, und er war vollauf einverstanden. Wir mögen Sie beide sehr gern, wissen Sie? Kommen Sie wenigstens für zwei Monate mit; natürlich sind Sie unser Gast. Bitte!«

Seine Welt hatte sich in diesem Augenblick schlagartig verfinstert, und daher wußte er auch, wer für ihn das Licht darin war. Er schüttelte den Kopf.

»Warum können Sie nicht mitkommen?« fragte sie inständig.

Er sah ihr direkt in die Augen.

»Weil ich Sie anbete«, sagte er.

Nachwort oder Vorrede

Eines Morgens im März sprach sich die frohe Botschaft in Riseholme herum, daß die erste Blume im Perdita-Beet erblüht sei. Es war einer dieser prachtvollen englischen Frühlingstage, mit großen weißen Wolken, die der Südwestwind über die riesige Weite des blauen Himmels trieb und deren Schatten eilig über die grünen Flächen darunter sausten. Das Parlament war an diesem Tag vollzählig auf dem Anger versammelt, und in den Ulmen hockten die Saatkrähen.

Eine gräßliche Leere war bei Olgas Abreise entstanden. Natürlich beanspruchte Riseholme den Löwenanteil des Verdienstes für den rauschenden Erfolg der New Yorker Inszenierung von *Lucrezia*, war man doch zu Recht der Meinung, die wahre Wiege dieser Oper stünde hier, wo Olga sie zum ersten Mal geprobt hatte. Lucia schien sich besser als jeder andere daran zu erinnern, denn sie wußte sogar noch von allen möglichen Details, die niemand mehr im Gedächtnis hatte: ihre Diskussionen mit Signor Cortese über Musik und seine Frage, wo sie eigentlich ihre musikalische Ausbildung genossen habe. Wie herrlich es gewesen war, wieder einmal italienisch zu sprechen, noch dazu mit einem Römer – *lingua toscana in bocca romana* – überhaupt ein ganz wunderbarer Abend war das damals! Die arme Mrs. Colonel konnte sich an all das kaum erinnern, aber Lucia hatte schon seit längerem bemerkt, daß ihr Gedächtnis stark nachließ, wie traurig… Nach *Lucrezia* war Olga in einigen ihrer bekannten Opern aufgetreten, vor allem in der Rolle der Brünhilde, und Lucia dachte dabei wehmütig an jene reizende Weihnachtsfeier im Haus des guten Giorgino, als man die Stegreif-Szenen aufgeführt hatte. Die gute Olga war so schlicht und unverdorben: danach war sie zu Lucia gekommen und hatte sie gebeten, ihr zu sagen, wie sie den gestischen Ablauf in der Erweckungsszene angelegt habe, und Lucia war glücklich, überaus glücklich gewesen, ihr einige Tips zu geben. Kurzum, Lucia war wieder ganz die Alte, nur ihre Untertanen hatten sich nicht so leicht aus dem Winterschlaf wachrütteln lassen. Insbesondere Georgie war äußerst teilnahmslos und trübsinnig gewesen, und trotz all ihrer Klugheit konnte sich Lucia den Grund dafür überhaupt nicht vorstellen.

Heute aber schien die warme Flut des Frühlings die schlammigen Niederungen erblühen zu lassen, indem sie die Kräuter und Pflanzen, die so lange schwärzlich und tot am Boden gelegen hatten, in ihren Wassern von neuem aufrichtete. Niemand konnte sich der Magie der Jahreszeit so ganz entziehen. Eigentlich hatte Georgie nur aus reiner Höflichkeit vorgehabt, sich die erste von Perditas albernen Blumen anzusehen (nachdem er über deren Erscheinen telephonisch aus »The Hurst« informiert worden war). Sobald er aber an diesem warmen, windigen Vormittag den Fuß vor die Tür seines Hauses gesetzt hatte, kam er auf den Gedanken, es könne ganz interessant sein, zunächst einmal über den Anger zu spazieren, um sich zu erkundigen, ob es irgendwelche Neuigkeiten gäbe. Die einzigen Neuigkeiten, für die er sich während der letzten zwei Monate wirklich interessiert hatte, stammten aus Amerika; er besaß schon ein kleines Paket davon, mit einem rosa Bändchen verschnürt.

Nachdem er sich von Piggy Antrobus befreit hatte, ging er zum Zeitschriftenhändler, um seine *Times* abzuholen, die jedoch höchst unerklärlicherweise noch nicht eingetroffen war, und dabei erweckte der Anblick von *Todds Neusten Nachrichten* mit ihrem gelben Papier seine träge gewordene Aufmerksamkeit. Kein Fünkchen Licht war seither auf jenes außergewöhnliche Ereignis gefallen, als Robert die gesamte Auflage erworben hatte, und obwohl Olga nie vergaß, sich danach zu erkundigen, hatte er ihr bislang nicht die geringste zusätzliche Information darüber melden können. Gelegentlich stellte er einem der Quantocks lustlos eine Falle, aber sie fielen niemals darauf herein. Die ganze Affäre mußte wohl, zusammen mit solchen Fragen wie etwa die nach dem Ursprung des Bösen, unter die unlösbaren Geheimnisse des Lebens eingereiht werden.

Man konnte die Briefe der zweiten Zustellung eine Stunde früher bekommen, als der Briefträger sie austrug, wenn man direkt zum Postamt ging, und während Georgie auf seine *Times* wartete, sah er Mrs. Quantock aus dem Postamt eilen, in der Hand ein kleines Päckchen, das sie gleich im Gehen öffnete. Sie war so vertieft in ihr Tun, daß sie Georgie gar nicht bemerkte, obwohl sie recht dicht an ihm vorbeiging, und ließ kurz darauf den Umschlag eines eingeschriebenen Briefs fallen. Daraufhin fühlte er sich sogleich in den »alten, wohlvertrauten Bann« gezogen, und er stellte fest, daß es ihn brennend interessierte, was der Umschlag enthalten haben mochte ...

Sie war nun etwa hundert Meter vor ihm und ging in

die Richtung von »The Hurst«, daher konnte kein Zweifel bestehen, daß sie ebenfalls auf dem Wege war, Perditas erste Blüte zu bewundern. Er folgte ihr etwas rascheren Schrittes und holte sie so allmählich ein. Bald darauf (diesmal aus Versehen, nicht wie zuvor im Eifer des Auspackens, der sie den Umschlag einfach fortwerfen ließ) fiel ihr ein kleines Stück Papier hinunter, und Georgie hob es auf, da er es ihr zurückgeben wollte. Es stand etwas darauf gedruckt, ganz offensichtlich war es eine kleine Broschüre, und er konnte praktisch gar nicht verhindern, die Aufschrift zu lesen, denn es stand dort in Großbuchstaben:

STEIGERN SIE IHRE KÖRPERGRÖSSE !

Georgie beschleunigte seinen Schritt, und der alte, wohlvertraute Bann wurde noch stärker. Sobald er in Hörweite war, rief er sie an, und während sie sich noch umdrehte »wie ein schuldig Wesen überrascht«, fiel ihr eine kleine Schachtel aus der Hand. Durch den Aufprall ging der Deckel auf, und über den Rasen ergossen sich große Mengen von roten Pastillen.

Sie stieß einen Entsetzensschrei aus.

»Oh! Georgie, jetzt haben Sie mich aber erschreckt!« rief sie. »Helfen Sie mir wenigstens, sie einzusammeln. Ob die Nässe ihnen geschadet hat? Irgendwelche Neuigkeiten? Ich war so beschäftigt mit meinen eigenen Sachen, daß ich mit niemandem gesprochen habe.«

Georgie half ihr beim Auflesen der roten Pastillen.

»Ach, das ist nett. Und haben Sie gesehen, was das ist?«

»Ich konnte nicht umhin, den Titel zu lesen«, gestand Georgie.

Sie musterte ihn einen Augenblick und überlegte, was wohl die klügste Taktik wäre. Wenn sie ihm einfach nur für seine Hilfe dankte, würde er wahrscheinlich allen davon erzählen...

»Also gut, dann werde ich Sie in das Geheimnis einweihen«, sagte sie. »Es handelt sich um eine wunderbare Erfindung, die einen größer werden läßt, ganz egal, wie alt man ist, und zwar um fünf bis fünfzehn Zentimeter. Stellen Sie sich das vor! Dazu muß man jeden Morgen ein paar Übungen machen, etwa so wie diese Yogasachen, und drei Pastillen pro Tag einnehmen. Sie sind ganz harmlos, und nach kurzer Zeit fängt man dann an zu wachsen. Es klingt unglaublich, nicht wahr, aber ich habe so viele Bestätigungen in der Werbung gelesen, daß es gar keinen Zweifel an der Echtheit mehr für mich gibt. Hier ist eine von einem Mann, der fünfzehn Zentimeter gewachsen ist. Ich habe die Reklame in einer Zeitung gesehen und die Pastillen gleich bestellt. Sie kosten bloß etwas mehr als ein Pfund! Das wird lustig, wenn Robert plötzlich merkt, daß ich größer bin als er! Aber kein Wort jetzt darüber! Erzählen Sie es nicht Lucia, das müssen Sie mir versprechen. Sie ist einen halben Kopf größer als ich, und es wäre gar nicht lustig, wenn alle anderen auch zwischen fünf und fünfzehn Zentimeter größer würden. Sie können ja auch hinschreiben, ich gebe Ihnen gerne die Adresse, aber Sie dürfen es niemandem erzählen.«

»Wirklich wunderbar!« sagte Georgie. »Ich werde Sie genau beobachten. So, da wären wir. Sehen Sie nur, da ist ja Perditas erste Blüte! Wie schön sie ist!«

Es war nicht nötig, den Meerjungfrauschwanz zu betätigen, denn Lucia hatte sie vom Musikzimmer aus gesehen, und schon hörten sie ihre hohen Absätze über den gebohnerten Boden des Korridors klappern.

»Hören Sie nur! Die wird sie bald noch viel dringender brauchen!« sagte Mrs. Quantock. »Ich muß Ihnen dann noch etwas sagen. Aber jetzt könnte Lucia es hören. Ah, liebe Lucia, was für eine wunderschöne Perdita-Blume!«

»Nicht wahr?« sagte Lucia, warf Georgie einen Kuß zu und gab Daisy einen auf die Wange. »Man merkt, der Frühling ist da. *Primavera!* Und heute erscheint Peppinos *piccolo libro*. Ich würde mich gar nicht wundern, wenn Sie jeder noch vor heute abend ein Exemplar davon bekommen. Herrlich! Einfach herrlich!«

Es war gewiß nicht verwunderlich, daß Georgies Blut nun wieder in seinen Adern zu pulsieren begann. Auch in früheren Jahren hatte es lustige, brennend interessante Dinge gegeben, deren Feuer nicht mehr zur Nahrung erfordert hatte, als im Moment an Brennstoff bereitlag. Mrs. Quantock sah sozusagen auf Zehenspitzen einer Zunahme ihrer Körpergröße entgegen; Peppino entledigte sich soeben eines Drittels seiner in Kalbspergament gebundenen Werke mit Prägesiegel und Leinenband; Mrs. Weston würde am Wochenende Mrs. Colonel sein, und zur selben Zeit und vor demselben Altar würde aus Elizabeth eine Mrs. Atkinson. Hatten diese Dinge etwa keinen Reiz, nur weil –

»Halli-hallo, wie geht's denn Tlein-Lucia?« grüßte Georgie, der den Frühling in seinen Adern spürte. »Georgie geht's gut, is schon ganz ssrecklich gespannt auf Peppinos Bücheli.«

»Tommen Sie doch rein«, sagte Lucia. »Tommen Sie beide rein zu Tlein-Lucia. Also, dibt's Neuigteiten?«

Mrs. Quantock war beim Durchqueren des Flurs auf Zehenspitzen gelaufen, um sich einen Vorgeschmack auf jene glückliche Zeit zu bereiten, wenn sie zwischen fünf und fünfzehn Zentimetern größer wäre. Wie Mr. Alderstout in seiner überzeugenden Broschüre sagte, nahm die Welt bereits völlig andere Gestalt an, wenn man auch nur um fünf Zentimeter wuchs. Nur widerwillig setzte sie sich auf einen Stuhl.

»Haben Sie in der nächsten Woche schon etwas vor, Lucia?« fragte sie.

Lucia legte den Zeigefinger an die Stirn.

»Montag, Dienstag, Mittwoch«, begann sie. »Nein, Dienstag nicht. Am Dienstag bin ich frei. Sie wollen mich wohl beide zu Tode beschäftigen, wie? Was ist denn?«

»Ich hoffe, meine liebe Freundin, die Prinzessin Popoffski wieder als Gast zu haben«, sagte Mrs. Quantock. »Bitte überwinden Sie doch Ihre Vorurteile gegen den Spiritismus und sehen Sie es sich wenigstens einmal an. Kommen Sie am Dienstag zu einer Séance! Sie natürlich auch, Georgie; ich weiß schon, daß ich Lucia nicht ohne Sie einladen darf.«

Lucia setzte jenen entrückten Blick auf, der für die Meisterwerke der Musik sowie für Georgies hoffnungslose Ergebenheit reserviert war.

»Reizend! Ganz reizend!« sagte sie. »Und sicher hochinteressant! Ich werde völlig unvoreingenommen zu Ihnen kommen.«

Ein klein wenig bedauerte Georgie, daß das Geheimnis nun wie eine Seifenblase geplatzt war. Er mußte es sich wohl nur eingebildet haben, denn es fiel tatsächlich wie ein Kartenhaus in sich zusammen, wenn die Prinzessin doch wiederkam. Zudem waren diese Séancen damals ja wirklich interessant gewesen; er würde bald wieder sein Buchstabierbrett hervorholen müssen.

»Und was ist am Mittwoch geplant?« fragte er Lucia. »Ich weiß nur, daß ich nicht eingeladen bin. Ich danz böse-böse.«

»Tleine Überraschung«, sagte Lucia. »Sie haben doch hoffentlich noch nichts vor, oder? Und Sie auch nicht, liebe Daisy? Wunderbar. Also um acht? Nein, sagen wir lieber dreiviertel acht. Dann haben wir ein bißchen mehr Zeit. Aber ich verrate Ihnen nicht, wofür.«

Mrs. Quantock tastete nach ihren Pastillen und überlegte, um wieviel sie bis dahin wohl schon gewachsen sein mochte. Während Lucia ihnen auf dem Klavier etwas vorspielte, zog sie diskret eine Pastille aus der Schachtel und steckte sie in den Mund, um gleich mit dem Wachsen anzufangen. Sie schmeckte ziemlich bitter, aber keineswegs unangenehm...